MISS CHRISTMAS UND IHR CHAUFFEUR

SNOWHILL STORIES 3

LIV MAXX

»MON COEUR EST MA BOUSSOLE.«

Mein Herz ist mein Kompass.

AIDAN LAGARDE

KAPITEL 1

4. DEZEMBER

A idan

Aus den Lautsprechern schallte das zwanzigste Weihnachtslied in Folge und ich unterdrückte einen lautstarken Fluch. Wenn ich eines hasste, dann Weihnachtssongs, in allen Sprachen der Welt. Vielleicht hing meine miese Stimmung auch ein bisschen mit meinem erbärmlichen Zustand zusammen. Der Schweiß lief mir in Strömen übers Gesicht. Ein Schwindelanfall ließ mich taumeln, und ich klammerte mich an einen Stützpfeiler, bis er aufhörte.

Eine Durchsage unterbrach das weihnachtliche Gedudel. »Achtung auf Gleis sieben. Einfahrt des Zuges nach London in weniger als drei Minuten.«

Drei Minuten durchhalten. Der Bahnsteig schwankte unter mir, Sterne flimmerten vor meinen Augen. Eine Schussverletzung, ausgerechnet an dieser Stelle, das war nicht nur verflixtes Pech, sondern wie wir Franzosen sagten: *Merde,* genau genommen *merde* hoch zehn.

Ich war im Arsch und das in mehr als einer Hinsicht. Nicht nur mein verletztes Hinterteil brannte wie die Hölle, der Schmerz war mittlerweile in mein gesamtes linkes Bein gekrochen. Ließ es klopfen und pulsieren, als steckte ein wildes Tier darin. Ein Tier war es nicht, aber eine verdammte Kugel. Dabei hatte ich wahnsinniges Glück gehabt, denn die anderen Kugeln hatten mich verfehlt, und es waren nicht wenige gewesen.

Unerklärlich, wie es zu der Eskalation gekommen war. Drei Tage war es her. Zuerst war alles glatt gelaufen und wir trafen uns wie verabredet in der Garage, die in einem heruntergekommenen Industriegebiet nahe Durham lag. In einer Minute jubelten wir vor Freude über den gelungenen Coup, in der anderen brach urplötzlich ein Streit um die Beute aus. *What the fuck?*

Zuerst dachte ich, Darren würde einen Scherz machen, als er den größten Teil der Beute für sich beanspruchte. Angeblich weil er, das geniale Superhirn, die meiste Arbeit geleistet hätte. Superhirn? Spatzenhirn! Ich hatte alles geplant, nicht er. Doch der Vollidiot meinte den Blödsinn ernst und die anderen stellten sich auf seine Seite. Drei gegen einen, damit hatte ich nicht gerechnet.

Der Streit wurde heftiger, die Ausdrücke kräftiger, Aggression lag in der Luft. Ein bisschen ungünstig, dass ich als Einziger unbewaffnet war, wie mir mit einem Mal auffiel. Was ihnen an Köpfchen fehlte, glichen sie mit ihren dicken Kanonen wieder aus. Das dachten sie zumindest, die glorreichen Mitglieder meiner sogenannten Gang, offiziell ehemaligen Gang.

Mir platzte der Kragen. »Du wirst mich nicht mit einem Zehntel abspeisen, du Idiot! Eine Hälfte geht an mich, und ihr drei teilt euch die andere Hälfte. So war es abgesprochen!« Schon aus Prinzip weigerte ich mich. Wenn mich jemand aufs Kreuz legen wollte, wurde ich richtig sauer. Darren fuchtelte mit seiner Pistole herum und schrie wie ein Irrer. Ein Schuss löste sich, zischte um Haaresbreite an meinem Ohr vorbei.

»Spinnst du?« Ich fasste an meinen Kopf, wo mir an einer Stelle die Haare abstanden. Für einen Moment sah er erschrocken aus, als wollte er einlenken. Zu spät. »Du wolltest mich erschießen?!« Außer mir vor Wut stürzte ich mich auf die drei. Die Fäuste flogen. Und dann, als sie stöhnend am Boden lagen, rannte ich aus der Garage.

»Elender Scheißkerl!«, schrie Darren. Weitere Schüsse zischten mir hinterher. Ein Projektil schlug in meinen Hintern ein, kurz bevor ich um die rettende Ecke hechtete.

»Darren, hör auf«, schrie Briggs. »Du bringst ihn noch um!«

Dieses hinterlistige Schwein! Er besaß keine Skrupel, einem unbewaffneten Mann in den Rücken zu schießen? Ich war fertig mit ihm und den anderen beiden. Selbst wenn sie mich auf Knien um Verzeihung angefleht hätten, würde ich nichts mehr von der Beute abgeben. Er hatte zwar nur meinen Hintern getroffen, aber an einer derart blöden Stelle, dass ich nicht herankam, um die Kugel zu entfernen. Linke Pobacke, ziemlich mittig. Trotz der Verletzung rannte ich geschätzte drei Meilen zum Bahnhof von Durham und nahm den Bummelzug aufs Land, anstatt nach London zu fahren. Denn dort suchten sie mich zuerst.

Drei Tage verbrachte ich in einem Kaff in den Cotswolds, in einem miefigen Landgasthof. Vorläufig war ich in Sicherheit, denn hier vermuteten sie mich nicht. Nur ein bisschen ausruhen, bis ich wieder fit wäre. Stattdessen ging es mir täglich mieser. Ich verlor Unmengen von Blut, rannte dauernd zur Toilette wie eine Frau mit ihrem monatlichen Problem und verbrauchte jede Menge Verbandsmaterial. Mit der Kugel darin verheilte die Verletzung nicht, ein Arztbesuch war aber unmöglich, denn jedes Krankenhaus würde sofort die Polizei alarmieren. Wie sollte ich ihnen die Schussverletzung erklären? Außerdem trug ich die Beute aus dem Überfall bei mir und wusste nicht wohin damit.

Spätestens heute hatte ich geplant, nach London zurückzufahren, ein paar Sachen aus meiner Wohnung zu holen, und mich nach Frankreich durchzuschlagen. Vielleicht schaffte ich es, auf einem LKW über den Kanal zu kommen? Nicht nur vielleicht – ich musste. Aber es sah nicht gut für mich aus. Um mich herum herrschte weihnachtlicher Trubel. Menschen strömten an mir vorbei, beladen mit großen Paketen in Weihnachtspapier. Sogar der Bahnsteig war weihnachtlich geschmückt. Tannengirlanden waren um Laternen gewunden, und von irgendwoher drangen die Klänge von *Last Christmas*. Was für ein beschissener Song!

Wenn ich Pech hatte, würde ich das Weihnachtsfest nicht mehr erleben. Nach all den gefährlichen Coups und halsbrecherischen Fluchten krepierte ich an einer lächerlichen Poverletzung? Ein erneuter Fieberschub überjagte mich, meine Knie zitterten vor Schwäche. Die Jeans klebte an meinem Hintern, was bedeutete, dass sich das Scheißding entzündet hatte. Der fiese Geruch, der von der Wunde ausströmte, hatte nichts Gutes zu bedeuten. Um das zu wissen, brauchte man kein Arzt zu sein.

Das zermalmende Schwächegefühl nahm mit jeder Minute zu. In einigen Metern Entfernung huschte eine schwarze Katze über die Gleise, ein winziges Junges im Maul. So sehr ich Katzen liebte, momentan erschien sie mir wie eine Unheilsbotin. Stöhnend schloss ich die Augen, als ich sie wieder öffnete, war die Katze weg. Vielleicht war sie eine Fiebervision?

Aidan, in diesem Zustand kommst du nie und nimmer nach Frankreich.

Wegen meiner Finanzprobleme hätte ich auch dort keine Ruhe. Die Handschellen würden schneller um meine Handgelenke klicken, als ich gucken konnte. In der miesen Verfassung war ich ein leichtes Opfer, sowohl für meine Ex-Gang, als auch für die Polizei und die französischen Behörden. Sollte ich warten, bis ich umkippte, sie mich ins Krankenhaus fuhren und verhafteten? Lange hielt ich nicht mehr durch.

Auf einmal kam mir diese Idee. *Tout à coup.* Wie aus dem Nichts ploppte sie auf.

Ich hatte schon öfter vorgehabt, zu ihm zu fahren, ihn anzuschreien und ihm die Fresse zu polieren. Wenn auch in fitterem Zustand, platzend vor Energie und Selbstbewusstsein. Nicht als der wandelnde menschliche Trümmerhaufen, der ich war.

Es war eine einmalige Gelegenheit. Gestern hatte ich auf dem Briefkopf des Gasthofes entdeckt, dass ich mich in seiner Gegend aufhielt, zwanzig Meilen von ihm entfernt.

Sie hatte oft von ihm gesprochen, vor allem in den letzten Monaten. Wie sie ihn kennengelernt hatte, vor mehr als zweiunddreißig Jahren, und wie schön es mit ihm war. *»Was für ein zärtlicher und liebevoller Mann. Und so lustig. Du kannst es dir nicht vorstellen.«*

Nein, da versagte meine Vorstellungskraft völlig. Wenn er so toll war, warum hatte er sich nie um mich gekümmert?! *»Er lebt sein eigenes Leben. Irgendwann werdet ihr euch kennenlernen. Ich wünsche es mir von Herzen, Aidan.«*

War es ein Zufall, dass ich ihm so nah war wie nie zuvor in meinem Leben? Oder war es Bestimmung? Ihre Worte geisterten durch meinen Kopf, und ihre Stimme klang so deutlich, als würde sie neben mir stehen. *»Geh zu ihm, ich wünsche es mir.«*

Seitdem sie tot war … Ich wischte mir übers schweißnasse Gesicht, wollte nicht an all das Schlimme denken. Als sie vor Jahren krank geworden war, geriet mein Leben in eine rasante Abwärtsspirale. Das alles hatte ich gern für sie getan. Für meine geliebte Maman, den einzigen Menschen, der mir jemals etwas bedeutet hatte. Aber jetzt war sie tot und ich … allein.

Ein seltsames Gefühl umfing mich. Sehnsucht, Trauer, Verlassenheit, heftiger als jemals zuvor. Wahrscheinlich lag es am Fieber, dass es mir die Tränen in die Augen trieb. Er war die einzige Verbindung zu ihr, die mir geblieben war. Er, der Mann, der mein Vater war. Vielmehr mein Erzeuger. Denn ein Vater war er mir nie gewesen.

Der Zug nach London fuhr ein und die Menschen stiegen ein. Doch ich drehte um, verließ den Bahnsteig und schleppte mich nach draußen. Jeden Schritt sorgfältig abwägend, damit ich nicht strauchelte und zu Boden krachte. Mit Sicherheit käme ich nicht mehr hoch.

DRAUßEN LIEß der eiskalte Nordwind mich erschauern. Meine abgewetzte Lederjacke war nicht gerade sturmerprobt und hielt kaum die beißende Kälte ab. Ich steuerte das erstbeste Taxi auf dem Vorplatz des Bahnhofs an und klopfte an die

Scheibe, bis sie nach unten surrte. »Salut. Bringen Sie mich nach Snowhill.«

»Wohin? Nach Snö-ill?« Der Fahrer lachte dümmlich.

»Fuck!« Ich murmelte einen Haufen unweihnachtlicher Flüche in meinen Dreitagebart. »Snowhill! Habe ich gesagt!«

»Snö-ill? Keine Ahnung, wo das liegt.« Er zuckte mit den Schultern, dann tippte er mit einem Ausdruck der Langeweile an den rosa Babyschuh, der an seinem klebrigen Rückspiegel baumelte.

»Pass mal gut auf!« Ich konnte nichts für meinen französischen Akzent. Die englischen Frauen fanden ihn charmant und fühlten sich von ihm angezogen. Die englischen Männer fanden ihn schwul oder fühlten sich von ihm bedroht. Aber ich hatte ihn nun einmal und konnte ihn nicht ablegen wie einen Hut. Denn ich war verdammt noch mal ein Franzose! Wenn auch ein Franzose mit einem englischen Vater. *Erzeuger,* korrigierte meine wütende innere Stimme. Ich kramte den Zettel aus der Hosentasche hervor. »Das ist die Adresse, kapiert?«

»Iiih, was sind das für Flecken?« Er bog den Kopf zurück, so weit es die Kopfstütze erlaubte.

»Dein Blut. Wenn du mich nicht sofort nach Snowhill fährst.« Meine Faust kam seiner Nase gefährlich nahe. Eine leere Drohgebärde. Es war nur eine Frage von Sekunden, bis ich zusammenklappte.

»Ach so, *Snowhill.* Steigen Sie ein.« Er musterte mich mit einem ängstlich flackernden Ausdruck in den Augen.

Umständlich nahm ich auf der Rückbank Platz, darum bemüht, auf der heilen rechten Arschbacke zu sitzen und nicht auf der verletzten linken. Mühsam unterdrückte ich ein Stöhnen.

»Ich habe schon öfter Leute nach Snowhill gebracht. Und wissen Sie was?«

»Interessiert mich nicht.«

»Einer der Bewohner dort … Sie sehen diesem Mann verflixt ähnlich.«

»Lass mich in Ruhe«, murmelte ich mit letzter Kraft.

Wir zockelten los, der Typ redete wie ein Wasserfall auf

mich ein, bis nicht nur mein Arsch blutete, sondern vermutlich auch meine Ohren. Ich konnte mich nicht dagegen wehren und ließ sein Geschwafel stumm über mich ergehen. Gott, ich würde sterben. Und die letzten Minuten meines Lebens verbrachte ich mit einem geschwätzigen Dummkopf. Nicht, wie ich es mir immer vorgenommen hatte, in den Armen einer schönen Frau. Aber bevor ich abtrat, würde ich das erledigen, wovon ich träumte, seitdem ich denken konnte. Es war nämlich kein Spaß gewesen, ohne richtigen Vater aufzuwachsen!

Wir verließen die Stadt und durchquerten eine schneebedeckte Landschaft. Die geschwungenen Hügel der Cotswolds zogen an mir vorbei. Ich nickte immer wieder kurz weg und kämpfte dagegen an, fest einzuschlafen.

»Hier am Tor muss ich anhalten«, sagte der Fahrer und hielt an einem meterhohen schmiedeeisernen Tor an. Wahrscheinlich kommentierte er auch jeden seiner Atemzüge. *Ich atme ein, ich atme aus.* »Sie müssen aussteigen und in die Anlage hineinsprechen. Oder kennen Sie den Code?«

»Nein, ich kenne keinen Code.«

»Sehen Sie! Sie brauchen aber einen Code.« Er nickte wichtigtuerisch und deutete auf das Zahlenfeld. »Zumindest sollten Sie einen guten Grund nennen, damit man Sie einlässt.«

Ich konnte unmöglich aussteigen. »Mach du das. Sag: eine wichtige Nachricht.«

»Ob das funktioniert? Na gut, ich will es versuchen.« Er ließ die Scheibe herunter und sprach in das Kästchen mit dem Zahlenfeld. »Hallo? Ich habe eine wichtige Nachricht.«

»Enorm wichtig«, flüsterte ich.

»Enorm wichtig«, wiederholte er. Mit einem dämlichen Kichern fügte er hinzu: »Es geht um Leben und Tod.«

Das Tor schwang auf wie von Zauberhand.

»Na also. Das hätten wir schon mal geschafft.« Er setzte die Fahrt fort.

Wir fuhren über eine elend lange Auffahrt, an verschneiten Büschen und sanft geschwungenen Rasenflächen vorbei. Am unteren Rand der Wiese gab es einen kleinen

Bachlauf, Eiszapfen glitzerten bläulich in der fahlen Wintersonne.

Für einen Moment lichtete sich das Schneegestöber. Die Sonne drang durch die grauen Wolken und beleuchtete einen zweistöckigen roten Sandsteinbau. Geradezu majestätisch thronte er auf einer Anhöhe, umgeben von endlosen Rasenflächen und riesigen Bäumen, ein weißer Winterwald glitzerte im Hintergrund. Das musste Snowhill sein. Ein Landschloss oder Herrensitz, so nannte man das wohl. Es schien schon alt, zumindest teilweise, denn es verfügte über verwitterte Giebel und verspielte Erker.

»Nicht schlecht«, murmelte ich. In Wahrheit fand ich es wunderschön.

Endlich stoppten wir am Ende der Auffahrt neben einem überdachten Eingang und ich wälzte mich aus dem Wagen. Stöhnend tappte ich über einen vom Schnee befreiten Streifen zur Haustür.

»Hallo? Sie haben vergessen, mich zu bezahlen.«

Ich winkte den Fahrer zu mir heran. »Komm her.« Keine Kraft mehr, um zum Wagen zurückzugehen. »Hier.« Ich stopfte ihm fünfzig Pfund in die Hemdentasche. »Geh jetzt. Das ist eine Familienangelegenheit.«

»Wie heißt das Zauberwort?« Er legte neckisch den Kopf schief.

»Verpiss dich«, brachte ich mühsam hervor und schob ein halbherziges »Frohe Weihnachten« hinterher.

»Unerhört! Sie sind der unfreundlichste Gast, den ich jemals hierher gebracht habe!«, schimpfte er. »Einige waren echt patzig, wie der Typ vom letzten Jahr, aber Sie schießen den Vogel ab.«

»Ja, ja.« Ich schleppte mich fünf Stufen hoch bis zur riesigen Eingangstür. Dort hielt ich die Klingel gedrückt. Minutenlang, wie es mir schien.

Die Tür wurde aufgerissen. »Was soll das Geklingel, Freundchen? Die Babys schlafen! Und was heißt hier, wichtige Nachricht? Für wen ist denn diese ach so wichtige Nachricht?« Ein Mann trat in den Türrahmen. Groß, mit breiten Schultern, eine graue Strickmütze auf dem Kopf. Sein von einem schwarzen Bartschatten bedecktes Gesicht mit den braunen Augen erinnerte an einen gutmütigen Bären, momentan eher ein leicht genervter, aus dem Winterschlaf gerissener Bär.

So sah ich mit Mitte fünfzig aus? Gar nicht mal so übel. Er stieß einen erstaunten Laut aus und riss sich die Mütze herunter. Ziemlich wenige Haare kamen zum Vorschein, kurz geschorene, grauschwarze Stoppeln, dennoch wenig. Ich sollte vielleicht anfangen, Koffeinshampoo zu benutzen?

»Für Bailey Donovan«, stieß ich hervor.

»Wer bist du?« Seine Augen weiteten sich.

Es war, als schaute ich in einen Spiegel. Seiner verblüfften Miene nach zu urteilen, erging es ihm genauso. Diese Ähnlichkeit war total lächerlich, aber mir war nicht nach Lachen zumute. Klar, mein Gesicht war kantiger, sein Mund etwas schmaler, er hatte tiefdunkelbraune Augen und meine waren eher grün … Aber so insgesamt sahen wir uns verflixt ähnlich.

Er kratzte sich am Kopf, ich mich ebenso. Er zupfte sich am Ohr, ich mir an meinem. Er stieß ein ungläubiges Schnaufen aus, ich ebenfalls. »Sag, wer bist du, Junge?«

»Das fragst du noch?«, presste ich hervor. War er blind?

Er schmunzelte und fuhr sich über die stoppelige Wange, was ein schabendes Geräusch erzeugte. Dann streckte er seine Hand aus und berührte mein Gesicht. Ich wollte zurückweichen, doch meine Beine waren wie gelähmt, und ich ließ zu, dass er mir sanft über die Wange strich.

»Dein Kinn ist genau wie meins …« Er lachte und entblößte dabei seine Zähne, die ebenfalls meinen glichen. Sein Lachen kam tief aus dem Bauch heraus, als wäre er überglücklich mich zu sehen. Tränen stiegen in seine Augen, etwa vor Freude?

Hilflos trudelte ich in einem Zustand zwischen Schwäche und Empörung. Ich wollte kochen vor Wut, ihn fertigmachen und ihm eine dicke Abreibung verpassen, vielleicht versengte mich auch nur das Fieber. Vor Schmerzen konnte ich mich kaum auf den Beinen halten, und der Oberarsch lachte?

»Was für eine wunderbare Überraschung. Und wie lautet deine wichtige Nachricht?«

»Hier ist sie.« Meine Faust bewegte sich auf ihn zu und zielte auf sein Kinn, leider in Zeitlupe und so schwach, dass ein Neugeborenes fester zuschlug. Er guckte groß. Mit einer fast zärtlichen Berührung wehrte er meinen Schlag ab, umschloss meine Faust und wendete sie an sich vorbei unter seine Achsel. Sein anderer Arm umschlang meine Schulter.

»Was tust du denn, mein Junge?«, fragte er mit sanfter Stimme, zog mich an sich und verwandelte meinen Angriff in eine seltsame Umarmung. »Gott, ist das schön.« Er klopfte mir auf den Rücken, als wäre ich ein Baby mit Luftproblemen, im gleichen Moment knickten meine Beine unter mir weg, und ich sank auf ihn zu.

»Dich schlagen, du Mistkerl«, flüsterte ich und taumelte gegen seine breite Brust. Wie ein Sack stürzte ich in seine Arme und er hielt mich fest, als ich langsam zusammenklappte.

»Mel, komm schnell her! Du glaubst es nicht.« Zusammen sanken wir zu Boden und ich plumpste auf seinen Körper, der meinem so ähnlich war, dass ich weinen wollte. »Ich habe einen Sohn!«

Dann wurde mir schwarz vor Augen.

Mein Hintern brannte wie Feuer. Selbst in meiner Ohnmacht spürte ich den Schmerz in mir pochen und wüten. Besorgte Stimmen umschwirrten mich.

»Was hat er bloß? Stell dir vor, Mel. Er ist einfach umgekippt. Ich wollte ihn umarmen, da sinkt er zu Boden!«

Eine Hand legte sich auf meine Stirn. »Hohes Fieber«, sagte eine weibliche Stimme. »Wir sollten einen Arzt rufen.«

Eine kühle, distinguierte Stimme sprach: »Ich nehme an, das Fieber geht vom Hinterteil der betreffenden Person aus. Die Hose scheint mir blutdurchtränkt.«

Alle schnappten nach Luft.

»Was haben die bloß mit meinem Jungen gemacht? Kommt, wir tragen ihn hoch in mein Bett.«

Eine weitere männliche Stimme. »Das ist dein Sohn? Bist du dir sicher, Bailey?«

Sie legten mich aufs Bett, dummerweise auf den Rücken, und ich stöhnte dumpf auf.

»Oh ja, eindeutig dein Sohn. Den Vaterschaftstest kannst du dir sparen.« Zwei ähnlich aussehende Männer starrten in mein Gesicht. Blond, mit blauen Augen und kantigen Gesichtszügen.

»Willkommen in Snowhill. Ich bin John Christmas, einer der Besitzer von Snowhill.«

»Und ich bin Matt Christmas, der andere Besitzer.«

Ein dritter Mann beugte sich über mich. Kluge graue Augen sahen auf mich herab. »Caspar Miller. Meines Zeichens Butler und guter Geist.« Er strich über seinen grauen Schnurrbart.

Ich gab nur ein Grunzen von mir.

»Rollt ihn auf den Bauch. Ich glaube, das ist besser.« Eine Frau beugte sich mit einem Lächeln zu mir herunter. »Hi, ich bin Melanie Fisher, genannt Mel, die Köchin von Snowhill.« Ihre blauen Augen mit den feinen Lachfältchen wirkten warm und freundlich. Ihr kurzes, blondes Haar war frech geschnitten und unterstrich ihre zierliche Statur.

»Mel! Du heißt seit Monaten Donovan. Hast du das vergessen?«

»Oh, das stimmt. Sorry, Bailey.« Sie lachte leise. »Sag mal, wenn du Baileys Sohn bist, dann bin ich … deine Stiefmutter?« Sie schlug sich die Hand vor den Mund und jauchzte. »Stellt euch vor, ich bin soeben Stiefmutter geworden. Gott, ist das alles aufregend.« Mit einem Taschentuch betupfte sie sich die Augen. »Ich freue mich. Wie lautet dein Name, mein lieber Junge?«

Mein lieber Junge. So hatte mich lange niemand mehr genannt. »Aidan. Aidan Lagarde.«

»Oh, was für ein hübscher Name. Er passt zu dir.«

»Nicht nur das«, sagte Bailey verblüfft. »Mein Opa hieß ebenfalls Aidan!«

Ja, Maman hatte mich nach meinem mir unbekannten Großvater benannt, was ich nicht berauschend fand. Wie oft ich schon *Alain, Adrien, Aiton* oder *Ayrton* genannt worden war oder meinen Namen buchstabieren musste, konnte ich nicht mehr zählen. Angeblich war es eine heilige Tradition, dass alle Männer der Familie Aidan, Bailey oder Castor hießen. Mit Castor hätte es mich schlimmer getroffen.

Mel strich mir mit besorgter Miene übers Haar. »Schweißnass. Wenn das mal keine Blutvergiftung ist. Bailey, du rufst umgehend Dr Haynes an. Er soll sofort kommen!«

»Ich schlage vor, wir rufen lieber Dr Biscot.«

»Den Tierarzt? Warum denn das?«

»Aus gutem Grund«, brummte mein Erzeuger. »Hör zu, Mel.« Sein leises Gemurmel wirkte einschläfernd, vielleicht fiel ich auch erneut in Ohnmacht.

Schritte polterten heran, es roch nach nassem Hund, Kuhfladen und gebratenen Zwiebeln. »Alle raus hier, bis auf Bailey und Mel.« Die Stimme war neu. War es der Arzt?

Wie von fern hörte ich Wasser plätschern. Eine kühle Schere glitt von unten in mein Hosenbein, fuhr über die Wade den Schenkel hoch und zerschnitt die Hose.

»Autsch, das sieht ja schlimmer aus als das Bein von Millers angefahrener Kuh. Ich will euch keine Angst einjagen, aber sie hat es nicht überlebt. Vollkommen vereitert. Die ganze Arschbacke ist entzündet und das Bein ist leuchtend rot. So viel kann ich dir jetzt schon sagen, Bailey: Da steckt eine Kugel drin. Wie auch immer sie hinein gekommen ist.«

»Bei einem peinlichen Sportunfall«, behauptete mein Erzeuger.

»Sportunfall?«

»Ja, er hielt zum ersten Mal eine Waffe in der Hand. Wir wollten Tontaubenschießen und da löste sich ein Schuss.«

»Er muss ein Kunstschütze sein, sich mit einem Gewehr in den Hintern zu schießen.«

»Nun ja, der Junge ist vielseitig begabt. Hör gut zu, Biscot: Es ist keine Kugel, sondern ein Fremdkörper.«

»Sicher, für hundert Pfund zusätzlich ist es ein Fremdkörper.«

»Prima. Ich lege eine Flasche Whisky drauf, wenn du es so hinbekommst, dass nicht sein ganzer Hintern entstellt ist.«

Der Arzt lachte. »Es ist zwar nur sein Hintern und nicht sein Gesicht, aber zu einer Flasche Glenfiddich sage ich nicht Nein. Gut, dann legen wir mal los. Du assistierst mir, Bailey. Und du gehst lieber raus, Mel. Es wird blutig.«

Ein glühender Schmerz durchzuckte mich und ich schrie auf.

»Verdammt, willst du ihn nicht zuerst betäuben?«

»Oh, vergessen. Momentchen.« Eine Spritze bohrte sich in meinen Arm.

»Das kann ja heiter werden«, brummte Bailey. »Ich hoffe, den Rest hast du besser im Griff.«

Ich auch.

In Bauchlage wachte ich wieder auf, einen dicken Verband um den Po, die Decke locker darüber gezogen. Wie viel Zeit war vergangen? Mein Hintern tat weniger weh, nur ein dumpfes Pochen war geblieben, kein Vergleich zum vernichtenden Schmerz der Tage zuvor. Das Fieber schien gesunken und mein Kopf war wieder klarer. Was für eine Wohltat.

»Ah, er kommt zu sich. Aidan, wie geht es dir?«

»Soweit okay.« Ich versuchte aufzustehen, aber meine Muskeln gehorchten mir nicht.

»Was tust du da?«

»Muss los … mein Zug. London … wichtig.«

»Oh, nein, du bleibst schön liegen. Du bist lange nicht gesund. Drei Tage warst du völlig weggetreten, jetzt aufzustehen, ist keine gute Idee. Mel bringt dir gleich eine Suppe. Außerdem nimmst du eine Zeitlang Antibiotikum und sollst dich schonen. Wenn so eine Entzündung nicht auskuriert wird, kann sie das Herz schädigen, hat der Arzt gesagt.«

Die Tür flog auf, das Getrappel von Füßen. Jemand stürmte an mein Bett.

»Hallo, bist du tot?« Ein kleiner Junge mit blonden Locken starrte mir aus zwei Zentimeter Entfernung ins Gesicht und verströmte seinen rosa Erdbeerkaugummiatem. »Ich heiße Gabriel. Und du?«

»Nein, ich bin nicht tot. Aidan.«

Er kicherte. »Warum hast du eine Windel an? Gehst du nicht auf Toilette? Ich schon. Stella, meine Schwester, macht in die Windel, aber sie ist noch ein Baby, ich nicht. Spielst du mit mir Fußball?«

»Das ist ein Verband, keine Windel.« Was für eine Nervensäge. Ich schloss die Augen und stellte mich schlafend.

»Nein, Gabriel. Er ist viel zu krank zum Fußballspielen.«

Noch ein Kind. Ein kleines Mädchen mit roten Locken und blauen Augen. Es tapste mit schwankendem Seemannsgang, als hätte es erst vor kurzem Laufen gelernt. Mit einem Jauchzen bohrte sie einen Finger in mein Auge, dann quietschte sie begeistert auf.

»Oh, Entschuldigung, sie ist mir entwischt.« Eine atemberaubende Schönheit mit einer kupferroten Lockenpracht beugte sich über mich. »Hi Aidan, ich bin Marian Christmas. Schön, dass es dir besser geht.«

Während ich in ihren smaragdgrünen Augen versank, erlebte ich eine Art Fiebertraum. Sie sah haargenau aus wie ein berühmtes Model, *irgendwas mit Reis?*, aber was wollte ein Model in dieser Einöde? Ein heftiger Schmerz durchzuckte mich. Das Mädchen riss ein paar Haare an meinem Arm aus und gluckste.

»Aua«, murmelte ich dumpf.

»Nein, Stella! Lässt du die Haare los. Sorry, sie ist ein wenig wild.« Marian versuchte, die Hand zu lösen, die sich fest in mein Armhaar gekrallt hatte. Endlich gelang es ihr, nach einem kurzen intensiven Kampf, und sie nahm das kleine Biest auf den Arm. »Wir gehen mal lieber. Bis später und erhol dich gut.«

»Danke.«

Noch jemand kam ins Zimmer und setzte sich an mein Bett. Vermutlich war ich wirklich tot oder befand mich auf direktem Wege ins Jenseits. Denn da saß ein Engel neben meinem Bett, mit wallendem blonden Haar und einem wunderschönen Gesicht, ein winziges Baby im Arm. Das ebenfalls wie ein Engel aussah, ein Mini-Engel sozusagen. Verdammt, diese Tabletten waren erstklassiger Stoff. Es würde mich nicht wundern, wenn der Engel seine Flügel ausspannte und eine Runde um mein Bett flöge.

»Hallo, ich bin Smilla, die Frau von Matt. Wir wollten nur mal nach dir schauen.« Sie flüsterte die ganze Zeit. »Das ist Lucia, unser Baby.« Sie lächelte stolz und wirkte total verliebt.

»Schön«, rang ich mir ab, obwohl Babys mich nicht interessierten.

»Danke. Du siehst Bailey total ähnlich. Die anderen haben nicht übertrieben.«

Ich schlief wieder ein. War es einen Tag später? Oder nur eine Stunde? Es roch intensiv nach Hühnersuppe. Als ich die Augen aufschlug, hielt Bailey mir einen Löffel unter die Nase.

»Mels berühmte Hühnersuppe wird dich kurieren. Wie geht es dir, mein Sohn?«

»Besser. Darum will ich fahren.« Es gelang mir, mich ein wenig hochzustemmen, doch dann sackte ich wieder in mich zusammen. Gezwungenermaßen ließ ich zu, dass er mich mit der Suppe fütterte.

»Nichts da, du bleibst. Bald ist Weihnachten, da lasse ich meinen einzigen Sohn nicht wegfahren, nach nur drei Tagen. Allerdings musst du mir eine Auskunft geben: Wer ist deine Mutter?«

Ich hätte fast die Suppe ausgespuckt. »Du weißt nicht, wer sie ist?«

»Nun ja, vor ungefähr dreißig Jahren hatte ich einige Abenteuer.«

»Vor zweiunddreißig Jahren und zehn Monaten.«

»Lass mich mal überlegen.« Er legte die Hand an die Wange. Verdammt, diese Geste hatte ich auch von ihm. »Du bist Franzose, das sagt mir dein Akzent. Da kommt in dem betreffenden Zeitraum nur eine in Frage. Wenn ich dich genauer anschaue, hast du eine gewisse Ähnlichkeit mit ihr. Die Mundpartie. Vor allem der Grünschimmer in deinen Augen, die sind nicht ausschließlich braun. Ach, ich habs! Elaine. Aus Paris. Stimmt's?«

Ich gab ein Knurren von mir.

Er lachte. »Wusste ich es doch! Was macht sie so? Warum

ist sie nicht mitgekommen? Ich hätte mich so gefreut, sie zu sehen. Nicht wahr, Mel?«

»Oh ja, natürlich.« Sie nickte.

»Sag, Aidan, wie geht es ihr?«

»Sie ist tot.«

»Was?« Vor Schreck kippte er fast die Suppe auf mein Kopfkissen. »Tot? Das kann nicht sein! Sie ist doch jung. Mitte fünfzig, oder?«

»Krebs. Vor ein paar Monaten.«

Mel gab einen erschrockenen Laut von sich. »Oh je, du Armer. Du hast deine Mutter verloren?«

Ich zuckte nur stumm mit den Schultern. Spürte Mels Finger durch mein Haar streichen.

»Oh, nein wie traurig.«

»Es tut mir so leid. Seine Mutter zu verlieren … Es muss schrecklich für dich sein«, stammelte Bailey. »Ich wusste von nichts!«

»Schon klar.«

»Nein, auch nichts von deiner Existenz. Wirklich! Sie hat mir nie etwas von dir erzählt, dabei hatte sie meine Adresse. Sonst hätte ich mich um dich gekümmert!«

»Ja, sicher«, knurrte ich und drehte den Kopf zur Seite. Genau wie all die anderen Väter, die ich hatte. Bei fünfzehn hatte ich aufgehört zu zählen. So herzensgut meine Mutter war, in ihrem Liebesleben war sie immer äußerst sprunghaft. Keiner blieb länger als ein halbes Jahr. Vielleicht hatte sie ihm wirklich nie Bescheid gesagt? Es würde zu ihr passen. Sie wollte anderen Menschen niemals Beschränkungen auferlegen oder sie zu etwas verpflichten. Erst in den letzten Wochen ihrer Krankheit hatte sie mir viel von Bailey erzählt. Als wollte sie unbedingt, dass ich ihn aufsuchte. Ihr Plan hatte funktioniert. Immerhin war ich jetzt bei ihm.

»Es ist wahr, Aidan«, sagte Mel. Und wenn ich ihm keinen Glauben schenkte, ihr glaubte ich. »Wir hätten gerne Kinder gehabt, Bailey und ich, aber wir haben dreißig Jahre gebraucht, um zu kapieren, dass wir uns lieben. Leider zu lange. Ich habe letztens noch gesagt, wie schade, dass es zu spät ist für Kinder.«

»Hmm.« Ich brummte.

»Bailey liebt Kinder über alles. Wenn er gewusst hätte, dass er einen Sohn hat, hätten wir dich längst besucht. Aber jetzt bist du zu uns gekommen. Und darüber freuen wir uns sehr. Nicht wahr, Bailey?«

»Oh ja, so ist es. Wenn auch die Umstände schlimm sind«, sagte er mit gepresster Stimme und legte seine Hand auf meine Schulter. »Es tut mir leid, dass du die ganze Zeit allein warst und alles ohne Hilfe durchstehen musstest. Ab jetzt bist du es nicht mehr.«

Scheiße, es wühlte mich auf. Mehr als ich ertragen konnte.

»Ich will jetzt schlafen«, presste ich hervor.

»Sicher, ruh dich aus.«

»Schön, dass du da bist, Aidan.« Mel strich mir wieder durchs Haar, auf die Weise wie meine Maman es getan hatte. Und ich musste mich enorm beherrschen, um nicht wie ein Baby in die Kissen zu flennen.

AUFGEREGTE STIMMEN SCHALLTEN DURCHS HAUS. Oder träumte ich das bloß?

»Was ist los?«, murmelte ich und erschrak, als Bailey sich im Sessel neben meinem Bett räkelte. Hatte er die Nacht dort verbracht? Offensichtlich, er hatte sich eine Wolldecke bis zur Nasenspitze hochgezogen.

»Keine Ahnung.« Er streckte sich und gähnte. »Als was arbeitest du eigentlich? Wenn du dir nicht gerade eine Kugel in den Hintern fängst.« Er grinste ein bisschen.

»Ich bin Automechaniker, Mechatroniker ist die genaue Bezeichnung. Nach der Lehre habe ich Maschinenbau studiert, kurz vor dem Abschluss habe ich es abgebrochen.«

Weil Maman krank geworden war. Sie konnte nicht mehr arbeiten und wir brauchten dringend Geld. Ich geriet auf die schiefe Bahn und organisierte eine Gang, spezialisiert auf Überfälle. Dabei blieb ich im Hintergrund, frisierte die Autos und fuhr höchstens den Fluchtwagen. Alle Überfälle fanden in England statt, damit meine Mutter nichts davon erfuhr.

So führte ich ein Doppelleben. In England spielte ich den

harten Gangster, während ich mich in Frankreich hingebungsvoll um Maman kümmerte.

Als sich herausstellte, dass sie nur noch wenige Monate zu leben hatte, landete ich einen letzten Coup, dann brach ich endgültig mit dem Gangsterleben und kehrte nach Paris zurück.

Mit dem Geld aus dem Überfall verschönerte ich ihr die verbleibende Lebenszeit. Wir wohnten in einem wunderschönen Haus, unternahmen kleinere Reisen, besuchten Konzerte, flogen mit einem Heißluftballon. Alles Sachen, die sie sich immer gewünscht hatte. Das Geld reichte bis zum Schluss und ich bereute zu keiner Sekunde, wie ich es mir verschafft hatte.

Doch dann, zwei Tage nach ihrem Tod, ich war total am Boden, traf ein Brief von der Krankenversicherung ein. Beigelegt eine Rechnung von über 300.000 Euro. Wegen nicht bezahlter Beiträge von weniger als hundert Euro hätte sie ihren Versicherungsschutz verloren. Ich stand tief in der Kreide und konnte nicht einmal ihre Beerdigung bezahlen. Woraufhin der Bestatter ihre Urne behielt und sich weigerte, sie herauszugeben.

Um die horrende Krankenhausrechnung zu begleichen, reaktivierte ich meine Gang. Ein allerletzter Coup, doch er stand unter einem schlechten Stern. Von Anfang an hatte ich ein mieses Bauchgefühl. Zu Recht.

»Automechaniker? Das trifft sich wunderbar. Ich habe mit John und Matt gesprochen. Sie haben gesagt, du kannst so lange bleiben, wie du willst. Am Haus ist ständig etwas zu reparieren oder die Autos müssen in Schuss gehalten werden. Das Areal ist riesig, da muss auch mal ein Zaun repariert oder im Wald die Bäume gestutzt werden. Wenn du handwerklich geschickt bist, wovon ich stark ausgehe, denn du bist mein Sohn …«

»Du bietest mir einen Job an?«

»Nicht nur einen Job, Aidan. Du kannst hier leben, mit mir, Mel und allen. Hier in Snowhill ist dein neues Zuhause. Wenn du das möchtest …«

Ich schluckte. »Du kennst mich doch überhaupt nicht!«

»Du bist mein Sohn, das genügt. Wir lernen uns kennen und ich bin sicher, dass wir uns blendend verstehen. Immerhin sind wir uns so ähnlich.«

Rein äußerlich. Ansonsten waren wir so verschieden wie Tag und Nacht.

»Du weißt nicht, wer ich bin.« Ein ehemaliger Gangster. Ein Krimineller. Wenn ich auch aus gutem Grund zum Verbrecher wurde und es nicht bereute.

»Vielleicht kann ich mich besser in dich hineinversetzen, als du denkst? Ich war auch mal jung und habe zahlreiche Dummheiten angestellt.«

Was meinte er damit? Ich sah ihn fragend an.

Da klopfte es an der Tür. »Bailey, du musst unbedingt kommen! Etwas Wunderbares ist geschehen!«

»Was ist los?«

»Gabriel hat mit dem alten Sessel gespielt und Caspar hat ein Testament gefunden. Es ist noch versiegelt, stell dir vor.«

»Das muss ich mir anschauen.« Er erhob sich vom Sessel und betrachtete mich eingehend. »Keine Sorge, ich bin gleich zurück und kümmere mich um dich. Ich bringe dich ins Bad, wenn du mal zur Toilette musst.«

»Äh ... danke.« Ich hatte nicht wirklich Lust, vor ihm aufs Klo zu gehen.

»Ich kann dich auch duschen.«

»Aha.« O Gott, das wurde ja immer schlimmer.

»Hey, wir sind Vater und Sohn, bloß keine falsche Scham. Denk in Ruhe über meinen Vorschlag nach. Du musst keine Entscheidung treffen, die für die nächsten Jahre Gültigkeit hat. Wenigstens ein paar Monate oder Wochen könntest du bleiben? Oder zumindest bis Januar, Aidan?« Das Flehen in seiner Stimme klang echt. Es lag ihm wirklich etwas daran, dass ich in seiner Nähe blieb?

Ich antwortete mit einem unbestimmten Grunzen.

»Bald ist Weihnachten, du willst doch Weihnachten nicht allein verbringen? Hier geht es immer lustig zu, ständig passiert etwas, die beiden Kleinen sind echt chaotisch, vor allem Stella, die wilde Hummel.« Er lachte. »Mel kocht und backt sich die Seele aus dem Leib, damit es alle schön haben. Ihre Plätzchen sind ein Gedicht, aber ihr Rinderbraten auch. Wenn ich recht überlege, alles, was sie zubereitet. Marian ist ein riesiger Fan von Weihnachtsdekoration, sie tobt sich da richtig aus, schmückt das Haus von oben bis unten, und es sieht immer gemütlich aus. Einziger Nachteil: Sie liebt *Last Christmas* und hört den Song ziemlich oft.«

»O Gott«, entfuhr es mir. Ich hasste den Song.

»Ja, das sehe ich auch so.« Er kicherte. »Wenn du wieder fit bist, könnten wir einen schönen Baum schlagen und aufstellen. Wir schmücken ihn zusammen, wenn du willst. Die Pubs in der Gegend sind auch nicht zu verachten. Außerdem, Aidan«, er beugte sich zu mir herab und grinste. »Ich habe erstklassige Quads.«

»Quads?« Interessiert blinzelte ich ihn an.

»Ja, Männerspielzeuge. Schnelle Flitzer für den Schnee.«

»Das klingt nicht schlecht.« Und damit meinte ich nicht nur die Quads. Alles hörte sich so anheimelnd an. Ein Versteck mit Familienanschluss. Verlockend für einen Typen wie mich, einen abgehalfterten Ex-Gangster ohne Zukunftsaussichten. Und ohne Familie.

Wo sollte ich hin? Nach London konnte ich nicht, nach Frankreich nicht. Bis ich wieder vollständig fit war, könnte ich hierbleiben. Mich von Mel bekochen lassen, *Last Christmas* hören, bis ich einen hysterischen Anfall bekäme. Mir von der wilden Stella alle Haare an den Armen ausreißen und Baileys ungeschickte väterliche Anwandlungen über mich ergehen lassen.

Nein, im Ernst. Es war das beste Angebot. Seit Langem.

»Denk in Ruhe darüber nach.« Das Stimmengewirr im Hintergrund wurde lauter. »Ich bin gleich zurück.«

»Okay«, brummte ich.

»Okay, du denkst darüber nach oder okay, du bleibst?«

»Ich bleibe. Bis Januar vorerst.«

»Damit machst du mir eine riesige Freude, Aidan.«

Für einen Moment befürchtete ich, er würde sich auf mich

werfen und mich küssen. Darum drehte ich den Kopf weg und murmelte ein leises »Danke« an die Wand.

»Du wirst sehen, es wird spitzenmäßig! Und im Januar … Vielleicht gefällt es dir so gut, dass du überhaupt nicht mehr von hier wegwillst?« Er klatschte vor Begeisterung in die Hände, dann ließ er mich allein.

❄

KAPITEL 2

14. DEZEMBER

Carolyn

Auf dem Weg nach Snowhill flatterte der Schnee in dicken Flocken herab, so dass der Himmel sich verdunkelte. Trotz der Tageszeit von zwölf Uhr mittags schien finstere Nacht anzubrechen. Auf den letzten Kilometern der Landstraße von Wingham türmte sich so viel Schnee, dass wir öfter als einmal steckenblieben. Die Räder des klapprigen Taxis drehten durch, der Taxifahrer fluchte am Steuer, aus dem Radio dudelte ein Weihnachtssong. Wie ich das alles hasste.

Niemals im Leben hätte ich nur im Traum daran gedacht, hierher zurückzukehren. Nicht einmal zur Hochzeit meines Bruders im Frühjahr war ich nach Snowhill gereist. Somit verpasste ich leider auch Mel und Baileys Hochzeit, die am gleichen Tag stattfand. Dabei stand Bailey mir näher als sonst ein Mensch auf der Welt, näher als meine Eltern oder mein Bruder.

Zehn Jahre Abwesenheit. Ich hatte Tausende von Meilen zwischen mich und Snowhill gelegt, war zum anderen Ende der Welt gereist, um alles hinter mir zu lassen und zu vergessen. Und jetzt auf der Fahrt vom Bahnhof durch die verschneite Landschaft, schmolzen sie weg. All die Jahre, die trügerische Sicherheit, die ich durch den Abstand gewonnen hatte. Sie lösten sich auf. In ihrem wirbelnden Strudel zog es mich in die Vergangenheit zurück. Ob ich es wollte oder nicht. Mit ihr kamen Tränen. Schmerzen. Enttäuschung. Und etwas, das die Dunkelheit in meinem Herzen anwachsen ließ.

Das Tor tauchte in der Ferne auf und meine Beklemmung wuchs. Mein Herz raste vor Aufregung. *Nur ein paar Tage, dann reist du wieder ab, Carolyn.* So sprach ich mir selbst Mut zu.

Die Hoffnung auf etwas, das mich aus der ausweglosen Situation rettete, hatte mich hierher geführt. Keine zehn Pferde hätten mich sonst zurückgebracht.

Vielleicht erbte ich ein Bild oder ein antikes Möbelstück, das ich zu Geld machen könnte? Es wäre nur ein Tropfen auf den heißen Stein, aber besser als nichts. Vielleicht würde es den Unterschied ausmachen zwischen einer Bewährungsstrafe und einer Strafe ohne Bewährung?

Der Taxifahrer stoppte. »Haben Sie den Code?«

»Nein. Moment.« Ich hatte nie den Code zu den heiligen Hallen besessen. Umständlich stieg ich aus, rutschte auf den dünnen Sohlen im Schnee weg, und sprach in das kleine Feld mit dem Mikrofon. »Hallo? Ich bin's. Öffne bitte das Tor, Mel.«

Es knisterte und knackte. »Hallo? Wer ist ich?« Das war überhaupt nicht Mel, sondern ein Mann. Seine Stimme klang tief und warm. Und ein wenig spöttisch.

»Wer sind Sie?«, fragte ich.

»Ich? Der Türöffner. Und wer sind Sie?« Nach einem Akzent klang er auch. Französisch?

»Öffnen Sie sofort das Tor!«, befahl ich. Wer war das?

»Warum sollte ich das tun? Solange Sie mir nicht sagen, wer Sie sind? Sie könnten ein Einbrecher sein. Korrektur: eine Einbrecherin.«

»Wie bitte? Ich bin Carolyn Christmas!«

»Ach so, das erklärt natürlich alles.« In seiner Stimme schwang ein Schmunzeln. »Also gut, ich öffne.«

»Oh, wie wahnsinnig gönnerhaft von Ihnen. Heute noch, wenn's geht!«

Trotzdem öffnete er nicht. Auch nicht nach Minuten, in denen der eisige Nordwind an meinem Hut zerrte und mir nadelspitze Schneeflocken ins Gesicht blies, so dass ich nach Luft schnappte.

»Hallo? Sind Sie noch da? Ich warte!«

»Moment. Ich muss zuerst das Knöpfchen suchen. Hm, ich finde es nicht. Es liegt wohl tief verborgen.«

»Wie bitte?« Eine Hitzewelle stieg mir ins Gesicht. War das eine Anzüglichkeit?

»Wo ist es denn? Ah, da ist es, oder?« Er legte eine kleine Pause ein, man hörte sein Atmen. »Und? Merken Sie schon etwas?«

»Wie meinen Sie das?«, gab ich mit knallheißem Kopf zurück.

»Ob es das richtige Knöpfchen ist und ich es gefunden habe. Denn dann müssten Sie etwas spüren. Pardon, ich wollte sagen: das Tor müsste sich öffnen. Nein, Moment, mein Fehler. Jetzt habe ich den Fernseher eingeschaltet. Da vielleicht? Nein, auch nicht.« Es raschelte und knisterte in der Leitung. »Es scheint gut versteckt zu sein. Vermutlich wird es selten gebraucht? Ah, hier ist es endlich. Ich drücke jetzt mal, einverstanden? Willkommen in Snowhill, Miss Christmas.« Er lachte, dann räusperte er sich. Ein leises Summen, das Tor schwang auf.

Was für ein blöder Kerl! Atemlos vor Empörung und mit vermutlich hochrotem Kopf kletterte ich in das versiffte Taxi zurück. Wer war dieser Idiot? *Das Knöpfchen suchen.* Das war ja wohl die Höhe.

»Das war echt lustig«, sagte der Taxifahrer zu allem Überfluss und lachte.

»Nein, das war es nicht. Es war unangemessen und sexistisch!« Ich vergrub die Nase tiefer in meine graue Fake Fur-Stola mit Nerzmuster. Für eine echte Pelzstola hatte ich kein Geld. Selbst wenn ich Geld hätte, würde ich es nicht für Pelze ausgeben.

Wenn ich bloß wüsste, wer dieser unverschämte Typ war?

Vielleicht einer von Matts eingebildeten Anwaltsfreunden oder einer von Johns reichen Schnöselfreunden? Meine Wangen brannten von den frechen Bemerkungen. Aber da war auch ein winziges wohliges Kribbeln, das seine samtige Stimme in mir ausgelöst hatte. Nein, das war es nicht!

Das Empfangskomitee stand unter dem überdachten Eingang bereit.

»Carolyn!« Matt breitete die Arme aus. Er hatte sich kaum verändert, seitdem ich ihn vor Jahren zum letzten Mal gesehen hatte. Groß und breitschultrig, mit blondem Haar. Er wirkte eindeutig glücklicher als damals und strahlte über das ganze Gesicht.

»Matt.« Ich streckte ihm die Hand hin, doch er schob sie mit einem Lachen beiseite und nahm mich in die Arme.

»Nicht doch. Hallo, kleine Nervensäge. Na, wie geht es dir?«

»Danke, gut.« Nach zwei Sekunden befreite ich mich aus seiner Umarmung und trat einen Schritt zurück.

»Gibt es in New York keine schickeren Klamotten?« Vielsagend ließ er seine Blicke über mich schweifen.

»Ich trage, was mir gefällt.« Das entsprach nicht ganz der Wahrheit.

»Wirklich? Ein wenig altmodisch, oder?«

Ich verdrehte die Augen und setzte zu einer scharfen Antwort an, da trat John dazwischen.

»Ach was, das nennt man Vintage-Style.« Er schloss mich ebenfalls in die Arme. Er und Matt wirkten wie zwei bis zum Anschlag glückliche Brüder. Und ich? Wie das traurige Stiefkind der Familie.

»Carolyn, da bist du ja endlich!« Mit einem freudigen Quietschen schoss Mel aus der Halle, führte prompt das Taschentuch an ihre Augen und drückte mich fest an sich.

Zum ersten Mal musste ich lachen. Typisch Mel, immer wenn sie gerührt war, vergoss sie literweise Freudentränen. Doch dann dachte ich an unser letztes Treffen, von vor zehn Jahren, und mein Lachen erstarb. »Ist Caspar auch da?«

»Selbstverständlich.« Er nickte mir zu und deutete einen Handkuss an. »Eine vollendete Lady, von Kopf bis Fuß. Das nenne ich Stil, Lady Christmas.«

Ich rang mir ein Lächeln ab. Im Büro lästerten sie über mich, aber das interessierte mich nicht. Ich zog mich so alt an, wie ich mich fühlte. Wie fünfzig. *Oder eher wie hundert?*, tuschelte eine fiese Stimme in meinem Hinterkopf.

»Komm herein, der Wind treibt den Schnee ins Haus. Außerdem wird es zu kalt für unsere Lucia.« Matt schob mich in die Halle und schloss hinter uns die Tür.

Es sah aus wie früher, wenn auch irgendwie verändert. Der wunderbare schwarz-weiße Steinboden, auf dem ich früher Hüpfekästchen gespielt hatte, war geblieben. Es hingen dieselben prächtigen Kronleuchter von der Decke, der wunderschöne antike Kamin war ebenfalls erhalten. Doch vom ehemals kalten Boden stieg Wärme auf und kuschelige Teppiche sorgten für Gemütlichkeit. Überall lagen Spielzeuge, Plüschtiere und Bauklötze verstreut. Die Kommode an der Seite war neu und überhaupt wirkte alles lebendiger und wärmer. Sogar der uralte hässliche Teppich auf der grauen Steintreppe, die nach oben in die Galerie führte, war durch einen fröhlichen pink-lila Teppich ersetzt worden.

»Ist Carolyn endlich gekommen?« Eine rothaarige Frau trat aus dem Wohnzimmer und strahlte mich an.

O mein Gott, war das etwa …? »Das Risotto-Girl?«, entfuhr es mir.

»Ja, leider.« Sie lachte, ihre Sommersprossen tanzten in ihrem schönen Gesicht. »Ich glaube, das verfolgt mich noch, wenn ich alt und schrumpelig bin.« Auf dem Arm trug sie ein ebenfalls rothaariges Mädchen, das auf meinen Hut zeigte und gluckste. »Pass bloß auf, Stella reißt ihn dir vom Kopf. Ich bin Marian, Johns Frau. Wie schön, dich kennenzulernen, Carolyn.«

Ich mochte sie, dennoch verhielt ich mich distanziert. So wie ich es immer tat. »Gleichfalls.«

Eine hinreißend schöne Frau schwedischen Aussehens schwebte herein, sie hielt ein winziges Baby auf dem Arm. Es war in eine flauschige Decke eingewickelt, nur das Gesichtchen schaute hervor. Wie süß es aussah. So zart und rosig. Meine Nichte.

»Hallo, ich bin Smilla, deine Schwägerin. Wie schön, dass du uns endlich besuchst, liebe Carolyn. Schade, dass du bei unserer Hochzeit nicht …«

»Es ging nicht«, fiel ich ihr ins Wort. Dabei wäre ich gerne dabei gewesen, aber ich konnte mich nicht überwinden, nach Snowhill zu kommen.

»Das ist unsere kleine Lucia.« Smilla streckte mir das Baby entgegen. »Sie ist zwei Wochen alt. Möchtest du sie mal halten?«

»Nein.« Abwehrend hielt ich die Hand hoch. Auf ihr entsetztes Gesicht hin schob ich nach: »Ich fühle mich total kalt an von den eisigen Temperaturen draußen, und schmutzig bin ich auch. Immerhin war ich lange unterwegs. Danke.«

»Ein anderes Mal?«, fragte sie mit einem schüchternen Lächeln.

»Vielleicht«, gab ich unbestimmt zur Antwort und schielte wiederum zu Lucia. Dass mir der Anblick eines Babys besonders zu schaffen machte, konnte sie nicht wissen. Niemand wusste es. Am liebsten hätte ich es vor mir selbst verdrängt.

Mit einem Mal zischte ein Fußball an meinem Kopf vorbei. »Huch!«

Ein kleiner Junge mit blonden Locken rannte hinterher. »Tor!«

»Gabriel, pass bitte auf«, sagte Marian. »Beinahe hättest du Carolyn den Hut vom Kopf geschossen.«

»Tschuldigung«, murmelte er.

»Es heißt: Es tut mir leid, ich bitte um Entschuldigung«, korrigierte Caspar.

»Weiß ich doch«, sagte der Kleine und lächelte mich treuherzig an. Sekundenlang starrte er mich an. »Bist du eine Vogelscheuche?«

Alle atmeten entsetzt ein. Auch ich.

So schlimm sah ich aus, das hatte ich nicht gedacht. In das angespannte Schweigen hinein platzte es aus mir heraus: »Gott, so viele Kinder. Ich würde wahnsinnig werden. Habt ihr keine anderen Hobbys?« Mein schrilles Lachen rührte eher von der Vogelscheuchen-Bemerkung her.

Das Lächeln auf ihren Gesichtern erlosch.

Ich hatte keine Ahnung, warum ich das gesagt hatte! Aus Neid oder um sie mir alle vom Leib zu halten, so wie ich es immer tat. Vielleicht weil ich mittlerweile ungeschickt war im Umgang mit Menschen. Kein Wunder, nach so langer Isolation. *Freiwillig gewählter Isolation, Carolyn.*

»Carolyn«, begann Matt und setzte sein strenges Staatsanwaltsgesicht auf.

Davor hatte ich schon immer großen Respekt gehabt. Eilig schlängelte ich mich an ihm vorbei und hastete zur Treppe. »Ich gehe hoch, bis der Notar kommt. Kann mir dann jemand Bescheid geben?«

»Sicher, ich rufe dich«, sagte Mel.

Verwirrt blieb ich mitten auf der Treppe stehen. Wo war ich überhaupt untergebracht? »Habe ich mein altes Zimmer, Mel?«

»Ja. Ich habe alles schön hergerichtet. Auf deinem Kopfkissen liegt Schokolade und es stehen Sandwiches bereit, falls du dich stärken willst. Du kannst auch jederzeit zu mir in die Küche kommen, Carolyn.«

»Danke, Mel.« Ich stapfte die Treppe hoch und spürte die Blicke von allen in meinem Rücken. Es war genauso schrecklich, wie ich es befürchtet hatte.

Oben betrat ich zum ersten Mal nach zehn Jahren mein Zimmer wieder.

Die rosa Tapete an den Wänden, ein paar nette Bilder, das große Bett. Es sah fast aus wie früher. Der kuschelige weiße Teppich war neu, das Bad auch.

Matt hatte erzählt, dass John viel renoviert hätte. Die beiden und ihr geliebtes Snowhill, sie taten so, als wäre es der schönste Platz auf Erden. Das war es aber nicht.

Lange Zeit hatte mich nichts mit Snowhill verbunden. Da mein Vater enterbt worden war, waren wir hier nur Besucher. Ich kam nur wegen Mel und Bailey her, und Caspar natürlich.

Im Sommer hatte ich es gemocht. Die endlos weiten Wiesen, über die ich rannte, der nahe Wald mit den Rehen, der kleine Bach, in den ich die Füße hielt. John und Matt gaben mir immer das Gefühl, ich wäre nur ein Störenfried für sie, die beiden Unzertrennlichen.

Als ich das letzte Mal da war, waren nur Caspar, Mel und Bailey anwesend. Zum Schluss nur Bailey und ich.

Er hatte versprochen, immer darüber zu schweigen. Ich wusste, dass er sein Versprechen gehalten hatte. Denn sonst sähen sie mich mit anderen Augen an.

❄

KAPITEL 3

A

idan

In den vergangenen Tagen hatte ich mich in Snowhill eingewöhnt und von meiner Verletzung erholt. Meine Wunde war verheilt, ich trug lediglich ein Pflaster am Hintern. Bailey verbot mir dennoch jegliche Anstrengung und behandelte mich wie ein rohes Ei.

Als spürte er, dass ich nicht ununterbrochen an diesem familiären Gewimmel teilnehmen konnte, hatte er mir etwas Großartiges gezeigt: das Kutscherhäuschen. Ein kleines, graues Steinhaus mit rötlichem Dach, ein Stück vom Haupthaus entfernt, in dem zu früheren Zeiten der Kutscher der Christmas-Familie lebte, später der Chauffeur. Baileys Urgroßvater, dann der Großvater, daraufhin sein Vater. Und er selbst.

»Die gesamte Donovan-Familie hat hier gelebt. Mein Vater hat es Kit Christmas abgekauft, für wenig Geld. Er hatte wohl einen netten Moment, Kit, nicht mein Dad. Und jetzt führst du diese Tradition fort. Ist das nicht großartig?«

»Hmm.« Die Tradition einer mir vollkommenen fremden Familie weiterzuführen, war eine ungewohnte Erfahrung, die mich nicht unbedingt begeisterte. Aber ich wollte ihm seine Freude nicht verderben ...

Ich hatte nichts Besonderes erwartet, eher eine altmodische Bude mit winzigen Räumen. Doch als wir das Häuschen betraten, tat sich vor uns ein riesiger Raum auf, der das gesamte Untergeschoss einnahm. Er war mit weiß gekalktem Holzboden ausgelegt, die Wände waren ebenfalls weiß gestrichen, wodurch er wie ein Loft wirkte. Ein paar verwitterte Holzbalken dienten als dekorative Stütze. Mittig ragte ein Stück einer halbhohen Wand hervor, die den hinteren Teil ein wenig abgrenzte. Eine moderne Küchenzeile befand sich im vorderen Bereich, dahinter ein kleines, halb renoviertes Bad. Ich mochte es auf Anhieb. »Nicht schlecht.«

Wir schritten die weißlasierte Treppe nach oben, wo es mehrere Zimmer gab.

»Willkommen in den siebziger Jahren.« Bailey nickte zur neongrünen Tapete, den ockergelben Lampen und orangen Teppichen. »Ein Elternschlafzimmer, drei Kinderzimmer, ein Gästezimmer und ein Bad. Hier wurde noch nichts getan. Unten hatte ich mit dem Renovieren angefangen, aber mittendrin die Lust verloren. Es war viel Arbeit und für mich allein ohnehin zu groß. Außerdem lebte Mel im Haupthaus, und da zog es mich unwiderstehlich hin. Wenn du ab jetzt hier wohnst, helfe ich dir, es nach und nach wohnlich zu machen.«

Das Häuschen gefiel mir. Ein paar der alten Fenster waren erhalten geblieben. Sie waren aus Flaschenböden zusammengesetzt und sahen richtig urig aus.

»Lass uns nach unten gehen. Hier oben ist es nicht schön.« Wir schritten die Treppe wieder hinab. »Die Heizung funktioniert nicht, aber vorläufig hast du einen Ofen.« Er zeigte auf ein schwarzes schmiedeeisernes Stück mit einem Glaseinsatz an der Front, in dem die Flammen sichtbar züngelten. »Es wäre dein Zuhause. Was hältst du davon?«

Das erste Zuhause für mich nach langer Zeit. Für einen Moment war ich sprachlos.

»Gefällt es dir?« Er legte die Hand auf meine Schulter. Zum ersten Mal duckte ich mich nicht weg unter seiner Berührung.

»Ja, sehr. Danke.«

Bailey kümmerte sich um ein paar gebrauchte Möbel. Ein braunes Ledersofa, das aussortiert worden war, ein uralter Fernseher, der auf eine wackelige Kommode passte. Eine neu verpackte Matratze, die er früher besorgt hatte und seitdem unbenutzt im Häuschen lag. Mehr brauchte ich nicht. Nur mit Mühe konnte ich ihn davon abhalten, neue Möbel zu kaufen. Wenn ich im Januar immer noch in Snowhill wäre, könnte man über die Verschönerung des Häuschens nachdenken. Jetzt war es zu früh. In Gedanken stattete ich es mit ein paar kuscheligen Teppichen aus und einem großen Bett.

Das Allerbeste entdeckte ich erst nach ein paar Tagen: Katzen! Sie hausten im Schuppen, stromerten überall herum und zeigten sich als anhänglich. Und ich liebte Katzen über alles.

Für die Testamentseröffnung versammelten sich alle in der Bibliothek. Die Eltern von Matt kamen extra angereist. Johns Eltern, die in der Karibik lebten, nahmen über Skype teil. Caspar hatte dieses Benehmen als respektlos gerügt. »Ein wahrer Gentleman wäre zu so einem wichtigen Anlass gekommen. Es geht um den letzten Willen seines Vaters, den er mit seinem Herzblut geschrieben hat.«

»Ach, Caspar, dramatisiere nicht immer alles«, hatte Bailey gesagt und abgewunken. »Er ist doch anwesend, eben über Skype.«

Auf einmal trat jemand hinter mich und eine süße Stimme erklang. So süß, dass mich ein wohliger Schauer überrieselte.

»Oh, du bist es! Ich bin überglücklich, dich zu sehen. Als Einzigen. Nein, über Mel und Caspar freue ich mich auch, aber über dich am meisten.«

Im nächsten Moment schmiegte sie sich an meinen Rücken und ihre Arme schlangen sich um meinen Brustkorb. Wärme stieg in mir auf. Was für ein goldiges Mädchen. Tja, leider verwechselte sie mich mit jemandem. Wobei – die Stimme kannte ich doch! Wir hatten uns eben schon über die Sprechanlage gekabbelt, als ich sie neckte. Von wegen Knöpfchen, das ich angeblich nicht fand. Vor unterdrücktem Lachen war ich fast vom Stuhl gefallen, und sie hatte gekocht vor Wut.

Ich war gespannt, ob das Bild von ihr, das in meiner Fantasie entstanden war, ihrem tatsächlichen Aussehen entsprach. Hoffentlich war sie eine Blondine, denn blond mochte ich sie am liebsten. Kurvig und sexy. Vielleicht in einem hautengen, tief ausgeschnittenen roten Kleid, das sich an ihre heißen Kurven schmiegte? Die Haare lockig und lang, der Mund zum Küssen einladend … Yeah, Baby. Eventuell wurde mein Aufenthalt in Snowhill ein wenig verschönert. Spannung baute sich in mir auf. Vor allem untenrum.

»Oh, Bailey«, murmelte sie – ich zuckte zusammen.

Was? Offensichtlich hielt sie mich für meinen alten Herrn. Sah ich etwa von hinten aus wie Mitte fünfzig? *Das gibt's doch nicht!*

»Es tut mir so leid, dass ich nie auf deine Briefe geantwortet habe.«

»Hmm.« Ich gab nur ein Brummen von mir, um die Umarmung ein bisschen in die Länge zu ziehen.

»Aber ich habe mich über jeden einzelnen gefreut. Gelesen habe ich sie auch alle. Öfter als einmal.«

»Hmm!« Dieses Mal verlieh ich meinem Brummen eine erfreute Note.

Jetzt schmiegte sie ihren Kopf an mich. »Danke für alles, Bailey. Ohne deine Hilfe … Ich weiß nicht, was damals ohne dich passiert wäre.« Ihre Stimme klang erstickt, als kämpfte sie mit den Tränen.

Ich wusste es leider auch nicht, aber es interessierte mich. Brennend. Worüber sprach sie?

Vielleicht könnte ich es aus ihr herauskitzeln? Ich strich über ihre Hand und nahm sie in meine. Ihre war feucht und klamm, als hätte sie Angst oder stünde unter enormen Stress. Meine Hand schloss sich in einer beschützenden Geste um ihre. Es fühlte sich schön an.

Sie empfand es offensichtlich genauso, denn sie stieß einen tiefen Seufzer aus. »Bailey, das tut so gut. Weißt du was? Ich habe das Gefühl, alle hassen mich.«

»Hmm!« Dieses Brummen besagte: *Aber nein, nicht doch. Nicht jemanden wie dich, Süße. Eine dermaßen liebliche Person.*

»Sag mal, bist du noch breiter geworden? Du hast damals schon so eifrig mit Gewichten trainiert.« Sie lachte leise und strich mir über die Flanke. »Ich glaube, du hast an Muskeln zugelegt, deine Schultern sind viel breiter als früher. Mel wird sich darüber freuen.«

»Mmh.« Wenn sie das wiederholte, könnte ich für nichts garantieren.

»Und du hast kein Gramm Fett zugelegt, du bist eine richtig stattliche Erscheinung«, lobte sie mich.

»Hm-rm-rm.« Ich lachte und brummte geschmeichelt. Danke, süßes Mädchen. Total goldig. So ganz anders als die Frauen, die ich kannte, die allesamt fiese Biester gewesen waren. Maman würde sie bestimmt auch mögen. *Was für ein seltsamer Gedanke.*

John und Matt blickten mit erstaunten Gesichtern zu uns herüber. Ich versuchte, mit meiner Mimik auszudrücken: Ich habe keine Ahnung, warum sie das macht. Aber ich sollte sie nicht dabei stören. Denn ich mag es.

Mein Herz schlug schneller. Ich brummte wiederum.

»So, jetzt lass dich mal anschauen, ich möchte dein liebes Gesicht sehen.« Sie kicherte zwischen meine Schulterblätter. »Und dann gibt es ein paar Küsse auf deine kratzigen Wangen, dass es nur so knallt.«

Oh, das klang vielversprechend.

»Hm, also …«, brummte ich. Vielleicht, wenn ich zu ihr sagte, sie solle die Augen schließen? Dann könnte ich ihr einen Kuss abluchsen? Nein, damit ging ich ein bisschen zu weit. Andererseits pressten sich zwei hübsche Brüste an meinen Rücken und sorgten für ein Kribbeln an meinem Körper. Wenigstens einen Wangenkuss von dieser süß duftenden Person, die nach Äpfeln und Vanille roch. Ich zog ihre Hand an meine Lippen und drückte einen Kuss auf die zarte Innenfläche.

Sie zog scharf den Atem ein. »Äh. Bailey?«

Meine Lippen kribbelten wie verrückt. Auf alle Fälle wollte ich einen Kuss! Ich überlegte gerade, wie ich das deichseln könnte, da öffnete sich die zweite Tür der Bibliothek, die uns genau gegenüber lag. Bailey trat in den Türrahmen. Oh, Mist. Das war ein bisschen ungünstig.

»Carolyn!« Er strahlte übers ganze Gesicht und kam mit ausgebreiteten Armen auf uns zu. Verwunderung zeichnete sich auf seiner Miene ab.

»Aber … wie kann das sein?«, stieß sie hervor. Zögerlich löste sie ihre Arme von mir. »Wer um Himmels willen ist das? Bailey?!«

»Oh, was macht ihr beiden denn da?« Baileys Grinsen reichte mittlerweile bis zu den Ohren. »Habt ihr euch miteinander bekannt gemacht? Das ist total …« Seine Lippen formten ein tonloses *Süß*.

Ich wandte mich zu diesem bezaubernden Mädchen um, mein schönstes und charmantestes Lächeln auf dem Gesicht, wie ich hoffte. »Bonjour, ich bin …«

Klatsch. Die Ohrfeige traf mich aus dem Nichts. Mein Lachen war eine Mischung aus ungläubigem Erstaunen, Schock, Beifall und Amüsiertheit. *Na, du traust dich ja was. Dafür sollte ich dich übers Knie legen.*

»Unverschämtheit! Was erlauben Sie sich?« Ihre Augen sprühten vor Zorn. Wunderschöne Augen übrigens, blau wie der Himmel mit einem goldenen Schimmer. Hektische Röte stieg in ihre Wangen. Ihr schöner Mund bebte und ich dachte nur: *Lippen wie zum Küssen gemacht …* Was für ein niedlicher, schmollender Herzmund. Ihr feingeschnittenes Gesicht besaß eine ovale Form. Mit den großen Augen, der lustigen Stupsnase und dem spitzen Kinn erinnerte sie mich ein bisschen an die junge Audrey Hepburn. Wie alt mochte sie sein? 26 vielleicht?

»Da liegt wohl eine klitzekleine Verwechslung vor.« Ich rieb mir die Wange und grinste.

»Oops!«, entfuhr es Bailey. »Es geht temperamentvoll zu zwischen euch beiden.« Er lachte. »Das ist Carolyn Christmas, Aidan.«

»Oh … oh … oh!« Sie stampfte mit den Füßen wie ein wütendes Rumpelstilzchen. Und ich erlaubte mir, sie ausgiebig zu mustern. Meine Herren, was für ein scharfes

Fahrgestell. Schwindelerregend. Wenn auch gepresst in ein seltsames Gouvernanten-Outfit.

Was war das für ein Kleid? Schwarz mit grauen Nadelstreifen, am Oberkörper eng anliegend, unten weit schwingend und oben am Kragen wellte sich … eine Rüsche? Waren solche Kleider nicht längst ausgestorben und hingen bestenfalls in staubigen Museen? Dunkel erinnerte ich mich daran, dass ich ein ähnliches in einer englischen Serie gesehen hatte. *Downtown Abbey.* Da hatte eine verbitterte Gouvernante so ein Büßergewand getragen. Sie war Ende fünfzig gewesen, vom Leben und von der Liebe enttäuscht. Ihr Verlobter war im Krieg gefallen, die anderen Angestellten spannen Intrigen gegen sie, dann starb auch noch ihr Hund. Warum trug so ein schönes Mädchen einen derartig seltsamen Fummel? Sie sollte knackig enge Jeans anhaben und eine sexy Bluse, die oberen drei Knöpfe geöffnet, damit man den Ansatz ihrer herrlichen Brüste erkannte. Ganz dezent sexy. Und sie sollte die honigblonden, leicht gewellten Haare offen tragen, nicht diesen komischen … Dutt? Ich starrte ihn verwirrt an.

»Wie können Sie es wagen, sich für jemand anderen auszugeben?! Erklären Sie mir das!« Sie spuckte förmlich Gift und Galle, das winzige Persönchen. Sie reichte mir nämlich nur bis zur Brust.

Gott, es war nur ein Scherz, kein Grund sich so aufzuregen.

»Eine spontane Idee, Miss Christmas.« Ich bebte vor unterdrücktem Lachen, weil ich sie so schön reingelegt hatte.

Misstrauisch verengte sie ihre Augen und stemmte die Hände in die schmale Taille. »Ich erkenne Ihre Stimme wieder. Sie sind derjenige, der mich eben nicht hereingelassen hat, stimmt's?«

»Mademoiselle, ich *habe* Sie hereingelassen, sonst wären Sie wohl nicht hier, oder?« Es bereitete mir ungeheures Vergnügen, sie auf die Palme zu bringen. Mühsam verkniff ich mir ein Lachen.

»Pah!«

»Ihr beiden scheint euch gut zu verstehen.« Bailey grinste von einem zum anderen, dann breitete er erneut seine Arme aus. »Carolyn, jetzt lass dich umarmen nach der langen Zeit. Zehn Jahre sind eine halbe Ewigkeit.«

Sie brabbelte etwas Unwirsches in meine Richtung, fast klang es wie »blöder Hammel«, aber das würde eine Miss Christmas natürlich niemals sagen. Dann schloss sie Bailey in ihre Arme. »Ja, du hast recht. Das tut so gut, Bails.«

»Aber sicher, für meine Umarmungen bin ich im ganzen Distrikt bekannt.«

»Wer ist dieser … Mann? Ihr seid euch ähnlich, wenn auch nur rein äußerlich.« Sie schnappte immer noch empört nach Luft.

»Das ist mein Sohn Aidan, Carolyn.« Bailey legte den Arm um meine Schulter und präsentierte mich voller Stolz, als wäre ich eine Trophäe. »Ich wusste bis vor Kurzem nicht, dass er existiert. Ich bin Vater, stell dir das mal vor. Unglaublich, oder? Ich und Vater, dass ich das erleben darf. Ein Kind zu haben…« Sein Lächeln verrutschte, ihre Miene versteinerte sich.

»Aha!« Sie rümpfte ihre drollige Stupsnase und drehte sich auf dem Absatz um. »Wir sehen uns später, Bailey.«

Hm, sie hatte ihm nicht einmal gratuliert? Alle hatten das bisher und sich für Bailey gefreut.

Ich sah ihr hinterher, wie sie nach vorne schritt, den kleinen Po in ihrem Gouvernanten-Dress schwingend. »Ganz schön temperamentvoll. Und zickig. Auf der Zickigkeitsskala bekommt sie von mir eine dicke zwanzig. Von zehn. Wo kleidet sie sich ein, auf Flohmärkten? Pardon, das geht mich nichts an.«

»Findest du? Ach was, sie ist ein total liebes Mädchen, du wirst schon sehen.«

»Total lieb?« Ich gab ein spöttisches Lachen von mir. Wenn das wirklich der Fall war, verstand sie, es meisterhaft zu verbergen.

Um Punkt drei Uhr sollte es losgehen, wobei ich der Testamentseröffnung eher gelangweilt entgegensah. Immerhin betraf mich nicht, was demnächst vorgelesen wurde.

Matts Vater Philipp wandte sich an die Runde. »Kann mich mal jemand informieren, wie das Testament gefunden wurde?«

Caspar erhob sich. Er war ein etwas seltsamer Typ, der manchmal eine Butler-Uniform trug. Er hatte sich zwar als Butler vorgestellt, aber das hatte ich für einen Scherz gehalten. Sein Scheitel war wie mit dem Lineal gezogen, sein grauer Schnurrbart akkurat. Er selbst würde es als *distinguiert* bezeichnen, ich fand es ein bisschen schräg. Aber wenn es ihm gefiel …

»In aller Bescheidenheit, es ist mein Verdienst.« Er wippte auf den Zehenspitzen.

John war erstaunt. »Ich dachte, Gabriel hätte beim Fußballspielen den Sessel getroffen?«

Prompt rannte Gabriel nach vorne und hob das Bein. »Ich habe geschossen und zack – fällt der Stuhl um. Und ich: Tor!« Er riss die Arme hoch und hüpfte auf der Stelle.

Alle lachten, auch ich. Der kleine Kerl war echt lustig. In den vergangenen Tagen hatte er mich ein paar Mal im Kutscherhäuschen besucht. Wir hatten zusammen Kekse gegessen und ein bisschen ferngesehen. Seitdem kannte ich *Paw Patrol,* seine Lieblingsserie.

»Es handelt sich um eine Gemeinschaftsproduktion zwischen dem jungen Sir Christmas und mir«, sagte Caspar.

John und Matt stöhnten auf. »Nicht schon wieder die Sir-Christmas-Masche.«

»Oh, doch.« Caspar nickte würdevoll. »Als ich den Stuhl aufhob, ertasteten meine Fingerspitzen etwas zwischen dem Polster. Es war ein Brief, mit dem Siegel von Kit Christmas, eures Großvaters und Vaters. Offizielles Testament stand darauf geschrieben, daher haben wir den Familienanwalt Mr Broombury einbestellt.«

Mr Broombury, ein netter Opa im langweiligen Jackett und mit Goldbrille, saß vorne am Schreibtisch und lächelte freundlich. »Von mir aus kann es gleich losgehen.«

Neben ihm war der Laptop aufgebaut, über den Johns Eltern via Skype teilnahmen, mit dem Bildschirm den Zuhörern zugewandt.

Matts Vater Philipp ergriff wieder das Wort. »Was hatte es mit dem Stuhl auf sich, Caspar?«

»Der Stuhl stand am Bett eurer Mutter Lilly. Euer Vater Kit saß wochenlang darin, als sie diese schwere Lungenentzündung hatte. So hat mein Vater es mir erzählt, Gott habe ihn selig. Als sie wieder gesund war, flogen sie zusammen in die Schweiz. Zu einer Kur nach Davos. Doch bei der Rückreise aus der Schweiz passierte ein Unglück und sie starben bei einem Flugzeugabsturz.«

»Oh, ich verstehe.« Philipp nickte.

Minuten später flimmerte der Monitor und ein Mann erschien auf dem Bildschirm, Johns Vater. »Hallo an alle!« Er hob sein mit einem bunten Schirmchen versehenes Cocktailglas.

Philipp wirkte irritiert. »Du hättest dich ein wenig passender anziehen können, Jeremy.« Trug Johns Vater etwa eine knallrote Badehose und sonst nichts? Ich rieb mir erstaunt die Augen.

»Ich bin hier in der Karibik, was erwartest du? Denkst du, ich setze mich im Anzug hin, bei 40 Grad im Schatten?« Jeremy prostete allen zu. »Ah, köstlich. Ein Mojito.« Er sprach das Wort übertrieben aus. »Mmmm-och-chittto.«

»Ich bin froh, dass er überhaupt angezogen ist. Besser als nur mit einem Schleier bekleidet. Weißt du noch, sein Schleiertanz?«, flüsterte John Matt zu. Sie stießen sich an und lachten.

»Oh ja, ich erinnere mich an einen hinten offenstehenden Krankenhauskittel«, antwortete Matt. »Das Bild hat sich in mein Gedächtnis eingebrannt.«

Jeremy wirkte sichtlich gelangweilt. »Ich denke nicht, dass sich das Testament wesentlich vom anderen unterscheidet. Was soll dieser Aufwand? Ah, da bist du, Diane.« Er machte einer elegant gekleideten Dame mit silbernem Pagenkopf Platz, Johns Mutter.

»Huhu, wo sind denn meine Kleinen?« Sie winkte in die Kamera. »Stella und Gabriel, meine süßen Mäuse. Winkewinke, hier ist Granny.« Ihr Lächeln verschwand. »Meine

Güte, Jeremy, hättest du dir nicht wenigstens eine Hose anziehen können?«

»Seit wann zählt eine Badehose nicht mehr als Hose?« Er schlürfte wiederum. »Mmmm-och…«

Sie vollführte eine ungeduldige Geste. »Trink einfach deinen Cocktail und hör auf mit diesem Mochito-Mochito-Gemurmel.«

»Alles klar bei euch, Mum?«, fragte John irritiert.

»Ja, sicher«, sagte er und sie gleichzeitig: »Nein!«

»Punkt drei. Ich beginne mit der Verlesung das Testaments.« Mr Broombury zerstörte das Siegel. »Mein letzter Wille, Christopher Christmas, in Snowhill.«

»Potzblitz, es ist das aktuelle Testament!« Johns Vater stellte das Cocktailglas beiseite und wirkte mit einem Mal deutlich interessiert.

»Es ist an die beiden Herren Christmas gerichtet, an Jeremy und Philipp«, erklärte der Anwalt, dann holte er tief Luft.

»Meine lieben Jungs, Jeremy und Philipp. Ganz besonders mein lieber Philipp, denn ich habe dir Abbitte zu leisten. Wenn ihr das lest, weile ich nicht mehr unter euch. Falls meine liebe Frau Lilly mich überlebt, was ich inständig hoffe, geht das gesamte Erbe an sie.

Erst nach ihrem Tod wird es zu gleichen Teilen an euch übergeben. Ja, zu gleichen Teilen, ungeachtet des letzten Testaments, das ich in einem schändlichen Wutanfall schrieb.

Lieber Philip, ich bedauere von Herzen, dass ich dich so beschimpft habe und dein Verhalten als eines Christmas nicht würdig bezeichnet habe. Es hat mich so aufgeregt, dass du an Weihnachten drei Freundinnen mitgebracht hast. Du weißt, ich dulde keinerlei unmoralisches Verhalten. Ausgerechnet an Weihnachten, dem Feiertag, der für eure Mutter und mich eine so große Bedeutung hat. Darum war ich überaus erbost und zu meiner Schande war ich es sehr lange.

Ich verfalle wieder in diesen strengen Ton, dabei wollte ich dir etwas gänzlich anderes mitteilen. Ich liebe dich, mein Sohn Philipp, genau wie ich deinen Bruder Jeremy liebe. Aufrichtig und von ganzem Herzen. Ihr beide, meine lieben

Jungen, seid unser größtes Geschenk, die Krönung unserer Liebe. Wir hatten die Hoffnung schon aufgegeben, eigene Kinder zu bekommen. Doch dann wurdet ihr geboren und wir könnten nicht glücklicher darüber sein.

Darum sollt ihr beiden zu genau gleichen Teilen als meine Erben eingesetzt werden. Auf den Penny genau. Ich dulde nicht, dass einer von euch nur einen Penny mehr bekommt als der andere!

Soeben kam der Arzt und hat mir versichert, dass es meiner Lilly bald besser geht. Darüber bin ich sehr glücklich. Ich habe mir überlegt, sie mit einer Reise in die Schweiz zu überraschen. Dort kann sie sich in einem Kurort vollständig erholen.

Gleich nach meiner Rückkehr werde ich das geänderte Testament an unseren Familienanwalt Mr Broombury übergeben. Bisher bin ich keine Sekunde vom Bett meiner geliebten Lilly gewichen und werde das auch nicht ändern.

Meine Jungs, ich bin stolz auf euch. Ihr seid die besten Söhne, die man sich wünschen kann. Ihr zwei, und meine über alles geliebte Frau, seid meine Liebe und mein Leben.

Wir sehen uns an Weihnachten in Snowhill,

Euer euch liebender Dad Kit.

PS: Alle anderen Klauseln des Haupttestaments werden von diesem Testament nicht berührt. Sie gelten weiterhin.

PPS: Siehe weitere Anlagen. Bezüglich der Scheune.

PPPS: Siehe Anlagen 12 bis 96, Absatz 32 bis 128.

STILLE. Dann war ein leises Schluchzen zu hören. Matts Vater weinte und Matt nahm ihn in die Arme. »Beruhige dich, Dad. Das ist doch wunderbar. Du hast immer gehofft, dass er bereut, was er zu dir gesagt hat. Jetzt hast du es schwarz auf weiß, er hat dich von Herzen geliebt. Und er wollte, dass du es weißt.«

Sein Vater nickte nur, unfähig zu sprechen.

»Das ist ein echtes Wunder«, murmelte John. »Opa Christmas, ich nehme alles Schlechte zurück, was ich jemals über dich gesagt habe.«

»Ich auch. Und es war eine Menge.« Bailey wischte sich mit dem Ärmel über die Augen.

»Ich nicht«, sagte Caspar, die Daumen in seine Weste geklemmt. »Denn ich habe niemals eine kritische Bemerkung über Sir Christmas fallengelassen. Ich ahnte immer, dass er das alles nicht so beabsichtigt hatte. Ich konnte es nur nicht beweisen. In der Tat, ein ergreifender Moment. Wir sollten einen Toast auf ihn aussprechen.«

Mel tupfte sich mit einem Taschentuch die Augen ab. »Gottchen, ich habe so gehofft, dass sich alles zum Guten wendet.«

»Ich … ich verstehe nicht.« Johns Vater schüttelte verwirrt den Kopf. »Toll, Philipp, es freut mich für dich. Glaub mir, es war auch für mich schwierig, die bevorzugte Nummer eins zu sein. Was bedeutet das für uns?«

Mr Broombury stieß einen tiefen Seufzer aus. »Jede Menge Arbeit. Da Mr Christmas darauf besteht, dass alles gerecht und bis auf den Penny genau aufgeteilt wird, steht uns eine riesige Aufgabe bevor. Alle geschäftlichen Transaktionen der vergangenen fast vierzig Jahre müssen durchleuchtet und die Erlöse neu verteilt werden.«

John winkte lässig ab. »Ach, ich habe Matt bereits den Ostflügel geschenkt und die Hälfte der Christbaumkugel-Firma. Damit dürfte alles abgedeckt sein.«

Der Anwalt rückte an seiner Brille. »Genau genommen, waren Sie zu dieser Schenkung nicht berechtigt, da weder Snowhill noch die Firma Ihnen allein gehörten.«

»Wie bitte? Das soll wohl ein Scherz sein.« John lachte empört.

»Oh nein, mitnichten.« Mr Broombury hob die Hand und raschelte mit den Papieren. »Moment, es geht weiter: Der Unverheiratete der Familie soll Snowhill bekommen.«

»Wie soll ich das verstehen?«, fragte Carolyn.

»Ach, das ist nur eine Floskel.« John wirkte mittlerweile genervt. »Opa hat sie wegen seines jüngeren Bruders Henry eingefügt und diesen Passus nie geändert. So stand es auch im alten Testament, aus Sentimentalität, denn sein jüngerer Bruder starb im Krieg und kehrte nie zurück.«

Mr Broombury ließ den Blick über die Anwesenden schweifen. »Niemand ist hier unverheiratet? Vorzüglich. Dann gehört Snowhill allen Familienmitgliedern gemeinsam. Vielmehr den Haupterben Philipp und Jeremy und deren Kindern. Es gab zwar diverse Überschreibungen, aber sie müssen sorgfältig geprüft werden. Gut, ich fahre fort. Es geht im Weiteren um eine Scheune und ein paar …«

Carolyn räusperte sich. »Doch, ich bin unverheiratet.«

»Oh!« Für einen Moment sah der Notar verwirrt aus. »Das ändert natürlich alles.« Er blätterte fahrig in seinem Ordner. »Hm, das kann nicht sein. Oder etwa doch? Moment, ich will jetzt nichts Falsches sagen.« Er murmelte leise vor sich hin. »Ja, es stimmt: Wenn ich das richtig verstanden habe, haben Sie somit Snowhill geerbt. Herzlichen Glückwunsch, junge Dame.«

»Nein, nein, nein! Unmöglich!« Matt sprang vom Stuhl auf. »Da liegt bestimmt ein Fehler vor. Sie kann Snowhill nicht erben! Das geht einfach nicht. Sie ist jünger als ich. Wenn es einer erbt, dann der Älteste.«

»Genau, ich bin der Älteste.« John nickte dem Anwalt zu.

»Genau genommen bin ich der Älteste«, sagte Johns Vater mit einem Lachen aus dem Laptop, als hielte er alle für geistig minderbemittelt.

»Oh, nein, mein Freund. Du hast schon genug geerbt, Jeremy.« Matts Vater hatte seine Fassung wiedergewonnen und schritt kampfeslustig nach vorne. »Jetzt sind die anderen an der Reihe. Schön, dass wir endlich aus deinem Schatten heraustreten.« In einer drohenden Haltung beugte er sich zum Laptop herab.

»Was willst du denn damit sagen, Philipp?«

»Ja, was wohl?«, schrie er in den Monitor. »Ich bin froh, nicht länger ein Christmas zweiter Klasse zu sein, dass du es nur weißt!«

»Wie bitte, wovon redest du denn? Bist du noch ganz dicht?« Jeremy lachte wiederum.

»Reißt ihr beiden euch mal zusammen, ihr Streithähne?«, rief Johns Mutter.

»Ja, wirklich. Geht das Gezanke schon wieder los?«, fragte

Matts Mutter. Die beiden Frauen schüttelten einhellig die Köpfe.

»Genau. Wir sprechen über die Zukunft von Snowhill!« John und Matt nickten einander zu.

»Warum kann ich Snowhill nicht erben?«, warf Miss Christmas dazwischen. »Wenn Opa das so verfügt hat, kann ich das sehr wohl.« Sie sprach kühl, doch die roten Hektikflecken auf ihrem Hals verrieten ihre Aufgeregtheit.

Jetzt mischte sich ihr Vater ein. »Nein, Carolyn. Bleib ruhig, lass uns das im engsten Familienkreis klären.«

»Nein! Ich will es jetzt wissen.« Sie wandte sich an den Anwalt. »Gehört Snowhill wirklich mir? Mir allein?«

»Moment lassen Sie mich den betreffenden Passus erneut durchlesen.« Er blätterte verwirrt in den Unterlagen. Quälende Stille erfüllte den Raum. »Das jüngste ledige Familienmitglied … alleiniges Besitzrecht … Sind Sie ledig, Miss Christmas?«

»Und wie ledig ich bin!« Sie sprang vom Stuhl auf. Ihr süßer Po wippte, das entging mir nicht. *Bester Moment der Testamentseröffnung.*

»Herzlichen Glückwunsch. Snowhill, inklusive der Wiesen und Wälder, ist hiermit Ihr Eigentum.« Mr Broombury hob den Zeigefinger. »Moment, das ist wichtig! Alle anderen Klauseln des vorherigen Testaments bleiben unberührt.«

»Ja! Tschakka!« Sie riss die Faust nach oben, wirbelte herum und wollte aus dem Raum stürmen.

Der Ruf des Anwalts ließ sie anhalten. »Was haben Sie denn mit Snowhill vor, Miss Christmas?«

»Was wohl?« Sie stoppte etwa einen Meter vor mir. Unsere Blicke trafen sich, ein Hauch ihres süßen Vanilledufts wehte zu mir herüber. »Verkaufen.«

»Was? Wie bitte? Aber Carolyn!«

Alle atmeten entsetzt ein, sogar ich. *Merde,* jetzt hatte ich ein schönes Plätzchen gefunden, wo ich mich verstecken konnte, und dann kam Miss Schmollmündchen und verkaufte es mir glatt unter dem Hintern weg? Unter meinem immer noch schmerzenden Hintern! Darüber war ich nicht amüsiert.

»Verkaufen?«

Kurz flackerte es in ihren Augen, fast ängstlich, doch dann setzte sie eine undurchdringliche Miene auf. »Ganz genau. Verkaufen.«

Ein wahrer Tumult brach aus. Schrille Schreie, dumpfes Grollen, Johns Vater fluchte lautstark aus der Karibik. Matt fluchte noch übler. Ein Baby begann zu schreien. Vermutlich Stella.

Der Anwalt bat um Ruhe, doch alle redeten wirr durcheinander, bis er einen Ordner auf den Schreibtisch knallte. Stille trat ein. »Moment, ich war noch nicht fertig. Es gibt viele kleinere Zusätze, als letztes schrieb Kit Christmas: Die Scheune auf der Finnighan-Wiese soll eure letzte Zuflucht sein. Die Scheune geht an die Nachkommen meines Chauffeurs Donovan, meines Butlers Miller und meiner Köchin Fisher. Für ihre überragenden Dienste im Allgemeinen. Und für Donovan im Speziellen, weil er einmal ein ärmliches, hungriges Mädchen vom Bahnhof mitgenommen und zu mir gebracht hat. Eure Mutter Lilly.«

»Hörst du, Mel, wir haben eine Scheune geerbt, jetzt sind wir reich.« Bailey stieß Mel lachend in die Seite, doch sie reagierte nur mit einem gequälten Aufstöhnen. Und auch sonst lachte niemand über seinen Scherz.

»Um die Scheune kümmern wir uns später.« Caspar eilte zur Tür. »Gütiger Himmel, was für Neuigkeiten. Ich sollte schleunigst ein paar Karaffen mit Whisky bereitstellen. Möchte jemand Salzgebäck? Oder ein paar Scones?«

Niemand war zu einer Antwort fähig.

Miss Christmas schritt an mir vorbei. »Gott sei Dank, gerettet«, entschlüpfte es ihr.

Gerettet? Wovor?

»Jetzt warte doch mal, Carolyn. Hast du das ernst gemeint?« Ihr Vater rannte ihr hinterher und hielt sie am Arm fest. »Wann willst du Snowhill verkaufen?«

»Möglichst schnell. Noch vor Ende Januar.« Sie zuckte mit den Schultern, bedachte mich erneut mit einem rätselhaften Blick aus ihren blauen Augen, dann schritt sie in ihrem hässlichen Gouvernanten-Outfit davon.

Vorne aus dem Laptop schallte es. »Sie will Snowhill verkaufen? Das werde ich nicht zulassen. Haltet aus, ich komme, um euch zu retten!«

»O Gott, Dad!«, stöhnte John. »Geht es auch etwas weniger dramatisch?«

»Hättest du eine richtige Hose angezogen, wäre das alles nicht passiert«, zischte Johns Mutter. »Deine Hose anzubehalten scheint dir schwerer zu fallen, als ich dachte!«

Die Zankereien nahmen kein Ende, und ich flüchtete entnervt aus dem Raum.

Da zog ich mich lieber in mein Kutscherhäuschen zurück, wo die Katzen schon auf mich warteten. Es gab nichts Beruhigenderes, als ein Kätzchen zu streicheln, bis es sich müde in meine Hand schmiegte und leise schnurrte. Und der riesige schwarze Kater, den ich im Schuppen gefunden und aufgepäppelt hatte, wartete ebenfalls auf mich. Auch wenn er das niemals zugeben würde.

Mein schöner Plan, in Snowhill eine ruhige Kugel zu schieben, hatte sich mit dem Auftreten von Miss Christmas erledigt. Und darüber war ich nicht gerade erfreut.

❄

KAPITEL 4

Carolyn

»O MEIN GOTT, das gibt's ja nicht.« Zuerst schritt ich langsam davon. Sobald ich außer Sichtweite war, rannte ich aus der Bibliothek die Treppe hoch in mein Zimmer, ließ mich aufs Bett fallen und fächelte mir Luft zu. Ich hatte Snowhill geerbt?

Nicht etwa nur ein Bild, das ich für ein paar hundert Pfund verscherbeln konnte, sondern diesen ganzen Kasten? Wie viel mochte er wert sein? Zehn Millionen? Eher mehr.

Ich presste die Hände auf mein Gesicht, das vor Aufregung glühte.

Das war … unglaublich. Es könnte für mich die Rettung in letzter Sekunde bedeuten. Ein unverdientes Geschenk fiel in meinen Schoß, denn ich hatte mit Snowhill nie viel zu tun gehabt. Es wäre gerechter, einer der anderen hätte es geerbt oder sie alle zusammen. Immerhin liebten sie es, hier zu leben.

Ausgerechnet ich erbte Snowhill, obwohl ich es hasste? Nein, ich hasste es nicht, nur das, was mir hier vor zehn Jahren zugestoßen war. Untrennbar hatte es sich mit dem

Gebäude verbunden, als wären meine Traurigkeit und Verzweiflung in die Mauern eingesickert. Darum war es gut, dass es verkauft wurde. Es fühlte sich an wie ausgleichende Gerechtigkeit. Die Wiedergutmachung für alles, was ich erlitten hatte.

Sicher, die anderen taten mir total leid. Vor allem Smilla, die vor wenigen Tagen entbunden hatte. Frauen waren doch besonders empfindlich kurz nach der Geburt. Sie hatte geweint und ihr süßes Baby an sich gepresst, als müsste es sie trösten. Beim Hinausgehen hatte ich es bemerkt.

Keine Sorge, Carolyn, sie landen nicht auf der Straße. Es war genügend Geld vorhanden. Dad hatte Geld, Matt hatte Geld, John mit seinen zwei Firmen besaß am meisten. Und Onkel Jeremy sowieso. Alle hatten Unmengen von Geld, nur ich nicht! Dabei brauchte ich es so dringend. Aus dem Grund hatte vielleicht eine höhere Macht beschlossen, dass ich Snowhill bekäme? Damit ich nicht ins Gefängnis musste.

Es war ein Wunder! Ausgerechnet jetzt passierte es, kurz bevor es zu spät war.

An Wunder hatte ich lange nicht mehr geglaubt, nur an Tränen, Verrat und zerstörtes Glück.

Aber heute hatte mich eins getroffen. *Danke, Opa Christmas. Tausend Millionen mal Danke.* Ich hatte den alten Kauz nie kennengelernt. Äh, ich sollte ihn lieber einen großzügigen Gönner nennen? Heute hatte er mich gerettet in seiner vorausschauenden Weisheit.

Vielleicht wandelte sich alles zum Guten und meine zehnjährige Pechsträhne wäre endlich vorbei? Ich wünschte es mir so.

Dieser Mann, der bei der Testamentseröffnung dabei gewesen war, Baileys Sohn.

Ein unglaublich frecher und unverschämter Typ. Er verführte mich zu einer Umarmung, ohne dass er richtigstellte, wer er war. Ich war jetzt noch aufgebracht deswegen.

Als er sich zu mir umdrehte, schnappte ich nach Luft. Und das nicht nur vor Überraschung.

Braune Augen, die von einem herrlichen Smaragdschimmer überstäubt waren. Ein freundlich lächelnder Mund.

Meine Ohrfeige, die sein Lächeln wegfegte, bevor es wieder erschien. Spöttisch, aber auch ein wenig gefährlich. Als wollte er mich warnen …

Der ganze Kerl war gefährlich! Über eins neunzig groß und muskulös, aber mit den geschmeidigen Bewegungen einer Katze. Er glich Bailey enorm, wobei es deutliche Unterschiede zwischen ihnen gab: Wenn Bailey wie ein freundlicher und gutmütiger Bär wirkte, so erinnerte dieser Aidan an einen leicht fiesen Bären, der Gefahr ausstrahlte und den man besser nicht reizen sollte. Wie eine Kreuzung von Bär und Puma. Oder von Bär, Puma und Wolf. Sein Gesicht war auch viel kantiger als Baileys, vor allem die Kinnpartie. Die schwarzen Bartstoppeln verliehen ihm etwas Verwegenes, dafür war sein Mund schön geschwungen. *Wie er sich wohl anfühlte?* Sein schwarzes Haar war viel dichter und länger als Baileys Stoppeln.

Herrgott, Aidan glich *ihm.* Tommy. Vermutlich hatte er genau die gleichen Tricks drauf wie Tommy. Mich so reinzulegen und mir etwas vorzuspielen, das war echt unerhört!

Lieber Bailey. Ein Lächeln trat auf mein Gesicht. Witzigerweise hatte ich bei der Umarmung sofort etwas anderes empfunden. Solche Gefühle in Zusammenhang mit Bailey? Ich hatte mich über mich selbst gewundert. Es gefiel mir, mich an seinen breiten Rücken zu schmiegen, und ich mochte es, als er meine Hand nahm. Vor allem, als er die Innenfläche meiner Hand küsste, fühlte es sich schön an. Sie kribbelte immer noch.

Baileys Sohn war ebenso attraktiv wie unverschämt, so viel stand fest. Ich sollte keinen weiteren Gedanken an ihn verschwenden. Ohnehin war ich bald wieder weg und das war auch gut so.

Als ich nach draußen sah, schneite es immer heftiger. Der Schnee schluckte jeden Laut und legte sich wie ein Mantel über die Vergangenheit. Vielleicht verschluckte er auch die Tränen und den Schmerz? Und den unersetzlichen Verlust.

Bestimmt. Einmal muss es doch aufhören, wehzutun? Gedankenverloren kratzte ich über die kribbelnde Innenfläche meiner Hand, die leise vor sich hin glühte wie von einem Insektenstich.

Da drang ein Maunzen aus dem Korb, den ich eingeschmuggelt hatte. »Oh, ich habe dich nicht vergessen!« Mit einem Lächeln öffnete ich den Korb und das Kätzchen kroch heraus, zittrig und schwach auf den Beinen. Es war schwarz, mit weißen Pfötchen und einem weißen linken Vorderbein, so dass es aussah, als hätte es drei Socken und einen Kniestrumpf an.

»Komm her, Mäuschen.« Ich presste es an mich, streichelte über das struppige schwarze Fell. Dann hüllte ich es in meinen Schal ein, damit es nicht fror.

Das arme Ding. Am Bahnsteig war es zwischen den Füßen der Reisenden gekrochen, die beinahe auf es drauf traten. Minutenlang wartete ich, ob jemand käme, dem es gehörte. Fast plumpste es auf die Gleise. Das konnte ich nicht länger mitansehen! Ich schnappte es und verstaute es in meiner Tasche. In einem Shop kaufte ich einen kleinen Korb.

Es zitterte immer noch. Vielleicht sollte ich es in einen zweiten Schal wickeln? Im Koffer lag eine Stola aus Plüsch.

Wo war mein Koffer? Entsetzt sah ich mich im Zimmer um. Nur meine Handtasche lag auf dem Bett, daneben die Reisetasche mit Toilettenartikeln und einer Garnitur von Wechselsachen.

Verflixt, ich hatte den Koffer am Bahnsteig stehengelassen! Dabei waren wichtige Sachen darin, an denen mir viel lag. Mehr als das … Sie bedeuteten mir alles.

»Kätzchen genommen, Koffer vergessen. Carolyn, du bist so ein Schussel!«

Kaum zu glauben, dass ich in New York eine Abteilung in einer großen Versicherungsgesellschaft leitete. Ich hatte Karriere gemacht, aber es war nicht mein Traumjob. Wenn ich ehrlich war, hasste ich ihn wie die Pest. Wegen allem, was dort gewaltig schief lief und was dazu geführt hatte, dass ich mich jetzt in dieser *Situation* befand.

»Nennen wir es, wie es ist, nicht wahr, Socke? Ein riesiges Schlamassel.«

• • •

Ein leises Klopfen drang von der Tür. »Carolyn? Wir essen gleich zu Abend. Kommst du zu uns herunter? Das wäre schön.« Mels Stimme klang erstickt. Bestimmt hatte sie geweint.

Ich wollte ihr verweintes Gesicht lieber nicht sehen. »Danke, ich möchte nichts.«

»Ach was, so ein Unsinn! Wenn du nicht kommst, bringe ich dir ein Tablett nach oben. Du musst etwas essen, du bist so dünn geworden, Liebes.«

Mein Magen knurrte, ich war enorm hungrig. »Ja, danke, das wäre nett. Mel?«

Es tut mir leid, dass ich dein Zuhause verkaufe. Aber leider muss ich das tun.

»Ja, was denn?«

»Ach nichts. Doch, warte. Haben wir zufällig ein bisschen Katzenfutter?« Jetzt öffnete ich doch die Tür und lugte durch den Spalt. »Und Katzenstreu?«

Sie lächelte. Zu meiner Erleichterung sah sie nicht verweint aus, sondern fröhlich wie immer. »Hast du wieder ein Katzen-Findelkind?«

»Ja. Am Bahnhof ist es mir zugelaufen.«

»Witzig, sie suchen immer dich aus. Ja, ich habe neuerdings wieder einen Vorrat angelegt. In den alten Schuppen hinten auf dem Gelände hausen doch manchmal die wilden Katzen. Sie sind so dünn, richtig knochig, und da gibt es kleine Kätzchen. Soll ich dir etwas hochbringen? Katzenmilch habe ich auch.«

»Ja, das wäre toll.«

»Zeig doch mal. Darf ich reinkommen?«

»Ja, sicher.« Ich machte die Tür frei und deutete zum Bett.

»Oh, wie süß. Was für ein niedliches Katzenbaby. Und diese Söckchen an den Füßen, wie goldig. Denkst du, es gab nur eins? Vielleicht sind noch mehr Babys da?«

»Ja, das wäre möglich. Ich sollte die Tage noch mal zum Bahnhof fahren. Mel, kannst du jemanden darum bitten, dass er mich morgen herumfährt? Wegen geschäftlicher Termine.«

»Oh, Bailey leiht dir gern sein Auto, das ist kein Problem.«

»Hm, blöderweise habe ich meinen Führerschein verloren.« Es war so peinlich. Alkohol am Steuer war der Grund dafür.

»Oh, ich verstehe.« Sie guckte erstaunt und schritt zur Tür. »Ja, ich kümmere mich darum.«

»Danke, Mel.« Ich kämpfte mit mir. War es klug, das auszusprechen? Vermutlich eher nicht. Ich sagte es trotzdem: »Es tut mir leid, aber … Mir bleibt keine andere Wahl.«

Etwas in meinem Gesicht ließ sie erschrocken nach meinem Arm greifen. »Carolyn, wenn dich etwas bedrückt … Hast du Ärger oder Probleme? Du weißt, wir helfen dir immer.«

»Nein, schon gut.« Ich rang mir ein Lächeln ab. »Nichts, womit ich nicht allein klar käme.« Ich löste meine Probleme immer allein. Mehr oder weniger erfolgreich …

»Ich muss nach unten. Sonst brennt etwas in der Küche an. Bis später, Liebes!«

❄

KAPITEL 5

A idan

ABENDS IM ESSZIMMER herrschte gedrückte Stimmung. John und Matt saßen mit langen Gesichtern beisammen, die Gläser vor ihnen waren bereits mehrmals geleert.

»Klarer Fall, wir müssen Carolyn ausbezahlen, John.«

»Wie soll das gehen, Matt? Snowhill wird auf 25 Millionen Pfund geschätzt, so viel Geld habe ich nicht herumliegen, das meiste steckt in den Firmen. Selbst wenn wir alle zusammenlegen, reicht es nicht. Im Moment komme ich überhaupt nicht an Geld heran. Dein Vater ließ alle Konten einfrieren. Stell dir vor, ich wollte eben in Wingham Geld für Weihnachtsgeschenke abheben, da verschwand meine Karte im Automaten. Unglaublich, oder?«

»Tja, meine Karte ist auch weg. Er spinnt total. Er will akribisch genau ausrechnen lassen, was ihm für die vergangenen knapp vierzig Jahre zusteht. Eine Überreaktion, er beruhigt sich hoffentlich bald wieder.« Matt hob entschuldigend die Schultern. »Er befindet sich auf einer Art Gerechtigkeitsfeldzug.«

Mel deckte den Tisch und legte Servietten neben die Teller.

»Ach, übrigens, Carolyn will sich morgen mit irgendwelchen Leuten treffen, sie hat keinen Führerschein. Sie muss ihn irgendwie verloren haben.«

»Nicht nur irgendwie.« Matt machte eine Handbewegung, als leerte er ein Glas. »Alkohol am Steuer. Der Lappen ist erstmal weg.«

»Wirklich?«, fragte Bailey entsetzt.

Caspar klemmte die Daumen in seine Weste. »Eine trinkende Lady? Das ist wahrlich nicht erbaulich. Aber die beiden Sirs trinken auch gerne einen über den Durst, nicht wahr? Es scheint in der Christmas-Familie zu liegen.« Tadelnd schüttelte er den Kopf.

»Es ist eine Erbkrankheit, glaube ich.« John und Matt grinsten.

»Zum Thema Chauffeur. Ich bin vollauf beschäftigt, wenn das jemand anderes übernehmen könnte?« Bailey warf mir einen auffordernden Blick zu.

»Eine gute Idee.« John nickte ihm zu. »Aidan, springst du bitte als Carolyns Chauffeur ein? Ich bin so sauer auf sie. Ich habe die Befürchtung, ich werde ausfallend. Oder ich fahre sie geradewegs in den Straßengraben.«

»Und ich habe Angst, ich drehe ihr den Hals um.« Matt stieß ein bitteres Lachen aus. »Sie ist meine Schwester, wie kann sie unser Zuhause verkaufen? Noch dazu mit einem winzigen Säugling? Nach dem Stress von letztem Jahr wollte ich nur ein ruhiges Weihnachtsfest feiern.«

»Oh ja, du sagst es. Ich auch.« John und Matt prosteten einander zu.

»Sicher, ich fahre sie. Kein Problem.« Miss Christmas ein bisschen hin und her zu kutschieren, das klang nicht gerade kompliziert. Was sollte daran schon schwierig sein?

»Danke, das ist echt nett von dir, Aidan. Was war das heute bei der Begrüßung?«, hakte Matt nach. »Diese innige Umarmung? Zuerst dachte ich, ihr kennt euch von früher und seid euch wieder begegnet.«

»Nein, sie hat mich bloß verwechselt. Mit meinem … mit Bailey.« Meine Gedanken wanderten zu der Umarmung zurück, die sich überirdisch gut angefühlt hatte. Das leise

Kribbeln wirkte noch nach, und wenn ich die Augen schloss, stieg mir ihr süßer Vanilleduft in die Nase.

»Ach so, schade.« Matt ächzte wie unter einer ungeheuren Last.

Wie meinte er das? Fragend hob ich die Augenbrauen.

»Es sah für mich eindeutig nach einer romantischen Verbindung aus. Wie zwei Schwerverliebte habt ihr euch umarmt und herumgekichert. Und euch Sachen zugeflüstert.«

»Wie? Nein!« Ich gab ein entschiedenes Grunzen von mir.

»Ja! Wenn sie Gefühle für dich hätte und du sie herzlich darum bitten würdest, sähe sie vielleicht von einem Verkauf ab?«

»Im Leben nicht, sie ist fest entschlossen. Außerdem gibt es diese«, John malte mit den Fingern Anführungszeichen in die Luft, »romantische Verbindung nicht.«

»Genau.« Ohnehin war ich absolut kein Freund solcher *Verbindungen.* Ich war es nie gewesen und für die Zukunft konnte ich es ebenfalls zu hundert Prozent ausschließen. Dieses Liebesgedöns war nichts für mich. Am wenigsten mit einer kleinen Hexe wie Miss Christmas, die keinerlei Skrupel besaß, ihrer Familie das Zuhause unter dem Hintern weg zu verkaufen.

»Das befürchte ich allerdings auch.« Caspar ließ die Whiskyflasche kreisen. »Wenn ich den Sirs nachschenken darf? Sie war als Kind schon so stur. Wenn sie sich etwas in den Kopf gesetzt hat, zieht sie es durch. Nicht wahr?«

»Stimmt.« Matt kippte sein Glas auf einen Zug hinunter. »Tja, außerdem hat sie keinerlei Gefühle. Für nichts und für niemanden. Wenn ich nur wüsste, warum sie so ein eiskaltes Biest geworden ist?«

»Matt, wie redest du denn über deine Schwester? Sie ist ein total liebes Mädchen.« Bailey und Mel nickten einander zu.

Er lachte gekünstelt. »Ja, klar.«

»Sie fühlt sich fremd, weil sie so lange nicht mehr da war.« Mel hob die Schultern und sah traurig aus. »Aber bald hat sie sich wieder eingewöhnt und dann wird sie erkennen, dass sie

Snowhill liebt. Genau wie wir alle. Sie wird es nicht verkaufen, da bin ich mir sicher.«

»Gut gesprochen, Mel. Ich teile deine Meinung.« Bailey lächelte Mel an.

»So, ich muss in die Küche, wir essen in zwei Minuten. Bailey, hilfst du mir bitte?«

»Sicher, ich komme mit.«

Das alles weckte meine Neugier. Miss Christmas klang interessant. Ja, natürlich, wie ein ausgemachtes Biest, aber auch wie ein höchst interessantes Biest. Außerdem hatte sie ein bildhübsches Gesicht, nicht zu vergessen ihre tollen Brüste. Und ich wüsste zu gerne, wie es sich anfühlte, wenn sie sich nackt an meinen nackten Rücken pressten. Oder an meine nackte Brust? Herrgott, sie spukte mir gehörig im Kopf herum. Vermutlich allein aus dem Grund, weil ich schon ewig keinen Sex mehr gehabt hatte.

Bailey brachte ein vollbeladenes Tablett. »Ich trage das mal eben für Carolyn hoch.« Er nickte zu den Gläsern und grinste breit. »Gießt mir auch einen ein, am besten einen doppelten. Ich glaube, den brauche ich heute.«

»Lass mich das übernehmen.« Ich nahm ihm das Tablett aus der Hand. »Wenn ich ab jetzt ihr Chauffeur bin, kann ich mich schon mal daran gewöhnen, sie zu bedienen. Äh, ich meine …«

»So ist es recht. Ein löblicher Arbeitseifer.« Caspar wippte auf den Absätzen vor und zurück, die anderen nickten beifällig.

»Gut der Mann. Viel Spaß in der Höhle des Löwen.« Matt prostete mir zu.

In Baileys Augen lag ein gewisses Funkeln, als wollte er sagen: Ich durchschaue dich, mein Sohn. Ich ahne, warum du sie in ihrem Schlafzimmer aufsuchst. Wenn du dich da mal nicht übernimmst.

Als ich oben vor ihrer Zimmertür ankam, stellte ich fest, dass ich keine Hand frei hatte, um anzuklopfen. Also sagte ich mit dumpfer Stimme, und es war nicht wirklich intelligent: »Klopf, klopf.«

»Herein«, kam es ebenso dumpf zurück.

Mit dem Ellenbogen öffnete ich die Tür, streng darauf bedacht, nichts vom Essen zu verschütten. Rotkraut mit Rindergulasch, dazu goldgelbes Kartoffelpüree. Mel war eine erstklassige Köchin.

Mit dem Fuß stieß ich die Tür zu, drehte mich um, um mein Sprüchelchen aufzusagen: Hallo, Miss Christmas, ich bringe das Essen – und hätte fast das Tablett fallengelassen.

Miss Christmas kniete in seltsam verrenkter Position auf dem Bett, den Po in die Luft gereckt, den Oberkörper flach aufs Bett gepresst, das Gesicht in den Kissen. Und sie trug nur Unterwäsche! Ein winziges abgewetztes Höschen, ein fadenscheiniges Hemdchen. Mehr nicht.

Herrgott, was für ein Anblick! Eine Flut an unanständigen Gedanken schoss durch mein Hirn. Was tat sie da?

»Stell das Tablett bitte auf den Tisch, Mel. Ich streichele gerade das Kätzchen.«

Sie streichelte … was? All mein Blut schoss mir in den Unterleib. Mein Penis wusste nicht mehr ein noch aus. Das Tablett zitterte in meinen Händen. Die Schüsseln vibrierten. Ein bisschen Gulaschsoße blubberte hoch und verteilte sich auf dem Püree.

»Ist gut«, flüsterte ich, in der Hoffnung, sie würde nicht bemerken, dass es überhaupt nicht Mel war. Sondern ich, der wie ein notgeiler Spanner in ihrem Zimmer aufkreuzte und sie bei intimen Handlungen erwischte.

Natürlich funktionierte es nicht.

»Was?« Sie fuhr herum und stieß einen schrillen Schrei aus. Falls ich gedacht hatte, sie hätte ihre Hand im Höschen, wurde ich herb enttäuscht. Äh, eines Besseren belehrt. Denn da lag wirklich ein winziges Kätzchen auf der Decke, schwarz mit weißen Pfötchen und zerrupftem Fell. »Sie schon wieder! Was erlauben Sie sich? Ich dachte, es wäre Mel.«

»Pardon, ich konnte nicht ahnen, dass Sie … Ihr Kätzchen streicheln. Fast nackt.« Ich stotterte wie ein Teenager, während meine Augen ihren Körper abscannten, zügellos und aufgegeilt. Schnell blickte ich zu Boden. Zu spät, ich hatte schon alles gesehen und würde heute Nacht eventuell davon träumen. Hohe feste Brüste, rosa Nippelchen, die sich durch das dünne Hemd bohrten. Ein strammer Po, eine schmale Taille, lange Beine. Wow, sie sah echt heiß aus.

»Sofort raus hier! Sie bekloppter Spanner!« Sie riss die Bettdecke an sich und hüllte sich darin ein. Das arme Kätzchen wurde durch ihre hastigen Bewegungen auf der Matratze ein wenig hochgeschleudert, schaukelte auf und nieder, und maunzte dabei kläglich.

Konnte sie nicht besser aufpassen?! Das arme Ding.

»Ich wollte mich ohnehin bei Ihnen vorstellen.« Zum Glück hatte ich meine Fassung schnell wiedergefunden. Immerhin war ich kein pubertierender Jüngling, sondern ein Mann, der die Frauen beherrschte und nicht umgekehrt. Im Umgang mit Frauen war ich cool und abgeklärt, was sonst? Ich hatte bisher noch jede gezähmt, mit leichter Hand. »Miss Christmas, ab morgen bin ich Ihr Chauffeur.«

»Aha, gut.« Mit hochroten Wangen nahm sie das Katzenbaby an sich, dessen Maunzen sofort verstummte.

Ich nickte zum Kätzchen. »Es sieht dünn aus, man sollte es füttern. Eher mit Milch und nicht mit festem Futter. Es ist zu jung. Es gibt diese Spezialnahrung und …«

»Sind Sie nicht nur Chauffeur, sondern Katzenexperte?«

»Nein, aber …« Wir hatten immer Katzen gehabt. Maman hatte Katzen geliebt. Und ja, wenn sie es so nennen wollte, war ich ein Katzenexperte.

»Gehen Sie jetzt! Und ziehen Sie morgen eine Uniform an, wie es sich gehört.«

Ich nickte ihr zu. »Gute Nacht, Miss Christmas.«

Sie antwortete nicht, nur das Katzenbaby schickte mir ein leises Maunzen hinterher. Als wollte es lieber mit mir kommen.

Herrgott, sie war ganz schön temperamentvoll. Verboten sexy. Mit einem erstklassigen Fahrgestell. Wenn sie ein Auto wäre, würde ich sie mit einem Ferrari vergleichen oder mit einem Maserati. Schnittig, edel, atemberaubend.

Mit weichen Knien ging ich nach unten und hämmerte

mir alle verruchten Gedanken aus dem Kopf. Nein, ich würde meinen Aufenthalt nicht durch solche Dummheiten aufs Spiel setzen. Ich war froh, hier zu sein. Und nur dank ihres beschissenen Plans war meine Zeit in Snowhill so gut wie abgelaufen. Ich hatte allen Grund, wütend auf sie zu sein. So nahm ich mich ins Gebet. Aber danach fand ich sie leider immer noch sexy …

»Hab ich da jemanden schreien hören?«, fragte Bailey, als ich ins Esszimmer kam.

»Ach, ich …« Ich winkte ab. »Es war ein Missverständnis.« Die Verstörung stand mir wohl ins Gesicht geschrieben, denn Matt schob mir wortlos ein Glas hin und ich stürzte es in einem Zug hinunter. »Danke.«

»Noch einen?«

»Ja.« Meine Güte, ich stand richtig neben mir.

Kurz schoss mir durch den Kopf, dass es sich doch etwas schwieriger gestalten könnte, Miss Christmas' Chauffeur zu sein.

Ich widmete mich dem Essen. Mmh, dieses cremige Püree, ob Miss Christmas es auch mochte? Für meinen Geschmack könnte sie ruhig ein paar Kilo mehr auf den Rippen haben und tüchtig reinhauen. Ich sollte ihr später noch eine Portion bringen. *Lass es, Aidan!*

»Sie besteht übrigens darauf, dass ich Uniform trage.«

Stille trat ein, alle hörten auf zu essen.

»Wie bitte? So etwas haben wir nicht, oder?« John sah Bailey fragend an.

»Sicher, mein Vater hat früher manchmal die Uniform getragen, die schon seinem Vater gehört hat. Sie hängt bei mir im Schrank. Letztens wollte ich sie an ein Museum spenden, gut, dass ich das nicht getan habe. Wenn Carolyn will, dass du Uniform trägst, dann werden wir sie nicht enttäuschen.« Bailey zwinkerte mir zu.

»Du könntest ein paar Umwege fahren.« Matt kicherte.

»Wie meinst du das?«

»Wenn sie Snowhill verkaufen will, muss sie zum Anwalt oder zu einem Immobilienmakler. Auf dem Weg dorthin habt ihr eine Autopanne oder du verfährst dich. Immerhin kennst du dich hier kaum aus. Oder ihr landet bei dem vielen Schnee im Straßengraben. Damit sie ihren Termin verpasst.«

John lachte, dann wurde er ernst. »Matt, so etwas tun wir nicht.«

»Nein? Auch nicht, wenn wir ganz schön verzweifelt sind?« Matt zeigte auf den leeren Platz neben sich. »Smilla wollte nicht einmal etwas essen, so traurig ist sie.«

»Ich denke, wir überlassen Aidan die Entscheidung. Er ist der Fahrer, oder?« John grinste mich an.

»Na, toll, danke«, murmelte ich.

Mel brachte eine weitere Platte mit Fleisch und Gemüse. »Oh, nein, sie wird Snowhill nicht verkaufen, da bin ich mir sicher. Ich kenne meine Carolyn. Da mache ich mir null Sorgen.«

»Ach, Mel. Du und deine Gutherzigkeit … Manchmal ist sie ein bisschen verschwendet.« Matt stieß einen tiefen Seufzer aus.

»Nein, Matt. Gutherzigkeit ist niemals verschwendet. Sie hinterlässt Spuren. Immer.«

Aus dem Küchenradio klang die aufgeregte Stimme des Sprechers. »Wir unterbrechen unser Programm für eine Mitteilung. Die Polizei wendet sich mit einer dringenden Bitte um Hilfe an Sie, verehrte Zuhörer. Bei einem Raubüberfall Anfang Dezember wurden Diamanten im Wert von mehr als zwei Millionen Pfund entwendet.«

Scheiße, die Diamanten hatte ich völlig vergessen in dem Trubel. Wo hatte ich sie überhaupt hingelegt? Ach ja, sie lagen gut versteckt im Häuschen.

Beim Gedanken an die Steine fiel mir wieder ein, dass ich nur auf der Durchreise war. Spätestens im Januar musste ich Snowhill verlassen.

❄

KAPITEL 6

Carolyn

Zitternd vor Aufregung warf ich mir einen Morgenmantel aus lila Seide um, der hinter der Tür gehangen hatte. Dieser unverschämte Kerl! Er hatte mich fast nackt gesehen und mich sekundenlang angestarrt. Ob er mein Geheimnis aufgedeckt hatte?

Nein, unmöglich. Mein Bauch war von meinem dünnen Hemdchen bedeckt, darunter war das Höschen, und das Tattoo verbarg ohnehin alles.

Ich band den Gürtel des Mantels zu und strich über den seidigen Stoff. Wie fadenscheinig meine Wäsche war, uralt und abgetragen. Seit Ewigkeiten hatte ich mir nichts Neues mehr gekauft. Eben hatte ich mir gewünscht, nur für einen Augenblick, ich hätte schöne Dessous getragen. Oder wenigstens etwas weniger Abgewetztes und Ärmliches.

Obwohl ich zu Tode erschrocken war, hatte ich die Bewunderung in seinen Augen aufblitzen gesehen. Sein Mund klappte nach unten, er konnte sich kaum von meinem Anblick losreißen. Ein fast magisches Flirren entstand zwischen uns, aber damit wollte ich nichts zu tun haben. Und darum schrie ich ihn an.

Meine Güte, mir schwirrte der Kopf. Wahrscheinlich vom Jetlag.

Ich setzte mich an den Tisch in der gemütlichen Sitzecke. Das in den Schal eingewickelte Kätzchen steckte ich vorsichtig in die Tasche des Morgenmantels, dann schlang ich das Essen hinunter. Gott, wie köstlich! Seit langer Zeit hatte ich nichts derart Leckeres mehr gegessen. Mir fehlte das Geld … Immer wieder diese scheiß Geldprobleme! Kaum hatte ich ein Loch mühselig gestopft, tat sich ein anderes auf. Mein schöner Christmas-Fonds, den Dad mir mal geschenkt hatte, war zu Beginn des Jahres aufgebraucht. Und dann, aus der Not heraus, war ich ein bisschen kriminell geworden.

Nicht nur ein bisschen, Carolyn, schimpfte ich mit mir selbst. *Sondern so richtig.*

Ich war eine Betrügerin und wie es aussah, würde mir bald alles um die Ohren fliegen. Mit einem riesengroßen, fetten Knall.

Nachdem ich eine Zeitlang im Bett gelegen hatte, das Kätzchen an mich gekuschelt, sah ich am Fenster dem Schneetreiben zu. Immer dichter fielen die Flocken hinab.

Ein großer Mann stapfte über den Hof, in der Hand eine altmodische Laterne, die ihr flackerndes Licht warf. Es war natürlich Aidan, der unverschämte Typ, der mich innerhalb eines Tages drei Mal blamiert und dabei einen neuen Rekord aufgestellt hatte. Was machte er um die Zeit draußen?

Er tappte ein Stück übers Gelände zum Kutscherhäuschen und verschwand darin. Kurz darauf leuchtete ein Licht auf, dann noch eins. Er wohnte dort? Das hatte mir niemand gesagt. Ja, aus dem Grund, weil ich mit niemandem gesprochen hatte.

Neugierig presste ich die Nase an die Scheibe und sah ihm beim Hin- und Hergehen zu. »Schade, dass er so weit weg ist. Ich kann kaum etwas erkennen.«

Im nächsten Moment schimpfte ich deshalb mit mir. Doch der Impuls, ihn zu beobachten, wurde unwiderstehlich. Wenn ich bloß wüsste, wie ich das anstellen sollte …

Im Schreibtisch hatte ich früher mein Fernglas deponiert, mit dem ich Vögel und Rehe im Wäldchen beobachtet hatte. Kurz entschlossen ging ich dorthin und kramte in den zahlreichen Schubladen. Es war sogar noch da und ich bezog damit meinen Aussichtsposten am Fenster.

»So, Aidan, dann wollen wir mal sehen, was du da so treibst.« Ich presste das Fernglas an meine Augen.

»Oh!« Er hatte sich bis auf die Unterwäsche ausgezogen, trug nur ein Shirt und Boxershorts. Gerade öffnete er eine Bierdose und trank, dann fläzte er sich aufs Sofa. Das Sofa kannte ich doch! Es stand immer in der Bibliothek und war wohl ausrangiert worden. Gegenüber von Aidan flimmerte es, als hätte er dort einen kleinen Fernseher aufgestellt.

»Du hast es dir schön gemütlich gemacht.« Während ich ihn betrachtete, stieg ein seltsam sehnsüchtiges Gefühl in mir hoch und kratzte in meiner Brust. Er wirkte so zufrieden mit sich selbst. Er ruhte in sich, nichts schien ihn zu erschüttern. Kurz darauf griff er neben sich zu einer Chipstüte, riss sie auf und schaufelte mit seiner großen Hand Chips in sich hinein. Gefolgt von einem Schluck aus der Bierdose.

»Oh, was tut er denn da?« Er bückte sich seitlich, hob etwas vom Boden auf, und drückte es an seine enorm breite Brust. Ein Kätzchen! Tatsächlich, es war ein kleines, graues Kätzchen.

»Das gibt's doch nicht. Wo hat er das Kätzchen her? Warum hat er auch eins?«

Eine Weile beobachtete ich ihn, wie er Bier trank, mit der einen Hand Chips aß, mit der anderen das Kätzchen streichelte. Alles immer schön im Wechsel, bis die Tüte leer war und er sie mit Schwung hinters Sofa warf. Auch wie er sich im Schritt kratzte, sich breitbeinig auf dem Sofa lümmelte und gähnte. Das Kätzchen lag dabei auf seiner breiten Brust und schlief. Es passte überhaupt nicht zu dem ungehobelten Kerl, aber es schien sich wohl zu fühlen, denn sonst würde es nicht so friedlich schlafen. Ab und zu legte er seine große Hand drauf, zärtlich und beschützend, und es verschwand darunter. Schön, wie er sich um das zarte Wesen kümmerte.

Meine Blicke wanderten abwärts zu seinen muskulösen

Beinen. Und diese gut gefüllten Boxershorts … Sie saßen ganz schön eng. »Da zeichnet sich ja alles ab! Was für ein außerordentliches … Gerät.« Hui, die Temperatur im Zimmer kroch in die Höhe, bestimmt wegen der Heizung, die John einbauen ließ. Oder lag es nicht daran?

Ich mochte Aidans kantiges Gesicht und seinen Mund, der verführerisch wirkte. Überhaupt war er ziemlich attraktiv, dafür dass er so ein ungehobelter Kerl war.

Tommys Mund hatte ähnlich ausgesehen. Sein Haar auch, nur seine Augen waren anders gewesen. Stechend schwarz, nicht warm und funkelnd wie die von Aidan.

Mein Chauffeur Aidan, rief ich mir in Erinnerung. War ich verrückt geworden, dass ich meinem Chauffeur nachspionierte und ihn anhimmelte? Entsetzt von mir selbst legte ich das Fernglas weg. »Schluss jetzt, Carolyn!«

Ich legte mich ins Bett und deckte Socke behutsam zu. »Wir sollten schlafen, Söckchen. Morgen haben wir einen anstrengenden Tag.« Mir wurde schummrig, wenn ich daran dachte, dass ich morgen den ersten Schritt zum Verkauf von Snowhill unternahm. Es wäre bestimmt schwierig, einen Käufer zu finden, aber wenigstens hatte ich sechs Wochen Zeit dazu.

Mini-Socke fühlte sich schlaff an und maunzte nicht einmal. Ich machte mir Sorgen um ihn, er sah so schwach aus. Aidan hatte recht gehabt, er war noch sehr jung. Vielleicht fehlte ihm seine Mama oder die Gesellschaft anderer Katzen?

Ich fand lange keinen Schlaf. Als ich endlich einschlief, stolperte ich geradewegs in den einen Traum, den ich so hasste.

Das Karussell drehte sich. Die Pferde wippten gleichmäßig auf und ab. Die Musik klang wie eine Schallplatte mit falsch eingestellter Geschwindigkeit, langsam und verzerrt, die Töne wurden immer schiefer, dunkler und bedrohlicher.

»Freifahrt gefällig, Miss Christmas?« Er streckte seine Hand nach mir aus, ich griff zu und er zog mich mit einem Ruck

aufs Karussell. Es drehte sich immer schneller, bis mir schwindelig wurde.

Schmerz, Angst und Erregung wechselten sich ab, mischten sich mit einer ungehemmten Freude. Bis das Karussell abrupt zum Stehen kam und mich aus der Drehung schleuderte. Mit einem stummen Schrei flog ich durch die Luft. Gleichzeitig mit dem unausweichlichen Aufprall erwachte ich und hatte das Gefühl, auf die Matratze zurück zu fallen. Mein Herz raste, mein Gesicht war schweißüberströmt. Ich brauchte ein paar Sekunden, bis ich mich beruhigt hatte.

Wäre ich damals bloß nicht auf das Karussell gestiegen.

❄

KAPITEL 7

15. DEZEMBER

A idan

WO ZUR HÖLLE steckte Miss Christmas? Unzählige Male sah ich auf meine Armbanduhr. Punkt vierzehn Uhr hieß es, sollte ich sie nach Burford fahren, das zwanzig Meilen entfernt lag. Jetzt war es bereits Viertel vor drei. Ich stand mir in der beißenden Kälte die Beine in den Bauch, und von Miss Christmas fehlte jede Spur. Nicht nett!

Endlich öffnete sich die Eingangstür. Sie stolzierte heraus und tappte vorsichtig über den vom Schnee befreiten Weg zum Wagen.

Mit einem breiten Lächeln begrüßte ich sie. »Guten Tag. Ist das für Sie Uniform genug?« Mit einer Handbewegung deutete ich auf die elegante schwarze Jacke, die mit einer doppelten Reihe goldener Knöpfe verziert war. Ein wenig spöttisch hob ich meine Mütze, ebenfalls schwarz, mit einer goldenen Troddel.

Ohne auf meine Bemerkung einzugehen, stöckelte sie an mir vorbei. »Die Tür ist zu.«

»Ich weiß. Das haben Türen so an sich. Sie dienen dazu, Kälte oder Hitze vom Wageninneren abzuhalten. Oder sie verhindern, dass man beim Fahren aus dem Auto fällt, was nicht ganz unpraktisch ist.« Anstatt über meinen Witz zu schmunzeln, starrte sie unverwandt die Tür an, als wären ihre Arme plötzlich gelähmt. Sie meinte diesen Blödsinn ernst, dass ich sie als ihr Chauffeur bedienen sollte? Ich stieß ein ungläubiges Lachen aus. »Erwarten Sie etwa, dass ich …«

»Dass Sie für mich öffnen, genau.« Sie hob ihre niedliche Stupsnase in die Luft und nickte zum Türgriff. Mir fiel das Lachen aus dem Gesicht.

»Bitte sehr, Miss Christmas.« Mit eisiger Miene hielt ich die Tür für sie auf.

Sie kletterte auf den Rücksitz. »Schließen Sie die …«

Ohne den Rest des Satzes abzuwarten, knallte ich das Teil wieder zu. Dann stapfte ich nach vorne und schwang mich hinters Lenkrad. Meine Freude darüber, mit dem herrlichen uralten Rolls Royce zu fahren, hatte einen Dämpfer bekommen.

Es war ein Silver Shadow, Baujahr 1965, dunkelblau mit silbernen Zierleisten, ein richtiges Liebhaberstück, das Bailey hingebungsvoll gehegt und gepflegt hatte. Vorne am Kühler glänzte die Emily, die silberne Kühlerfigur. So schön und elegant, ich hätte sie am liebsten gestreichelt. Nie im Leben hatte ich damit gerechnet, einen derart tollen Wagen zu fahren – ohne ihn vorher stehlen zu müssen.

Ob er geeignet war, um bei Schnee und Eis über schlecht geräumte Landstraßen zu brettern? Ich hätte lieber den neuen Rover genommen, ein unverwüstliches Schlachtschiff, das mühelos durch Schneeverwehungen und über spiegelglatte Eisflächen glitt. Aber man teilte mir mit, dass Lady Christmas den Rolls Royce wünschte, von wegen standesgemäß und so.

Wahrscheinlich wollte sie damit die Investoren beeindrucken, die sie heute aufsuchte – oder was immer sie in Burford vorhatte. Mit ihrem Kleid gelang ihr das auf keinen Fall, wie mir ein verstohlener Blick in den Rückspiegel zeigte. In diesem abgewetzten Kittel lockte sie nicht einmal einen alten Hund hinter dem Ofen hervor.

Es war ein anderes Kleid als gestern, aber nicht weniger hässlich. Grau, fast schwarz, als stammte es aus einem

Kostümfundus für ältliche Witwen. Ihr Koffer wäre verschwunden, hatte Mel gesagt. Abgesehen davon, dass ich stark bezweifelte, dass sich in dem verlorenen Koffer schönere Kleidung befand … Warum lieh sie sich nichts von Smilla oder Marian aus? Die beiden hatten einen umwerfenden Geschmack, das erkannte ich als Franzose sofort. Maman war auch immer sehr elegant gewesen.

Miss Christmas' Geschmack war leider grauenhaft, so viel stand fest. Warum machte sie so wenig aus sich? Meine Gedanken drehten sich fast schon zwanghaft um sie. Entnervt von mir selbst schaltete ich das altmodische Radio an, beinahe rechnete ich damit, eine Durchsage aus dem Zweiten Weltkrieg zu bekommen, gesprochen von Winston Churchill. Stattdessen ging es um den Juwelenraub, schon wieder! »Ein harter Schlag für das Familienunternehmen, das zum wiederholten Mal Opfer eines Überfalls geworden ist. Mr Singh, stolzer Vater von vier, demnächst fünf Kindern …« Fünf Kinder? Großer Gott!

Ihr Handy klingelte und sie nahm das Gespräch entgegen. Eine Weile lauschte sie gelangweilt, warf mir dabei immer wieder lauernde Blicke zu.

Plötzlich giftete sie mich an. »Schalten Sie das sofort aus, ich verstehe mein eigenes Wort nicht.«

»Merde!«, entfuhr es mir. Okay, ein guter Chauffeur sagte so etwas nicht, aber ich hatte ohnehin vorgehabt, das Radio auszumachen. Und ihr Ton gefiel mir ganz und gar nicht. »Sehr wohl, Miss Christmas.«

Eine Weile tuschelte sie vor sich hin, dann sah ich im Rückspiegel, wie sie erbleichte.

»Sag … sag das noch mal!«, stammelte sie.

❄

KAPITEL 8

Carolyn

Entnervt von meinem frechen Chauffeur hatte ich den Anruf aus New York entgegen genommen und lauschte Paul, meinem wenig intelligenten Praktikanten, mit halbem Ohr. Mit Sicherheit würde ich nichts Wichtiges verpassen und meine Gedanken wanderten davon.

Zu Aidan, wie er eben am Wagen gelehnt hatte, so unverschämt gutaussehend in seiner Uniform, dass ich beinahe über meine eigenen Füße gestolpert war. Sein schwarzes Haar, die Augen mit dem herrlichen Smaragdschimmer, die lässige Mütze, dazu sein stoppeliger Dreitagebart, der einen Schatten auf sein kantiges Gesicht warf und ihm etwas Verwegenes verlieh.

Ein Bad Boy in Verkleidung eines Chauffeurs.

Bad Boys hatten mich schon immer magisch angezogen. Ich schnauzte ihn an, wobei ich eigentlich mich selbst meinte und mich aus meiner Begeisterung für ihn reißen wollte. Denn am liebsten hätte ich ihn mit offenem Mund bewundert, wäre mit einem leisen *Hach* vor seine Füße gesunken, mitten in den Schnee hinein. Damit er mich aufhob, in seine starken Arme zog und mich davontrug. Vielleicht in sein Häuschen, wo er mich aufs Sofa bettete und seine Lippen auf meine …

Nein, Carolyn, hör sofort auf damit. Spinnst du?

Paul blubberte unablässig vor sich hin wie ein geschwätziger Goldfisch. »Jahresbilanz … Weihnachtseinkäufe … Innenrevision … Sonnenschein … vorverlegt … Laktoseintoleranz.«

Was hatte er gesagt? »Moment, Paul!«, befahl ich und er verstummte. »Machen Sie sofort leiser!«, rief ich nach vorne.

Aidan fluchte auf Französisch, dann drehte er das Radio aus.

Ich senkte meine Stimme. »Sag das noch mal, Paul.«

»Das mit meiner Laktoseintoleranz?«

»Nein, bezüglich der Innenrevision.«

»Sie wurde vorverlegt. Noch vor Silvester soll alles über die Bühne gehen.«

»Aber sie findet immer Ende Januar statt«, flüsterte ich, damit mein Chauffeur mich nicht belauschte.

»Was hast du gesagt?«, fragte Paul. »Ich verstehe dich nicht.«

»Stellen Sie sofort das Radio lauter«, zischte ich nach vorne. »Aber nicht zu laut. Genau richtig laut, Sie verstehen?«

Mit einem nicht gerade freundlichen Blick in den Rückspiegel drehte er das Radio wieder an und regulierte die Lautstärke. »Ist es so genehm, Lady Christmas?«

Pah, er machte sich lustig über mich. Ich nickte ihm zu, und wir tauschten ein paar stechende Blicke miteinander aus. Danach schirmte ich mit der Hand meine Augen ab, damit er endlich aufhörte, mich anzustarren. Vielleicht auch, damit ich ihn nicht länger anstarrte.

»Die Revision ist immer Ende Januar, Paul! Was erzählst du denn da? Ist etwas vorgefallen?«

»Keine Ahnung.« Paul schmatzte, dann mümmelte er mit vollem Mund: »Weiff niff, ob eff …«

»Paul!«

»Sorry.« Er schluckte. »Ich weiß nicht, ob es einen besonderen Grund dafür gibt.«

»Kümmere dich darum! Sag mir Bescheid. Und hör auf, Donuts zu essen!«

»Äh, aber wie?«

Ich sah förmlich die Fragezeichen über seinem Kopf schweben. *Woher weiß sie, dass ich einen Donut esse? Sie ist doch so weit weg? Ist das etwa eine Form von … Zauberei?*

»Paul, echt jetzt! Du isst immer welche, Tag und Nacht!« Ich drückte ihn weg. Seine Esserei regte mich auf, er regte mich auf. Und dieser Aidan sowieso. Alles!

Mit dem Schal fächelte ich mir Luft zu, die aufsteigende Panik ließ mich schwindeln.

Das war ein Albtraum! Die Revision war vorgezogen. Mir blieben keine sechs Wochen Zeit, um Snowhill zu verkaufen, sondern nur knapp zwei? Wie sollte ich das hinbekommen? Und wie sollte es mir gelingen, das Geld wieder dahin fließen zu lassen, wo ich es weggenommen hatte?

»Gott, das schaffe ich doch nie«, murmelte ich und fasste mir an die Stirn, auf der kalter Schweiß stand.

»Schlechte Nachrichten?«, fragte mein Chauffeur. Wenn mich nicht alles täuschte, glitzerte Schadenfreude in seinen Augen. Vielleicht war es auch nur das besondere Funkeln, das immer in ihnen lag, und ich tat ihm Unrecht.

»Das geht Sie …« Mühsam verkniff ich mir den unfreundlichen Rest. Eventuell wäre es klüger, wenn ich ihn mir nicht zum Feind machte. Wer wusste, wofür ich ihn noch brauchte. »Fahren Sie schneller, los!«

»Auf einmal? Jetzt?«

»Denken Sie, ich spreche von ein paar Stunden? Wenn ich schneller sage, dann meine ich sofort schneller!«

Er brummte in seine Bartstoppeln und erhöhte das Tempo, wirklich schnell fuhr er jedoch nicht.

»Das verstehen Sie unter schnell?«

»Ein Rolls Royce ist kein Schneepflug. Ich habe keine Lust, im Straßengraben zu landen oder einen Unfall zu bauen. Der Wagen ist ein wertvolles Sammlerstück. Bailey bringt mich um, wenn ich ihn verbeult zurückbringe.«

»Ja, ja, schon gut«, murmelte ich. Mir war eiskalt vor Angst, mein Magen hatte sich in einen Stein verwandelt.

Ich versuchte, mir Mut zuzusprechen. *Du schaffst es. Du hast bisher alles hinbekommen. Du verkaufst Snowhill, nimmst das Geld, um all die Löcher zu stopfen. Den Rest gibst du Matt und den anderen, dann haust du ab und fängst ein neues Leben an.*

Ein neues Leben anfangen. Es hatte schon damals nicht funktioniert. Und in Zukunft würde es auch nicht funktionieren. Man schleppte immer sich selbst mit sich herum und somit die Bürden der Vergangenheit.

»Wo geht es zuerst hin, Miss Christmas?«

»Zum Bahnhof. Meinen Koffer suchen. Er ist enorm wichtig für mich.«

Mein Chauffeur grunzte.

❄

KAPITEL 9

Aidan

Am Bahnhof folgte ich Miss Christmas eher lustlos durch den vorweihnachtlichen Trubel.

»Dahinten ist das Fundbüro, sagt meine App.« Sie wedelte mit dem Handy geradeaus und steuerte zielstrebig durch die Menschenmenge.

Sie stiefelte voraus, ich trabte hinterher. Wir sorgten für reichlich Aufsehen, sie mit ihrem altmodischen Kleid und dem unmodernen Mantel, ich in der antiquierten Uniform. Kein Wunder, wir wirkten wie aus der Zeit gefallen. Ein paar Leute gingen schmunzelnd an uns vorbei. Dann wurde das Gedränge dichter und wir kamen kaum voran.

Eine attraktive Frau mit langem, schwarzen Haar schob sich neben mir durch das Gewühl und berührte mich am Ärmel. »Wird hier ein Film gedreht, ein Historienfilm vielleicht? Mein Gott, ich liebe Historienfilme.«

»Nein, wir sind nur auf dem Weg zum Fundbüro.«

»Unglaublich! Das geht niemanden etwas an«, knurrte Miss Christmas.

Die Dame verzog das Gesicht, und ich flüsterte: »Mein

Boss. Sie ist ein wenig streng.« Ich lächelte sie an. Doch eigentlich nervte mich Miss Christmas' Unhöflichkeit enorm.

»Oh, ich verstehe.« Sie erwiderte mein Lächeln und erweckte den Eindruck, als würde sie gern länger mit mir plaudern. Das Gedränge löste sich auf.

Miss Christmas, die sich mit dem energischen Einsatz ihrer Ellenbogen einen Weg durch die Menge gebahnt hatte, warf mir über die Schulter zu: »Wo bleiben Sie denn? Wollen Sie Wurzeln schlagen?«

»Wenn du mir deine Nummer gibst, könnten wir uns über historische Filme austauschen.« Die Schwarzhaarige zwinkerte mir zu.

Von solchen Filmen hatte ich null Ahnung, aber prinzipiell hätte ich gegen einen kleinen Austausch nichts einzuwenden. Ich hatte mich schon ein ganzes Jahr nicht mehr mit einer Frau ausgetauscht.

»Warum nicht?« Fuck, da fiel mir ein, dass ich mein Handy in nächster Zeit besser nicht anschalten sollte. »Tut mir leid, ich habe die Nummer nicht im Kopf.«

»Oh, ich kann dir meine Nummer …«, begann sie.

»Heute noch, wenn's geht!« Miss Christmas keifte aus zehn Metern Entfernung.

»Sorry, ich muss los.« Gezwungenermaßen eilte ich meinem fiesen Boss hinterher. Ohne die Nummer.

Kurz darauf erreichten wir das Büro, das sich in einem abgelegenen Bereich des Bahnhofs befand. Durch ein großes Fenster konnte man hineinsehen.

»Sie warten draußen.« Ohne meine Antwort abzuwarten, betrat sie das Büro und ich stand wie der Trottel vom Dienst davor. Drinnen gestikulierte und erklärte sie.

Ich ahmte ihre Stimme nach. »Hallo, ich bin Carolyn Christmas, die sagenhaft reiche und zickige Erbin von Snowhill. Mein Koffer ist ungeheuer wichtig. Wenn er nicht auftaucht, werde ich die Bahn verklagen. Und Sie auch.«

Der Mitarbeiter verzog das Gesicht und versuchte, sie zu beschwichtigen.

»Verklagen!«, betonte Miss Christmas, die ich wohl besser Miss Biestmas nennen sollte. Er überreichte ihr ein Formular, und sie füllte es auf dem Tresen aus. Grußlos verließ sie das Büro, bog vor mir scharf ab und stapfte mir wieder voraus.

An einem kleinen Backshop stoppte sie so abrupt, dass ich fast gegen sie prallte, murmelte leise vor sich hin und betrat den Shop. Ich blieb vor der Tür stehen. Noch einmal würde ich mich nicht von ihr rausschicken lassen wie ein blöder Diener.

»Wo bleiben Sie denn?«, zischte sie mir aus dem Shop zu. »Muss ich Ihnen jeden einzelnen Schritt erklären?« Sie besah mich, als hielte sie mich für ein geistig minderbemitteltes Riesenbaby mit einem IQ von 20.

Mit einem leisen Knurren folgte ich ihr. Nach einer halben Stunde Miss Christmas war ich dermaßen bedient …

Umständlich orderte sie eine Latte Spezial und diverse Muffins. »Nicht zu viel Milchschaum, den Kaffee nicht zu stark, nur einen Hauch Zucker, ein wenig Zimt, aber nur wenn er aus ökologischem Anbau stammt.«

»Sicher«, sagte die Bedienung lapidar. »Nicht nur das. Der Zimt wurde täglich von einem zwanzigjährigen Gärtner gestreichelt und nach dem Regen mit einem Föhn trocken gepustet.«

Ich lachte leise, Miss Christmas machte schmale Augen. »Einen Muffin mit Spekulatius-Nougat-Crumble, einen mit Chocolate-Chips und einen mit After Eight-Pfefferminz-Schokodrops.«

Meine Bestellung dauerte nur fünf Sekunden. »Drei Muffins mit Apfelstücken.«

Nachdem sie ihre Sachen entgegengenommen hatte, wühlte sie eine halbe Ewigkeit in ihrer Manteltasche. »Oh, verflixt. Meine Geldbörse …«

»Ohne Geld geht es leider nicht.« Die Bedienung deutete auf die lange Warteschlange hinter uns und sah genervt aus der Wäsche. Da waren wir schon zwei.

»Ich übernehme das.« Ich blätterte ein paar Scheine auf die Theke. Zum Dank für ihre unhöfliche Behandlung durfte ich auch noch bezahlen? Unglaublich, aber wahr.

Sie warf mir einen verstohlenen Blick unter ihren dichten Wimpern zu. Ihre blauen Augen mit dem goldenen Schimmer hellten sich kurz auf, dann senkte sie den Blick und flüsterte kaum hörbar: »Danke.« Sie hastete aus dem Shop, und ich musste ihr wieder hinterher laufen.

Wollte sie zum Auto? Oder wohin? Warum konnte sie sich nicht wie ein halbwegs normaler Mensch benehmen? Gedanken lesen konnte ich leider nicht! Sonst würde ich als Hellseher beim Zirkus arbeiten, was mir momentan wie ein Traumjob erschien. Sogar Löwendompteur wäre ein lustigerer Job als Miss Christmas' Chauffeur zu sein.

»Wo geht es denn hin?«, keuchte ich. Sie legte aber auch ein Tempo vor.

»Zum Auto natürlich. Wohin sonst?«

Oh, wie überaus dumm von mir zu fragen!

Aus Rache für ihre Unfreundlichkeit starrte ich ihr ausgiebig auf den Po. So fest und so lange, dass sie es spüren musste. Die kleinen Bäckchen schwangen hin und her, was meinen Groll ein wenig milderte. Mmh, je länger ich mir das Schauspiel ansah, desto mehr hob sich meine Stimmung. Ich aß dabei einen Muffin. Unablässig starrend. Die süßen Apfelstücke in meinem Mund, der sexy Apfelpo vor meiner Nase, das prickelnde Zimtaroma auf meiner Zunge, Visionen von prickelnden Spielchen, bei denen ihr Po rosig und nackt vor mir lag … Ich starrte ihr förmlich Löcher in ihren Mantel, bis sie sich mit der Hand schützend an den Po griff.

Absichtlich starrte ich noch ein wenig länger.

Sollte sie ruhig spüren, dass ich mir das genau ansah und mir in Gedanken eine Taktik zurechtlegte, wie ich das kleine Christmas-Biest zähmen konnte. Denn das hier würde ich mir auf keinen Fall bis Weihnachten bieten lassen. So viel stand fest.

KAPITEL 10

Carolyn

HEUTE WAR der Tag der Pleiten und Blamagen! Der Besuch im Fundbüro hatte nichts gebracht, mein schöner Koffer war spurlos verschwunden. Danach fuhren wir ins Zentrum von Burford, wo ich einen renommierten Immobilienmakler aufsuchen wollte.

Doch nach fünf Sekunden war mein Besuch beendet, und ich hastete davon, die Wangen brennend vor Scham. Die zickige Vorzimmerdame hatte mich abfällig gemustert. Bevor ich meinen Namen nennen konnte, fand ich mich vor der Tür wieder. Begleitet von ihrem dummen Spruch, dass ich mit Sicherheit nicht die geeignete Klientel für ihr Büro wäre.

»Blöde Kuh!« Ich flüchtete in die Shopping-Mall und irrte eine Weile ziellos durch die Gänge. Hinter mir tappte Aidan, der seit Stunden wie hypnotisiert auf meinen Po glotzte. Als würde ich das nicht bemerken. Wie fand ich auf die Schnelle einen zweiten Makler? Ich hatte im Internet nur diesen einen herausgesucht und jetzt hatte ich keinen Plan B. Der Akku von meinem Handy war leer, so dass ich nicht googeln konnte. Aidan würde ich bestimmt nicht fragen!

Ohne es zu bemerken, hatte ich die Mall verlassen, als ein Asia-Shop meine Aufmerksamkeit erregte. Er war mit roten und goldenen Laternen geschmückt. War das ein Restaurant? Nein, auf dem Schaufenster war eine Aufschrift angebracht: *Michael Kwan, Immobilien.* Ruckartig stoppte ich, so dass Aidan auf mich prallte.

»Pardon«, murmelte er.

»Sie warten draußen!« Zögernd betrat ich das seltsame Büro.

»Guten Tag.« Der Mann hinter dem Schreibtisch erhob sich mit einem freundlichen Lächeln und schüttelte mir die Hand. »Michael Kwan. Was kann ich für Sie tun?«

»Carolyn Christmas. Ich möchte einen Landsitz verkaufen.«

Er deutete auf die Sitzgelegenheit ihm gegenüber und ich nahm Platz. »Wir sind immer auf der Suche nach besonderen Objekten für unsere Klienten. Ich betreue Kunden vor allem aus dem asiatischen Raum: reich, dekadent, exzentrisch. Wenn Sie mir einen richtigen Knaller liefern, der meine Kunden begeistert, werden wir uns bestimmt einig.«

»Das klingt toll. Das Problem ist nur, dass der Verkauf schnell ablaufen muss.«

»Was verstehen Sie unter schnell?«

»Noch vor Silvester.«

Er fing an zu lachen. »Das ist in der Tat schnell, aber nicht unmöglich. In welcher Größenordnung bewegt sich das Projekt?«

»Es wurde vor Jahren geschätzt. Auf 25 Millionen.«

»Oh.« Er wirkte deutlich interessiert und zog einen Block hervor, um sich Notizen zu machen. »Es ist nicht zufällig Schloss Neuschwanstein? Ich kann Ihnen sagen, dass meine Kunden es mir aus den Händen reißen würden.«

»Äh, nein. Es liegt in England.«

»Und wie heißt es?«

»Snowhill.«

Das begeisterte Flackern in seinen Augen erlosch. »Nie gehört.«

»Aber es ist berühmt! Es wurde im 17. Jahrhundert erbaut, vielleicht sogar früher.«

»Hm, nicht so wirklich alt, oder?«

»Oh, doch!« Ich zählte ihm wichtige architektonische Besonderheiten auf. »Es hat antike Giebel und Erker und wertvolle Holzvertäfelungen. Es gibt dort sogar eine Kapelle aus dem 16. Jahrhundert. Und ein Kutscherhäuschen.« Kurz kam mir Aidan in den Sinn. Er patrouillierte mit grimmiger Miene am Schaufenster vorbei und schlug sich gegen die eisige Kälte die Arme an den Körper.

»Hat es ein Gespenst?«

»Nein, natürlich nicht.«

»Ach so, schade. Verzeihung, das klingt ein bisschen langweilig. Gibt es denn keine Besonderheit, die dieses Snowstone von anderen Gebäuden unterscheidet?«

»Snowhill!« Hektisch durchsuchte ich mein Gehirn nach etwas Speziellem, aber mir fiel nichts ein. »Nein, ich glaube nicht.«

»Hm, schade. Wohnt vielleicht Elton John in der Nähe? Oder wenigstens Hugh Grant? Roger Moore wäre auch okay.«

»Ist der nicht längst tot?«

»Elton John ist tot? Mein Gott!« Er griff sich erschrocken an die Brust.

»Nein, ich spreche von Roger Moore, der seit drei Jahren tot ist. Eventuell befindet sich sein Grab in der Nähe? Von den anderen lebt keiner dort, nicht dass ich wüsste.« Meine Zuversicht sank bis in meine Fußspitzen. Es wäre auch zu schön gewesen, um wahr zu sein. »Ich habe dort mal Phil Collins beim Einkaufen gesehen. Na ja, ehrlich gesagt bin ich mir nicht sicher, ob er es war, aber er sah ihm täuschend ähnlich.«

Mr Kwan gab nur ein Brummen von sich, und ich redete in meiner Verzweiflung immer weiter. »Letztes Jahr wurde dort ein Weihnachtsspecial gedreht mit dem englischen Koch.«

»Ein Koch? Hm, ach so.« Er malte gelangweilt Kringel aufs Papier.

»Ja, aber nicht irgendein Koch, sondern Sir Jamie Jeopardy. Es ging um eine Homestory mit dem Risotto-Girl.«

»Das Risotto-Girl?« Er wirkte wie elektrisiert und ließ den Stift fallen. »Das ist ja unglaublich! Sind Sie mit ihr verwandt?«

»Ja, nein, indirekt. Sie ist die Frau meines Cousins. Sie leben dort mit ihren Kindern.«

»Sie ist Ihre Cousine? Vielleicht auch Ihre ...« Er zwinkerte mir zu und bewegte die Hände in einer auffordernden Geste. *Los, erfinden Sie etwas, das mich umhaut.*

»Äh, meine ... Stief...schwester?«

»Ihre Schwester! Wusste ich es doch, die Ähnlichkeit fiel mir sofort ins Auge. Das klingt fantastisch! Lassen Sie mich kurz telefonieren ... Wie spät ist es in Seoul? Ach, egal, einer von den Jungs ist immer wach.« Er griff zum Handy und sprach rasend schnell hinein ... Ich verstand kein Wort, abgesehen von *Risotto,* das sagte er mindestens zehn Mal. Er nickte und lächelte, seine schwarzen Haarflusen flogen, die Begeisterung sprühte aus seinen Augen. Dann legte er das Telefon beiseite und grinste. »Verkauft.«

»Was? So schnell geht das? Und an wen?«

»An BZ-TZ.« Auf mein verständnisloses Gesicht hin fragte er: »Sie kennen sie nicht?«

»Nein, wer ist das?«

»Die berühmteste und erfolgreichste K-Pop-Gruppe der Welt.«

»Und sie haben einfach so Snowhill gekauft? Ohne nach dem Preis zu fragen?«

»Ja. Sie sind riesige Fans des Risotto-Girls. Deshalb.«

»Oh!«

»Wenn Sie ihn mir noch nennen würden?«

»Ich ... ich weiß nicht so recht.«

»Die Schätzung belief sich auf 25 Millionen«, erinnerte er mich. »Und wenn wir den Promi-Bonus draufschlagen, können wir locker 27 Millionen verlangen.«

»Oh ja, natürlich. Der Promi-Bonus.« Mir wurde ganz schwindelig bei dieser Summe.

»Perfekt. Die Besitzurkunde bitte.« Er streckte die

Hand aus.

»Die habe ich nicht dabei! Ich konnte doch nicht ahnen, dass Sie es so schnell verkaufen. Dafür muss ich zuerst zum Anwalt, oder?«

»Ja.«

»Ich kümmere mich sofort darum. Bis morgen, Mr Kwan. Wenn es länger dauert mit der Urkunde, melde ich mich bei Ihnen.«

»Einen Handschlag, damit wir das Geschäft besiegeln. Ich verlasse mich darauf, dass Sie Snowflakes nur über mein Büro vermitteln.«

»Snowhill«, flüsterte ich und wir schüttelten uns die Hände.

Ich hatte soeben Snowhill verkauft. Unglaublich. Vor Euphorie schwebte ich über dem Boden und flatterte geradezu aus dem Büro. Doch bei Aidans Anblick, mit vor der Brust verschränkten Armen und finsterer Miene, verflog sie sofort. Mein kurzer Höhenflug endete in einem Crash.

Ich hatte das Zuhause meiner Familie verkauft, und somit auch seins. Und das von Mel und Bailey! Und Caspar. Matt würde mich hassen, wenn er das wüsste.

Alle würden mich hassen.

Ein bisschen hasste ich mich selbst. Ich hätte diese Dummheiten in der Firma nicht begehen sollen. Aber jetzt war es zu spät. Wenn ich ehrlich war, bereute ich sie nicht wirklich.

Aidan hielt mir den Wagenschlag auf und ich nahm auf dem Rücksitz Platz.

»Nach Hause?«, fragte er mit kratziger Stimme und hustete. Ich ließ ihn in der Kälte stehen, daran hatte ich gar nicht gedacht.

»Nein, nach Wingham, in den Pub. *The lost Lamb.*«

»Nach Wingham, ins *Lost Lamb?*«

»Ist hier ein Echo?«

»Nein.« Er startete den Wagen und fuhr los. »Dann will ich mal hoffen, dass ich es finde.«

Meine Güte, musste ich ihm die einfachsten Dinge erklären? »Wie wäre es, wenn Sie die Koordinaten in das Navi eingeben?«

Er blitzte mich im Rückspiegel an. »Wie wäre es, wenn Sie in dieses uralte Auto zuerst einmal ein Navi einbauen? Im Kofferraum liegt bestimmt ein Satz Schraubenschlüssel.«

»Es hat kein Navi?«, fragte ich entsetzt.

»Nein.« Minutenlang schwieg er und kurvte durch die Stadt. »Keine Angst, ich bringe Sie sicher ans Ziel.«

Hatte er das ironisch gemeint? Egal, ich antwortete ihm nicht mehr. Ich hüllte mich in meinen Schal. Und in Schweigen. Und in mein schlechtes Gewissen.

ALS ICH DAS *Lost Lamb* betrat, verstummten die Gespräche, dann setzte Geflüster und Getuschel ein. Ken, der in zehn Jahren äußerst unvorteilhaft gealterte Barkeeper, starrte mich an, als sähe er einen besonders schaurigen Geist. »Carolyn Christmas, ich fasse es nicht.«

»Fass dich lieber und gib mir einen Gin.«

»Pur?«

»Ja.«

Aidan war mir gefolgt, wie ich beim Blick in die verspiegelte Rückwand der Bar erkannte. Das passte mir überhaupt nicht, aber ich konnte ihn kaum rauswerfen.

Ein paar Drinks später. Eventuell war es keine gute Idee gewesen, auf nüchternen Magen so viel zu trinken … und überhaupt … mochte ich diesen scharfen Geschmack nicht.

Aber was sollte ich … Fuck, ich konnte nicht einmal mehr den Satz zu Ende …

Irgendwie rutschte ich in Zeitlupe vom Hocker und …

❄

KAPITEL 11

A idan

… ICH FING SIE AUF. Sturzbetrunken nach drei Gläsern Gin? Miss Christmas war nicht gerade trinkfest. Ich hob sie in meine Arme, um sie wegzutragen. Verflucht, falls in meiner Stellenbeschreibung *Kindermädchen* stand, hätte ich das gerne früher gewusst.

»Was soll das werden?« Der Barkeeper, ein pummeliger Typ mit einer verunglückten Dauerwelle, *Dauerwelle, dein Ernst?,* verengte misstrauisch die Augen. »Schleppst du ständig betrunkene Frauen ab? Das lasse ich nicht zu. Leg die Lady auf den Boden, ich informiere ihre Familie, damit jemand sie abholt.« Er griff zum Telefon.

»Du weißt, wer sie ist?«

»Natürlich, jeder hier weiß das. Carolyn Christmas.«

»Und ich bin ihr Chauffeur, also reg dich ab. Ich bin schon den ganzen Tag mit ihr unterwegs.« Und entsprechend entnervt. »Du kannst gerne in Snowhill anrufen. Frag nach Aidan Lagarde, man kennt mich dort.«

»Verstehe. Schon gut, dann nimm sie mit. Und wer bezahlt

ihre Rechnung? 24 Pfund. Plus der Pfefferminztee für dich. Ach was, der geht aufs Haus.«

»Wie ungemein großzügig.« Ich ließ zu, dass er die Geldbörse aus meiner Jacke hervor nahm und sich die Scheine abzählte.

Dann trug ich sie davon. Jemand hielt mir netterweise die Tür auf. Draußen bugsierte ich sie in den Wagen, nachdem ich ihr einen klitzekleinen Klaps auf den Po versetzt hatte. Vielleicht fiel er auch etwas größer aus. »Nichts als Ärger mit dir, Christmas.«

»Hey, warum haust du mich?« Sie kicherte. »Hihi, das kitzelt! Uuuh, mein ganzer Po prickelt.« Sie hörte gar nicht mehr auf mit ihrem ausgelassenen Gekicher und Gegacker, bis ich lächeln musste. Völlig gegen meinen Willen!

In Snowhill schleppte ich sie durch die Halle, als Matt und John aus dem Wohnzimmer kamen. Marian, Smilla und Mel eilten hinzu.

»Huch, Carolyn ist ohnmächtig?« Mel riss sich erschrocken die Hand vor den Mund. »Hatte die Ärmste einen Kreislaufkollaps?«

»Nein, sie ist sturzbetrunken.«

Oben in ihrem Zimmer packte ich sie ins Bett und zog ihr die Schuhe aus. Dann deckte ich sie auch noch zu, als wäre ich ihre Kammerzofe.

»Du verträgst nichts, Mädchen.« Ich strich ihr die aufgelösten und verwuschelten Haare aus dem Gesicht. »Allerdings bist du ganz schön süß, wenn du betrunken bist. Auch wenn du eine mörderische Zicke bist.«

»Das habe ich jetzt gehört«, murmelte sie.

»Das will ich auch stark hoffen«, brummte ich und beugte mich über sie. Sollte ich sie in die stabile Seitenlage drehen, falls sie sich übergab?

»Tommy«, flüsterte sie. »Wo bist du? Bist du da?«

»Hm?«

Mit einem Mal schlang sie die Arme um meinen Hals, zog mich zu sich herab und drückte ihre Lippen auf meine. Ein sanfter Kuss, voller Zärtlichkeit, vibrierend von Sehnsucht und … Alkohol.

»Schlaf jetzt«, flüsterte ich. Meine Lippen prickelten.

»Ja, ist gut, Tommy.« Sie lächelte mit geschlossenen Augen.

Hoffentlich bemerkte sie nicht, dass ich mich schon wieder für jemand anderen ausgegeben hatte. Wenn auch versehentlich und ungewollt. Ich hatte ihr einen Kuss abgeluchst und verkniff mir mühsam ein Lachen.

Na, das war wohl das Mindeste, nachdem sie mich heute zum Deppen gemacht und wie den letzten Idioten behandelt hatte.

Als ich ins Esszimmer kam, warteten alle auf mich. »Die arme Carolyn.« Mel verzog mitleidig das Gesicht. »Sie ist ja total durch den Wind. Was hat das arme Kind bloß?«

Armes Kind? Wenn meine Nerven nicht so strapaziert wären, hätte ich schallend gelacht. Mel war echt süß, aber offensichtlich kannte sie Carolyn kein bisschen.

»Vielleicht hat sie Probleme damit, sie selbst zu sein?«, fragte Matt mit spitzem Unterton.

»Komm, setz dich, Aidan. Ich habe dir das Essen in der Bratröhre warmgehalten.«

»Danke.« Ich war total durchgefroren und entsprechend angepisst. Was für ein Tag. Sie hatte mich herum gescheucht, in der Kälte fast erfrieren lassen und zum Schluss hatte sie mich geküsst. Es fühlte sich an wie eine Mischung aus Zuckerbrot und Peitsche.

»Erzähl doch mal, wo wart ihr überall.« Matt rückte nah an mich heran.

Die Antwort würde ihm nicht gefallen. »Bei einem Immobilienmakler.«

Er stieß einen lauten Fluch aus. »Verdammt, sie zieht es durch?«

»Es war der eine, dessen Büro unweit der Shopping-Mall liegt. Das mit bunten Drachen und Laternen geschmückte Büro. Ich dachte zuerst, sie geht in ein China-

Restaurant und kauft sich gebratene Nudeln. Kwan Worldwide.«

»Ach so, *dieser* Makler.« Matt lachte erleichtert. »Ich glaube, er hat noch keine einzige Immobilie vermittelt. Wirklich seriös ist er nicht. Wenn sie zu einem richtigen Makler gegangen wäre, müssten wir uns Sorgen machen, aber den brauchen wir nicht ernst zu nehmen.«

»Hoffentlich. Wenn das mal stimmt«, fügte John nachdenklich hinzu.

»Ich mache mir wirklich Gedanken um sie. Hier, Aidan, nimm noch ein wenig Rinderbraten, den magst du doch so gern.« Mel häufte weitere Fleischstücke auf meinen Teller und gab Gemüse dazu.

»Danke, Mel. Es schmeckt köstlich.«

»Ich mache mir auch Sorgen um sie«, brummte Bailey. »Sie wirkt unglücklich und gehetzt.«

»Ich schließe mich den allgemeinen Bedenken an.« Caspar nickte, seine gestreifte Weste knisterte. »Miss Christmas scheint unter hohem emotionalen Druck zu stehen.«

Alle waren besorgt um sie. Ich nicht. Ich machte mir eher Sorgen um mich selbst, dass ich die Beherrschung verlor und sie anschrie, bis sie heulte. Eine Weile aß ich schweigend, ich merkte erst jetzt, was für einen Hunger ich hatte.

Sie unterhielten sich eine Zeitlang über Weihnachtsbäume und das Menü für die Festtage. Ich war in Gedanken und hörte nicht richtig zu.

»Wer ist eigentlich Tommy?«, fragte ich. Die Erinnerung an den süßen Kuss überlief mich wie ein angenehmer Schauer. Auch wenn sie mich für den Falschen gehalten hatte, hatte es sich schön angefühlt. Ich mochte ihren Kuss. Wenn ich ehrlich zu mir war, hätte ich sie gern noch viel länger geküsst. Mit ganz viel Zunge und ein bisschen Herumrollen auf ihrem Bett.

»Ich … ich muss dringend die Küche aufräumen«, sagte Mel.

»Ich sollte nach dem Ofen in deinem Häuschen sehen, Aidan. Nicht, dass er ausgeht. Bei der Schweinekälte friert das Wasser in der Küche sonst ein. Die Tage kommt ein

Kumpel von mir vorbei und schließt die Heizung endlich an. Gute Nachrichten, oder?«

»Nun denn.« Caspar täuschte ein Gähnen vor, zog seine goldene Taschenuhr hervor und deutete eine Verbeugung an. »Es ist schrecklich spät geworden. Ich ziehe mich in meine Gemächer zurück. Gute Nachtruhe allerseits.«

Innerhalb weniger Sekunden waren die drei weg und ich sah ihnen erstaunt hinterher.

»Tommy? Nie gehört«, sagte John. »Du, Matt?«

»Nein, noch nie.« Sie schüttelten die Köpfe.

Seltsam, dieses Verhalten. Tommy schien ein Tabuthema zu sein.

Mein Interesse war geweckt. Was hatte es mit diesem Tommy auf sich?

❄

KAPITEL 12

16. DEZEMBER

Aidan

Mangels einer funktionierenden Dusche im Häuschen hatte ich mir angewöhnt, mich morgens mit kaltem Schnee einzureiben. Vorzugsweise nach dem Joggen. Nackt natürlich. Es weckte meine Lebensgeister und härtete mich ab. Mein Spezialschutz gegen Erkältungen, besser als Vitamin C. Abends nahm ich dann eine heiße Dusche in Baileys Bad. Ich war gerade intensiv mit meinen Schnee-Waschungen beschäftigt, da ertönte eine Stimme aus dem Häuschen. Hinter mir.

»Wo bleiben Sie denn? Ich warte! Seit mindestens zwei Minuten. Hallo? Ist da jemand? Schlafen Sie etwa noch?«

Das war … sie! Ich fuhr herum.

Miss Christmas stand im Wohnzimmer, die Augen groß aufgerissen und starrte mich unverhohlen an. Ihr Blick war geradewegs auf meinen Unterleib gerichtet.

Und mein bester Freund, geschmeichelt durch so viel Beachtung, richtete sich zu voller Größe auf. Ich wurde hart, vor ihren Augen. Shit!

»O mein Gott!« Sie schlug sich eine Hand vor den Mund,

mit der anderen bedeckte sie ihre Augen, wobei sie durch ihre Finger schielte.

»Merde!« Ich machte ein paar große Sätze auf sie zu, weil ich an ihr vorbei zum Sofa wollte, um ein Kissen an mich zu reißen und vor mich zu halten.

Sie schrie noch schriller. »Hilfe! Was soll das?«

Da lag aber nur meine Mütze. Egal! Dann eben die Mütze. Ich riss sie an mich und hielt sie vor mein bestes Stück.

»Oh!« Sie hatte sich vom Penis-Schock noch nicht erholt. »Sie sind ja nackt!«

»Nicht ganz.« Meine Stimme klang rau, als ich zur Mütze nickte.

»Oh! Also …« Sie tappte rückwärts. Und da tauchte plötzlich der Kater zwischen ihren Füßen auf. Mit einem kleinen diabolischen Lächeln, wenn mich nicht alles täuschte, wickelte er sich um ihren Fuß. Er war ein richtiger Teufel, dachte ich kurz bewundernd. Sie geriet ins Stolpern und fiel rückwärts.

Sie würde voll auf den Hinterkopf aufschlagen! Miss oder Mütze? Ich musste nicht lang überlegen und ließ die Mütze los, doch wie durch ein Wunder verklemmte sie sich und blieb an mir haften. Mit einem Hechtsprung schnappte ich Miss Christmas, zog sie in meine Arme und bewahrte sie in allerletzter Sekunde vor einem schlimmen Sturz. Irgendwie trat ich dabei auf ihr Kleid. Ein reißendes Geräusch. Oh, was war das?

Dank einer göttlichen Fügung hielt sich die Mütze eisern an meinem Penis fest und bedeckte ihn schamhaft, auch wenn er sich ganz schön dagegen wehrte. *Autsch.*

Gott sei Dank hielt die Mütze. Denn das hier könnte noch viel schlimmer werden …

Ich hatte so viel Schwung, dass wir langsam zu Boden sanken, sie unter mir, ich obendrauf. Zugegeben, eine etwas seltsame Situation. Immerhin presste ich ihr meinen nackten Penis, wenn auch in Umhüllung einer Chauffeursmütze, an den Bauch. Er war darüber mehr als erfreut, dehnte sich weiter aus und sprengte dabei fast die Mütze weg.

Eine Schrecksekunde, in der keiner von uns sprach, ich

tief in ihre Augen sah und darin versank. Etwas stieg in mir auf, das ich nicht einordnen konnte. Erregung … und noch etwas. Ein zärtliches Gefühl. Sie wirkte ebenfalls hingerissen und am liebsten hätte ich sie geküsst. Leider dauerte dieser schöne Moment nur einen Sekundenbruchteil an.

Sie schrie empört auf. »Hilfe! Was um Himmels willen tun Sie da? Warum werfen Sie mich zu Boden, Sie Verrückter!«

»Bitte was?«, murmelte ich, im Ausfallschritt über ihr stehend.

»Ja! Gehen Sie sofort von mir runter und nehmen Sie Ihr … Ding von mir weg.« Sie boxte mit beiden Fäusten an meine Brust. Kein Dankeschön. Nichts.

»Sicher. Es tut mir leid. Ich wollte Sie nur vor einem Sturz …«

»Was für eine Unverschämtheit!« Sie zeterte wie ein Rohrspatz, dann fasste sie sich erschrocken an den Po. »Oh! Mein Kleid! Es ist gerissen.«

Gott sei Dank, das hässliche Kleid war kaputt. Ich hätte am liebsten schallend gelacht.

Ihre seltsame Frisur löste sich auf, die blonden Haare flossen wie ein Wasserfall aus Gold über ihre Schultern. Sie war so wunderschön, dass es mir eng um die Brust wurde. Hm, war das Sodbrennen oder was? Ich sollte weniger Chips essen. Oder war der Kaffee zu stark?

Sie schnappte nach Luft. »Lassen Sie mich los? In diesem Leben noch?«

»Klar.« Ich legte sie behutsam auf dem Boden ab und nahm meine Arme von ihr. Auf den Knien rutschte ich rückwärts von ihr weg und ließ mich auf die Oberschenkel sinken. Sie drehte sich auf den Bauch, um von mir weg zu krabbeln, und präsentierte mir auf allen vieren ihre Kehrseite. Ein großer Riss im Stoff klaffte quer über ihrem Po. Eines ihrer fadenscheinigen Höschen hatte ich bereits gesehen. Dieses hier war um Längen fadenscheiniger. Es war so dünn, dass es kaum vorhanden war. Durchsichtig. Ein bisschen durchsichtiger und es wäre nicht mehr existent … Ein Stück ausgeleiertes Gummiband hing seitlich herunter wie eine kaputte Lebensader. Dieses Höschen hatte seine besten Tage lange hinter sich. Es war der Senior unter den Höschen. Ein graumelierter, altehrwürdiger Herr, der seinen hundertzwanzigsten Geburtstag schon zehn Mal gefeiert hatte und keine Kraft mehr besaß, die Kerzen auszupusten.

»Pardon, Miss Christmas. Moment, ich helfe Ihnen ...« Ich zupfte an ihrem Kleid, um es zusammenzuhalten, doch im gleichen Moment bewegte sie sich und – Ratsch! Stattdessen hatte ich es noch weiter aufgerissen. Sie zuckte zusammen. Und da ... Meine Hand rutschte aus und fasste unwillkürlich an ihren Po. Wer war das gewesen? Etwa ich? Das musste ein Reflex gewesen sein. Wer könnte diesem wunderbar rosigen Po auch widerstehen? Diese herrlichen Bäckchen waren zum Anfassen wie gemacht.

Ein schrilles Quietschen. »Was zur Hölle tun Sie da?!«

»Wer? Ich?«, fragte ich mit rauer Stimme. Wäre sie nicht Miss Christmas, sondern einfach eine nette Frau, würde ich sie zu mir umdrehen und küssen. Aber damit das passierte, müsste wahrscheinlich die Hölle zufrieren.

Da öffnete sich die Tür, ein eisiger Windhauch wehte herein, und Bailey trat ein. »Aidan, was ich dir bezüglich der Zylinderkopfdichtung sagen wollte ...« Er blieb wie angewurzelt stehen, seine Augen kullerten ihm fast aus dem Kopf. »Was macht ihr denn da?«

Wir boten mit Sicherheit einen denkwürdigen Anblick, ich nackt, mit Mütze, sie auf allen vieren vor mir, den halb entblößten Po in meine Richtung gestreckt. Es sah nach einem verdammt geilen Spielchen aus. Leider täuschte der Eindruck. »Äh, nichts.«

Mit knallrotem Kopf erhob sie sich, stolperte auf Bailey zu und zeigte auf mich. »Er hat es schon wieder getan. Immer blamiert er mich! Dieser Idiot hat mein Kleid zerstört! Jetzt muss ich mich umziehen. Da, sieh nur.« Sie drehte sich ein Stück seitlich.

»Oh, das ist ja ein riesiges Loch. Besser ist es, wenn du dich umziehst, Carolyn. Wenn da der Nordwind herein fegt, hast du eine Windhose.« Er fing an zu lachen und ich hätte beinahe mitgelacht.

»Sehr witzig, Bailey!«, zischte sie. »Nicht!«

»Sorry.« Er räusperte sich. Ganz Kavalier alter Schule zog er seinen dicken Daunenanorak aus und hängte ihn um ihre Schultern.

»Tu doch etwas!« Sie zeigte wiederum auf mich.

Was erwartete sie? Dass er mich übers Knie legte? Eher schwebte sie in Gefahr, dass ich das demnächst mit ihr machte. Ich sollte ihr ein paar Manieren beibringen. Sie schrie förmlich danach.

»Äh, ja, was soll ich denn tun?«, fragte Bailey verwundert. »Ach so! Du meinst, ich soll mit ihm schimpfen? Das mache ich doch glatt.« Er versuchte, väterliche Strenge auszustrahlen, doch das amüsierte Funkeln in seinen Augen verriet ihn. »Aidan, hast du dich einer Lady gegenüber daneben benommen?«

»Nein, kein bisschen.« Sicherheitshalber hielt ich die Mütze mit beiden Händen fest, bevor mein übermütiger Penis sie mit einem Knall wegsprengte und sie Miss Christmas mitten im Gesicht traf. Bei meinem Glück würde genau das passieren. »Einer Lady gegenüber würde ich das niemals tun.« Ein Seitenhieb auf sie. Denn sie benahm sich die meiste Zeit nicht ladyhaft, diese kleine Zicke mit dem sexy Po.

»Oh, das ist so unverschämt. Und wie er das getan hat!«, brachte sie keuchend hervor. »Stell dir vor, Bailey. Er steht hier herum und zeigt mir seinen riesigen … Dingdong.« Verstohlen deutete sie auf meinen Unterleib, ihr Kopf schien kurz vor dem Explodieren. »Und dann rennt er auf mich zu wie ein Verrückter! Vor Angst war ich wie gelähmt!«

Haha, vor Angst. Eher vor Faszination, Baby!

»Seinen was?« Bailey unterdrückte ein Lachen. »Du hast ihr deinen, äh, Dingdong gezeigt, Aidan?«

»Pardon, höchstens für drei Sekunden. Danach habe ich mich vorschriftsmäßig in meine Uniform gehüllt.« Ich nickte lässig zur Chauffeursmütze, die meinen Penis bedeckte. Sie hatte ihn als riesig bezeichnet? Da konnte ich nicht widersprechen. Ich hatte es schon oft gehört, aber aus ihrem Mund fühlte ich mich besonders geschmeichelt.

»Du wirst dich sofort bei Miss Christmas entschuldigen,

sie ist immerhin dein Boss.« Er zwinkerte mir zu. »Oder so ähnlich.«

»Pah, ich verzichte. Seine Entschuldigung kann er sich sonst wohin stecken!« Sie stürmte aus dem Raum und ließ die Tür weit offenstehen. Ein eisiger Windhauch fegte einen großen Schwall Schneeflocken herein, die durch den Raum tanzten.

»Entschuldigung, es tut mir leid!«, rief ich ihr nach. »Mit Ihrem Kleid und mit allem.«

Wütend stapfte sie durch den Schnee davon, hielt ihr Kleid über dem Po zusammen und warf mir durchs mit Frostblumen angehauchte Fenster einen dermaßen glühenden Blick zu, dass das Kutscherhäuschen Gefahr lief, in Flammen aufzugehen.

Ich musste lachen. Laut. Und lange.

»Was läuft denn da zwischen euch?« Bailey kam aus dem Kichern nicht mehr heraus.

»Nichts, wirklich nicht. Sie hat nicht einmal Danke gesagt! Dabei habe ich sie vor einer Gehirnerschütterung bewahrt, weil sie über den Kater stolperte. Was kann ich dafür, dass sie hereinplatzt, wenn ich mich im Schnee wasche?! Das ist immer noch mein Haus, so irgendwie. Nicht, dass es mir gehört, aber ich wohne hier.«

»Warum wäschst du dich auch nackt im Schnee?« Bailey nahm seine graue Strickmütze ab, fuhr sich nachdenklich über die Stoppeln, und setzte sie wieder auf. »Das ist doch total kalt, oder? Ach so, ich verstehe. Du hast kein fließendes Wasser?«

»Genau. In der Küche schon, aber in der Dusche nicht.«

»Mein Fehler. Ich kümmere mich sofort darum. Heute Abend hast du eine intakte Dusche, versprochen.« Er nickte zu meiner Mütze. »Zieh dich an. Sie wartet bestimmt schon auf dich.«

Mit einem harten Lachen wendete ich mich ab. »Von mir aus kann sie warten, bis sie schwarz wird. Wenn du wüsstest, wie lange ich schon auf sie gewartet habe. Stunden!«

• • •

Kurz darauf fuhren Miss Christmas und ich nach Burford. Umhüllt von eisigem Schweigen. Aus purem Trotz behielt ich die Mütze auf dem Kopf, obwohl sie mich beim Fahren behinderte. Sollte sie ruhig die ganze Zeit daran denken, wie ich sie an anderer Stelle getragen hatte.

Mit Sicherheit dachte sie daran, denn in ihren Augen glitzerte die Erregung.

❄

KAPITEL 13

Carolyn

DIESE MÜTZE! Sie irritierte mich mehr, als ich es mir eingestehen wollte. Bestimmt machte er das mit Absicht, damit ich die ganze Zeit daran denken musste. Wie er splitternackt vor mir gestanden hatte und mir ein Blitzschlag zwischen die Beine gefahren war. Vor Schreck natürlich!

Kein Gramm Fett am durchtrainierten, muskulösen Körper. Ein paar sexy, schwarze Brusthaare. Und dann diese Tattoos … *So schön,* seufzte meine innere Stimme. Ein Kompass befand sich auf seiner linken Brust, wunderschön anzusehen, künstlerisch geschwungen, und darunter rankte sich ein französischer Schriftzug. *Mon coeur est …* Mein Herz ist … was? Den Rest konnte ich nicht lesen, weil er auf mich zugestürmt war wie ein Irrer. Vielleicht auch, weil mein Blick nach unten geschweift war.

Zu seinem … wahnsinnig … attraktiven … Penis.

Puh! Ich schnaufte und tupfte mit dem Schal meine erhitzte Stirn ab. Jetzt hatte ich es vor mir selbst zugegeben: Er hatte mir gefallen. Mehr als das, ich hatte mich sogar gefragt, wie er sich wohl anfühlte, dieser stählerne Torpedo.

Wenn ich ihn in meiner Hand hielt. Oder vielleicht auch woanders?

»Unglaublich, Carolyn!«, entfuhr es mir.

»Gibt es ein Problem?«

»Nein.« Ich schirmte meine Augen vor ihm ab und dachte an das andere Tattoo. *Elaine.* Seine Frau oder seine Freundin?

Hmm, wenn ein Kompass neben seinem Herzen prangte, bedeutete der Spruch vermutlich, dass sein Herz sein Kompass war. Eine schöne Idee, die ich ihm nicht zugetraut hätte, richtig poetisch. Aber er hatte mir an den Po gefasst, und das hätte ich ihm ebenfalls nicht zugetraut.

Es kitzelte immer noch wie verrückt. Ich rutschte auf der Pobacke hin und her, aber das Prickeln blieb. Meine Hand prickelte, mein Po prickelte, seltsamerweise auch mein Mund. Hatte er mich etwa geküsst, als ich betrunken gewesen war? Erschrocken sah ich nach vorne. Ein kleines Lächeln umspielte seine Mundwinkel. Was hatte er mit mir angestellt?

Endlich erreichten wir Burford. Dort herrschte vorweihnachtlicher Hochbetrieb und die Stadt platzte fast aus allen Nähten. Alle Parkhäuser waren besetzt und wir fuhren in Nähe der Anwaltskanzlei ein paar Runden im Kreis.

»Absolutes Halteverbot.« Er hob die Schultern. »Hier darf ich nirgends parken.«

»Sorgen Sie für einen Parkplatz und achten Sie darauf, dass der Wagen nicht abgeschleppt wird. Und halten Sie sich bereit.«

»Ich soll auf Sie warten? Die ganze Zeit?«

»Was sonst? Der Termin dauert höchstens eine Stunde.«

Sein Grunzen klang wenig begeistert. »Moment, eine Lücke. Jetzt!« Er scherte ein Stück zum Straßenrand ein, hinter uns setzte sofort ein wütendes Hupkonzert ein, und ich stieg eilig aus dem Wagen.

Nachdem mein schrecklicher Chauffeur mich abgesetzt hatte, betrat ich die Kanzlei und ging zum Empfangstresen.

»Carolyn Christmas. Ich habe einen Termin bei Mr Broombury.«

Die Vorzimmerdame, eine hübsche Blondine in einem pinkfarbenen Angorapulli, klickte am Laptop, dann sah sie auf und erschrak. Vermutlich wegen meines Outfits? »Nein, hier steht nichts. Ihr Termin beginnt erst in einer Stunde. Es tut mir leid, Miss Christmas.« Sie lächelte tapfer, aber ihre Miene verriet ihre Verwirrung. »Vielleicht haben Sie sich vertan? Sie können gern hier warten. Ich bringe Ihnen einen Kaffee, wenn Sie möchten.« Sie deutete zur gemütlichen Sitzgruppe.

»Danke, ich komme lieber in einer Stunde zurück.« Verlangend starrte ich auf die Schale mit köstlichen Donuts, die auf dem Tresen stand. Ich hatte solchen Hunger.

»Greifen Sie ruhig zu.« Mit einem Lächeln schob sie den Teller in meine Richtung.

»Wirklich?«

»Ja, natürlich. Sie sind ganz frisch. Unsere Klienten greifen immer gern zu.«

»Danke.« Ich nahm einen Donut an mich und verließ eilig das Büro. So wie sie könnte ich auch aussehen. So hübsch und unbeschwert.

Den Donut verspeisend schlenderte ich in die Shopping-Galerie, wo reges Treiben herrschte. Familien beim Weihnachtsshopping schleppten große Pakete. Überall dudelte Weihnachtsmusik und an jeder Ecke klingelte ein Santa mit einer Glocke, um auf die Angebote des jeweiligen Ladens hinzuweisen.

Ich kam an einem Dessousladen vorbei, mit einem flüchtigen Blick besah ich das Schaufenster. Edle Teile, aber leider viel zu teuer, außerdem brauchte ich keine Dessous. In diesem Leben nicht mehr. Wobei Aidan meine schäbigen Sachen schon zum zweiten Mal gesehen hatte. Moment mal, das war doch … Aidan!

Lässig lehnte er sich über den Verkaufstresen und schäkerte mit der Verkäuferin. Sie war schwarzhaarig und trug einen engen lila Pulli mit tiefem V-Ausschnitt. Extrem tief.

Unglaublich! Im Schutz des Weihnachtsbaums, der seitlich stand, rückte ich so nah wie möglich ans Schaufenster heran.

Sie sagte etwas zu ihm, deutete auf seine Uniform und lachte. Ich konnte es von ihren Lippen ablesen. »*Sexy Uniform, Großer.*«

Was? Wie unverschämt von ihr. Vor Aufregung ließ mein Atem die Scheibe beschlagen und ich wischte den Dunst vorsichtig weg.

Sie packte etwas für ihn ein, klebte das Papier zu und wickelte ein rotes Geschenkband drumherum. Sie kämpfte mit dem Band und spielte die Hilflose. Ich ahmte ihre Stimme nach, die bestimmt tussihaft und piepsig klang. »Oh, mein Gott, dieses Band bringt mich um. Ich bin viel zu schwach, um es allein zu bändigen. Hach, was soll ich bloß tun?«

Dann imitierte ich Aidans tiefe Stimme. »Lass mich dir helfen, Süße. Ich sehe, dass du total überfordert bist. Nur ein starker Mann wie ich kann dieses Band zur Raison bringen.«

Er legte mit einem Lächeln den Finger drauf, um ihr zu helfen, bis sie es schließlich festknüpfte. Sie ließ sich ungeheuerlich viel Zeit, es regte mich richtig auf, wie sie an seinem Finger herumfummelte. Sie öffnete die prallen Lippen, warf die Haare lässig zurück, dabei rutschte ihr Pulli ein Stück von der nackten Schulter. Gleichzeitig drückte sie den Rücken durch und schob ihm ihre XXL-Oberweite ins Gesicht, so dass seine Nase beinahe zwischen ihren Brüsten festklemmte. Brüste? Ihre dicken Monsterhupen! Bestimmt waren diese Dolly Parton-Tüten nicht echt. Dazu leckte sie sich lasziv über die Lippen, als wollte sie ihn auf der Stelle vernaschen.

Wollte sie ihn küssen? Mir wurde seltsam zumute, richtig feurig im Magen. Sie zog alle Register der Verführung, doch er bemerkte es nicht, zumindest ging er nicht darauf ein. Er wartete, bis sie fertig war, dann zog er seine Brieftasche hervor und blätterte ein paar Scheine auf die Theke. Ihre Gesichtszüge entgleisten. Über ihre angefressene Miene hätte ich mich am liebsten kaputtgelacht.

Huch, er bezahlte? Er würde jeden Moment den Laden

verlassen. Nichts wie weg! Ich duckte mich hinter die geschmückte Tanne, stopfte den Rest des Donuts quer in den Mund, dann hastete ich davon. *Last Christmas* schallte es in meinen Ohren.

Mir war schwindelig, das seltsame Gefühl in meinem Bauch verstärkte sich. Ich wollte anstelle der Verkäuferin mit Aidan schäkern, damit er mich anlächelte. Oder mich vielleicht sogar küsste? *Nein, auf keinen Fall, Carolyn!* Hatte ich nichts Besseres zu tun, als meinem Chauffeur nachzuspionieren? Mal wieder! Ich hatte weiß Gott andere Probleme.

Auch wenn diese K-Pop-Gruppe Snowhill unbesehen kaufen wollte, was geradezu unvorstellbar schien … Sie existierte, denn ich hatte sie im Internet gegoogelt. Sie waren enorm erfolgreich, mit Millionen von Fans und weltweiter Ausstrahlung ihrer Live-Auftritte. Ihre Konzerte waren kurz nach Bekanntgabe innerhalb weniger Minuten ausverkauft. Aber bisher war nichts unterschrieben und Geld war auch keins geflossen.

Irgendwie ließ mich die Vorgehensweise des Maklers an seiner Seriosität zweifeln. Eine so teure Immobilie mit einem einzigen Telefonanruf zu verkaufen, das war doch total unrealistisch. Vielleicht war ich auf einen Schwindler reingefallen? Selbst wenn es stimmte … Wenn sie es spontan kauften, konnte es gut sein, dass sie es spontan nicht mehr kaufen wollten? Andererseits hatte ich nur diese eine Chance, und ich musste darauf vertrauen, dass sie echt war.

Mein Blick fiel auf die Uhr. Mein Termin beim Anwalt war enorm wichtig. Ich durfte nicht zu spät kommen.

❄

KAPITEL 14

A idan

Mit meinem liebevoll verpackten Päckchen unter dem Arm schlenderte ich an den Läden vorbei. Weiter entfernt sah ich den Mantel von Miss Christmas um die Ecke wehen. Das kleine Biest hatte mich beobachtet. Und zwar so auffällig, dass ich beinahe alles ruiniert und mich mit einem schallenden Lachen verraten hätte. Aber so zu tun, als bemerkte ich nichts, war viel lustiger.

»Ach, Kätzchen, wenn du denkst, du legst einen alten Gauner rein, musst du früher aufstehen.« Jemanden beschatten war nicht ihre Stärke. Sie drückte sich ihre hübsche Nase am Schaufenster platt, großäugig und staunend wie Audrey Hepburn am Schaufenster von Tiffany's im berühmten Film. Als das Fenster von ihrem Atem beschlug, wischte sie mit dem Finger darüber und es quietschte. Alles andere als unauffällig.

Ich war das Objekt ihrer Begierde, keine Juwelen, keine scharfen Dessous. Ein bisschen fühlte ich mich geschmeichelt. Dabei ahnte sie nicht, für wen ich die sexy Teile gekauft hatte, von meinem beinahe letzten Geld: für sie. Als kleine Wiedergutmachung für das zerstörte Kleid.

Mal ehrlich, es war ein Verbrechen, eine wunderschöne Frau wie sie in derart abgewetzter Unterwäsche herumlaufen zu lassen. Das konnte ich als Franzose nicht zulassen. Und da ich in freigiebiger Stimmung war, kaufte ich ihr in einem anderen Laden ein hübsches Kleid. Hellgrau mit einem rosa Muster stilisierter Rosen. Aus weichem Strick, der sich bestimmt wunderbar an ihre Figur anschmiegte. Ich konnte es kaum erwarten, sie darin zu sehen.

Eine Stunde war vorbei. Bester Laune begab ich mich in Richtung des Anwaltsbüros, um dort auf Miss Christmas zu warten. Der Wagen stand drei Straßen weiter, auf dem einzigen Parkplatz weit und breit. Mir blieb leider nichts anderes übrig, als in der klirrenden Kälte draußen zu stehen. Hoffentlich käme sie bald.

Am Ausgang der Mall, im Schaufenster eines Elektroladens, hing eine Menschentraube vor den Bildschirmen, die alle dieselbe Sendung zeigten. Ein Mann, groß, schlank und enorm traurig aussehend, sprach in ein Mikrofon. »Ja, es war der vierte Überfall in Folge, innerhalb kurzer Zeit. Ich habe soeben erfahren, dass die Versicherung aus dem Grund nicht zahlt. Wir sind ruiniert.« Er rang nach Atem, sichtlich geschockt.

»Meine Güte, das ist ja furchtbar«, raunte eine Frau. »Der arme Mann ist ruiniert und das vor Weihnachten? Was für gemeine Typen! Er hat vier Kinder, oder?"

Die anderen Zuschauer stimmten zu. »Ja, diese Diebe sind echt das Letzte, warum halten sie sich nicht wenigstens an große Firmen? Keinen Funken Ehre im Leib.«

Verflucht, auch das noch. Bisher hatten wir uns auf große Ketten beschränkt wie *De Deers-Diamonds,* eine riesige Firma mit Sitz in Amsterdam und zahlreichen weltweiten Niederlassungen.

Bei diesem Überfall hatte ich mich auf Roys Expertise verlassen. Er sagte mir, dass sie ein Zwischenhändler von *De Deers* wären, aber nicht, dass das Geschäft der Familie gehörte und privat geführt wurde.

Vermutlich hatte er es nicht besser gewusst, weil er ein fauler Hund war und schon fünf Minuten googeln als umfassende Recherche bezeichnete. Oder er hatte es gewusst, aber es war ihm egal gewesen.

Meine gute Laune war schlagartig im Eimer.

❄

KAPITEL 15

Carolyn

Der Anwalt Mr Broombury, ein zwar goldiger, aber vielleicht ein wenig vertrottelter Opa, erzählte mir das Gleiche wieder und wieder, seit einer Viertelstunde. Ja, ich hatte Snowhill geerbt, ja, er freute sich unglaublich für mich.

»Und wo ist meine Besitzurkunde?« Mein Fuß wippte in leichter Ungeduld.

»Es dauert ein paar Tage. Der zweite Notar muss alles beglaubigen, dann die Verzögerung durch die Feiertage. In der zweiten Januarwoche dürfte es soweit sein.«

»Aber nein, ich brauche diese Urkunde vor Silvester.«

»Hm, hm.« Er wälzte seine Akten, nahm die Brille ab, setzte sie wieder auf. »Wenn ich alle Beziehungen spielen lasse, klappt es vielleicht vor Silvester.«

Ich erhob mich. »Streichen Sie das Vielleicht. Es klappt vor Silvester. Und zwar allerspätestens am 30. Dezember. Um neun Uhr morgens.«

Er verzog das Gesicht. »Ich werde tun …«

»Nein, tun Sie es einfach. Ohne Wenn und Aber.« Im

Weggehen murmelte ich: »Denn sonst klappt es mit dem Verkauf nicht. Einen schönen Tag.«

Er schickte mir ein Räuspern hinterher. »Die Familie Christmas ist mir bisher für gutes Benehmen und Höflichkeit bekannt.«

»Da gibt es nur eine Möglichkeit: Vielleicht wurde ich im Krankenhaus vertauscht und ich bin keine echte Christmas? Man sieht sich, am 30.« Ich stapfte zur Tür.

Er lachte. »Ganz schön frech, junge Dame. Nicht so schnell.« In seinen Augen blitzte es. »Es scheint mir, Sie sind ein wenig voreilig? Ich höre immer Verkauf … Was meinen Sie mit Verkauf?«

»Was sonst?« Ich hatte den Türgriff schon in der Hand. Was wollte der Mann von mir? Sollte ich ihm erklären, was ein Verkauf war? Ich sprach extra langsam: »Verkauf: eine Ware im Tausch gegen Geld, in diesem Fall: Snowhill gegen Geld.«

Er stieß ein amüsiertes Lachen aus. »Ich weiß, was ein Verkauf ist, Kindchen. Halten Sie mich für dumm? Ich glaube, Sie sind nicht umfassend informiert. Wissen Sie denn überhaupt nicht Bescheid über die Klausel, den großen Haken bei diesem Geschäft?«

»Haken? Klausel?« Das Lächeln gefror mir auf dem Gesicht, als ich mich zu ihm umdrehte.

»Ja, die Klausel bezüglich des Verkaufs von Snowhill. Mr Christmas Senior, ein enger Freund meines Vaters, hat sie eingebaut.«

»Ei-ei-eine Klausel?«

»Ja, natürlich. Kit Christmas war ein richtiger Fuchs. Wenn er Verträge ausgehandelt hat, waren sie hieb und stichfest, mit mehr als einem doppelten Boden. Wenn Sie sich vielleicht lieber wieder hinsetzen?« Er deutete zum Stuhl.

Das klang … beunruhigend. »Ja, gut. Ich hätte auch fünf Minütchen Zeit.«

»Vielleicht auch zehn?«

Er stützte die Ellenbogen auf und legte die Finger zu einer Raute zusammen. »Sie haben als unverheiratete Person zwar Snowhill geerbt, aber Sie dürfen es nicht veräußern. Nur eine verheiratete Person darf Snowhill verkaufen. Das ist die vereinfachte Zusammenfassung von ungefähr 43 Klauseln, die Ihr Großvater eingefügt hat.« Er klopfte auf einen dicken Packen Papier. »Das ist das Ursprungstestament Ihres Großvaters. Es ist dermaßen kompliziert, dass mein Vater damals vierzehn Tage gebraucht hat, um es zu verstehen. So hat er es mir berichtet.«

»Aber das neue Testament …« Ich konnte kaum fassen, was er mir erzählte. Mein schöner Plan ging gerade in Flammen auf?

»Ja, damit wurde die Enterbung Ihres Vaters rückgängig gemacht. Gott, ich war so froh darüber, als ich das hörte, das können Sie mir glauben. Aber alle anderen Klauseln wurden davon nicht berührt und behalten ihre Gültigkeit. Das steht auch so im neuen Testament. Ich habe diesen Satz vorgelesen bei der Testamentseröffnung.« Er sinnierte. »Niemand hat mir zugehört.«

»Ich darf Snowhill erben, aber ich darf es nicht verkaufen?«

»Genau. Wenn Sie es verkaufen wollten …« Er griff zu einer Karaffe und goss einen Whisky ein, den er zu mir hinüber schob.

»Müsste ich vorher …« Ich kippte das Glas in einem Zug hinunter. Der Whisky brannte wie Feuer in meiner Kehle und setzte meinen Magen in Brand.

»Heiraten. Genau.«

»O mein Gott!«

»Ja.«

»O mein Gott!«, wiederholte ich.

Er hob die Schultern. »Ja?«

Wie betäubt ließ ich seine tröstlich gemeinten Worte über mich ergehen. Dass Opa das nur getan hatte, damit Snowhill in der Familie blieb. Denn jemand, der verheiratet war und selbst eine Familie hatte, würde niemals Snowhill verkaufen.

Es war, als würde Opa von seiner Wolke herunterrufen und mich als selbstsüchtiges, lediges Biest beschimpfen. »Carolyn, du Ungeheuer, wage es bloß nicht, Snowhill zu verkaufen!« Er schleuderte ein paar Blitze in meine Richtung, sie trafen mich am Hintern, und er lachte dröhnend. »Und damit das nicht passiert, habe ich Vorsorge getroffen.«

»Snowhill soll der gesamten Familie Christmas gehören. Das ist der Hintergedanke dabei. Es ist nicht gegen Sie persönlich gerichtet.«

»Oh doch, er hasst mich! Aus seinem Grab heraus! Das ist so gemein!« Ich weinte und schluchzte und trank einen Whisky nach dem anderen.

»Aber nein, Miss Christmas. Ganz bestimmt nicht.« Mr Broombury schenkte mir wiederum nach. »Er wollte seinem Bruder immer ein Zuhause bieten, falls dieser aus dem Krieg zurückkehrt. An einen möglichen Verkauf von Snowhill hat Ihr Großvater niemals gedacht. Darum der Zusatz mit der Heirat innerhalb einer Frist, damit hat er sich gleich nochmal abgesichert.«

»Eine Frist?« Das wurde ja immer schlimmer!

»Ja, er hat es genau dokumentiert.« Er blätterte in dem dicken Papierwust herum. »Wo ist denn die betreffende Stelle? Ah, hier: Ab dem Zeitpunkt der Kenntnisnahme des Erbes muss die erbende ledige Person, sollte sie den Wunsch verspüren, Snowhill zu verkaufen, dies innerhalb von neun Tagen vornehmen.« Er hob den Kopf und fixierte mich. »Das wäre in Ihrem Fall, Miss Christmas, am 23. Dezember um 15 Uhr. Da die Testamentseröffnung am 14. Dezember um 15 Uhr stattfand, Sie verstehen?«

»Ja, ja.« Ich winkte ab. Vor lauter Zahlen konnte ich ihm kaum mehr folgen.

Er las weiter vor. »Kommt die Heirat bis dahin nicht zustande, geht Snowhill in den Besitz aller Mitglieder der Christmas-Familie über.«

»Ein lediger Erbe, der heiraten muss, innerhalb von neun Tagen?! Diese Bedingungen kann unmöglich jemand erfüllen!«

»Sie haben es erfasst, Miss Christmas. Genau das hatte Ihr Großvater im Sinn. Er ist so genial, dieser Mann.« Vor Begeisterung schlug er mit der Faust auf die Tischplatte. »Ach, ich schenke mir auch ein Gläschen ein. Ich bin froh, dass Sie zur Vernunft gekommen sind.« Wir prosteten uns zu, so ähnlich wie beste Freunde. »Wenn man genauso raffiniert denken könnte wie er … Man wäre anderen Menschen immer eine Nasenlänge voraus.«

Nach dem dritten bis fünften Whisky heulte ich wie eine Sirene, Mr Broombury tätschelte väterlich meine Hand. »Soll ich denn trotzdem die Besitzurkunde ausstellen? Sie könnten sie an Ihre Wand in Snowhill hängen, zur Erinnerung, dass Ihnen Snowhill neun Tage allein gehörte.«

Ich war geliefert! Polizei, Untersuchungshaft, Gefängnis. Eine abgewetzte Pritsche in einem schummrigen Verlies. Mein Gesicht auf den Titelblättern aller Zeitungen! Nein, ich durfte nicht aufgeben! Auch wenn es nur der Hauch einer Chance war, musste ich versuchen, sie zu nutzen. Ich musste heiraten, auch wenn ich keinen Schimmer hatte wen. »Ja, bitte bis zum 22. Dezember. Mit allen dazugehörigen Unterlagen.«

»Oh, warum denn früher? Sie haben doch nicht etwa vor?« Er stieß ein ungläubiges Lachen aus. »Miss Christmas!«

»Nein, natürlich nicht«, log ich ihm unverfroren ins Gesicht und lächelte besonders süß. »Ich habe nicht einmal einen Freund. Wer will jemanden wie mich schon heiraten? Ich reise am 22. in die USA zurück und würde die Urkunde gerne mitnehmen und in meinem New Yorker Büro aufhängen. Zur Erinnerung daran, dass ich mal kurz Snowhill-Besitzerin war. Wie Sie es eben selbst gesagt haben. Vergessen Sie bloß nichts! Äh, ich meine, vergessen Sie bitte nichts, Mr Broombury.« Ich lächelte ihm zu und schnäuzte mich in mein Taschentuch.

»Wie hübsch Sie sind, wenn Sie ein freundliches Gesicht aufsetzen. Sie sollten öfter lächeln, Miss Christmas. Dann sind Sie unwiderstehlich. Und wissen Sie was? Wenn ich dreißig Jahre jünger wäre, würde ich Sie vom Fleck wegheiraten.« Er lächelte mich aufmunternd an. Es war offensichtlich, dass er das aus reiner Nettigkeit sagte.

»Danke, das ist lieb von Ihnen, Mr Broombury.« Ich stemmte mich aus dem Sessel hoch, dann schwankte ich aus seiner Tür.

• • •

Es war schon stockdunkel, als ich die Kanzlei verließ. Draußen an der Straße wartete Aidan. Er sah durchgefroren aus, schlug sich die Arme an den Oberkörper, um sich aufzuwärmen, und hüpfte auf der Stelle. Eiskristalle hatten sich in seinen dichten, schwarzen Augenbrauen gebildet.

Für einen schrecklichen Moment hätte ich mich ihm am liebsten an den Hals geworfen und an seiner breiten Brust laut schluchzend geheult. *Ich muss ins Gefängnis, was soll ich bloß tun?*

Er besah mich eine Weile, rieb sich die Hände und hauchte hinein. »Lassen Sie mich raten. Zum Pub?«

»Wohin auch sonst?«, zischte ich. »Wo ist der Wagen?«

»Drei Straßen weiter. Ich warte hier seit Stunden und …«

»Holen Sie ihn! Sofort!« Als wäre ich in diesem desolaten Zustand in der Lage, so weit zu laufen. Warum dachte er nicht ein einziges Mal mit? Ich war total am Ende! Das sah man doch.

Er blitzte mich wütend an und joggte mit einem leisen Knurren davon.

Ich konnte keinen klaren Gedanken mehr fassen. Nur, dass ich erledigt war.

Meine Unterschlagungen in der Firma kämen mit einem Knall ans Tageslicht. Wenn ich kein Geld auftrieb, würde ich ins Gefängnis wandern. Für sehr lange Zeit. Wahrscheinlich wäre ich hundertfünfzig Jahre alt, bis ich wieder herauskäme. Mein Leben wäre ruiniert … Ganz zu schweigen davon, was mein Vater dazu sagen würde, immerhin war er Richter. Meine Mutter. Alle Verwandten.

Die Fahrt verlief in unangenehmem Schweigen. Kaum hielten wir in Wingham, rannte ich ins *Lost Lamb*, um vor Aidans vorwurfsvollen Blicken zu flüchten.

Im Pub war nur ein ganz bestimmter Platz vorne am Tresen frei. Zuerst wollte ich am liebsten kehrtmachen, doch die Vorstellung, nach Snowhill zu fahren, und den Rest des Abends über mein schreckliches Schicksal nachzudenken, ließ mich zögernd Platz nehmen.

Wenn ich nach etwas gesucht hätte, was mich noch mehr deprimierte, dann hätte ich es gerade gefunden: Ich saß auf dem gleichen Barhocker wie vor zehn Jahren.

War es nicht sogar auf den Tag genau zehn Jahre her, dass ich vergeblich auf ihn gewartet hatte? Auf Tommy vom Karussell. Nein, es war am zehnten Dezember gewesen.

»Einen Doppelten«, murmelte ich. »Egal was, Hauptsache doppelt.«

»Für mich einen heißen Tee mit Zitrone.« Aidans Bestellung sorgte dafür, dass alle Gespräche verstummten und dann leise gelacht wurde. »Bin im Dienst.«

Gott, es war alles so furchtbar! Wenn es doch nur einen Ausweg gäbe.

Aidan stand dicht hinter mir und seine Körperwärme strahlte auf mich ab. Seltsamerweise sorgte seine Gegenwart dafür, dass ich mich ein wenig ruhiger fühlte. Fast schon beschützt. Ich drängte die Tränen zurück und kippte den Drink hinunter. Was hatte ich überhaupt bestellt? »Noch einen!« Auch dieses Glas leerte ich trotz des widerlichen Geschmacks. Dann, von jetzt auf gleich, verließen mich meine Kräfte.

❄

KAPITEL 16

Aidan

NACHDEM MISS BIEST-CHRISTMAS mich eine halbe Ewigkeit vor dem Anwaltsbüro warten ließ, in der klirrenden Kälte, stolperte sie angetrunken hinaus und wollte in den Pub. Ich wäre lieber nach Hause gefahren, um mich aufzuwärmen, aber mich fragte ja keiner.

Dort saß sie wieder am Tresen und ließ sich volllaufen. Die gleiche Prozedur wie gestern. Und weil sie beim Anwalt schon vorgeglüht hatte, kippte sie bereits nach zwei Drinks vom Barhocker.

Der Pub war vollgestopft, und ich stand dicht hinter ihr. Sie war zwar ein nerviges, kleines Biest, aber dennoch musste ich auf sie aufpassen. Als ihr Chauffeur. Verdammt, trotz ihrer Schikanen sprach sie in mir alle möglichen Instinkte an. Den Beschützerinstinkt. Den *Ich finde dich sexy, du Biest*-Instinkt. Von dem ich überhaupt nicht wusste, dass ich ihn besaß.

Sie sackte in sich zusammen, ich fing sie auf, bezahlte – mal wieder! – und schleppte sie zum Wagen. Leise stöhnend hing sie über meiner Schulter, und ich legte sie vorsichtig auf dem Rücksitz ab. Ich beugte mich gerade über sie, um sie anzuschnallen, da kam sie auf einmal zu sich.

»Tommy«, flüsterte sie. Ihre schönen Augen leuchteten auf. Sie schlang die Arme um meinen Hals und zog mich zu sich herab. Dann küsste sie mich.

Ich ließ es geschehen. Das war das Mindeste, dass ich mir einen Kuss stahl nach der elend langen Warterei bei minus zehn Grad. Erst als ihr Kuss inniger wurde, ihre Zunge wie ein Tornado durch meinen Mund wirbelte, und sie mich zwischen ihre Beine zerrte, wehrte ich ihre Hände sanft ab. Obwohl mein Schwanz hart wie Stahl gegen den Reißverschluss drückte, so dass ich schon befürchtete, er würde ihn von innen öffnen. Und sie hier und jetzt nehmen, auf einem schummrigen Parkplatz, beleuchtet von einer flackernden Lichterkette aus stilisierten Tannenbäumen.

»Nein, nein«, murmelte ich. »Lass es, Kätzchen.« Hatte ich sie gerade Kätzchen genannt? Ich war doch echt ein Idiot. Sie küsste mich umso wilder. »Nein, nein«, wiederholte ich. Obwohl mein Penis wütend widersprach und *Ja! Ja! Um Gottes willen ja!* gerufen hätte, wenn er hätte sprechen können. Aber er hatte nichts zu melden. Nicht bei ihr, denn sie war mein Boss. Es war schon kompliziert genug mit diesem ganzen Mist am Hals. Und überhaupt nutzte ich die Betrunkenheit einer Frau nicht aus. »Ich bin nicht Tommy.«

»Was?« Sie riss die Augen auf, musterte mich und kicherte. »Egal, du kannst gut küssen, Fremder«, lallte sie mit schwerer Zunge.

Fremder? Sie erkannte mich nicht einmal? Herrgott, das verletzte mich ein wenig. Sie küsste wohl jeden! Um sie zu ärgern, sagte ich: »Miss Christmas, ich bin Ihr Chauffeur.«

Es wirkte sofort. »Was? Das ist ja ungeheuerlich! Wie können Sie es wagen, mich zu küssen? Gleich morgen werde ich Sie feuern. Fristlos.«

»Wenn es fristlos sein soll, warum nicht gleich jetzt?«

»Oh, oh … du … du!«

»Mistkerl?«, schlug ich freundlich lächelnd vor und ließ den Sicherheitsgurt einrasten. Dann schloss ich die Tür und schwang mich hinters Steuer. Während sie auf der Rückbank zeterte und schimpfte wie ein Rohrspatz, fuhr ich nach Snowhill.

DORT NAHM ich sie auf die Arme und schleppte sie zur Eingangstür. Zugesperrt. Ich hatte nicht einmal eine Hand frei, um zu klopfen oder zu klingeln. Außerdem war es stockdunkel drinnen, alle lagen wohl bereits im Bett. Um die Zeit? Ach ja, John hatte das Krippenspiel vom Kindergarten erwähnt, das sie besuchen wollten. Gabriel spielte einen der Hirten und Caspar hatte gesagt: »Wenn der junge Sir Christmas seinen ersten Auftritt hat, das lasse ich mir nicht entgehen.« Vielleicht war Smilla da? Mit dem winzigen Baby war sie bestimmt nicht mitgefahren.

»Drück auf die Klingel, Christmas. Los!«

»Nein, keine Lust.« Mit einem ausgelassenen Lachen riss sie mir die Mütze vom Kopf und setzte sie sich auf. »Gestatten, Chauffeuse Carolyn, stets zu Diensten. Aidan, soll ich dir ein Geheimnis verraten? Ich habe den Schlüssel vergessen. Huh, es ist ganz schön kalt hier draußen.« Sie verdrehte die Augen und sackte in sich zusammen.

»Merde!« Das bedeutete, dass ich sie mit zu mir nehmen musste. Fluchend schleppte ich sie durch den knirschenden Schnee, während ein paar Sterne vom Nachthimmel auf uns herab leuchteten und sich über mich lustig machten. Diese Frau war … unkontrollierbar!

Mit dem Hintern bewegte ich die Türklinke nach unten, bugsierte uns durch die Tür und trat sie mit dem Fuß hinter uns ins Schloss. Entsetzt besah ich das Chaos. Überall lagen Federn herum, die Katzen hatten mein einziges Kissen zerrissen. Außerdem hätte ich meine Klamotten aufsammeln und die zahlreichen Chipstüten in den Müll werfen können. Nicht wirklich passend für eine Lady.

Stöhnend kam sie wieder zu sich. »Verfluchte Scheiße, bin ich auf einer verdammten Achterbahn gelandet oder was? Was wackelt denn hier so?«

Okay, sie war keine Lady. Das hier war genau richtig für sie.

Ich trug sie in die Ecke, wo die Matratze lag, und ließ sie darauf plumpsen. Vielleicht ein klein wenig unsanft, denn ich war mittlerweile angepisst hoch zehn. Dann zog ich ihr die Stiefelchen von den Füßen.

Und wo sollte ich jetzt schlafen? Das Sofa war viel zu kurz, außerdem alles andere als bequem. Nein, ich sah absolut nicht ein, dass ich wegen meiner betrunkenen Chefin morgen Rückenschmerzen hatte.

Leise brummelnd über den ungebetenen Gast zog ich meinen Jogginganzug an, ein Geschenk von Bailey, wie praktisch alles, was ich besaß. Dann packte ich mich neben sie. Sie war endlich eingeschlafen, schnarchte leise, der Mondschein fiel sanft auf ihr Gesicht. Wenn sie nicht so eine schreckliche Nervensäge wäre, würde ich sagen, auf ihr wirklich niedliches Gesicht.

Unvermittelt schlug sie die Augen auf und starrte mich an wie eine gefährliche Irre. »Hey, wen haben wir denn da?« Mit einem Satz schwang sie sich auf mich drauf, schneller als ich gucken konnte, packte meinen Kopf mit beiden Händen und küsste mich. Schon wieder! Wie eine wilde Hummel fummelte sie an mir herum, griff mir zwischen die Beine und überall hin.

»Nichts haben wir da! Hörst du wohl auf damit!« Verdammt, ich hätte meine Jeans anlassen sollen!

»Oh, doch, da ist etwas … Mmh, Großer«, keuchte sie mir ins Gesicht, ihre enorme Fahne machte mich benommen. Allein vom Anhauchen hatte ich zwei Promille.

»Runter von mir, du kleine Kröte!«

Doch sie war wie entfesselt. Und ich war auch nur ein Mann! Nein, nein, das hatte ich nicht gedacht. Mein Penis hatte sich in den Funkverkehr eingeschaltet und versuchte, mich zu unklugen Handlungen zu überreden. Und wenn er weiter so auf mich einschwatzte, gelang es ihm auch noch.

Ich hatte kaum Hände genug, um sie zu stoppen. Und ein winziger Teil in mir, vielmehr großes und immer weiter ausuferndes Penis-Land, wollte sie auch nicht stoppen. Aber was das für ein Chaos werden würde … Morgen müsste ich wieder meine blöde Uniform anziehen, den Trottel für sie spielen und mich von ihr schikanieren lassen?! Nein, danke.

»Stopp! Ich bin dein Chauffeur.« Das genügte wohl, um sie abzuwürgen.

Sie stutzte kurz. »Na und, dann musst du jetzt mit mir schlafen. Immerhin bezahle ich dich dafür, Freundchen.«

Das war die größte Frechheit aller Zeiten. Bisher hatte ich noch keinen Penny Gehalt bekommen, sondern ihre Drinks und Muffins bezahlt. Und generell war es eine Frechheit. Als hätte sie mich für Sex gekauft und ein Anrecht darauf.

Jetzt ritt sie auch noch frech auf mir herum und stachelte mich weiter auf. Ich schwankte zwischen Lachen, Wütendsein und erregtem Stöhnen.

»Komm, französischer Cowboy mit den schönen Augen, wir reiten eine Runde.« Sie kicherte ausgelassen. »Schone dein Pferd, reite einen Chauffeur.«

»Lass es, ich habe Nein gesagt.«

»Uuuuh, wirklich?«

Ich hob sie von mir runter und legte sie aufs Kreuz. Und da sie sich immer noch wehrte und ich spürte, dass mein Widerstand dahinschmolz, zerrte ich mir den Sweater über den Kopf.

»Ja, genau, zieh dich aus«, flüsterte sie. »Mein heißer französischer Chauffeur mit den schönen Augen. Oh, là, là, wie stark und sexy du doch bist.« Ein spöttisches Lachen, das aber auch erregt klang.

»Und wie stark ich bin!« Doch ich stülpte den Sweater über ihr süßes Köpfchen, zerrte das Oberteil herunter, wickelte blitzschnell die Ärmel um sie herum, zurrte die Stoffteile wieder nach vorne und machte einen Knoten hinein. Ich verschnürte sie wie ein kleines Paket. »So, jetzt bist du schachmatt.«

»Nicht ganz.« Sie kicherte, dann schlang sie die Beine um mich und riss mich an sich.

»Hörst du wohl auf, du Biest!« Mit Mühe und Not konnte ich ihr entkommen, zerrte mir meine Jogginghose vom Körper. Dann griff ich nach ihren zappelnden Beinen und stopfte sie in ein Hosenbein. Das andere Hosenbein schlang ich um sie und knotete auch das fest. Keuchend fiel ich neben sie.

»Das war jetzt echt gemein«, flüsterte sie.

»Du hast es nicht besser verdient, Miss Christmas.« Verflixt, mir war kalt in der Unterwäsche, aber auch ein bisschen heiß.

Ihre Stimme wurde verwaschen »Mmh, ich wollte bloß ein bisschen küssen, habe schon so lange nicht mehr ... halbe Ewigkeit ...«

»Was hast du?« Ich fuhr hoch. Sie hatte seit Ewigkeiten keinen Sex gehabt? Nein, unmöglich, so sexy, wie sie aussah. Andererseits, doch klar, wenn sie sich sonst auch so biestig benahm. Wer wollte schon mit so einer kleinen Furie schlafen?

Ich zum Beispiel, schlug mein Penis uneigennützig vor. *Wie stehen die Aktien? Gut, schlecht, mittel? Also ich wäre bereit.*

»Schlecht«, schnauzte ich ihn an. »Leg dich sofort hin!«

»Ich liege doch schon«, murmelte sie. »Mehr liegen kann ich beim besten Willen nicht. Oder soll ich mich auf den Boden legen?«

»Hallo? Antworte mir! Geküsst? Sex gehabt? Was hast du schon lange nicht mehr?« Ich rüttelte sanft an ihrer Schulter. »Carol?«

Sie antwortete nicht mehr. Nur ein leises Schnarchen drang aus ihrem Mund.

Verdammt, das hätte ich echt gern gewusst. Aus rein statistischen Gründen natürlich. Ich wälzte mich auf den äußersten Rand der Matratze, mit möglichst großem Abstand zu ihr.

Doch während der Nacht robbte mein Körper, dieser Blödmann, immer wieder zu ihr hinüber, ohne dass ich es verhindern konnte. Ich rückte dann von ihr weg, und er rückte wieder zu ihr hin. Als fühlte er sich wie magisch zu ihr hingezogen. So ging es die ganze Zeit. Bis mich irgendwann die Müdigkeit ausknockte.

• • •

Als ich gegen Morgen aufwachte, total gerädert und durchgefroren, hatte ich einen Arm um sie geschlungen und das komplette alkoholisierte Christmas-Paket zwischen meine Beine geklemmt. Ihr Kopf war auf meine Brust gebettet und sie hatte mich im Schlaf ein bisschen angesabbert, was für ein warmes Gefühl in meiner Herzgegend sorgte. Dafür drückte ich ihr meine stahlharte Morgenlatte an den Bauch. Ausgleichende Gerechtigkeit.

Na, toll. Und jetzt? Ein bisschen blieb ich so liegen, genoss es, dass sie mich zur Abwechslung mal nicht anfauchte oder ankreischte. Und dass mein Penis sehnsüchtig an ihren Bauch klopfte. Er mochte es. Ich vielleicht auch. Ein winziges bisschen.

»Tommy? Oh nein, nicht.« Sie jammerte im Schlaf, fast klang es wie ein Schluchzen.

»Schscht.« Ich strich über ihren Kopf, bis sie damit aufhörte und ihre Atemzüge wieder ruhiger wurden. In einem Anfall von Neugier schnupperte ich an ihrer Schläfe. Gut verborgen unter der Alkoholfahne fand ich ihren süßen Eigengeruch, den nach Äpfeln und Vanille. Mmh. Vielleicht roch sie auch ein bisschen nach verschlafenem Kätzchen. Irgendwie konnte ich ihr nicht widerstehen. Und es waren ja nur unschuldige, kleine Küsschen, die ich sanft auf ihre Schläfe hauchte. Nichts von Bedeutung.

Dann stand ich leise auf und brachte die Sachen, die ich gestern für sie gekauft hatte, hinüber nach Snowhill.

❄

KAPITEL 17

17. DEZEMBER

Carolyn

O Gott, mein Schädel brummte wie die Hölle. Und diese Übelkeit. Mühsam öffnete ich die Augen und versuchte, mich zu orientieren. Urige Fenster mit Flaschenböden. Weiße Böden ... Weiße Wände … War ich etwa …?

Im Kutscherhäuschen des Chauffeurs! Eingeschnürt wie ein Paket. Mir gegenüber saß ein riesiger schwarzer Kater mit gelben Augen und verwildertem Fell und beobachtete mich. Ich stieß einen schrillen Schrei aus, der den Kater in meinem Schädel fast explodieren ließ. Der echte Kater fauchte und hüpfte mit einem großen Satz davon.

»Ah, ich sehe, du bist aufgewacht«, tönte die Stimme des Verbrechers, der verantwortlich war für meinen schrecklichen Zustand. Mit unüberhörbarem Vorwurf in der Stimme fügte er hinzu: »Du hast Noir erschreckt, reiß dich mal ein bisschen zusammen. Ich bringe dich rüber ins Haus.«

Zusammenreißen? Wie denn, wenn man gefesselt war? Ich kratzte die letzten Reste meiner Würde zusammen. »Eine Unverschämtheit, dass Sie mich duzen. Für Sie immer noch Miss Christmas!«

»Ja, ja.« Seine Miene war angespannt, seine Augen verengten sich. Außerdem sah er todmüde aus, richtig graugesichtig mit schwarzem Bartschatten. Er trank einen Schluck Kaffee und schlürfte dabei laut.

Verlangend sah ich zu ihm hin. Ich hätte auch gerne einen Schluck gehabt, weil mein Mund sich pelzig anfühlte und der Geschmack ekelerregend war, aber er bot mir ja keinen an, dieser Neandertaler. Sein Blick ruhte auf mir und ein Gedanke schoss mir durch den Kopf: Hatten wir uns geküsst? Gerade jetzt hätte ich große Lust dazu, obwohl ich enorm wütend auf ihn war. Und alles andere als in einem kussfähigen Zustand. Trotzdem zog er mich wie magisch an mit seinem schönen Mund und den glitzernden Augen.

Der gestrige Abend verschwand in der Dunkelheit meines Alkoholexzesses. Irgendwie war ich mal wieder im Pub gelandet … Davor war etwas vorgefallen, oder? Mit einem Mal blitzte die schlechte Nachricht von Mr Broombury in meinem Gehirn auf. Vielmehr schlug sie ein wie eine verdammte Atombombe, und ich stöhnte dumpf auf.

Heiraten. Bis zum 23. Dezember. 15 Uhr.

Aidan grunzte. »Wenn du kotzen musst, dann gefälligst nicht in mein Bett. Dreh dich zur Seite!« Er deutete auf den blanken Boden.

»Lass mich doch in Ruhe«, murmelte ich.

»Ach, ja?« Mit finsterer Miene stapfte er auf mich zu und mir wurde innerlich heiß. Er würde doch nicht irgendwelche Sachen mit mir anstellen?

Oh ja, seufzte meine innere Stimme. *Stell schmutzige Dinge mit mir an, mein sexy Chauffeur. Auch wenn ich nicht in Hochform bin.* Keine Ahnung, woher diese Gedanken kamen. Wahrscheinlich aus den Tiefen meines alkoholisierten Gehirns.

Nein, er sammelte mich nur vom Boden auf. Leider, äh, Gott sei Dank!

Mit grimmiger Miene schleppte er mich durch den Schnee. Während ich zeterte und schrie: »Hilfe! Befreien Sie mich, sofort. Oder ich rufe die Polizei! Loslassen!«

Er antwortete nicht einmal. So grob hatte mich in meinem ganzen Leben noch niemand behandelt.

• • •

In Snowhill hebelte er mit dem Po die Tür auf und trat mit dem Fuß dahinter, so dass sie krachend ins Schloss fiel. Dann legte er mich unsanft mitten in der Diele ab. Ja, okay, auf den weichen Teppich, aber er tat so, als wäre ich ein extrem nerviges Paket. Und er der schlecht gelaunte Zustellbote, der vor Weihnachten zahlreiche Sonderschichten schieben musste.

»Das ist das letzte Mal, dass ich mich um dich kümmere«, brummte er und fing an, das Hosenbein von mir zu wickeln. »Ab jetzt kannst du selbst schauen, wie du klarkommst.« Er murmelte etwas, was sich verdächtig anhörte wie »kleines, undankbares Biest.«

Ich schnappte noch nach Luft über seine freche Bemerkung, als sich Stimmen näherten.

»Was ist denn hier los?« Bailey stand auf einmal in der Diele. Nach und nach kamen die anderen aus dem Esszimmer und umringten uns. Matt hielt einen angebissenen Toast mit Orangenmarmelade in der Hand, John eine Tasse Kaffee, Gabriels Mund war von einem Kakaorand umgeben. Offensichtlich störten wir sie beim Frühstück. Alle machten Stielaugen, sogar das winzige Baby auf Smillas Arm. Mein Kopf glühte vor Verlegenheit, als der Grobian mich aus meinem Sweatshirt-Gefängnis befreite und mich dabei unsanft hin und her rollte wie ein menschliches Fleischbällchen.

»Geht's auch etwas weniger grob?«, zischte ich ihn an.

»Theoretisch ja, ich habe bloß keine Lust dazu.« Er wälzte mich weiter hin und her, so dass mir schwindelig wurde.

»Potzblitz!«, entfuhr es Bailey. »Das habe ich ja noch nie gesehen.«

»Oh!« Mehr sagte Mel nicht.

Nur Caspar bewahrte die Fassung. »Miss Christmas, es ist immer eine wahre Freude, Sie zu sehen. Egal in welchem Gewand, äh, ich wollte sagen, in welchem Zustand Sie sich befinden.«

Matt und John prusteten leise.

»Da!« Stella tappte auf mich zu, beugte sich zu mir

herunter und hielt mir eine angeknabberte Waffel vor den Mund.

»Oh, wie süß! Stella will dich füttern. Ist das nicht goldig?«, schwärmte Marian.

»Sehr süß«, presste ich hervor.

Sie lachte mich an und stupste mit der Waffel an meinen Mund, dann versuchte sie, das Teil zwischen meine Lippen zu schieben.

»Aber warum tut sie das?«

»Sie denkt bestimmt, du bist ihr Baby.«

»Gott, das hat sie noch nie getan«, raunte John. »Sie ist sonst immer so wild. Könntest du …?«

»Abbeißen?« Dieses angelutschte und angeknabberte Teil?

»Ja, das wäre echt toll.«

»Na gut, okay.« Ich stieß einen Seufzer aus, dann zischte ich: »Wenn Aidan die Güte hätte, mal kurz mit diesem Geschaukel aufzuhören?!« Er stoppte für einen Moment. Ich biss ein winziges Stück ab und kaute. »Mmh, lecker. Danke, Stella.«

Sie quietschte auf, drapierte die Waffel auf meinem Auge, dann nahm sie sie wieder weg und warf sie mir ins Gesicht. Aidan prustete leise, ohne sein Gewickel zu unterbrechen.

Endlich, nach schier endlos dauernden Minuten, hatte der grobschlächtige Kerl mich aus seinem Jogginganzug befreit.

Mir war schwindelig, bis zum Anschlag übel und alle Knochen im Leib taten mir weh. Mühsam rappelte ich mich vom Teppich auf und fasste mir an mein schmerzendes Kreuz.

»Guten Morgen allerseits.« Ich versuchte, ihre grinsenden Mienen zu ignorieren. Gott, war das peinlich. Was würde Caspar in einer derartigen Situation sagen? Abgesehen davon, dass er niemals in eine solche hineingeraten würde … Aber ich brauchte einen guten Spruch für einen coolen Abgang. »Nun denn, ich werde mich ein wenig in meine Gemächer zurückziehen. Halten Sie sich bereit, falls ich Sie brauche, Aidan.«

»Was?« Er stieß ein ungläubiges Lachen aus.

»Es heißt nicht *was,* sondern *wie bitte.*« Ich nickte ihm

hoheitsvoll zu. »Und als mein Chauffeur sollten Sie allzeit bereit sein, vielleicht lesen Sie mal Ihre Stellenbeschreibung?« Seine leisen Flüche ignorierend stapfte ich an ihm vorbei und schritt möglichst würdevoll die Treppe hoch. Jeder Zoll eine Lady.

Obwohl meine Beine eingeschlafen waren, sich wie Wattebäusche anfühlten und andauernd unter mir einknickten, so dass ich beinahe mit einem Purzelbaum die Treppe hinabgerollt wäre.

Oben im Zimmer fiel ich geradewegs in mein Bett. Das war der schlimmste Kater aller Zeiten! Und diese peinliche Szene vor der gesamten Familie. *O Gott, sie werden noch in dreißig Jahren darüber kichern …* Wenn ich nicht so fix und fertig wäre, würde ich mich in Grund und Boden schämen, so schämte ich mich nur halbherzig.

»Aidan, du fieser Sack … Du hast mir das alles eingebrockt.« Ich stöhnte ins Kissen und versuchte, die Übelkeit zu veratmen. Ja, okay, ich hätte weniger trinken sollen. Ein bisschen war es auch meine Schuld. Aber warum musste er mich so blamieren? Andauernd tat er das!

Es knisterte, als ich mich auf dem Bett ein wenig umdrehte. Was war das? Verwundert zog ich etwas unter mir hervor. Ein Päckchen? Ein Geschenk lag in meinem Bett, vielmehr waren es zwei. Wer schenkte mir etwas? Um eines war ein rotes Geschenkband gewickelt …

»Was hat das zu bedeuten?« Ich vergaß meine Übelkeit und setzte mich im Bett auf. Als ich das Papier aufriss, purzelte Unterwäsche heraus. Hemdchen und Slips, in zueinander passenden Sets, sieben Stück. In allen Farbnuancen von Champagnerfarben, Silber und Gold, Grau, Schwarz, Rosa und Rot.

Das Material war seidig und besaß einen edlen Schimmer. Schlicht und doch sexy. Als ich das zweite Päckchen öffnete, musste ich schlucken. Ein Kleid, aus weichem grau-rosa Jersey, sogar mit Kaschmiranteil. Es wirkte elegant und passte zu mir. Eine Karte lag dabei.

Eine kleine Wiedergutmachung dafür, dass ich Ihr Kleid zerstört habe. Pardon.

A. L.

»Oh, wie süß ist das denn?« Verwirrt starrte ich die Wäsche an, dann das Kleid. Mir wurde mulmig zumute und mein Herz begann zu flattern. So etwas Schönes hatte mir kein Mann zuvor geschenkt. Vielleicht mochte Aidan mich ja doch? Falls ja, hatte ich es kaputtgemacht, bevor es angefangen hatte.

Ich könnte Aidan heiraten, schoss es durch meinen Kopf, bevor ich in einen schwer verkaterten Schlummer fiel. *Ach Gott, vergiss es, er ist viel zu gerissen für dich.*

Mr Broomburys Aussage über Opa verfolgte mich in den Schlaf. *»Wenn man so raffiniert wie Kit Christmas dächte, wäre man allen eine Nasenlänge voraus.«*

Im Traum war ich wieder auf dem Markt in Wingham, bei trübem Wetter und eisigem Novemberwind. Eine leise Melodie erklang.

Ein großer, schwarzhaariger Mann zog mich aufs Karussell, doch als er sich zu mir umdrehte, war es auf einmal Aidan mit seinem schwarzen Bartschatten. Und den grün funkelnden Augen.

»Na, reiten wir eine kleine Runde?« Er zog mich auf sein Pferd. Es war das größte und schönste Pferd von allen. Er hob mich hoch, als wäre ich leicht wie eine Feder, und setzte mich vor sich hin. Dann nahm er hinter mir Platz.

Das Karussell drehte sich immer schneller. Das Pferd schaukelte ganz schön heftig, hoch und runter, so dass ich mich festklammerte. Aidan hielt sich auch fest. An mir. Eng schlang er die Arme um mich und keuchte mir ins Ohr. Immer heftiger spürte ich es zwischen meinen Beinen kribbeln. Oder eher ihn?

Kurz schreckte ich aus dem Traum hoch und wischte mir

übers Gesicht. »Mein Gott, ich habe Sexträume. Von meinem Chauffeur. Carolyn, du bist echt schrecklich!«

Aber es hatte sich so schön angefühlt, ich mochte es so sehr. Vielleicht, wenn ich mich anstrengte, könnte ich an derselben Stelle weiter träumen? Mit diesen wirren Gedanken fiel ich in einen komatösen Schlaf.

❄

KAPITEL 18

Aidan

Miss Christmas drückte mir noch einen dummen Spruch hin, schwebte elfengleich die Treppe hoch, und ich blieb verblüfft zurück. »Habt ihr das gehört?«

»Halten Sie sich bereit, ich fasse es nicht.« Bailey lachte schallend, die anderen schmunzelten.

»Komm frühstücken, Aidan. Du siehst ja total fertig aus.« Mel fasste mich am Arm und schob mich ein Stück Richtung Küche. Dort goss sie einen Kaffee ein und stellte ihn an meinen Platz.

»Oh ja, das bin ich allerdings.«

Sie hantierte am Herd und klapperte mit Geschirr. »Ein paar Eier mit Speck und Würstchen, so wie du sie immer magst?«

»Ja, gerne. Danke, Mel.«

Kurz darauf brutzelte der Speck in der Pfanne und ein köstlicher Geruch zog durch die Küche. Sie brachte mir eine große Portion und ich fing an zu essen.

Alle saßen gespannt um mich herum und erwarteten wohl

eine Art Lagebericht. Eher lustlos umriss ich in wenigen Worten die Ereignisse von gestern Abend.

»Volltrunken … Schlüssel vergessen … zudringlich geworden. Aus die Maus.«

Marian und Smilla kamen aus dem Kichern nicht mehr heraus.

»Eine echt schräge Sache, Aidan.« Baileys Augen funkelten vor Belustigung. »Wenn ich es nicht besser wüsste, würde ich denken …«

Was? Wenn er jetzt noch erwähnte, dass sich zwischen uns etwas entwickelte … Ich hatte nicht einmal mehr die Kraft, darüber wütend zu werden.

»Eine Lady zu fesseln? Na, ich weiß nicht.« Caspar schüttelte tadelnd den Kopf. »Ein echter Gentleman …«

»Ich habe es mehrmals erklärt. Es musste sein, um sie vor sich selbst zu schützen.« Aber auch, um mich vor ihr zu schützen. Und um mich vor mir selbst zu schützen? Gott, ich konnte kaum mehr richtig denken. Aber ein bisschen stimmte es. Denn unter anderen Umständen hätte ich sie gerne nackt ausgezogen und ein paar heiße Sachen mit ihr angestellt.

Dieses verrückte Biest. Und wie verrückt sie war. Viel schlimmer, als ich es vermutet hatte.

Denn als ich früh am Morgen die Geschenke in ihr Zimmer brachte, fand ich ein Fernglas auf der Fensterbank vor. Ein Fernglas? Es machte mich misstrauisch. Testweise hielt ich es vor die Augen und blickte geradewegs ins Kutscherhäuschen. Dort trieben die Katzen gerade Schabernack und zerrten an der Bettdecke, unter der sie schlief. Noir legte sich sogar kurz neben sie, mitten in mein Bett, und stupste sie ein paar Mal mit der Pfote an der Nasenspitze an. Ich lachte darüber, bis ich kapierte, was vor sich ging: Miss Christmas spionierte mich aus?! Unglaublich!

Als hätte ich es nicht längst gespürt … Ich besaß ein untrügliches Gefühl für so etwas. An ihrem ersten Abend in Snowhill hatte ich mich auch seltsam beobachtet gefühlt.

Sie war es gewesen, die kleine Stalkerin. Wäre die Situation nicht brandgefährlich, weil ich zufällig in einen nunmehr landesweit bekannten Juwelenraub verwickelt war, hätte es mir geschmeichelt. So regte es mich nur auf! *Na, warte, Engelchen, das wirst du bereuen.* Von Privatsphäre hatte sie nie etwas gehört?

Schweigend schaufelte ich die Riesenportion Rührei in mich hinein. Selbst die dritte Tasse Kaffee verdrängte nicht die lähmende Müdigkeit.

»Aidan, wenn du fertig gefrühstückt hast, kommst du bitte in mein Büro.« Matt und John erhoben sich und gingen voraus.

Oh-oh, das klang nicht gut.

Kurz darauf schritt ich durch den Gang zum Ostflügel. Matt und Smilla hatten einen Flügel für sich und ihn erst im Frühjahr und Sommer bezogen. Alles war neu renoviert worden, dabei blieben schöne ältere Bauelemente erhalten, wie geschnitzte Türen und kunstvolle Holzvertäfelungen an den Wänden. Es wirkte stilvoll und modern.

»Wir sind hier hinten!«, drang Matts Stimme aus einem der Räume.

Es war ein gemütliches Büro und verfügte über eine Sitzgarnitur, bestehend aus einem Sofa und zwei Sesseln, in denen Matt und John saßen. Auf einem Tisch standen Gläser und eine Karaffe bereit, Whisky vermutlich.

»Setz dich, bitte.« Sie grinsten breit.

Ich ließ mich aufs Sofa fallen. Hm, wahrscheinlich ging es darum, dass es Matt nicht passte, wie ich mit seiner Schwester umgesprungen war. Ändern konnte ich es nicht. Ohnehin würde ich alles wieder genauso machen.

»Pardon, dass ich sie so zugeschnürt habe. Sie hat mir gestern echt den letzten Nerv geraubt, und ich wusste mir nicht anders zu helfen. Sie hat mich richtig angefallen. Unvorstellbar, ihr Benehmen! Wenn ich dafür jetzt meinen Job verliere, dann ist es eben so.« Ich zuckte mit den Schultern. Merde, das konnte ich gerade überhaupt nicht gebrauchen. Aber betteln würde ich nicht.

Matt lachte. »Aber nein! Wer sagt denn so etwas? Ich habe

eine großartige Idee. Hier.« Er goss mir einen Drink ein und füllte dann die anderen Gläser.

»Ich ebenfalls. Du zuerst, Matt.« John prostete mir zu, und ich nahm einen Schluck.

»Pass auf, Aidan.« Matt fixierte mich. »Ich hatte das Gefühl schon bei eurer ersten Begegnung, dieses Vertraute, und dass ihr auf einer Wellenlänge schwingt …«

John hob den Finger. »Ich ebenso. Ein sehr starkes Gefühl sogar.« Sie prosteten sich zu und tranken schneller, als ich gucken konnte.

»Als ich euch heute gesehen habe, bei eurem seltsamen kleinen Spielchen …« Matt fing an zu lachen.

»Das war echt schräg.« John prustete unkontrolliert los.

»Und ob. Schade, dass ich es nicht gefilmt habe. Fürs Familienarchiv.« Matt brach in lautes Gelächter aus und konnte sich kaum wieder beruhigen. »Da dachte ich, dass zwischen euch wirklich etwas ist. Nicht wahr, John?«

»Yep. Es knistert. Und wie«, behauptete John und ließ seine Hände durch die Luft flattern wie ein betrunkener Magier. »Es sind Emotionen im Spiel. Und was für welche. Marian hat das auch gesagt.«

»Wie?« Auf den Schreck hin leerte ich ebenfalls mein Glas und John goss sofort reichlich nach. »Ja, und zwar Aggression und Feindschaft, weil Eure zickige Hoheit mich mal wieder herumkommandiert, als wäre ich der Trottel vom Dienst. Aber das lasse ich mir nicht länger bieten.« Ich trank das Glas aus und knallte es mit Nachdruck auf den Tisch.

»Gut so, du hast die Hosen an. Aidan, du gefällst mir täglich besser. Prost!« John nickte mir anerkennend zu und ließ die Flasche erneut kreisen. Wir tranken eine Runde, dann noch eine. Und sofort eine weitere.

Wie viele Drinks hatte ich in den vergangen fünf Minuten gehabt? Ich hatte komplett den Überblick verloren.

»Ja, wenn einer sie bändigen kann, dann du, Aidan«, sagte Matt. »Und darum mein genialer Plan: Du musst Carolyn heiraten, damit sie Snowhill nicht mehr verkaufen kann. Denn erinnern wir uns an Opa Christmas' Testament: Nur als

Single erbt sie Snowhill. Wenn sie verheiratet ist, dann erbt sie es nicht mehr. Ich flehe dich an!«

»Was?« Ich stieß ein ungläubiges Lachen aus. »Wie stellst du dir das vor?« Auch wenn ein winziger Teil in meinem Inneren einen leicht schiefen Purzelbaum schlug. Es musste ein sehr masochistischer Teil von mir sein. Nie im Leben würde ich dieses Biest heiraten. Nur über meine Leiche.

»Matt, stell dir vor, genau diese geniale Idee hatte ich auch. Aber das können wir nicht machen.« John fasste Matt am Ärmel. »Wobei … warum eigentlich nicht?« Sie sahen sich an, lachten wie die Irren und leerten ihre Gläser im Akkord. Und ich tat es ihnen nach.

»Sagt mal, seid ihr verrückt geworden?« Meine Zunge fühlte sich schwer an und formte die Worte nur mühsam. »Ich habe da auch ein Wörtchen mitzureden. Niemals heirate ich sie! Pardon, ich bin euer Angestellter und sollte nicht so mit euch sprechen.«

»Schwamm drüber, was heißt hier Angestellter? Wir sitzen alle in einem Boot. Oder willst du, dass Snowhill verkauft wird?«

»Nein, ganz bestimmt nicht. Ich mag es hier.«

»Siehst du.« Matt seufzte in sein Glas. »Du hast recht, die Idee ist vermutlich bescheuert. Aus reiner Verzweiflung geboren.«

»Sie hat aber auch etwas Geniales an sich«, stachelte John ihn umgehend wieder an.

»Ihr seid total betrunken«, murmelte ich. »Gebt mir einen Whisky.«

Matt goss großzügig für mich ein. »Hier.«

»Ihr wollt, dass ich sie heirate, um sie um ihren Erbteil zu betrügen?«

Matt, der gerade das Glas ansetzte, sprühte den Whisky über den Tisch. »Nein!«

»Ganz bestimmt nicht, Aidan.« John schüttelte den Kopf und klang für einen Moment stocknüchtern. »Sie soll das Geld bekommen. Alles, was ihr zusteht. Die ganzen 25 Millionen, die Snowhill wert ist. Jeden einzelnen Penny. Aber erst im Januar, spätestens im Februar, denn momentan ist keiner von uns flüssig.«

»Ja, so sehe ich das auch.« Matt beugte sich zu mir herüber und fasste mich am Arm. »Aidan, niemand will sie um das betrügen, was ihr gehört. Sie soll bloß nicht Snowhill verkaufen. Das wäre eine Katastrophe für uns.«

»Ach so, das klingt etwas weniger schrecklich.«

»Smilla weint sich die Augen aus dem Kopf. Und das mit einem winzigen Baby. Und so kurz nach der Geburt.«

»Marian ist auch nur am Weinen und außerdem … Ach, das erzähle ich euch ein anderes Mal.« John lächelte versonnen.

Immer schneller leerten wir die Gläser. Zwischendurch musste Matt Nachschub aus dem Schreibtisch holen.

»Das ist Cognac, aber macht ja nichts, oder?« Er knallte die Flasche auf den Tisch. »Gott, sie ist so schrecklich. Warum nur?«, murmelte er und hätte sich fast neben den Sessel gesetzt.

»Smilla?«, fragte ich. »Ich finde sie eigentlich total nett.«

»Nein, sie doch nicht! Carolyn!« Wir prusteten vor Lachen.

»Los, setz einen Vertrag auf, Matt.«

Matt wankte zum Schreibtisch und kramte einen Post-it-Zettel hervor. »Der Vertrag! Alles hochoffiziell.« Er zeigte den Zettel, kicherte wie verrückt, dann kritzelte er ein paar Sätze hin.

»Passt auf, hier ist der genaue Wortlaut: Hiermit verpflichte ich mich, Aidan Lagarde Carolyn Christmas zu heiraten. Sie aus vollem Herzen zu lieben, zu achten und zu ehren, bis dass …«

»Der Tod uns scheidet?«, fragte ich.

»Nein, bis Februar, du Dummkopf. Äh, ich meine, mein lieber Herr Schwager.«

Ich schleppte mich zum Schreibtisch. Auch wenn es nicht richtig war, wie mein reichlich betrunkenes Gewissen mir zurufen wollte, setzte ich den Stift an und unterschrieb.

»Mist, wir haben etwas Wichtiges vergessen«, lallte Matt.

»Was denn?«, fragte John.

»Was bekommt Aidan dafür?«

»Keine Ahnung. Vielleicht …« Sie stießen sich kichernd an. »Eine halbe Million Pfund?«

»So viel brauche ich nicht. Nur 335.456 Euro. Und 96 Cent.«

»Oh, du nimmst es aber sehr genau.«

»Ja. Exakt diese Summe. Keinen Cent mehr.«

»Eine halbe Million sollte es schon sein.« John lachte übermütig. »Du die eine Hälfte, ich die andere, Matt?«

»Klar, kein Problem.« Sie benahmen sich, als teilten sie sich ein Brötchen und nicht eine halbe Million Pfund. Wir brachen in lautes Gelächter über die urkomische Situation aus. »Gut, dann schreibe ich das in den Vertrag.« Matt kritzelte eine Zahl auf den Zettel und zog mit zitternder Hand einen großen Kreis darum.

Danach tranken wir weiter, rauchten ein paar dicke Zigarren, bis der Raum total zugequalmt war und wir uns in dem Dunst nicht mehr erkannten. Als der Cognac alle war, wankte ich in Schlangenlinien zum Kutscherhäuschen und fiel wie ein Stein ins Bett.

Ja, es war die sprichwörtliche Schnapsidee und sie war unmöglich zu realisieren. Denn Miss Christmas und ich waren uns feindlicher gesinnt als Hund und Katze.

Aber wenn sie funktionierte, könnte ich meine Schulden bezahlen, die verfluchten Diamanten zurückgeben und ein ehrlicher Mensch werden.

Und ich könnte in Snowhill bleiben.

NACH MEINEM KLEINEN Alkoholexzess schlief ich ein paar Stunden. Es war schon später Nachmittag, draußen brach die Dämmerung herein, als ich mich endlich aufrappelte. Ich trank in der Küche einen extra starken Kaffee, da klopfte es an der Tür.

»Darf ich reinkommen?«, rief Bailey.

»Ja, sicher. Es ist offen.« Ich deutete auf die vorsintflutliche Kaffeekanne. »Auch einen?«

»Gerne. Ich habe gehört, ihr habt einen draufgemacht?« Er

schmunzelte und nahm einen großen Schluck. »Gott, der Kaffee erweckt Tote wieder zum Leben.«

»Ich brauchte etwas Starkes. Es ist entgleist.« Mit einem leisen Stöhnen fasste ich mir an den Kopf. »Mein Schädel dröhnt.«

»Ein wenig frische Luft wird dir guttun. Der Förster hat eben angerufen, dass wir die Christbäume im Wald abholen können. Hast du Lust, mich zu begleiten? Der Anhänger ist schon am Wagen befestigt.«

»Sicher, ich komme mit.«

KURZ DARAUF FUHREN wir durch den tief verschneiten Wald. Zarte Schneeflocken flirrten herab. Es war bitterkalt, Schneegeruch lag in der Luft.

»Genau das richtige Weihnachtswetter. Knackig kalt. So mag ich es am liebsten.« Bailey streifte sich dicke Arbeitshandschuhe über und stapfte voraus auf eine Lichtung, in der zahlreiche Bäume aufeinander getürmt waren. Einige lagen ein Stück abseits, am obersten war ein Pappschild befestigt. *Bailey Donovan, Snowhill.* »Super, das sind unsere. Er hat sie schon in ein Netz gepackt, weniger Arbeit für uns. Oh, es sind ja drei? Bestellt habe ich nur zwei. Nett von ihm, dann ist der für dich.« Er hob einen kleinen Baum hoch und präsentierte ihn mit einem Lachen.

»Danke, aber ich brauche keinen eigenen Weihnachtsbaum.«

»Was heißt hier brauchen? Das sorgt für besinnliche Weihnachtsstimmung. Er ist perfekt für dein Häuschen. Kugeln habe ich genügend, von meiner Mutter, also von deiner Oma. Mach dir darum keine Sorgen.«

Weihnachtskugeln waren so ziemlich das Letzte, worüber ich mir momentan Sorgen machte. Da er sich so offensichtlich freute, wollte ich ihm die Freude nicht verderben. »Na gut, ich nehme ihn.«

Gemeinsam schleppten wir den größten Baum zum Anhänger.

»Toll, dass du dabei bist, allein wäre das alles viel schwieriger.«

Mich beschlich der Verdacht, dass er mit diesem Ausflug etwas anderes bezweckte. So wahnsinnig schwer waren die Bäume nicht, dass man sie nicht hätte allein tragen können.

»Du hast letztens nach Tommy gefragt.«

»Allerdings. Eine Antwort habe ich nicht bekommen.«

Wir wuchteten den ersten Baum auf den Anhänger und trugen danach die anderen beiden zum Wagen. Mittlerweile war es stockdunkel.

»Das liegt daran, dass er zu einem unerfreulichen Kapitel der Vergangenheit gehört.«

»Wie soll ich das verstehen?«

Er drehte mir den Rücken zu und klopfte sich umständlich die Stiefel aus, bevor er ins Auto stieg. »Nun ja, er war damals Carolyns erster Freund. Es ist lange her. Zehn Jahre, genau genommen.«

»So etwas habe ich mir schon gedacht.« Nachdem ich ebenfalls den Schnee ausgeklopft hatte, nahm ich auf dem Beifahrersitz Platz. »Ich erinnere sie wohl an ihn.«

»Hat sie das gesagt?«

»Nicht direkt. Sie hat mich zwei Mal so genannt, wenn sie ein wenig …« Ich bewegte die Hand, als leerte ich ein Glas. Die Küsse verschwieg ich.

»Pah, wie kommt sie auf die Idee? Ihr beide habt überhaupt nichts gemeinsam. Kein Fitzelchen!« Er brummte in seinen Bart und ließ den Motor an. »Dieses verflixte Bürschchen … Wenn ich den in die Finger bekomme, kann er sein blaues Wunder erleben. Der elende Lügner und Betrüger. Schmieriger Ganove! Kein Vergleich mit dir, mein Sohn.« Er schimpfte eine Weile vor sich hin, dann schaltete er das Radio an.

»Neues vom Durhamer Diamantenraub.«

Ich zuckte zusammen. Bailey hielt mich für einen Engel in Menschengestalt? Dabei hatte ich mehr mit Tommy vom Karussell gemeinsam, als mir lieb war.

Die Sprecherin klang aufgeregt. »Wie wir soeben erfahren haben, ist das Haus der Familie Singh abgebrannt. Bis auf die

Grundmauern. Dabei kam ein Familienmitglied zu Tode …« Ihre Stimme zitterte und brach. Man hörte ein Schluchzen.

Bailey stoppte den Wagen. »Moment!« Wir hielten gespannt den Atem an.

»Der Hund. Mr Pepper, ein drolliger Terrier. Er war elf Jahre alt und starb an einem Herzinfarkt. Davor hat er alle Bewohner gewarnt, unter Einsatz seines Lebens. Er rannte von Raum zu Raum, bellte und winselte, bis alle das Haus verließen.«

Gott, das war nicht zum Aushalten. Ich fing an zu schwitzen und wischte mir übers Gesicht.

Ein Hund war gestorben und ich war schuld daran? Nein, das Feuer hatte mit dem Überfall nichts zu tun, aber anscheinend hatte ich die Pechsträhne ausgelöst, die die arme Familie Singh seitdem verfolgte.

»Moment, soeben erreichte mich folgende Eilmeldung. Der Hund wurde in letzter Sekunde gerettet! Ein mutiger Feuerwehrmann hat ihn wiederbelebt und ihm eine Sauerstoffmaske aufgesetzt. Das Haus wurde nur in zwei Räumen stark beschädigt, aber die Familie kann es vorläufig nicht bewohnen. Radio Sunshine hat ein Spendenkonto eingerichtet, damit die Familie bald wieder in ihr Zuhause einziehen kann.«

Bailey setzte die Fahrt fort. »Gott sei Dank, der Hund hat überlebt. Meine Güte, was für ein Krimi. Geht's dir nicht gut, Aidan?«

»Doch, es ist nur der Alkohol, der auszieht. Und die Sache mit dem Hund hat mich echt mitgenommen.«

»Ja, mich auch.«

»Tommy vom Karussell, das klingt nicht unbedingt seriös.« Das sagte ich, um vom Raub abzulenken und meine wirren Gedanken zu ordnen. Ich sollte die Steine zurückgeben, sie brachten erwiesenermaßen Pech.

»Seriös war er auch nicht. Das Ganze wird dadurch erschwert, dass er tot ist.«

»Tot?« Trug Carolyn darum diese schwarz-grauen Witwengewänder?

»Ja, er ist tot. Und nein, er ist nicht tot.«

Mein Kopf ruckte zu ihm herum. »Wie soll das gehen? Ist er ein verdammter Zombie oder was?«

Bailey lachte hart auf. »Nein, das ist er nicht. Er lebt, aber … Das Ganze ist zu kompliziert, um es in wenigen Sätzen zu erklären. Ich erzähle es dir ein anderes Mal. Lass uns nach Hause fahren. Mel wartet bestimmt schon mit dem Essen und mein Magen knurrt wie ein Rudel Wölfe.«

Falls Bailey mit seiner bruchstückhaften Erzählung erreichen wollte, dass ich mich noch stärker für Tommy interessierte, hatte er sein Ziel erreicht.

❄

KAPITEL 19

Carolyn

Bis zum späten Nachmittag lag ich im Bett. Nach einer ausgiebigen Dusche schlich ich am Abend mit knurrendem Magen nach unten. Von den anderen war nichts zu hören und nichts zu sehen. Gut so.

Mel werkelte in der Küche, der Geruch von geschmolzenem Käse lag in der Luft. »Ah, da bist du endlich, Carolyn. Ich habe dich schlafen gelassen, wir haben alle schon gegessen. Komm, setz dich.«

»Wo sind denn alle?« Ich nahm am großen Küchentisch Platz und schielte zur Tür.

»John, Marian und die Kleinen sind oben. Sie waren lange Schlittenfahren und danach total erledigt. Sie kuscheln im Familienbett.« Mel stellte mir eine große Portion goldgelb gebackene Lasagne hin. »Smilla, Matt und das Baby haben sich hingelegt. Sie bekommen momentan nicht viel Schlaf, die kleine Lucia ist nachtaktiv.« Sie schmunzelte, und ich atmete erleichtert auf.

»Und … wo ist Aidan?«, fragte ich beiläufig, während ich große Stücke von der Lasagne aß.

»Ich weiß nicht. Vermutlich im Häuschen. Du magst ihn, stimmt's?«

»Ich? Wen jetzt genau?« Ich wich ihrem Blick aus.

»Aidan natürlich. Ich weiß nicht, was ihr da für seltsame Spielchen treibt …« Sie lachte leise. »Aber er tut dir gut, habe ich das Gefühl.«

»Wie bitte? Wie kommst du darauf? Nein.« Energisch schüttelte ich den Kopf.

»Oh, doch. Ich spüre es.« Sie nickte mindestens fünf Mal. »Er ist ein total lieber Mensch, so gutmütig und großherzig. Was soll ich sagen: Baileys Sohn eben.«

Ich gab nur ein Schnauben von mir. Ich hatte ihn von einer gänzlich anderen Seite kennengelernt. Er hatte sich wie ein gefährlicher Grobian benommen und mich gefesselt. Die ganze Nacht lang. Was, wenn mir irgendwelche Blutgefäße abgestorben wären?

Ich kannte ihn aber auch von der liebevollen Seite. Immerhin trug ich die wunderbar seidige Unterwäsche, die er mir geschenkt hatte. Sie streichelte meine Haut und ließ mich unentwegt an ihn denken. Eben hatte ich das Kleid anprobiert, es war kuschelig weich und passte wie angegossen. Er hatte mir solche schönen Sachen geschenkt, obwohl ich immer wieder so fies zu ihm gewesen war. Und das bereute ich. Ich fühlte mich mies deswegen.

»Ihr habt viel gemeinsam, denke ich. Ach, Liebes, wenn es dir peinlich ist, musst du es nicht zugeben.«

»Was denn peinlich?« Meine Wangen röteten sich.

»Na, dass du ein winziges bisschen …« Sie formte mit Daumen und Zeigefingern ein Herz und bewegte es vor ihrer Brust vor und zurück. Als würde es pulsieren. Irritiert starrte ich es an.

»Mel, lass es!«

Sie lachte schallend. »Ach, ich mache nur ein bisschen Spaß. Oder auch nicht … Weißt du, dass er ein richtiger Katzenflüsterer ist? Also wie er mit den Tierchen umgeht, Carolyn. Er hat ein paar Kniffe drauf, sie fressen ihm aus der Hand. Dir würde echt das Herz aufgehen.«

»Hm? Ja, vielleicht«, gab ich zögernd zu.

»Ha, wusste ich es doch!« Sie kicherte ausgelassen. »Wir könnten einen Eierlikör trinken, aber nachdem du heute den Vogel abgeschossen hast, ist für dich erstmal Schluss mit Alkohol.« Sie versuchte, streng zu klingen, was ihr aber nicht gelang.

»Ja, du hast recht, Mel.« Nur von Mel ließ ich mich bemuttern, sie war einfach total süß.

»So, und jetzt ein Stückchen Kuchen zum Nachtisch.« Sie schnitt ein riesiges Stück von ihrem berühmten Rotwein-Mandelkuchen ab und balancierte es auf einen Teller.

»Mmh, mein Lieblingskuchen, danke, Mel.«

»Ja, so etwas! Das ist zufällig auch Aidans Lieblingskuchen.« Sie zwinkerte mir zu und stellte geschlagene Sahne auf den Tisch. »Das kann doch alles kein Zufall sein.«

»Mel, hör auf.« Ich musste kichern. Gerade fühlte ich mich wie siebzehn.

Nachdem Mel eine Zeitlang vor sich hin geschwärmt und Aidan in den höchsten Tönen gelobt hatte, als wäre er eine sexy Mischung aus Jason Momoa, Superman und dem Heiligen Franz von Assisi, dem Schutzpatron aller Tiere, ging ich wieder nach oben.

Sie hatte mich mit einer Spezialpaste für Socke ausgerüstet. »Aidan hat sie empfohlen.« Und mir einen Beutel Chips mitgegeben. »Aidans Lieblingssorte.« Zudem schenkte sie mir ein Paar langer, weißer Wollstulpen, die sie für mich gestrickt hatte. »Aidan hat auch welche bekommen, nur als Socken.« Mel wollte mich verkuppeln. Nein, sie wollte, dass ich glücklich war.

Vielleicht wollte ich das auch. Glücklich sein.

Ich machte mir einen gemütlichen Abend. In meiner neuen Unterwäsche und Mels kuscheligen Stulpen, die bis zu den Oberschenkeln reichten, lümmelte ich auf dem Bett herum, aß Chips und sah fern bis Mitternacht.

Auf einmal gab Socke, der die Spezialpaste stur verweigert hatte, seltsame Geräusche von sich. Wie ein Röcheln! Entsetzt starrte ich ihn an. Wie leblos lag er auf dem Bett.

»O Gott, ich glaube, er stirbt!«

Hastig zog ich den lila Morgenrock über die Unterwäsche, dann wickelte ich Socke in einen Schal und rannte mit ihm nach unten in die Halle.

Alles war stockdunkel. Sie schliefen alle schon. Auch Mel, die ich um Hilfe bitten wollte. Was sollte ich tun? Ich musste zu Aidan, dem Katzenflüsterer! An der Eingangstür standen riesige Stiefel von Bailey oder von Matt? Egal.

Ich schlüpfte hinein und rannte durch den Schnee zum Kutscherhäuschen.

DRAUSSEN HERRSCHTE EINE EISIGE KÄLTE, der Schnee glitzerte im Mondschein. Auf den gefrorenen Flächen lag ein silberner Schimmer, ein paar einzelne Sterne leuchteten golden herab. Mein Atem stieß in weißen Wölkchen aus dem Mund, als ich zu Aidan lief, das in den Schal gewickelte Kätzchen behutsam an meine Brust gepresst.

Dort hämmerte ich wie wild an seine Tür. »Hilfe! Öffnen Sie, sofort!«

Von innen ertönte ein Fluch, Schritte stampften heran, die Tür wurde aufgerissen.

Aidan kam zum Vorschein, in Shirt und Boxershorts, auf die ich wie hypnotisiert starrte. Angesichts der schlimmen Verfassung des Kätzchens sollte ich es nicht so anstarren, das riesige Zelt, das sich in seinen Shorts abzeichnete.

»O mein Gott, ziehen Sie sich sofort etwas an!« Mir wurde mulmig zumute, gleichzeitig lief mir das Wasser im Mund zusammen.

Ein weiterer Fluch. Er knallte die Tür vor meiner Nase zu.

»Was tun Sie da? Hallo?« Ich hämmerte wieder dagegen, das Kätzchen maunzte.

Erneut wurde die Tür aufgerissen. Er hatte sich eine Jogginghose übergezogen, aber auch die sah ziemlich verräterisch aus. Erst als er sich einen Bademantel überwarf, war die verdächtig große Beule an seinem Unterleib halbwegs verhüllt.

»Was gibt's?«, blaffte er.

»Das Kätzchen …« Unvermittelt fing ich an zu weinen. »Ich glaube, es stirbt und Mel hat gesagt …«

Er holte tief Luft. »Na gut. Komm herein.« Brüsk drehte er mir den Rücken zu und ließ mich an der Tür stehen.

Ich stolperte über die Schwelle in die schummrige Diele. »Für Sie immer noch Miss …«

»Nein, vergiss es.« Mit dem Rücken zu mir vollführte er eine energische Geste. »Das ist mein Haus, hier wird nach meinen Regeln gespielt. Wenn du zu mir kommst, sind wir Carol und Aidan. Im Wagen können wir meinetwegen Miss Christmas und der Chauffeur sein. Obwohl ich es albern finde, aber egal.«

Carol. Ich mochte es, wie er meinen Namen aussprach. Mit einem klaren A und der Betonung auf dem O. Er rollte das L am Schluss, so dass es klang wie zehn Ls hintereinander. *Carolllle.* Das L kugelte in meine Brust, kullerte von dort direkt in meinen Bauch und purzelte in meinen Unterleib. Am liebsten hätte ich ihn aufgefordert, es zu wiederholen.

»Hast du das verstanden?« Er fuhr zu mir herum und riss die Augen weit auf. »Oh!«

Verlegen zog ich den Morgenmantel über der Brust zusammen, aber er klaffte an den Beinen auf. Die weißen Strickstulpen lugten hervor. Eine war bis zum Stiefel herunter gerutscht, die andere saß oben am Schenkel. »Ja, ich bin ein wenig überstürzt hinübergelaufen …«

Er stieß einen dumpfen Laut aus und fasste sich an den Kopf. »Was für ein Anblick.« Dann drehte er sich von mir weg und murmelte leise auf Französisch vor sich hin. Als müsste er sich selbst beruhigen. »*Mon Dieu!* Gott Allmächtiger.« Er hängte ein paar Gebete an und erwähnte vermutlich alle Heiligen Frankreichs?

Hm, so schlimm sah ich auch wieder nicht aus. »Ja, einverstanden. Aidan und Carolyn.«

»Gut, dann komm herein. Schließ die Tür, es ist kalt draußen.« Nach einem kurzen Moment der Fassungslosigkeit wirkte er wieder unerschütterlich. Vorsichtig nahm er das Kätzchen entgegen, dabei berührten sich unsere Hände.

»Was hat es genau?«, fragte er sachlich.

»Es isst nicht, es liegt nur da. Und eben dachte ich … Es hat so komisch geatmet. Ich dachte, dass es …« Ich schluchzte wieder los, die Tränen kullerten über meine Wangen.

Er warf mir einen unergründlichen Blick zu. »Nein, so schnell stirbt es nicht. Ich glaube, ich weiß, was ihm fehlt.«

»Was denn?«

Ohne zu antworten, stapfte er voraus. Schnell streifte ich die Stiefel aus, dann folgte ich ihm in den hintersten Winkel des Häuschens, nahe der hinteren Tür, die in den Garten führte. Wo ich ihn gestern bei seinen seltsamen Schneewaschungen erwischt hatte … Der Gedanke daran jagte ein heißes Kribbeln über meinen Körper.

Der riesige Kater saß auf einer Decke und leckte sich das Hinterbein.

»Hilfe, er wird ihm doch nichts tun?«

»Nein, das wird er nicht. Noir ist nur ein zerzauster Kampfkater, kein Babymörder.« Aidan ging in die Hocke, dann kniete er sich hin. In einem Körbchen am Boden lag eine Katze mit orangerotem Fell, neben ihr zwei Junge, ein rotes und ein graues. Eins hatte ich schon mal gesehen, als es auf seiner Brust lag und er es mit Chips voll krümelte.

»Das ist Rougette mit ihren Babys.« Er sprach leise auf sie ein, sie schnurrte, dann legte er mein Kätzchen daneben.

Ein leises Lachen drang aus seinem Mund. »Sie hat drei Socken an und einen Kniestrumpf.« Er stutzte, sein Blick wanderte vielsagend nach oben, an meinem bestrumpften Bein hoch, als würde er einen Vergleich ziehen zwischen dem Kätzchen und mir.

»Ja, darum heißt er Socks.«

»Sie. Es ist ein Weibchen. Socquette.«

»Socks. Das heißt Söckchen.«

»Socquette auch.«

»Von mir aus. Und du denkst, sie darf bei ihr bleiben?«

»Ja, ich habe es ihr gesagt.«

»Katzen kann man keine Befehle erteilen.«

Er wackelte vielsagend mit den Augenbrauen. »Ich weiß. Ich habe sie darum gebeten, das ist etwas völlig anderes.«

Socks robbte an die Katze heran und kuschelte sich an

ihren Bauch. Die beiden anderen Kätzchen schmiegten sich rechts und links an ihn. An sie.

»Ich glaube, das gefällt ihr«, murmelte Aidan und strich mit seiner großen Hand über die drei Kleinen. »Sie braucht Liebe.«

Ja, es war offensichtlich. Ein flaues Gefühl stieg in meinem Bauch auf. So wie ich?

»Und der Kater wird ihr nichts tun?«

»Nein, Noir ist froh, dass er sich aufwärmen darf. Er lässt auch die anderen in Ruhe. Außerdem war er verletzt.«

»Verletzt?«

»Ja, jemand hat ihn geschlagen oder er hatte einen Kampf mit einem anderen Kater. Er hat stark gehumpelt und drei Tage am Stück geschlafen. Ich fand ihn mehr tot als lebendig in Nähe des Schuppens.«

»Oh je, der Arme.« Ich streckte die Hand nach ihm aus, um ihn zu streicheln.

»Nein!«, bellte Aidan und ich zuckte erschrocken zurück. »Wenn dir an deinem unversehrten Arm gelegen ist, solltest du das unterlassen. Er mag es nicht. Du musst warten, bis er zu dir kommt.«

»Ach so. Er ist echt gefährlich, oder?«

»Misstrauisch. Eigensinnig. Stolz. Aber ich denke, er hat ein Herz aus Gold.«

Es gefiel mir, wie er über die Katzen sprach. Es war eine Seite an ihm, die ich so niemals vermutet hätte. Aber ich hatte auch Seiten, die mir niemand zutraute.

»Danke, dass sie bei dir bleiben darf.« Ein wenig verlegen lächelte ich ihn an. Er war nett zu mir, obwohl ich ihn immer so zickig behandelte. »Und ich wollte mich bedanken für …« Ich deutete auf mein Unterhemd und senkte den Blick. »Dankeschön. Auch für das wunderbare Strickkleid.«

»Schon gut. Ich habe dein Kleid zerstört, das war das Mindeste, was ich tun konnte.«

»Die Wäsche passt wie angegossen. Und sie fühlt sich seidig auf der Haut an. Wie ein Streicheln.«

»Schön zu hören«, sagte er mit rauer Stimme.

Die Stimmung veränderte sich. Etwas war auf einmal

zwischen uns. Ich war eine Frau und er ein Mann, und wir waren allein. Nachts. Und überhaupt fühlte ich mich zu ihm hingezogen … Ein elektrisches Knistern lag in der Luft.

»Ich geh dann mal lieber.« Barfuß huschte ich durch den kahlen Raum.

»Warte, ich bringe dich zur Tür.« Er folgte mir mit großen federnden Schritten und nickte zum Ausgang. Dabei war die Gefahr, dass ich mich in diesem gähnend leeren Raum verirrte, ziemlich gering.

»Dankeschön, Aidan.« Kurz schoss mir durch den Kopf, dass ich mich bei ihm entschuldigen könnte. Müsste? Für meine kleinen Gemeinheiten, fiesen Bemerkungen und dafür, dass ich ihn so übel herumgescheucht hatte.

Er verschränkte die muskulösen Arme vor der breiten Brust. »Und? Was zahlst du dafür?« Ein wölfisches Grinsen trat auf sein Gesicht.

»Was hast du gesagt?«

»Meine Frage war: Welchen Preis willst du dafür zahlen?«

❄

KAPITEL 20

Aidan

Meine Worte hallten in meinen Ohren nach. »*Welchen Preis willst du dafür zahlen?*«

Ich hatte es nur zum Spaß gesagt. Als würde ich Geld dafür verlangen, dass ich mich um das arme, kleine Ding kümmerte. Ich liebte Katzen, selbstverständlich half ich ihr. Es hatte mich eben berührt, dass Carol um ein zerzaustes Kätzchen geweint hatte. Als sie so fürchterlich schluchzte, hatte ich das Gefühl, dass da mehr Schmerz war.

Berge von Schmerz. Tief in ihr drin. Zugedeckt von den dicken Eisschollen ihres eiskalten und zickigen Verhaltens. Ihr wahres Wesen war wie die grüne Landschaft draußen, die unter der weißen Schneedecke verborgen lag. In ihrem Inneren könnte es genauso blühen wie auf den Wiesen im Sommer, wenn die Sonne darauf schien.

Es ist nicht alles kalt an ihr. Vielleicht ist es sogar sehr, sehr heiß. Tief in ihrem Inneren. Okay, der letzte Gedanke war ein wenig versaut.

Abgesehen davon hatte mich ihr Anblick eben erschüttert. Na ja, eher heftig erregt. Sie tauchte mitten in der Nacht auf, aufreizend gekleidet wie eine Stripperin mit ihren seltsamen Strümpfen. Ohne zu bemerken, wie verführerisch sie aussah. Das machte es noch um Längen heißer …

»Bezahlen?« Sie riss die Augen erstaunt auf.

»Sicher, alles hat seinen Preis.« Ich trieb es ein wenig auf die Spitze, eigentlich wollte ich sie nur ein bisschen necken.

»Aber ich habe kein Geld dabei.« Betreten sah sie zu Boden, dann hob sie den Blick. »Außerdem bin ich momentan nicht wirklich flüssig …«

Unübersehbar. Bisher hatte ich alles bezahlt.

»Ich rede nicht von Geld.« Ich wurde immer verwegener. Schuld daran war eine Mischung aus Schlafmangel, Aufgewühltheit und sich stetig steigernder Erregung, als ich sie in ihrem seltsamen Outfit betrachtete. Und da war der Vertrag, der in meinem Hirn herumspukte. Wenn ich vorhatte, sie zu heiraten, sollte ich damit anfangen, sie weichzuklopfen.

»Wovon denn sonst?«

»Von einem Kuss.«

»Oh!«

»Ja.« Ich legte den Kopf ein wenig schief und lächelte. »Ein Kuss für das Leben eines Kätzchens, das ist nicht zu viel verlangt, oder?«

»Stimmt, das ist wahr. Ein Kuss ist eine eher kleine … Bezahlung.« Sie nickte, starrte wieder zu Boden und knabberte nervös an ihren Lippen.

»Ach ja? Sicher?« Sie hatte mich noch nie nüchtern geküsst, sonst würde sie das nicht behaupten. Mit einer kleinen Spende kam sie mir heute Abend nicht davon. Dafür hatte sich zu viel in mir aufgestaut. Wut vor allem, aber wenn ich so darüber nachdachte, vielleicht auch etwas anderes.

Sie kaute auf ihrer Unterlippe und dachte angestrengt nach.

»Wie sieht's aus? Ich würde gern zu Bett gehen.«

»Huch! Ein Kuss in deinem Bett …« Sie schluckte und sah mir genau in die Augen. Wirklich erschrocken sah sie nicht aus, eher fasziniert. Und mich faszinierte die Vorstellung von ihr in meinem Bett ebenso. Es knisterte heftig zwischen uns, doch dann schritt meine Vernunft ein.

»Nein, der Kuss findet hier an Ort und Stelle statt. Ins Bett gehe ich allein, keine Angst. Außerdem … es ist nicht unser erster Kuss, Carol.«

»Oh, sag das noch mal«, flüsterte sie.

»Es ist nicht unser erster Kuss?«

»Nein, das andere. Meinen Namen.«

»Carol?« Ich sprach es französisch aus.

»Ja.«

»Carol«, wiederholte ich und zog es ein wenig in die Länge, so dass die zweite Silbe tief aus meinem Bauch heraus rollte. Herrgott, sie machte mich dermaßen scharf. Am liebsten würde ich sie an mich reißen, aufs Sofa werfen, schwindelig küssen und gehörig durchvögeln!

»Oh!« Sie schnappte nach Luft. »Das klingt … überaus nett.«

»Nett?« Ich war nicht nett. Zeit, um das ein für alle Mal klarzustellen.

»Ja. Total nett.«

»Oh, nein. Nicht nett, kein bisschen.« Ich packte sie am Handgelenk, um sie in meine Umarmung zu ziehen, aber sie war schneller und schlang die Arme um meinen Hals. Im nächsten Moment drückte sie mir ihre weichen Lippen auf den Mund.

Zur Abwechslung beim Küssen nicht von einer Alkoholfahne betäubt zu werden … Es war eine völlig neue Erfahrung. Ihre Lippen schmeckten süß, waren weich und einladend. Ich überlegte, den Kuss ein wenig auszudehnen, da schob sie schon ihre Zunge tief in meinen Mund. Das erwiderte ich sofort. Ein heißer, gieriger Kuss. Sie schmiegte sich an mich und griff mir zwischen die Beine. Prompt wanderten meine Hände ihren Rücken hinab, umfassten ihren Po und drückten ihn leicht zusammen.

Sie seufzte auf und fing an mich zu streicheln. Herrgott, das hatte ich für den Anfang nicht vorgesehen, aber sie war nicht zu stoppen. Und ich auch nicht mehr lange. Dazu war es viel zu erregend. Die seidige Unterwäsche unter meinen Fingern, die kleinen Nippel, die hart unter meiner Berührung wurden. Wenn ich nicht sofort aufhörte, fasste ich ihr gleich ins Höschen …

Zögernd wollte ich mich von ihren Lippen lösen, doch sie umklammerte mich und küsste mich weiter wie eine Ertrinkende. Und da wanderte meine Hand ihren Bauch hinab, unter das seidige Hemdchen, schob es ein wenig hoch, glitt ein Stück tiefer seitlich ins Höschen hinein. Bis mein Daumen über eine winzige Erhebung fuhr … Mit einem Mal schlug sie mir auf die Finger, der Kuss fand ein abruptes Ende.

»Hey!«

»Ich muss jetzt gehen«, keuchte sie und schob das Hemdchen nach unten, aber etwas blitzte hervor. Was war das? Ein Fleck? Ein Muttermal?

»Soll ich dich begleiten, es ist dunkel und …«

Prompt setzte sie ihr abweisendes Miss Christmas-Gesicht auf. »Danke, ich kenne mich hier bestens aus. Seit 27 Jahren. Und du, wie viele Tage bist du schon hier? Also!« Sie grinste frech, dann drehte sie sich um und rannte mit wehendem Morgenrock davon. Ihre schlanken Beine, ihre herrlichen Pobacken … Wow! Sie warf mir einen verschmitzten Blick über die Schulter zu, ihre blonden Haare flogen, und sie lächelte. Freches Ding.

Ein herrlicher Anblick, das dachte ich schon zum zweiten Mal. »Herrje. Wenn ich es nicht besser wüsste … Ich könnte mich glatt in sie verlieben.«

Der Kater hatte sich neben mich geschlichen, setzte sich hin und sah ihr nach. Ein kurzes Maunzen. Sein Schwanz peitschte den Boden. *Lass das lieber sein.*

»Ja, du hast recht. Schlauer Kater.«

❄

KAPITEL 21

18. DEZEMBER

Carolyn

DER ROLLS schlich über die verschneite Landstraße Richtung Burford. Angeblich hatte jemand meinen Koffer abgegeben, und ich wollte ihn im Fundbüro der Bahn abholen. Die Stimmung im Wagen war leider nicht besonders gut. Und schuld daran war ganz allein ich.

Nach dem gestrigen Kuss war ich total von der Rolle gewesen. *Heiß, so heiß …* Hätten wir uns draußen geküsst, wäre der Schnee im Umkreis von fünfzig Metern geschmolzen. Als ich zurück in meinem Zimmer war, stürzte ich ans Fenster, um Aidan zu beobachten. Er saß eine Weile auf der Couch, starrte ins Leere und ließ sich vom Fernseher berieseln. Dann löschte er die Lichter aus. Nur das Kaminfeuer flackerte weiter mit orangeroten Zungen.

In mir flackerte es auch. Heiß und verzehrend. Sein Kuss hatte Spuren hinterlassen. Als wäre er mit seinen großen Füßen über mein schneebedecktes Herz gestiefelt. Es trug seine Abdrücke und an den Stellen, wo ich seine Berührungen und Küsse spürte, fing der Schnee an zu schmelzen … Die Wärme setzte sich überall in mir fort.

Hatte ich das wirklich gedacht?

Nein, nein! Schluss! So etwas konnte ich nicht gebrauchen, diese Ablenkung oder emotionale Verwirrung oder wie man es nennen wollte. Ich war hier, um meinen Plan eiskalt durchzuziehen: Snowhill zu verkaufen und mich zu retten.

Darum hatte ich Aidan eben beim Einsteigen wieder gesiezt. Die Nacht war vorbei, ich war Miss Christmas und er mein Chauffeur. Ihm war das breite Lächeln aus dem Gesicht gefallen, das Strahlen in seinen Augen erlosch. Sein Kiefer verkantete sich.

»Schalten Sie das Radio ein«, forderte ich jetzt.

Er hob die Augenbrauen, sein Blick wurde düster – und gefährlich. Ja, vielleicht benahm ich mich ein bisschen zickig und würde es eventuell bereuen? Ich verdrängte den Gedanken sofort. Die bedrohliche Gesamtsituation machte mich enorm nervös, und Aidan musste es ausbaden.

Ich drückte auf den Knopf, der die Trennscheibe zwischen den beiden Bereichen hochfuhr. Er gehörte zur Sonderausstattung, die Opa in den Rolls einbauen ließ, und ich hatte ihn eben erst entdeckt. Die Scheibe fuhr quietschend hoch, was mir einen misstrauischen Blick von Aidan einbrachte. In der Hälfte blieb sie stehen, stotterte, ruckelte, dann fuhr sie bis nach oben. Ich ließ sie ein Stück herunter, wiederum ruckelte und knirschte sie, als wäre sie 200 Jahre alt. »Gott wirklich, könnten Sie das Teil nicht mal einölen?«

Er grinste frech. »Ich brauche das Teil nicht einzuölen, es funktioniert wie geschmiert.«

»Wie bitte? Ich spreche von der Scheibe!«

»Ach so.«

Fast hätte ich über seinen frechen Witz gelacht, aber mir war nicht zum Lachen zumute. Ich gab nur ein unbestimmtes Knurren von mir, beförderte die Scheibe wieder hoch, bis sie alles schalldicht abriegelte. Dann rief ich Paul in New York an.

»Paul, ich hab einen wichtigen Auftrag für dich.« Denn das war der geniale Geistesblitz, den ich früh am Morgen gehabt hatte. Paul würde mich retten. Ob er wollte oder nicht.

»Oh, wirklich?« Der faule Hund klang unbegeistert.

Die Trennscheibe fuhr langsam nach unten. Wie von Geisterhand bewegte sie sich. Dabei hatte ich den Knopf überhaupt nicht berührt. War das etwa Aidan? Klar, wer sonst?!

»Moment«, flüsterte ich ins Telefon. Dann rief ich nach vorne: »Was ist mit der Scheibe los?«

»Keine Ahnung, Lady Christmas.« Aus seinen Worten triefte der Spott.

Ich drückte den Knopf, die Scheibe surrte wieder hoch. Kaum zwei Sekunden später surrte sie herunter. Was machte er da? »Lassen Sie das gefälligst!«

Von vorne ertönte ein leises Lachen. »Keine Ahnung, was Sie meinen.«

Und ob er das wusste. Verdammt, jetzt hatte ich den Faden verloren! »Worüber haben wir gesprochen, Paul?«

Er gähnte. »Über das Wetter?«

»Nein! Dass du für mich etwas erledigen sollst. Dafür musst du allerdings nach England kommen.« Wenn er erstmal hier wäre, würde ich ihm den Rest erzählen. Vorher lieber nicht.

Eine Weile herrschte Schweigen. »Wie soll das gehen?«

»Mit einem Flugzeug? Du weißt schon, diese silbernen Dinger, die sich pfeilschnell durch die Luft bewegen. American Airlines, United Airlines …« Ich zählte ihm eine Reihe von Fluglinien auf.

»Bloß nicht, ich leide an furchtbarer Flugangst.« Es klang, als würde er hyperventilieren. Dann raschelte es. Rascheln und pfeifende Atemzüge wechselten sich ab.

»Was tust du da?«

»In … eine … Tüte … atmen … Es ist … eine Donut-Tüte«, ergänzte er unsinniger Weise.

Er meinte es offensichtlich ernst mit seiner Flugangst?

»Aber Paul, ich brauche dich«, sagte ich mit honigsüßer Stimme. »Und wenn dein Boss dich ruft, musst du als guter Praktikant auch folgen. Du bist doch schon achtzehn, oder?«

»Ja, schon«, krächzte er. »24 sogar. Aber das kann ich echt nicht tun! Es gibt Grenzen.«

»Shit!«

»Miss Christmas, was ich noch sagen wollte …« Seine

Worte klangen wie zerfetzt. Dann war das Gespräch abrupt beendet.

Verwirrt starrte ich auf den Hörer. »Warum ist das Gespräch weg? Aidan!«

Er hob die Schultern und deutete auf seine Ohren. *Ich höre nichts.*

»Verdammt, dieser blöde Kerl!« Mit einem lautstarken Fluch ließ ich die Scheibe wieder herunter. Das machte er doch alles mit Absicht, um mich in den Wahnsinn zu treiben. »Das Gespräch brach ab. Waren Sie das?«

»Wie sollte ich das bewerkstelligen?«

»Indem Sie absichtlich durch ein Funkloch fahren?«

Er lachte. Und das machte mich noch nervöser. »Sind die etwa auf einer Karte verzeichnet? Damit ich auch genau mittendurch fahren kann? Wie soll ich ahnen, wo sich ein Funkloch befindet?«

»Woher soll ich das wissen?« Ich rang nach Atem. Ihm traute ich alles zu. »Fahren Sie schneller. Müssen wir immer wie eine ängstliche Oma herumschleichen, die nach einem doppelten Hüftbruch zum allerersten Mal mit dem Rollator durch die Gegend schlurft?«

Er antwortete nicht, sondern trat das Gaspedal durch, so dass es mich in den Sitz presste.

»Doch nicht so schnell!«

Er trat ruckartig auf die Bremse, dass es mich beinahe an den Vordersitz geschleudert hätte, wenn ich mich nicht in einem Reflex abgestützt hätte. Dann stieß er einen Fluch aus. Auf Französisch. Obwohl ich mir fast den Kopf gestoßen hatte, lief mir ein Schauer über den Rücken.

»Was tun Sie da? Fahren Sie gefälligst normal! Und hören Sie sofort auf Französisch zu sprechen. Ich verbiete es Ihnen!«

»Wie Sie wünschen, Miss Christmas.« Sein finsterer Blick sorgte für ein Flattergefühl in meinem Bauch. Eventuell würde ich mein Verhalten bereuen, aber die nackte Panik ließ mich wie wild um mich schlagen.

Scheiße, mein schöner Plan, meinen Praktikanten zu heiraten, war im Eimer. Alles ging den Bach herunter. Verflucht nochmal, wen sollte ich bloß heiraten?!

Mir war zum Heulen zumute. Das einzig Schöne in meinem Leben war … Aidan.

Zumindest sein Kuss. Seine funkelnden Augen. Und sein dunkles Lachen. Seine großen Hände und die starken Arme. Seine breite Brust mit den sexy Tattoos. Seine beschützende Art. Ganz zu schweigen von seinen geheimen Katzenzauberkräften. Aber das war auch schon alles. Denn als Person war er ein unglaublich schrecklicher Mensch!

Vorne am Steuer sang Aidan einen Weihnachtssong mit. »Last Christmas«, krächzte er mit seiner rauen Holzfällerstimme und mir lief ein Schauer über den Rücken. »Ach, Scheiße!«, knurrte er und schaltete das Radio aus. Als fiele ihm jetzt erst ein, dass er den Song nicht mochte.

Ich mochte ihn auch nicht, aber gerade wünschte ich mir, er hätte nicht abgeschaltet, sondern weiter gesungen.

❄

KAPITEL 22

Aidan

Alles in allem ein äußerst vergnüglicher Ausflug mit Miss Christmas. Nicht.

Sie hatte tatsächlich die Frechheit besessen, mich beim Einsteigen zu siezen. Und das nach unserem leidenschaftlichen Kuss in der Nacht. Ganz zu schweigen davon, dass ich mich hingebungsvoll um ihr Kätzchen kümmerte. Es ging ihm heute schon besser, aber sie fragte nicht einmal danach. Sie war wirklich undankbar und so dermaßen biestig … Meine Hände würgten das Steuer ein wenig.

Auf der Liste aller Biester, die mir in meinem Leben begegnet waren, nahm sie einen unangefochtenen Spitzenplatz ein. Meine neue Nummer eins. Der Gedanke ließ mein Herz stolpern. Sofort schob ich nach: im negativen Sinne!

Was war bloß los mit ihr? Vielleicht war sie einfach nur ängstlich und seltsam ungelenk im Umgang mit Menschen, speziell mit Männern? *Was hast du ihr bloß angetan, Tommy?*

Mein Entschluss, sie aus ihrem Schneckenhaus hervorzulocken, festigte sich.

Darum ärgerte ich sie, wo ich nur konnte. Blockierte die

Trennscheibe, ließ sie herunter, als sie telefonierte und genoss es, dass sie vor Wut fast platzte. Meine Hoffnung, sie würde total ausrasten, mich zum Anhalten zwingen und mit mir streiten, damit ich sie küssen konnte, wurde leider enttäuscht. Schade. Aber ich hatte ein Ass in der Hinterhand, von dem sie nichts ahnte.

Ich sage Fernglas, Kätzchen. Und was sagst du?

In Gedanken legte ich mir einen schönen Plan zurecht, der immer weiter ausuferte.

KURZ DARAUF ERREICHTEN wir die Außenstelle des Fundbüros, die sich auf einem Gelände unweit des Bahnhofs befand.

»Sie warten!«, schnarrte sie und ich nickte stumm.

Nach wenigen Minuten kehrte sie keuchend zurück. Sie murmelte etwas über »unfähige Idioten, die nicht in der Lage sind, den richtigen Namen auf einem Adressanhänger zu entziffern.«

»Kein Koffer?« Meine zwei Worte waren schon zu viel.

»Wenn, dann wäre es ein unsichtbarer Koffer, oder?« Sie verdrehte die Augen, als wollte sie damit ausdrücken, was für ein Idiot ich war, eine derart blöde Frage zu stellen.

Mein Plan wurde ein wenig verwegener … Je zickiger sie sich anstellte, desto mehr Schikanen baute ich ein. Oh ja, das würde mir gefallen. Ein breites Grinsen trat auf mein Gesicht.

»Was gibt es da zu grinsen?«, keifte sie. »Zum Pub!«

Oh nein, Miss Biestmas. Ohne mich. Eine weitere Nacht mit einer betrunkenen Furie in meinem Bett würde definitiv nicht stattfinden. Ich wollte sie in meinem Bett, aber nüchtern. Verdammt, für diesen Gedanken hätte ich mir am liebsten selbst eine reingehauen.

»Das geht leider nicht.«

»Warum nicht? Wenn ich sage zum Pub, dann will ich zum Pub!«

»Lokalverbot«, log ich frech.

Sie guckte verdutzt. »Wer? Sie?«

»Nein, Sie.« Ich explodierte fast vor unterdrücktem Lachen.

»Oh, was habe ich getan?« Sie errötete und griff sich an die Stirn, als versuchte sie mühsam, sich zu erinnern.

»Schlimme Dinge.« Ich nickte ihr mit ernster Miene zu.

»Oh, wirklich?«

»Yep. Sehr schlimm.«

»O mein Gott«, wisperte sie und schnappte nach Luft. »Und wenn wir in einen anderen Pub fahren würden?« Ihre Frage war fast schon als Bitte formuliert. Aber eben nur fast. Darum gab es eine weitere Absage.

»Nein, unmöglich. Ich habe leider kein Geld dabei.« Noch eine Lüge. Aber sie hatte bestimmt kein Geld, darauf würde ich jeden Penny in meiner Geldbörse wetten.

»Verdammt. Gut, dann eben nach Hause.«

»Ihr Wunsch ist mir Befehl, Miss Christmas.« Unsere Blicke trafen sich im Rückspiegel. In ihrem flackerte zuerst Frust, dann Unsicherheit. Gemischt mit Misstrauen. Ich setzte meine harmloseste Miene auf und lächelte sie an. Ein Lächeln flackerte auch in ihren Augen. Leises Bedauern. Gemischt mit Aufsässigkeit.

»Täglich Alkohol ist ohnehin nichts für Sie«, provozierte ich sie.

»Pah!« Ihre Miene verfinsterte sich und sie drückte die Taste für die Trennscheibe. Dann zog sie sich den Schal bis zur Nasenspitze hoch, um sich vor mir zu verbergen.

Mein Plan nahm immer weiter Gestalt an. *Oh ja, das gefällt mir.* Wenn ich nicht beide Hände am Steuer behalten müsste, würde ich sie mir reiben.

Vorfreude. Sie war die schönste Freude.

In Snowhill wollte Carolyn eilig durch die Halle nach oben verschwinden, doch Mel winkte aus dem Esszimmer heraus, dann schoss sie wie ein Pfeil auf sie zu und stellte sich ihr in den Weg. »Ah, wie schön, dass ihr da seid. Genau pünktlich zur Essenszeit. Komm, Carolyn, heute isst du mit. Aidan, du natürlich auch.«

»Na, ich weiß nicht«, murmelte sie und blieb unschlüssig in der Halle stehen.

»Doch.« Mel zog sie am Arm bis zum Esszimmer mit und warf mir einen auffordernden Blick zu.

»Und, habt ihr den Koffer?« Bailey hob fragend eine Weinflasche, dann füllte er ein Glas. »Du auch?«

Ich schüttelte den Kopf. »Es hat leider nicht geklappt. Danke, für mich keinen Wein. Ich habe vorerst genug vom Alkohol.«

»Oh, das mit deinem Koffer tut mir leid, Carolyn. Du kannst dir gerne von meinen Sachen etwas ausleihen. Meine Jeans werden mir wahrscheinlich erst in zehn Jahren wieder passen.« Smilla lachte und häufte sich einen großen Berg Nudeln auf den Teller. »Ich habe aber so einen Hunger.«

»Von mir auch, Carolyn.« Marian lächelte sie an. »Du siehst total durchgefroren aus und brauchst dringend eine warme Mahlzeit.«

»Setz dich bitte, Schwesterchen. Wenigstens ein Mal essen wir zusammen, okay? Ein bestimmtes Thema klammern wir aus, versprochen.« Matt schob ihr einen Stuhl hin und sie ließ sich zögernd nieder. Ich setzte mich auf den Platz daneben.

Stella quietschte in ihrem Hochstuhl und zeigte auf Carolyn. »Da!«

»Ja, das ist Tante Carolyn. Ach, wie goldig. Sie mag dich total.« Marian reichte Carolyn die Schüssel mit dem Gemüse.

»Danke.« Carolyn füllte ihren Teller. »Ja, ein Pulli wäre nicht schlecht. Oder zwei. Und vielleicht eine Hose.«

Oh ja, bitte eine hautenge Jeans!, hätte ich am liebsten dazwischengerufen. So gerne würde ich sie in einer engen Jeans sehen.

»Hast du überhaupt genügend Unterwäsche?« Smilla verzog das Gesicht. »Meine Güte, warum habe ich nicht früher daran gedacht? Das muss diese berüchtigte Stilldemenz sein.«

»Unterwäsche habe ich, danke. Jemand hat mir … Ich habe … welche geschenkt bekommen.«

»Oh!« Für einen Moment hörten alle auf zu essen und schauten Carolyn gespannt an. Man sah die Fragezeichen über ihren Köpfen schweben: *Wer war das bloß?*

»Wer immer das war …« Smilla kicherte und ihr Blick

streifte mich. »Er hatte recht. Eine schöne Frau wie du sollte Unterwäsche geschenkt bekommen. Und sie sich nicht selbst kaufen müssen. «

»Ach was, ich bin doch nicht schön.« Carolyn senkte die Nase tiefer über ihren Teller.

Ach, Kätzchen. Sie meinte das ernst? Verflixt, trotz der enormen Kratzbürstigkeit, die sie heute an den Tag gelegt hatte, hätte ich sie am liebsten in die Arme genommen.

Als ihr Chauffeur hielt ich besser den Mund, stattdessen brummte ich nur in meinen Bart. Woraufhin Matt mich auffordernd ansah. *Los, mach ihr ein Kompliment.*

Nein, das ist mir zu direkt!

»Wolltest du Widerspruch einlegen, Aidan?« Bailey zwinkerte mir zu.

»Unbedingt. Was für ein Blödsinn. Schaut sie euch doch an«, brummte ich und nickte zu ihr hinüber. »Sie ist wunderschön.« Ja, trotz schwarzem Kleid und seltsamen Dutt.

Neben mir atmete Carolyn scharf ein, dann aß sie weiter. Für einen Moment berührte ihr Knie meins, ganz zaghaft und sanft, als wollte sie sich auf diese Weise bei mir bedanken. Es löste einen kurzen elektrischen Schlag in mir aus, der sich überall verteilte. Süß von ihr. Ich mochte es.

An meinem Plan änderte es jedoch nichts.

Der Sache entgehst du nicht, Kätzchen. Du hast den lieben Aidan einmal zu oft geärgert. Er wird sehr böse zu dir sein. Und du wirst es lieben.

Matt ließ das Besteck sinken. »Sag mal, Carolyn. Brauchst du eigentlich Geld?«

»Wie … wie meinst du das?« Ihre Anspannung war spürbar.

»Wegen Dad, weil er alle Konten gesperrt hat. Ich frage mich, ob du genug Bargeld hast. Für Weihnachtseinkäufe oder Geschenke. Ich könnte dir etwas in dein Zimmer …«

»Danke, aber ich habe ausreichend Geld.« Sie aß mit hastigen Bissen, dann griff sie zu ihrem Wasserglas. »Mein Konto in New York wurde nicht gesperrt. Ich bin flüssig.«

Das bezweifelte ich aber stark. Matt besah sie ebenfalls mit zweifelndem Blick.

»Sag es ruhig, wenn du etwas brauchst, Carolyn. Wir sind eine Familie, du kannst mir jederzeit Bescheid geben.«

»So ist es, Carolyn.« Smilla hatte das Baby ausgepackt und hielt es im Arm. Lucia sah wirklich goldig aus mit ihrem blonden Flaum und den großen blauen Augen. »Auch wenn du sonst etwas brauchst, melde dich bei mir. Ich bin die ganze Zeit zu Hause.«

»Ich auch, Carolyn.« Marian nickte ihr ebenfalls zu. »Du kannst uns immer besuchen. Wir freuen uns, wenn du zu uns kommst.«

»Danke, das ist nett von euch.«

»Wie schön. Wusste ich es doch.« Mel war offensichtlich glücklich darüber, dass sich alle so gut verstanden.

»Hast du Dad denn inzwischen erreicht?«, fragte Carolyn.

»Nein, leider nicht. Stell dir vor, er ist kurz nach der Testamentseröffnung untergetaucht. Mum sagte, er hätte nur eine Notiz auf dem Kopfkissen hinterlassen. Er wäre unterwegs zu einem alten Freund und wollte vorerst nicht gestört werden. Mum war fuchsteufelswild, wie du dir vorstellen kannst.«

»Ja, sie hat sich bestimmt Sorgen um ihn gemacht.«

»Und ob. Zum Glück rief besagter Freund sie an. Halt dich fest, er ist Abt in einem Kloster.«

»Wie bitte? Dad ist in einem Kloster?«

Matt nickte. »Er kommt nicht damit zurecht, dass er nicht mehr das schwarze Schaf der Familie ist. Seit vierzig Jahren will er Opa Christmas beweisen, dass er es nicht verdient hatte, verstoßen zu werden. Alles, was er sich seitdem aufgebaut hat, seine Karriere als Richter und Dozent für Strafrecht, hat er nur aus diesem Grund getan. Auf einmal stellt sich heraus, dass der Grund überhaupt nicht existiert. Sein Vater hat ihn immer geliebt und bis zuletzt an ihn gedacht.«

»Ja, verständlich. Das wirft einen aus der Bahn.« John seufzte. »Mein Vater ist auch ein wenig desorientiert. Er und Mum streiten sich ständig. Keine Ahnung, was da los ist.«

Nach dem Essen wechselten wir ins Wohnzimmer, auch da saßen Carolyn und ich nebeneinander.

»Entschuldigt, ich möchte nur eben einen Bericht hören.« Mel schaltete den Fernseher ein und stellte tonnenweise Plätzchen auf den Tisch. »Vom Diamantenraub.«

Das Plätzchen in meinem Mund bekam einen bitteren Geschmack.

Ein blondgelockter Mann sprach in ein Mikrofon. »Guten Abend, es begrüßt Sie Tim Carrell von Skyfall-Televisions. Wie geht es Ihnen und Ihrer Familie, Mr Singh?«

Mr Singh setzte ein tapferes Lächeln auf. »Soweit gut. Wir sind überglücklich, dass niemand verletzt wurde. Pepper wurde ebenfalls gerettet, dem Feuerwehrmann sei Dank.« Die Kamera schwenkte auf vier kleine Jungs. Der größte von ihnen trug einen graumelierten Jack Russell Terrier auf dem Arm.

»Das ist wunderbar, Mr Singh. Aber sagen Sie, wo ist Ihre Frau?«

»Im Krankenhaus. Sie bekam vorzeitige Wehen, es hat sie alles so aufgeregt. Und dass wir vor Weihnachten das Dach über dem Kopf verlieren ...« Er brach ab und rang um Beherrschung.

»Verständlich, dass Sie mit den Nerven am Ende sind.« Der Reporter legte den Arm um Mr Singhs Schultern. »Liebe Zuschauer, bitte helfen Sie, dass diese wunderbare Familie das Weihnachtsfest in ihrem Zuhause verbringen kann. Wir haben eine Spenden-Hotline eingerichtet. Durch den Wassereinsatz der Feuerwehr wurde das gesamte Erdgeschoss unbewohnbar, die entstandenen Dämpfe erfordern eine Renovierung auch im Obergeschoss. Helfen Sie bitte und spenden Sie!«

Mr Singh hatte seine Fassung wiedergewonnen und lächelte. »Wir haben zahlreiche Hilfsangebote von den Nachbarn erhalten und wohnen vorläufig dort. Wenn die Geburt des neuen Babys glücklich verläuft, sind wir gesegnet.«

»Wir drücken Ihnen die Daumen.« Der Moderator nickte ihm ernst zu. »Liebe Zuschauer, wir halten Sie auf dem Laufenden. Nur noch wenige Tage bis Weihnachten, verheißungsvolle Festtagsstimmung liegt in der Luft ...« Ein Weihnachtssong erklang und Mel schaltete den Fernseher aus.

Aufgeregt an einem Plätzchen knabbernd setzte sie sich neben Bailey. »Meine Güte, die arme Frau. Vier kleine Kinder, hochschwanger, der Überfall, jetzt ist das Haus unbewohnbar, sie haben eine schreckliche Pechsträhne.«

»Ja, das stimmt, Mellymaus.« Bailey legte den Arm um sie. »Und schau sie dir an, sie sind trotz allem dankbar. Sie konzentrieren sich auf das Wesentliche. Auf die Familie, auf ihre Gesundheit und dass sie sich haben.«

»In der Tat.« Caspar nickte. »Das sind die elementaren Dinge des Lebens. Liebe und Zusammenhalt.«

»Hoffentlich geht das gut aus mit Mrs Singh.«

»Das hoffe ich auch«, sagte John. »Ich würde sofort spenden, leider kann ich keine Überweisungen vornehmen.«

Matt stimmte ihm zu. »Man muss doch helfen, wenn jemand in Not ist.«

Sie unterhielten sich eine Weile über das Schicksal der Familie und ich fühlte mich mit jeder Minute elender.

»Ich geh dann mal rüber. Gute Nacht.« Mit einem mulmigen Gefühl im Bauch stapfte ich zum Häuschen.

Ich hoffte ebenfalls, dass alles ein gutes Ende fand. Nein, unmöglich, so konnte ich die Diamanten nicht behalten. Für den Rest meines Lebens könnte ich mich nicht mehr im Spiegel anschauen. Man müsste aus Stein sein, um kein Mitleid mit der armen Familie Singh zu haben.

Verdammt, dennoch brauchte ich dringend Geld.

Wenn ich Carolyn heiraten würde, wäre ich um eine halbe Million Pfund reicher … Wenn ich ehrlich zu mir war, wollte ich lieber mit ihr herummachen und sie verführen, ohne einen dicken Scheck im Hintergrund. Leider lösten sich meine Schulden in Frankreich davon nicht in Luft auf. Das nannte man wohl ein Dilemma, eher waren es mehrere in sich verschachtelte, und ich hatte das Gefühl, langsam den Überblick zu verlieren.

Momentan erhellte nur die Aussicht auf meinen Plan meine düstere Stimmung.

❄

KAPITEL 23

Carolyn

DAS ABENDESSEN WAR TOTAL NETT und ich hatte mich in der Gesellschaft von allen wohl gefühlt. Aidan verabschiedete sich, ich ging hoch in mein Zimmer und machte mich bettfertig. In meiner neuen Unterwäsche, versehen mit Mels gemütlichen Strümpfen, tigerte ich am Fenster auf und ab. Und wartete auf den Beginn der Vorstellung.

Bald darauf flackerten im Häuschen überall die Lichter. Mal hier, mal da, als würde Aidan von einem Raum zum anderen rennen. Fast so, als wollte er meine Aufmerksamkeit erregen. Ich lachte heiser. »Die hast du ohnehin.« Dann tauchte er im Wohnzimmer auf. Endlich ... Er war kaum richtig durch die Tür, als er sich schon die Kleider vom Leib riss und sich aufs Sofa warf. Meine Güte, wahrscheinlich heizte der Ofen ungemein, dass er sich so schnell ausgezogen hatte? Gott, war das heiß. Ich geriet ins Schwitzen.

Was tat er da? Er fasste sich in die Shorts und ... er spielte an sich herum?!

»O mein Gott! Ich fasse es nicht.« Hektisch drehte ich an den Rädchen am Fernglas, um es schärfer zu stellen, aber es funktionierte nicht. Verflucht, warum besaß ich kein Hightech-Gerät, sondern nur eine alte Fernglas-Möhre? Seine Hand bewegte sich hoch und runter, leider wurde dadurch fast alles verdeckt. Aber was ich sah, feuerte die Erregung in mir weiter an und trieb mir den Schweiß auf die Stirn. Auf einmal stand er auf und beugte sich über die Kommode. Er schrieb etwas auf. Mit einem dicken Filzstift.

Vielleicht einen Einkaufszettel? Wobei bei einem derart dicken Stift höchstens ein Wort auf einen Zettel passte. Der Zettel … War das ein Stück Pappkarton?

Auf einmal stapfte er zum Fenster. Er hob den Kopf, sah mir über die Entfernung von hundert Metern genau in die Augen, so dass es mir eiskalt über den Rücken lief, und hielt die Pappe hoch.

Hi Carol.

»Was? O Gott!« Mir gefror das Blut in den Adern, gleichzeitig explodierte mein Gesicht fast vor Peinlichkeit. »Er … er weiß es? Oh nein, ich versinke im Boden. Das ist so peinlich! Hilfe.«

Er drehte das Schild auf die Rückseite, dann schrieb er wiederum darauf und hielt es ans Fenster. *Komm her, wenn du dich traust.*

»Oh, nein, das mache ich ganz bestimmt nicht. Was fällt diesem blöden und eingebildeten Katzenflüsterer ein? Nein, da gehe ich auf keinen Fall hin. Ich bin doch nicht lebensmüde! Er wird stocksauer sein …«

Aufgeregt trippelte ich im Zimmer umher, knabberte an meinem Daumen und raufte mir die Haare. Wie sollte ich ihm jemals wieder unter die Augen treten? Das war megapeinlich!

Nein, ich würde mich einfach tot stellen und bis nach Weihnachten jeglichen Kontakt zu ihm vermeiden. Und darauf hoffen, dass er es dann vergessen hatte. Aber er würde es nicht vergessen, dafür war er viel zu wütend. Und wie um Himmels willen sollte ich ihm aus dem Weg gehen, wenn er mich täglich durch die Gegend kutschierte? Unmöglich!

Wahrscheinlich wartete er auf eine Antwort von mir? Ich hatte aber keinen Stift und er besaß kein Fernglas, so würde es nicht funktionieren. Mit einem Kribbeln im Bauch eilte ich zum Fenster zurück. Herrgott, noch ein Schild.

Komm her und hol deine … Was stand da? Er hatte echt eine Sauklaue. Ich kniff die Augen zusammen, um es zu entziffern. »Hol deine Katze ab?«

Ja, da stand *Katze.*

O Gott, etwas war mit Söckchen passiert. Warum sonst sollte ich ihn abholen? Nein, sie.

Hastig schlüpfte ich in den Morgenmantel, schlich die Treppe hinab und stahl wieder die Männerstiefel vorne an der Eingangstür. Dann huschte ich nach draußen.

Zum zweiten Mal rannte ich, so schnell ich konnte, zum Häuschen. Meine Fußspuren von gestern waren vorhanden und ich trat hinein, um schneller voranzukommen.

Ich wollte gerade anklopfen, als Aidan breit grinsend die Tür aufriss. »Sieh an, sieh an. Carolyn, Carolyn.« Warum sagte er alles doppelt?

»Ich, äh … hallo.« Verlegen streifte ich die Stiefel von den Füßen.

»So viel Mut hätte ich dir nicht zugetraut.« Er überkreuzte die Arme vor der Brust und schob seine Hände unter die Achseln. Dann wackelte er vielsagend mit beiden Daumen.

Peinlich berührt wich ich seinem Blick aus. Immerhin hatte ich kurz zuvor etwas enorm Scharfes gesehen, als er sich anfasste. Mit einem Mal dämmerte mir: Er hatte diese heiße Vorstellung speziell für mich geboten, denn die Schilder lagen schon bereit. Er wollte, dass ich das sah? Oh, Hilfe! Meine Knie wurden weich und ich stützte mich am Türrahmen ab. Was hatte das zu bedeuten?

»Was heißt hier Mut?« Meine Stimme sollte kühl klingen, was nur halbwegs funktionierte. »Du hast geschrieben, ich soll meine Katze abholen. Also hole ich sie ab.« Ich keuchte, weil ich so gerannt war. Vielleicht auch ein wenig vor Aufregung.

»Deine Katze? Nein, deine Strafe.« Er wackelte mit den Augenbrauen.

»Wie? Nein, da stand Katze. Ich bin nur gekommen, um Socket zu holen.«

»Oh, nein, du bist gekommen, um deine Strafe abzuholen«, wiederholte er mit einem wölfischen und sexy Grinsen. Er verleitete mich fast dazu, es zu erwidern.

»Du hast Katze geschrieben.« Mein Blick wanderte nach unten, ohne dass ich es kontrollieren konnte, und glitt über seine Shorts. *Ausgebeult.* Schnell sah ich wieder hoch.

»Ich habe Strafe geschrieben.« Er nickte mir überheblich grinsend zu.

»Hast du nicht.«

»Habe ich doch.«

»Hast du nicht!«

»Vielleicht habe ich es nicht«, räumte er ein. »Aber ich habe Strafe *gemeint.*«

»Was?« Er hatte mich reingelegt? Ehe ich kapierte, was er damit meinte, packte er mich am Handgelenk und zog mich mit einem Ruck über die Türschwelle. Mit seinem nackten Fuß trat er die Tür zu und zerrte mich ins Wohnzimmer. Alles so kraftvoll und entschlossen, dass ich verdattert hinter ihm her trippelte.

»Was meinst du überhaupt mit Strafe? Ich habe mich zu Tode erschrocken, weil ich dachte, dass es Socke schlecht geht und er wieder krank ist. Das war Strafe genug!«

»Sie. Ein Weibchen.« Er grinste mir mitten ins Gesicht, seine Augen loderten smaragdfarben. »Nein, das war nicht Strafe genug.« Dann vollführte er mehrere blitzschnelle Bewegungen hintereinander, wie ein verdammter französischer Jackie Chan, so dass er mit einem Mal auf dem Sofa saß und ich quer über seinem Schoß lag. Mit dem Gesicht nach unten.

»Was … was soll das werden?«

Ein Zungenschnalzen. »Tztztz. Sie begreift es einfach nicht.« Er lachte sein raues Lachen, fegte meinen Morgenrock nach oben, so dass mich ein kühler Luftzug umwehte, dann traf mich seine flache Hand. Mitten auf den Po!

Ich schrie auf. »Bist du verrückt geworden?« Das hatte er mit Strafe gemeint? Der Mistkerl meinte es wirklich ernst? Ich fing an zu zappeln, doch er klemmte mich so ein, dass ich mich nicht wehren konnte. »Hilfe!«

Weitere Schläge prasselten auf meinen Po nieder. Er schlug nicht fest zu, aber diese Demütigung …

»Lass mich sofort los, du elender …«

»Für jede Beleidigung gibt es einen weiteren Schlag. Und wenn du mich so richtig ärgerst, Carol …« Er rollte verführerisch meinen Namen, ich schnappte nach Luft. »Dann zieh ich dir das Höschen runter.«

»Oh, nein, das wagst du nicht! Wehe, ich verklage dich! Bis es kracht! Wegen Sexismus. Und Misshandlung. Und wegen sexueller … Erregung!« Letzteres war ein bisschen verräterisch.

Er lachte. »Erregt es dich? Wusste ich es doch. Und ich verklage dich wegen Stalking und Eindringen in meine Privatsphäre. Mal sehen, wie du mich provozierst. Es liegt allein an dir, wie hart diese Strafe ausfällt.« Er klopfte weiter auf meinen Po, als wäre ich ein Schnitzel und seine Hand der Fleischklopfer. »Der ist fürs stundenlange Warten in der Kälte, so dass ich mich beinahe erkältet habe. Der ist für deine enorme Unfreundlichkeit. Dieser für das Verletzen meiner Privatsphäre. Der ist dafür, dass du ein echt fieser Boss bist. Und der dafür, dass ich deine Eskapaden auch noch bezahlen musste.« Stoisch zählte er irgendwelche fadenscheinigen Gründe auf, und versohlte mir dabei den Hintern, kalt lächelnd.

»Scheiße, Aidan! Du blöder … Sack!«, stieß ich hervor. Ich konnte nicht fassen, dass er das wirklich tat!

»Zack! Und noch einer …« Er lachte und rieb mit seiner großen Hand über meinen glühenden Po, bis er schier in Flammen stand.

Ich war so wütend auf ihn, dass ich kochte, gleichzeitig wurde meine Erregung immer stärker und ich musste ein Stöhnen unterdrücken. Seine Schläge wurden sanfter, gingen in ein Streicheln über. Er ließ einen Schwall französischer Worte auf mich herabrieseln, von denen ich fast nichts verstand, die aber meine Erregung weiter anfeuerten. Und meine Wut, denn das war echt das Letzte, was er mit mir anstellte.

»Oh, das ist so unfair!« Gleichzeitig wollte etwas in mir, dass er weitermachte mit seinen streichelnden Schlägen, und meine Erregung nahm zu. Auch ihn erregte dieses Spielchen, denn ich spürte seine Härte, wie sie sich an meinen Bauch drückte.

Er lachte, ich heulte vor Wut. »Na, komm, hör auf zu weinen, Carol. So schlimm ist es auch wieder nicht. Wirst du wohl aufhören, mir nachzuspionieren?«

»Geht dich nichts an!«

»Falsche Antwort.« Jetzt packte er wirklich in mein Höschen und gab mir einen Klaps auf den nackten Po. Ein freudiger Schauer überlief mich. Gleichzeitig jagte es mir Angst ein. Vor allem, weil es mir so gut gefiel.

»Ja, ich höre auf!«, rief ich. Mit den Nerven am Ende, wütend und erregt zugleich.

»Gut.« Er packte mich, zog mich hoch, so dass ich plötzlich auf seinem Schoß zu sitzen kam, ihm zugewandt, dann legte er unverschämterweise seine Arme um mich. Und sah mir tief in die Augen. »Jetzt musst du nur noch bezahlen, dann darfst du gehen.« Mit seinem rauen Daumen wischte er mir die Tränen aus dem Gesicht.

»Bezahlen?«

»Ja. Ein Kuss für dein Kätzchen.«

»Jeden Tag?«

»So lautete die Abmachung«, behauptete der Gauner. Seine Augen glitzerten vor Belustigung. »Ich hatte heute enorm viel Arbeit mit dem widerspenstigen Kätzchen. Es war sehr ungezogen. Und es hat mich alle meine Nerven gekostet.«

»Das glaube ich nicht. Es schläft bestimmt den ganzen Tag.«

»Hm?« Er grinste vielsagend und mir dämmerte, dass er mich damit meinte.

»Also gut«, flüsterte ich. »Ich bezahle.« Da spürte ich schon seine Lippen auf meinen, wie er seine Zunge in meinen Mund schob und mich schwindelig küsste. Meine Erregung stetig anfeuernd, sodass ich mich an ihn klammerte und über seine Bartstoppeln strich.

So hatte mich noch kein Mann geküsst. So leidenschaftlich, dass mein Höschen in Flammen aufging und mein Herz in Brand geriet. Und er hörte gar nicht mehr auf, saugte mit seiner Zunge an meiner, umkreiste sie, bis ich stöhnte, und vergrub seine Hand in meinem Haar. Dieser Kuss war besser als alles, was ich jemals an Sex gehabt hatte. Ich schnappte nach Luft, als er aufhörte. Und ich wollte mehr.

»Carol«, flüsterte er mir zu. »Ich mag deine Kätzchen-Küsse. Du solltest mir viele, viele Kätzchen bringen. Am besten zehn Stück pro Tag.«

»Oh ja, bestimmt laufen am Bahnhof welche herum.«

Er lachte leise. »Noch mehr Küsse am Tag, würdest du das überhaupt aushalten?

»Ich … ich weiß nicht.« Verlangend wölbte ich mich ihm entgegen und fühlte die Nässe zwischen meinen Beinen. Ich sehnte mich so nach seiner Berührung. »Ich könnte schon mal im Voraus bezahlen.«

»Das höre ich gerne«, raunte er. »Gegen freiwillige Bezahlung habe ich nichts einzuwenden.«

»Ich auch nicht«, stieß ich hervor.

»Gut.«

Der zweite Kuss fiel nicht weniger leidenschaftlich aus. Seine Hände wanderten über meinen Körper, und ich wand mich unter seinen sanften, und doch festen Berührungen.

»Mmh, Carol. Du magst es, oder?«

»Ja. Kannst du … kannst du vielleicht?« Ich zog seine Hand zwischen meine Beine.

Er zupfte mein Höschen ein Stück beiseite. »Dich anfassen? Willst du das?«

»Ja! Bitte!« Und als er seine Finger in mein Höschen schob, war es wie eine Erlösung.

Gleichzeitig steckte er mir seine Zunge in den Mund und küsste mich. Er brauchte nicht viel zu tun, seine Finger nur ein bisschen hin und her zu bewegen … Und ich explodierte, zersprang in tausend Stücke, stöhnte dumpf in seinen Mund, doch er hielt mich, raunte französisches Zeug in meine

Ohren, trieb mich weiter, küsste mich leidenschaftlich, und ich kam ein zweites Mal.

Meine Güte, er wusste genau, was er tat. Und ich liebte es.

Wie hingegossen lag ich in seinen Armen und konnte nicht richtig begreifen, was gerade passiert war. Wenn er mich jetzt packen und auf sein Bett werfen würde … Ich hätte mich schneller ausgezogen, als er *Carol* sagen könnte.

»Du solltest besser gehen, oder …« Seine Stimme klang rauer als sonst.

»Und du? Willst du nicht …?« Ich deutete auf seine mörderische Erektion.

»Ich komme schon klar.«

»Ich könnte ein bisschen bleiben. Vielleicht noch zehn Minuten.«

»Carol, keine halben Sachen. Wenn du nicht sofort gehst, behalte ich dich die ganze Nacht bei mir. Und ich weiß nicht, ob du das verkraftest. Die geballte Ladung Aidan.« Er packte sich in den Schritt und rückte seinen Penis zurecht. »Du solltest dir das gründlich überlegen.« Leidenschaft und nackte Gier zeichneten sich auf seinem Gesicht ab. Und Gefahr.

»Oh! Ich … Hilfe!« Das klang ein wenig beängstigend und ich bekam Angst vor meiner eigenen Courage. Hastig rappelte ich mich auf, mit so weichen Knien, dass ich beinahe wieder auf ihn plumpste. »Gut, ich bin dann mal weg.«

»Warte.« Er stand ebenfalls auf und ging in die Diele voraus. »Zieh meine Jacke an. Es ist kalt.« Er hängte mir die Uniform um die Schultern und half mir hinein. Ich versank förmlich darin.

Seine Augen nahmen einen eigentümlichen Ausdruck an. »Sie steht dir. Und überhaupt bist du … wunderschön.«

»Gute Nacht.« Seine Worte berührten mich wie die behutsame Berührung durch ein samtiges Pfötchen. Sie machten mein Herz ganz weich.

Eilig hastete ich nach Snowhill, als mir einfiel, dass ich nicht einmal nach Socket geschaut hatte, ich Katzen-Rabenmutter. So hatte Aidan mich verwirrt. *Die geballte Ladung …* Es klang furchteinflößend und verführerisch zugleich. Mist, ich bereute jetzt schon, dass ich gekniffen hatte.

Hoffentlich war die Tür nicht zugesperrt, denn dann müsste ich klingeln und alle wüssten Bescheid über meinen kleinen Ausflug. Es gab zwar einen Hintereingang, aber den mochte ich nicht, weil er im Dunkeln lag.

Zum Glück war die Vordertür offen und ich schlich auf Zehenspitzen durch die Halle.

Aus dem Wohnzimmer drangen Stimmen und Gelächter, Plätzchenduft hing in der Luft. Es roch nach Zimt und Schokolade, jemand hatte Tannenzweige in eine Vase gestellt, die einen würzigen Duft verbreiteten. Es war schön hier. So anheimelnd.

In meiner seltsamen Verkleidung wollte ich auf keinen Fall ertappt werden! Ich sah aus wie Bridget Jones in ihren besten Tagen, als sie Mark Darcy im Schneegestöber hinterherlief, in Turnschuhen und einem seltsamen Schlüpfer.

Ich war schon fast an der Treppe, als ich mit dem Ellenbogen an eine silberne Schale auf der Kommode stieß, in der Zimtstangen lagen. Wo kam die Schale her? Eben hatte sie nicht dagestanden! Sie fiel zu Boden. Sekundenlang tanzte sie im Kreis und klirrte dabei so laut, dass es vermutlich sogar Aidan im Kutscherhäuschen hörte.

Stille. Dann trat Matt aus dem Wohnzimmer, gefolgt von John, dahinter Marian, Smilla, Bailey und Mel. Zuletzt Caspar.

Matt besah mich verwundert. »Carolyn! Wo kommst du denn her?«

»Ich … war nur ein wenig spazieren. Vielmehr joggen.«

»Um diese Zeit?«

»Ja, warum denn nicht? Den ganzen Tag nur herumsitzen … Ich brauchte ein bisschen Bewegung. Hast du noch nie nachts Sport gemacht?«

Er kam näher und zupfte an meinem Jackenärmel. »Sag mal, ist das nicht?«

»Oh!«, machte Mel.

»Ich … ich habe mich verlaufen. Da mir kalt war, habe ich am Kutscherhäuschen einen kleinen Stopp eingelegt. Und da bekam ich … also ich bekam … eine Jacke.« Und ein bisschen mehr, wie mein knallheißes Gesicht bestimmt allen verriet.

»Ah, ich verstehe.« Matt grinste. Alle grinsten.

»Aidan scheint ein wahrer Gentleman, dass er Sie mit seiner Jacke warm umhüllt hat, Lady Christmas.« Caspar hielt es für angebracht, seine Miss Christmas-Show abzuziehen. In seinen Augen funkelte es.

»Er hat mich warm umhüllt, das stimmt. Und wie.« Ich grinste dümmlich und sie feixten noch mehr. Verdammt, warum war mir das rausgerutscht? Mein Strumpf rutschte nach unten, mit vor Verlegenheit glühenden Wangen zog ich ihn hoch. Für alle sichtbar lugten die sexy Wollstrümpfe hervor.

»Ah, da bin ich aber froh, dass du die Stulpen anziehst.« Mel nickte mir erfreut zu. »Wenn du magst, stricke ich dir welche in Schwarz oder in Grau? Such dir eine Farbe aus, Liebes. Rosa wäre auch hübsch.«

Die von Mel ganz unschuldig als Stulpen bezeichneten Teile … Sie sahen aus wie Strapse und ich wie eine Stripperin. Warum war mir das nicht vorher aufgefallen?

»Danke, Mel. Echt lieb von dir. Ich muss ins Bett. Gute Nacht.« Ich fühlte mich wie ein Teenager, der bei etwas Verbotenem ertappt worden war.

»Komm doch zu uns.« Matt deutete mit einem Lächeln ins Wohnzimmer. »Wir sitzen zusammen und unterhalten uns. Mel hat Plätzchen gebacken und ihren leckeren Punsch zubereitet.«

»Ja, das wäre schön, Carolyn«, sagte Smilla. »Wir lernen uns endlich besser kennen.«

»Danke, aber ich muss wirklich schlafen.« Mein verlangender Blick fiel auf das süße Baby in ihren Armen. Wie ein kleiner Engel sah es aus. Und diesem süßen Wesen wollte ich sein Zuhause rauben?

Gott, ich fühlte mich abgrundtief mies.

Ich hastete die Treppe nach oben. Fies sein oder im Gefängnis landen, da gab es nicht viel zu überlegen. Wenn ich Matt den Rest des Geldes gab, nachdem ich meinen Schlamassel beseitigt hatte, könnte er ein Haus für alle kaufen.

Aber ich wäre dann für immer ausgestoßen aus dem Schoß der Familie. Gerade fühlte es sich scheußlich an … Ich wollte auch hier leben! Und Aidan ab und zu im Häuschen besuchen. Drei Mal täglich.

»Gute Nacht, Carolyn.« Alle winkten mir freundlich lächelnd zu und ich winkte zurück.

Verflixt, wie sollte ich bloß einen Mann finden? Ich kannte niemanden außer Aidan.

Ich könnte Aidan heiraten? Gedankenverloren fasste ich mir an den Po. Aber wie? Er würde mir ins Gesicht lachen, wenn ich ihm einen Antrag machte. Niemals würde er da mitspielen, eher würde er mich ein zweites Mal übers Knie legen. *Nicht die schlechteste Idee,* raunte mir mein Allerwertester zu und glühte leise vor sich hin.

Denk wie Opa Christmas, sei den anderen eine Nasenlänge voraus … Matt wäre überglücklich, wenn ich heiratete, da er nicht die volle Wahrheit kannte. Er würde eine Heirat sogar vorantreiben. Wenn ich nur wüsste, wie ich das für meine Zwecke ausnutzen könnte? Nein, etwas fehlte mir zu meinem Plan. Matt würde mich sofort durchschauen, zum Anwalt rennen, von der Klausel erfahren und sich über mich totlachen.

»Ich gehe ins Wohnzimmer«, sagte Mel. »Auf Netflix kommt die Serie von dem Pianisten mit Amnesie. Meine Lieblingsserie, *Lost Pianist.* Er fängt an, sich zu erinnern, es ist so spannend.«

»Diese Telenovela mit 3000 Folgen?«, fragte Bailey. »Es wird langsam Zeit, dass er sich erinnert. Ich schlafe dabei immer ein.« Er zwinkerte mir von unten zu und imitierte ein Gähnen.

Amnesie! Das war das fehlende Puzzlestück. Ich könnte so tun … Ich hatte den Gedanken noch nicht zu Ende gedacht, da baumelte der Gürtel des Morgenmantels zwischen meinen Beinen, wickelte sich schlangengleich um meinen Fuß und ich geriet ins Stolpern …

»Carolyn!«, rief Mel.

Beinahe wäre ich die Treppe hinuntergefallen, in letzter Sekunde hielt ich mich am Geländer fest. »Nichts passiert.«

Das war es! Die Sahnekirsche auf meinem total genialen Plan: Ein fingierter Sturz vor ihren Augen, danach die Amnesie. Es wäre allerdings besser, der Sturz passierte, wenn nicht alle dabei waren. Sondern nur Matt, John und Aidan.

Die halbe Nacht sah ich mir die Serie auf Netflix an. *Lost Pianist.* Ein Meisterwerk, in dem der Protagonist hilflos zwischen null Erinnerungen, falschen Erinnerungen und schließlich echten Erinnerungen schlingerte. Und ich musste vom Meister lernen.

❄

KAPITEL 24

19. DEZEMBER

Aidan

ALS ICH NACH Snowhill hinüber ging, sah ich ihre Fußspuren im bretthart gefrorenen Schnee. Sexy Miss Christmas. Sie hatte mir eine unruhige Nacht beschert. Nicht nur, dass ich heftiges Herzklopfen hatte, meine Erregungskurve blieb noch Stunden auf ihrem Zenit stehen. Später hatte ich dermaßen scharfe Sexträume von ihr, dass ich ins Bad gehen und mich ein wenig abreagieren musste, um vier Uhr morgens. Drei Mal hintereinander. Selbst währenddessen sah ich ihr Gesicht. Verdammt, ich sollte nicht so oft an sie denken. Leichter gesagt, als getan.

In der Küche saßen Matt und John allein am Frühstückstisch und tranken Kaffee.

»Guten Morgen, wo sind die anderen?«

»Hi Aidan, nach Wingham zum Einkaufen. Mel wollte ihre Weihnachtsvorräte aufstocken. Es dauert Stunden, bis sie zurück sind. Bailey hat den Transporter genommen.«

»Ah, gut.« In beiläufigem Ton fragte ich: »Und Carolyn … ist sie auch mitgefahren?«

»Nein, sie schläft.« Beide grinsten.

»Gibt es denn Neuigkeiten?« Matt goss einen Kaffee für mich ein und winkte mich zu sich heran. »Komm, setz dich. Bist du vorangekommen bei deinem *Projekt?«*

»Ein bisschen.« Ich konnte mir ein Schmunzeln nicht verkneifen, als ich an ihr wütendes Geschrei dachte, das später in Stöhnen überging. »Ehrlich gesagt, ist mir schleierhaft, wie ich das Projekt schaffen soll. Noch dazu in diesem engen Zeitrahmen. Ich bin nicht so der Süßholzraspler, sondern eher ein Freund nackter Tatsachen, äh, ehrlicher Worte.« Das Bild ihres prächtigen Pos flimmerte vor meinen Augen und ich drängte es schnell weg.

Sie lachten leise.

John hielt mir den Brötchenkorb hin und ich angelte ein Brötchen heraus. »Auf mich wirkte sie äußerst angetan, als sie gestern Abend hereinschneite. Angeblich war sie beim Joggen.«

»Joggen?« Ich lachte herzlich. »Nein, gejoggt sind wir nicht, auch wenn es eine Art Training war. Ich werde euch nicht verraten, was gestern Abend passiert ist. Nur so viel, es war die Konsequenz der letzten Tage. Und sie hatte es so was von verdient.«

»Oh! Interessant.« Matt grinste über seine Tasse hinweg und trank einen Schluck.

Oh ja, mit Wonne hatte ich ihren süßen Po mit meinen Händen verwöhnt. Sie hatte geschrien und gezetert und es in vollen Zügen genossen. Alles, was danach folgte, ebenso. Bloß wie sollte ich sie dazu bringen, mich zu heiraten? Nachdenklich fügte ich hinzu: »Es könnte allerdings sein, dass sie mich ein bisschen hasst nach gestern Abend. Ich habe ihr gezeigt, dass ich kein Hampelmann bin und ihr eine kleine Lektion erteilt. Sie war überfällig.«

»Oh, nein, das tut sie nicht.« Matt schüttelte den Kopf.

»Dich hassen? Nein, das glaube ich nicht«, stimmte John zu. »Sie hat gestrahlt. So von innen heraus.«

»Hm?« Ich ließ seine Worte auf mich wirken. Er deutete an, dass sie sich in mich verliebt hatte? Mein Herz geriet ins Stolpern. So heftig, dass mir die Luft wegblieb für ein paar Sekunden.

Mit einem Mal drang Carolyns Stimme von der Treppe. »Hallo, wo seid ihr denn alle? Ist jemand zu Hause?«

Matt erhob sich und schritt Richtung Halle. »Die anderen sind nach Wingham, nur John und ich sind hier. Aidan ist gerade gekommen. Er hat erwähnt, dass er dich total gerne irgendwohin fahren würde. Dein Chauffeur steht bereit. Setz dich zu uns, Carolyn.«

»Los, Aidan, ran an den Speck«, flüsterte John und begab sich ebenfalls in die Halle. Mit einem Seufzen folgte ich ihm.

Carolyn stand oben an der grauen Steintreppe und trug das graurosa Strickkleid, das ich ihr geschenkt hatte.

»Oh, wie hübsch du bist«, rief Matt begeistert nach oben. »Ist das Kleid neu?«

»Ja, es ist von Aidan.« Sie schritt die Treppe herunter und lächelte mich an.

Verflixt, vielleicht würde ich sie doch gern heiraten. Für zwei oder drei Tage. Denn sie sah wunderschön aus. Das Kleid schmiegte sich perfekt an ihre tolle Figur, dazu die offenen blonden Haare, die ihr Gesicht umschmeichelten.

Oh Mann, was für ein Auftritt.

»Wir könnten spazieren gehen. Im Schnee«, krächzte ich und spürte seltsame romantische Anwandlungen, zum ersten Mal in meinem Leben.

»Ja?« Sie lächelte und kam mir entgegen. Im unteren Drittel der Treppe geriet sie mit einem Mal ins Straucheln, verfehlte eine Stufe, kippte nach vorne und stürzte mit einem spitzen Schrei ein paar Stufen hinab, aber sie rollte sich dabei zusammen. Es sah fast … gewollt aus? Und drollig. Wie eines der Kätzchen, wenn es ein Kamikaze-Kunststück vollführte.

John lachte, und ich beinahe auch. Er räusperte sich. »Oh, Shit, tut mir leid. Solch ein Sturz ist mir auch mal passiert. Ein denkwürdiger Auftritt, den ich damals hingelegt habe. Ich glaube, Marian hat sich daraufhin sofort in mich verliebt.«

Carolyn lag am Fuß der Treppe, die Augen geschlossen.

»Was war das denn?« Matt kniete sich neben sie. »Habt ihr das gesehen? Meine Güte, mir blieb fast das Herz stehen.« Er wirkte aufrichtig besorgt.

Für mich sah es eher aus wie ein Trick. Ein offensichtlicher

Stunt. Oder war ich zu misstrauisch? Kein normaler Mensch würde mit Absicht die gefährliche steinerne Treppe herunterpurzeln. Andererseits war sie nicht normal, Miss Christmas.

»Carolyn? Sie ist ohnmächtig!«, rief Matt. »Wir sollten einen Arzt rufen!«

Mit einem Mal stöhnte sie dumpf auf und öffnete die Augen. »Wo bin ich? Und wer seid ihr?«

Matt wurde immer aufgeregter. »Ich bin's, Matt, dein Bruder. Du bist in Snowhill. John, ruf sofort den Notarzt!«

»Ja, sicher.« John hastete in die Küche zum Telefon. Aufgeregte Wortfetzen drangen hervor. »Eilig … Notfall … Treppensturz!«

»Ach, so schlimm ist es nicht«, wehrte Carolyn ab. »Schon gut, ich brauche keinen Arzt.« Sie setzte sich auf, bewegte nacheinander die Arme und Beine und verzog schmerzerfüllt das Gesicht. »Autsch, es tut weh, aber es ist nichts gebrochen. Kann mich jemand aufs Sofa legen?« Sie fixierte mich, aber ich hielt meinen Kaffeebecher fest.

»Natürlich.« Matt hob sie in seine Arme und trug sie ins Wohnzimmer. Dort legte er sie vorsichtig auf dem Sofa ab.

»Ach, ja, stimmt, ich bin in Snowhill. Ich erinnere mich dunkel daran. Und was mache ich hier?«

»Du weißt nicht mehr, warum du hergekommen bist?«, fragte Matt.

»Nein, absolut nicht. Alles liegt im Dunkeln. Umwabert von den Nebeln der Vergangenheit.« Sie stöhnte wieder auf. »Oh, mein Kopf schmerzt.«

Matt und John wechselten schnelle Blicke miteinander.

»Ach, du wolltest nichts Besonderes, Carolyn.«

»Du bist wegen Weihnachten gekommen. Weil du Weihnachten in Snowhill … so liebst«, presste John hervor.

»Oh ja, Weihnachten in Snowhill ist immer so prächtig, oder? Haben wir schon einen Weihnachtsbaum?«, murmelte sie.

»Äh, nein.«

Sie fasste mich ins Auge. »Oh, wer ist denn das? Ist das etwa …?«

»Aidan.« Ich nickte ihr freundlich zu.

»Mein Verlobter?«, hauchte sie.

»Was?!« Mir fiel die Tasse aus der Hand, der Kaffee spritzte über den Boden, und ich stand inmitten von Scherben und einer Kaffeepfütze. Hilfesuchend sah ich zu Matt und John. Warum war ich auf einmal ihr Verlobter?

»Gib mir deine Hand, Aidan.« Sie atmete tief durch und blinzelte mich an. »Bärchen.«

»Wie bitte?«

»Los, gib ihr deine Hand«, flüsterte Matt und schob mich ein Stück nach vorne.

Also hielt ich brav mit ihr Händchen, während sie auf dem Sofa lag, die andere Hand an die Stirn gepresst, leise murmelnd: »Diese Farben, diese Geräusche. Ich sehe die Welt mit anderen Augen.« Ein wenig melodramatisch, wie ich fand. Hoffentlich sah sie sich selbst mit anderen Augen und stellte fest, dass sie eine freche, verwöhnte Zicke war. Mit einem echt geilen Hintern.

»Das klingt dramatisch«, flüsterte Matt. »Ich bin froh, wenn der Arzt gleich kommt. Ihr Verhalten jagt mir Angst ein.«

»Ich sehe Menschen, ich sehe Bilder, und sie ergeben keinen Sinn«, murmelte Carolyn.

»Meine Güte, mir wird mulmig«, entfuhr es John. Wir nickten uns ernst zu.

Kurz darauf traf der Krankenwagen ein. Ein junger Arzt, bärtig und übernächtigt aussehend, sprintete mit dem Notfallkoffer herbei, um sie zu untersuchen. Dazu musste ich das Zimmer verlassen, obwohl sie nach mir rief. »Aidan, bleib bei mir!«

»Es geht nicht. Bis gleich, Carol.« Ihre plötzliche Anhänglichkeit ließ mich den Kopf schütteln.

Kurz darauf schaute der Arzt zur Tür hinaus. »Vorläufige Entwarnung, es liegen keine Anzeichen für eine schwere Verletzung vor. Schlimmstenfalls handelt es sich um eine Gehirnerschütterung, wenn überhaupt. Alles Weitere folgt in zehn Minuten. Okay?«

»Ah, Gott sei Dank«, murmelte Caspar, der beim Eintreffen des Notarztes aus der Bibliothek geeilt war.

»Nicht auszudenken, wenn Lady Christmas schwer verletzt wäre.«

»Das ist eine gute Nachricht, vielen Dank.« Matt sank kreidebleich auf einen Stuhl.

»Gott, ich fühle mich scheußlich. Ich habe zuerst gelacht, weil es ein bisschen lustig aussah«, sagte John. »Ich habe nicht erkannt, wie schlimm es war. Sorry, Matt.«

»Schon gut, du konntest nicht ahnen, welche Folgen der Sturz nach sich zieht.«

War ich der Einzige, dem das Ganze seltsam vorkam? Vielleicht war ich mittlerweile zu abgestumpft, dass ich sogar bei einem echten Unfall eine tückische Falle vermutete?

»Amnesie, sie hält dich für ihren Verlobten«, flüsterte Matt und zog mich einen Schritt beiseite. »Oder habt ihr euch wirklich verlobt gestern Abend?«

»Was? Nein!« Ich lachte ungläubig. »Das haben wir nicht! Es würde mir im Traum nicht einfallen, mich mit der kleinen Hexe zu verloben.«

»Denk an den Vertrag, für eine halbe Million Pfund schon.«

»Ja, ich meine, es würde mir *freiwillig* nicht einfallen ...«

»Schon klar. Warten wir ab, was der Arzt sagt.« Er murmelte mehr zu sich selbst: »So schlimm der Unfall ist, vielleicht bietet er uns die unverhoffte Chance, Snowhill vor dem Verkauf zu retten?«

Die abschließende Diagnose des Arztes fiel positiv aus und alle atmeten erleichtert auf. »Ein paar Prellungen und eine leichte Gehirnerschütterung, mein fünfjähriger Sohn hat sich beim Fußballspielen schon schlimmer verletzt.«

Doch Matt bestand darauf, dass Carolyn ins Krankenhaus transportiert wurde. »Bei einem MRT erkennt man besser, ob eine Schädigung vorliegt. Nicht, dass ein Blutgefäß geplatzt ist.«

»Das würde motorische Beeinträchtigungen nach sich ziehen oder den Augeninnendruck verändern. Ich stelle aber nichts dergleichen fest. Die Reflexe sind normal, alles sieht normal aus, wie nach einem harmlosen Sturz. Wie kommen Sie auf die Idee?«

»Sie hat mich eben nicht erkannt«, gab Matt zögernd zu. »Sie wirkt ein wenig desorientiert.«

»Aha, sonderbar. Es wird sich nach ein paar Stunden, spätestens nach wenigen Tagen von selbst einrenken. Aber wenn Sie darauf bestehen, lasse ich Ihre Schwester ins Krankenhaus bringen.«

»Ja, unbedingt.« Matt nickte.

Und wer musste mitfahren und im Krankenwagen ihre Hand halten? Ich, neuerdings Bärchen genannt.

Niemals zuvor hatte mich jemand als Bärchen bezeichnet. Diese Kühnheit hätte niemand besessen. Ein Kosename, der eindeutig die freche Handschrift von Miss Christmas trug.

❄

KAUM HATTEN wir das Krankenhaus von Burford betreten, ging es mit mir rapide bergab. Immer wieder wischte ich mir den Schweiß von der Stirn und kämpfte gegen die Beklemmung an, die sich wie ein Stein in meinen Bauch senkte.

Das Notfallpiepsen aus den Taschen der Ärzte, die an uns vorbei hasteten. Der beklemmende Krankenhausgeruch. Alles erinnerte mich an Mamans letzte Tage im Krankenhaus, als ich nicht von ihrem Bett wich. Als alles um mich herum die Energie aus meinen Knochen sog. Das Leid der anderen, mein eigenes, ihre Tränen und meine, dass manchmal jemand im Gang kollabierte, der eine schlechte Nachricht erhalten hatte. So dass ich mich morgens früh beim Aufstehen schon unendlich müde fühlte, innerlich wie ausgehöhlt.

Carolyn wurde immer blasser. »Können wir nicht nach Hause fahren? Bitte. Es geht mir gut. Diese Untersuchung ist nicht notwendig, Aidan.« Ihre Stimme zitterte, als würde sie jeden Moment in Tränen ausbrechen. Offensichtlich mochte sie Krankenhäuser genauso wenig wie ich.

»Es dauert nicht mehr lange, hat die Schwester gesagt.« Ohne zu wissen warum, beugte ich mich über sie und küsste sie auf die Stirn. Sie fühlte sich klamm an, als hätte sie große Angst. »Matt besteht darauf, er macht sich Sorgen um dich.«

Wir warteten vor dem Raum, in dem das MRT stattfinden

sollte, als eine ältere Ärztin mit silbern gesträhntem Haar vorbeihastete. Plötzlich blieb sie stehen und drehte sich um. »Na, wenn das mal nicht Carolyn Christmas ist! Wie ist es dir ergangen? Oh, Verzeihung.« Sie kicherte über sich selbst. »Sie sind jetzt eine Dame. Miss Christmas.«

Carolyn erstarrte. »Danke, es geht mir gut. Nur ein kleiner Sturz.«

»Oh, wie erfreulich das zu hören.« Sie besah uns mit strahlender Miene. »Ihr seid so ein schönes Paar. Sorry, *Sie* beiden sind ein schönes Paar. Das freut mich besonders.« Ihr Pieper sprang an. »Ich muss leider weiter. Alles Gute und frohe Weihnachten!«

Danach hielt Carol meine Hand fester umklammert. Ich hatte das Gefühl, dass sie es ernst meinte und mich brauchte, genau wie ich sie brauchte. Wir gaben uns gegenseitig Halt. Ich legte meine andere Hand hinzu, sprach leise auf Französisch auf sie ein. Sie mochte es, wenn ich Französisch mit ihr sprach, auch wenn sie kein Wort davon verstand. Hoffentlich.

»Du trauriges Mädchen mit den wunderschönen Augen. Warum verrätst du mir nicht dein Geheimnis, was verbirgst du vor mir? Vielleicht erzähle ich dir irgendwann von meinem … Bis dahin werde ich dir ab und zu den Po versohlen, mich von dir mit Küssen bezahlen lassen und dich vielleicht sogar heiraten.«

Erst am Nachmittag wurden wir entlassen. Matt, der zwischendurch auf Carolyns Handy angerufen hatte, kam uns abholen. Sie war gerade im Waschraum, als ich ihm Bericht erstattete. »Alles in Ordnung, es gibt keinerlei Schäden.«

»Gott sei Dank!« Er atmete erleichtert aus. »Und diese Ausfälle, dauern sie länger an?«

»Der behandelnde Arzt konnte es sich nicht erklären. Er hat eben allein mit mir gesprochen, um sie nicht zu verunsichern. Er meinte, es hält höchstens ein paar Tage an. Vermutlich wäre es psychischer Natur. Vielleicht eine Folge des Schocks, den der Sturz verursacht hat.«

»In ein paar Tagen ist es vorbei und sie ist wieder die alte Carolyn Christmas?«

»Ja.«

»Du weißt, was das bedeutet?«

Mit einem mehr als unguten Gefühl im Bauch nickte ich ihm zu. »Ich ahne es.«

»Ja, wir müssen uns beeilen! Pst, sie kommt.«

❄

KAPITEL 25

Carolyn

AUF DER FAHRT nach Snowhill saßen Aidan und ich gemeinsam im Wagenfond, Matt steuerte den Wagen.

Es war schauderhaft gewesen, im Krankenhaus von Burford zu landen. Das hatte ich bei meinem Plan nicht bedacht, dass sie mich dorthin bringen würden, denn sonst hätte ich den Unfall nicht inszeniert. Meine ach so tolle Idee mit dem Treppensturz, ich bereute sie heftig, als ich dort lag und gegen die Flashbacks ankämpfte. Zehn Jahre, aber mir kam es vor, als wäre es gestern gewesen. So intensiv wurde der Schmerz, der mich seit damals nicht mehr verlassen hatte.

Und dann begegnete uns ausgerechnet die Ärztin, die damals da gewesen war. Zum Glück erwähnte sie nicht, warum.

Ich konnte ja nicht ahnen, dass Matt so besorgt um mich war und all diese Untersuchungen anordnete. Obwohl ich ihm öfter als einmal sagte, dass es mir gut ginge.

Ansonsten war alles nach Plan verlaufen.

Wusste ich es doch, dass Matt darauf anspringen würde. Anstatt mir klar und deutlich zu sagen, *Carolyn, es gibt keinen*

Verlobten, wach auf aus deinem seltsamen Traum, bekräftigte er mich darin. Und Aidan spielte ebenfalls mit. Kurz empfand ich leise Enttäuschung. Nein, sie hielt lange an. Eigentlich nagte sie die ganze Zeit an mir.

Eben dachte ich, es wäre etwas Echtes zwischen uns. Ein intensives und schönes Gefühl, das mich für den Moment überglücklich machte. Er hielt meine Hand und sprach beruhigend auf mich ein. Ein bisschen hatte ich sogar verstanden. Etwas mit *mystère* – Geheimnis, das kam gleich zwei Mal vor. Und *marier* – heiraten.

Ansonsten hatte ich mich wohl in Aidan getäuscht. Für einen Moment fühlte ich eine dumpfe Leere in mir, ein schwerer Stein in meinem Inneren. Wie all die Jahre zuvor, nur heftiger.

Eine Zeitlang war sie verschwunden. Immer wenn ich bei Aidan war, hatte ich sie nicht gespürt. Sogar wenn wir uns stritten und er mich zur Weißglut brachte, war sie nicht da gewesen. Ich hatte mich warm und lebendig gefühlt und wie etwas Besonderes, wenn die Bewunderung für mich in seinen Augen aufblitzte. Dafür empfand ich sie jetzt umso stärker.

Nein, ich hatte kein Recht, ihm Vorwürfe zu machen. Ich allein hatte die Idee mit der angeblichen Verlobung in die Welt gesetzt und jetzt nahm alles seinen Lauf – so wie ich es geplant hatte. Ich sollte mich nicht darüber beschweren.

Ein einziges Mal hatte ich so gedacht wie Opa Christmas. Um ein paar Ecken herum, die Pläne der anderen einkalkulierend, so dass ich nicht gegen sie arbeitete, sondern sie mir in die Hände spielten. Matt würde mir helfen, das Unmögliche zu schaffen: Aidan nach wenigen Tagen zu heiraten. Und Aidan bekam wahrscheinlich eine Stange Geld dafür.

Mein Bruder würde alles dafür tun, um mir Snowhill abzujagen. Er würde Aidan persönlich zum Altar tragen, sogar verkleidet in einem rosa Tutu und mit einem Glitzerdiadem auf dem Kopf, damit er mich heiratete. Er ahnte nicht, dass er mir half, Opas verzwickte Klausel zu erfüllen.

»Alles okay, Carol?« Aidans Stimme klang besorgt.

Ich sollte mich freuen, dass es so hervorragend funktionierte. Stattdessen empfand ich nur Traurigkeit.

Das ist es nicht, was ich mir wünsche. Ich wünsche mir etwas Normales. Mit jemandem, den ich liebe, Seite an Seite zu sitzen. Ohne all den Mist.

»Carol?«, wiederholte er.

Instinktiv tastete ich nach seiner Hand und es war nicht Teil meiner Rolle, dass ich nach ihr griff. Es brach aus mir hervor. »Ich hasse Krankenhäuser.«

»Ich auch.« Er hielt meine Hand, bis wir Snowhill erreichten.

Ich wurde immer aufgeregter. Denn mir fiel ein, dass ich mich ebenfalls bei den anderen verstellen und die kratzbürstige Carolyn außen vor lassen musste. Gott, das war alles schwieriger, als ich es mir ausgemalt hatte. Hoffentlich schaffte ich es.

In Snowhill zog der Duft von frischem Apfelkuchen durchs Haus. Alle saßen in der Küche am gedeckten Kaffeetisch.

»Oh, wie geht es dir, Liebes? Wir haben uns alle zu Tode erschrocken, als wir von deinem Unfall gehört haben.« Mel umarmte mich.

»Halb so schlimm, Mel.«

»Es gibt auch gute Neuigkeiten, habe ich gehört. Von einer Verlobung, hat Matt gesagt. Wirklich?«

»Ja.« Ich bemühte mich, strahlend zu lächeln.

»Wie schön, wir freuen uns alle so.« Sie küsste mich auf beide Wangen.

Aidan brummte eher ausweichend vor sich hin.

»Großartig. Es hat voll eingeschlagen bei euch, das habe ich sofort erkannt. Für so etwas habe ich einen untrüglichen Riecher.« Bailey schloss Aidan in die Arme, der ein verstörtes Gesicht zog. »Herzlichen Glückwunsch, mein Lieber.«

»Oh, ist das so? Danke.«

»Ja, sicher. Schon bei eurer Umarmung in der Bibliothek lag ordentlich Pfeffer in der Luft.« Bailey lachte. »Und später … Ich sage nur *Mütze,* du verstehst? Keine Angst, ich verrate euch nicht. Gott, ist das schön. Wann wollt ihr heiraten? Im Sommer?«

Aidan kratzte sich am Kopf und räusperte sich. »Der Termin steht noch nicht …«

»Vor Weihnachten!«, posaunte ich heraus.

Für einen Moment herrschte verblüfftes Schweigen.

»Oh, so flott!«, rief Bailey. »Da müssen wir uns ganz schön ins Zeug legen!«

»Es soll eine kleine Hochzeit werden. Nur wir zwei. Nicht wahr, Aidan?« Ich schmiegte mich an ihn.

»Äh, ja, wenn ich das so gesagt habe, dann machen wir es so.« Er hustete in seine vorgehaltene Hand und sendete Matt einen Hilfe suchenden Blick.

»Oh ja, das hast du. Ich habe es genau gehört. Vergangene Nacht.« Ich kicherte gespielt verlegen.

»Vor Weihnachten? Das ist großartig«, krächzte Matt. »Damit hat keiner gerechnet … Mit dieser Eile. Es ist doch nichts Kleines unterwegs?«

Dieser Blödmann! Wie sollte das gehen, nach fünf Tagen? Und überhaupt ginge es nicht. Niemals ginge es. Am liebsten würde ich ihm dafür ans Schienbein treten. Und zwar voll Karacho. Außerdem war er bestimmt darüber informiert, dass sein Komplize Aidan und ich bisher keinen Sex gehabt hatten.

»Nicht, dass ich wüsste«, presste ich hervor und fügte in lauerndem Tonfall hinzu: »Aber vielleicht weißt du mehr als ich?« Für einen Moment maßen wir uns mit Blicken. Dann setzte ich meinen Spezial-Blick auf, den leicht vertrottelten und geistesabwesenden, den *Ich habe Amnesie und bin ein völlig anderer Mensch*-Blick, den ich mir vom Pianisten abgeschaut hatte.

»Ich? Aber nein, wo denkst du hin. Ich weiß nicht über eure Sachen Bescheid.« Er lachte und hob in einer betont unschuldigen Geste die Hände. Mir machte er nichts vor, mein lieber Herr Bruder.

Er war mir schön ins Netz gegangen und ich freute mich diebisch, dass ich ihn überlistet hatte. Er war immer das Superhirn der Familie und ich die kleine, treudoofe Carolyn. Dieses eine Mal würde ich ihn übertrumpfen und an ihm vorbeiziehen.

»Warum wunderst du dich, Matt? Wir sind letztes Jahr auch nach wenigen Tagen durchgebrannt, um in Schweden zu heiraten.« Smilla lachte und schloss mich in die Arme. Ihre Freude war aufrichtig. Sie schien nicht in dieses Spielchen involviert. »Herzlichen Glückwunsch, Carolyn. Ich freue mich so. Ihr werdet im Kutscherhäuschen wohnen und Lucia hat immer ihre Tante in der Nähe. Wie schön!«

Ein paar Sekunden lang gab ich mich dieser Vision hin. Marian hatte Freudentränen in den Augen, Mel zückte ihr obligatorisches Taschentuch, mein schlechtes Gewissen wuchs zu einem wahren Berg. Alles würde in Tränen und Enttäuschung enden. Vielleicht gäbe es am Ende nur Verlierer?

»Bei uns war es auch nach einer Woche klar, mich wundert es nicht. Alles Liebe von Herzen.« Marian küsste mich auf beide Wangen. Stella zerrte an ihrem Bein und sie nahm sie hoch.

»Da!« Sie zeigte auf mich.

Marian rätselte. »Was will sie denn?«

»Da!« Stella machte einen Kussmund.

»Oh, ich glaube, sie will dich auch küssen. Wie niedlich! Könntest du vielleicht …? Carolyn, ich bin mir ziemlich sicher, dass sie dir nicht an den Haaren reißt, aber nicht ganz. Könnten wir es versuchen?«

»Oh ja, Carolyn, das wäre toll«, sagte John.

»Ja, sicher.« Ich beugte mich zu Marian hinüber, dann drückte Stella mir einen feuchten, sabbernden Baby-Kuss auf die Wange und quietschte dabei.

»Oh, sie mag dich. Wie goldig. Danke, dass du es mitgemacht hast. Hast du das gesehen, John?«

»Ja, Stella hat eine besondere Vorliebe für dich und für Matt. Weißt du noch, letztes Jahr, Matt? Als du sie in deinen Armen hieltest?«

»Ja, ich weiß noch alles. Jedes winzige Detail.« Er zog Smilla an sich und sie lächelten sich verliebt an.

Alle waren von Herzen glücklich, nur ich nicht. Ich musste mich enorm zusammenreißen, um die glückliche Carolyn zu spielen.

»Carolyn, dass ihr allein heiratet. Das geht aber nicht.« Mel lächelte nachsichtig. »Wir möchten schon alle dabei sein, oder?« Sie sah fragend in die Runde.

»Aber sicher doch.« John nickte mit leicht verkrampftem Gesicht. »Wenn meine einzige Cousine heiratet, dann lasse ich mir das nicht entgehen.«

»Die kleine Kirche von Wingham ist ideal. So schön romantisch. Und wenn dann der Küster den Hochzeitsmarsch spielt.« Bailey geriet ins Schwärmen.

»Ich könnte mich um den Blumenschmuck in der Kirche kümmern«, schlug Marian vor.

»Und ich mich ums Essen.« Mel griff sich an den Kopf und murmelte: »Vorspeise, Lachs, Rindercarpaccio oder lieber eine schöne Suppe? Italienische oder französische Küche? Oder eine Kombination aus allem?« Offensichtlich plante sie in Gedanken ein zwanziggängiges Menü.

Matt räusperte sich. »Der Küster kann momentan nicht die Orgel spielen, er hat sich beim Rugby den Arm gebrochen. Und überhaupt …«

»Kein Problem, ich übernehme die musikalische Untermalung in der Kirche.« Caspar rührte in seinem Tee. »Ein paar Klassiker, die den feierlichen Augenblick hervorheben?«

»Ave Maria oder was?« Bailey lachte.

Caspar warf ihm einen strengen Blick zu. »Nein, ich dachte an Whitney Houston. *I will always love you.* Oder Céline Dion, *My heart will go on*. Ich werde auf alle Fälle ein Mixtape anfertigen und es dem Küster zur Verfügung stellen. Einen Rekorder zu bedienen wird ihm hoffentlich möglich sein. Zum Einzug denke ich an *Chapel of Love.*«

»Ein Mixtape? Kannst du das überhaupt?«, fragte Bailey.

»Bailey Donovan, unterschätzt du mich immer noch?«

»Aber nein, Caspar. Wir kennen alle deine umfassenden Butler-Qualitäten.« Sie kabbelten sich im Scherz, Aufregung und Freude lagen in der Luft.

O Gott, das Ganze nahm Ausmaße einer echten Hochzeit an. Sie hielten es ja für eine echte Hochzeit, zumindest ein Teil von ihnen. Aidan hüllte sich in Schweigen, anstatt einzuschreiten, und ich stotterte hilflos herum. »Wir … wir wollten nur schnell zum Standesamt huschen, unterschreiben und das war's.«

Sekundenlang herrschte Schweigen.

»Carolyn, Kindchen!«, entfuhr es Bailey. »Romantik wurde dir nicht so in die Wiege gelegt, oder?« Er lachte ungläubig. »Sag du mal was, mein Sohn.«

»An meiner Wiege ist die Romantik-Fee auch eher untätig vorbeigezogen.« Aidan hob die Schultern. »Wenn Carolyn es eher bescheiden möchte, wird es so gemacht. Immerhin ist sie die …« Er schluckte und atmete tief durch. »Braut.«

»Nein, nein, bitte!« Bailey wedelte abwehrend mit den Händen. »Mein einziger Sohn heiratet und ich werde nicht eingeladen? Ausgeschlossen! Ich spiele an eurem Ehrentag den Chauffeur für euch und schmücke den Rolls mit einem Blumengesteck, wie es die Welt noch nicht gesehen hat. Rosen, Tulpen, Schwertlilien, der ganze Kram!« Begeistert über sich selbst aß er vom Apfelkuchen. »Mmh, dein Kuchen schmeckt spitzenmäßig, Mellymaus. Könntest du für die Hochzeit zehn bis zwanzig Stück backen? Oder eher dreißig, damit wir ein bisschen Auswahl haben?«

»Sicher, wenn wir so viele Kuchen brauchen?« Mel sah mich fragend an.

»Ich weiß nicht. Das erscheint mir ein bisschen viel Kuchen. Für neun Personen.«

»Vergiss die beiden Kleinen nicht, wir sind zu elft.« Bailey sinnierte eine Weile, dann zeigte er mit der Kuchengabel auf uns. »Ich denke mir ein tolles Geschenk für euch aus. Mir schwirrt da schon eine Idee im Hinterkopf. Ohne zu viel zu verraten: Stellt euch darauf ein, dass es euch umhauen wird. So richtig aus den Socken hauen!«

Mel lachte. »Mir erzählst du davon, oder?«

»Sicher, Liebling. Dir erzähle ich doch alles.« Er sah zu mir hinüber, sein Blick flackerte. *Fast alles. Ich schweige, Carolyn.*

Sie lächelten sich an und mir wurde beklommen zumute.

Nicht nur, weil sie sich so über die Hochzeit freuten, sondern weil sie einander alles anvertrauten. Ich wünschte mir auch jemanden, mit dem ich alle meine Sorgen besprechen konnte. Und mein größtes Geheimnis, das nicht einmal meine Mutter kannte. Dafür teilte ich es mit Bailey, aber es war nicht das Gleiche, wie es mit einem Mann zu teilen, den ich liebte.

Ich stöhnte leise auf. Vielleicht war die Idee mit der Amnesie doch nicht so genial, wie ich gedacht hatte?

»Kopfschmerzen, Carolyn?« Aidan drückte mit besorgter Miene meine Hand.

»Danke, es geht schon.«

Für einen Moment schoss mir ein verrückter Wunsch durch den Kopf: Warum heirateten wir nicht wirklich? Mit Liebe und allem, was dazu gehörte.

Ich in einem wunderschönen weißen Kleid, ein warmer Sommertag, ein Tanz im Garten. Und das Strahlen seiner Augen, wenn er mich beim Ja-Wort anhimmelte.

❄

KAPITEL 26

A idan

GOTT, wie konnte das dermaßen eskalieren? Aus einem winzigen Hochzeits-Schneeball war innerhalb von Minuten eine riesige Lawine entstanden. Matt und John warfen immer wieder aufmunternde Blicke in meine Richtung. Sie sahen mir an der Nasenspitze an, dass mich das alles überforderte. Doch die Lawine donnerte herab und erschlug mich.

Carolyns offensichtliche Freude über die Hochzeit, Baileys riesige Begeisterung, gesteigert von Mels Freudentränen. Die Rede von einem tollen Geschenk extra für uns. Ich krümmte mich innerlich vor Verlegenheit und alterte in den vergangenen zwanzig Minuten um mindestens zwanzig Jahre. Am liebsten hätte ich einen Rückzieher gemacht.

Merde! Wenn auf der Fahrt nach Snowhill im Radio nicht schon wieder ein Beitrag über den Raub gelaufen wäre, mindestens der zehnte in den vergangenen Tagen, hätte ich die Sache an Ort und Stelle auffliegen lassen. Unseren wahnsinnig tollen, in Wahrheit total bescheuerten Plan, dass wir uns auf Carolyns Amnesie einließen.

John und Matt fühlten sich ebenfalls nicht wohl in ihrer

Haut, ihren angespannten Mienen nach zu urteilen. Dennoch schienen sie entschlossen, es durchzuziehen. Auf Biegen oder Brechen.

Ich wollte nur noch weg. »Gut, ich schaue mal nach den Katzen. Wir sehen uns beim Abendessen. Oder ich esse ein paar Bratkartoffeln im Häuschen. Ich gebe dir Bescheid, Mel.«

»Sicher, wie du möchtest, Aidan.«

»Und Carolyn?«, fragte Bailey.

»Sie bleibt bei euch.« Ich zuckte mit den Schultern. »Was sonst?«

Bailey ließ die Kaffeetasse sinken. »Ihr wollt nicht jede einzelne Minute miteinander verbringen, Tag und Nacht beisammen sein, als Frischverliebte?« Er stieß ein ungläubiges Lachen aus. Verwirrung stand auf seiner Stirn.

Ich machte dicke Backen, blies Luft aus und fügte ein hilfloses »Äh« hinzu.

»Ach, kein Problem«, sagte Carolyn. »Ich wollte mich sowieso hinlegen, mein Kopf tut weh.«

»Das kannst du auch bei Aidan. Er kümmert sich bestimmt um dich.« Marian zwinkerte mir zu.

»Ja, sicher. Aber ich habe nur eine Bettdecke. Und nur einen Stuhl.«

Smilla und Marian prusteten los. »Wir haben jede Menge Decken und Stühle, oder? Daran soll es nicht scheitern.«

»Vielleicht auch ein paar andere Sachen, um das Häuschen wohnlicher zu gestalten. Als Junggesellenbude war es okay, aber als kuscheliges Nest für Jungverliebte?« Mel schüttelte den Kopf. »Ein bisschen karg, oder Bailey?«

Er nickte heftig. »Sicher, ich kümmere mich darum. Auf die Idee hätte ich selbst kommen können.« Gott, es war rührend, wie er versuchte, mir eine Freude zu bereiten.

»Oh, Dekoration ist zufällig mein Steckenpferd.« Marian bekam vor Begeisterung rote Wangen. »Ich steuere etwas dazu bei, wenn es euch recht ist.«

»Halt dich ein bisschen zurück, Liebling. Nicht, dass das Häuschen vor lauter Deko explodiert.« John lachte unsicher, sein Blick flackerte. In diesem Moment erkannte er wohl, dass er nicht nur als unbeteiligter Zuschauer bei der Sache dabei war, sondern dass er aktiv mitwirken musste: indem er seine Frau belog.

»Ach, du wieder.« Sie boxte ihm lachend auf den Arm.

»Und ich könnte Vorhänge für euch nähen, wenn ihr möchtet«, sagte Smilla. »Dann habt ihr ein bisschen mehr Privatsphäre.«

»Hast du überhaupt Zeit dafür, Schatz?«, wandte Matt ein, dem ebenfalls zu dämmern schien, dass es bei der Sache riesigen Ärger geben könnte. Und zwar für ihn. »Das Baby … Nicht, dass es zu anstrengend für dich wird.«

»Quatsch, die Zeit nehme ich mir!«, rief Smilla voller Begeisterung.

»Ja, Vorhänge sind notwendig, sonst kann man von allen Seiten hineinschauen.« Marian, Mel und Smilla nickten einander zu. »Nicht günstig bei einem frischverliebten Paar.«

»Oh, das klingt alles so toll. Wie lieb von euch, danke.« Carolyn lächelte leicht geistesabwesend. Sie schien wirklich vom Sturz beeinträchtigt und benahm sich zuckersüß. Kein Vergleich zu der zickigen Miss Christmas von gestern. »Was sagst du dazu, Aidan? Soll ich dich begleiten?«

»Na gut, komm halt mit.«

Einen Moment lang herrschte Stille. Matt warf mir einen unmissverständlichen Blick zu: Gib dir mal ein bisschen Mühe! Für eine halbe Million Pfund.

»Pardon, ich wollte es nicht so schroff ausdrücken. Offensichtlich war ich zu lange Junggeselle und benehme mich ein wenig spröde. Wie ein Holzfäller, der nur die Gesellschaft knorriger alter Bäume kennt und von ein paar scheuen Eichhörnchen. Eine derart bezaubernde Gesellschaft bin ich nicht mehr gewöhnt, aber ich würde mich wahnsinnig freuen, wenn du mit mir ins Häuschen kommst, Liebling.« Gott, dafür fuhr ich auf direktem Weg in die Hölle, mitten ins flackernde Fegefeuer hinein.

»Gut gesprochen, Aidan.« Caspar setzte seine Teetasse mit einem leisen Klirren ab. »Zu früheren Zeiten wurde die Verlobungszeit getrennt verbracht, das hat sich heutzutage geändert. Leider oder Gott sei Dank, man weiß es nicht so genau.« Sein prüfender Blick aus klugen, grauen Augen ruhte lange auf mir. »Angesichts der Eile, mit der diese Hochzeit vorangetrieben wird, sollten die Verlobten so viel Zeit wie möglich miteinander verbringen.«

»So ist es«, brummte ich und verdrängte das ungute Gefühl, dass er etwas von unserem fiesen Spiel ahnte.

»Oh, wie süß von dir, Aidan. Danke für deine Einladung.« Carolyn schob den Stuhl zurück.

»Komm, Kleines.« Ich half ihr beim Aufstehen und wir verließen Hand in Hand die Küche. Unter den aufmerksamen Blicken der anderen. »Kannst du gehen oder soll ich dich tragen?«

»Danke, das schaffe ich schon.«

»Gottchen, sind sie nicht wahnsinnig süß zusammen?«, murmelte Bailey. »Mein Herz schmilzt.«

»Oh ja, meins auch«, stimmte Mel zu.

»Und meins erst.« Matt hatte das letzte Wort.

Als wir über die verschneite Einfahrt schritten, waren uns alle zur Eingangstür gefolgt und winkten uns nach.

»Bis später! Wir klopfen natürlich! Wenn keiner antwortet, weil ihr *beschäftigt* seid, kommen wir morgen wieder.« Marian kicherte.

»Ja, lasst euch bloß nicht stören, ihr zwei!«, rief Smilla.

Dann quietschten sie auf und fielen sich jubelnd um den Hals. »Eine Hochzeit in Snowhill, ist das nicht wunderbar!«

Scheiße, warum hatte ich bloß meine Zustimmung gegeben? Aus der Chose kam ich nicht mehr heraus, wenn überhaupt nur mit schweren Verlusten.

Sympathieverlust, Vertrauensverlust. Was Bailey dann wohl von mir hielt?

Heiraten, Geld kassieren, Diamanten zurückgeben, abhauen. Ich hämmerte es mir in den Schädel ein, bis mein schlechtes Gewissen weniger drückte.

Eine extrem schwierige Aufgabe lag vor mir: Was durfte ich erwähnen, ohne dass sie misstrauisch wurde? Was musste ich erwähnen, damit sie weiterhin glaubte, dass ich ihr Verlobter war? Verflucht, am liebsten hätte ich mir eine Standleitung zu Matt bestellt, einen Knopf im Ohr, über den er mir Regieanweisungen zuflüsterte.

Am besten würde ich wenig reden, was meiner Natur entsprach, und mich so normal wie möglich verhalten. Entweder klappte es oder es ging schief.

Im Häuschen half ich Carolyn aus dem Mantel. Wenn ich sie ins Bett steckte und sie ein paar Stunden schlief, war die Gefahr am geringsten, dass ich dumme Fehler beging.

»Du solltest dich hinlegen, das sagte auch der Arzt.«

»Wo ist das Bett?« Sie sah sich suchend um.

»Es gibt keins, nur eine Matratze. Da hinten.«

»Eine Matratze? Oh, ich verstehe.«

»Du hast schon mal eine Nacht auf ihr verbracht.«

»Oh, habe ich das?« Sie wirkte verwirrt. »War es die Nacht nach unserer Verlobung?«

»Nein, die Nacht ... äh, davor.« Keine Ahnung, welche Nacht sie meinte.

»Ah, schön. Ich schaue mal nach Socke, okay?«

»Nur kurz, dann musst du dich ausruhen, Liebling.«

Sie ließ sich vor dem Körbchen nieder, in dem Rougette mit ihren Jungen lag. Die zwei Kleinen hatten Socke in ihre Mitte genommen. Es sah witzig aus, die Farbkombination, rot, schwarz und grau. Noir saß daneben und schien sie zu bewachen.

»Oh, Socke, es geht dir besser, wie schön.« Sie nahm das Kätzchen hervor, drückte es an sich und schmuste mit ihr. Ihr Gesicht strahlte, dann legte sie Mini-Socke wieder zurück. »Er hat sich erholt.«

»Sie.«

»Ja, das vergesse ich immer.«

»Wie so vieles andere.« Oh, verflucht, das war mir so herausgerutscht!

»Ach ja, tue ich das?«

Verflixt, ich sollte sie besser nicht mit der Nase auf dieses Thema stoßen, denn dann fiele ihr vielleicht alles wieder ein. In Gedanken spürte ich schon ihre Hand in mein Gesicht klatschen und vernahm ihren schrillen Schrei. *Elender Wüstling, du bist gar nicht mein Verlobter?!*

»Ich … äh.«

»Hm, irgendwie habe ich dumpf in Erinnerung …« Sie fasste sich an die Stirn, ihr Blick wurde leer.

Ich unterdrückte ein Stöhnen und den Impuls, nach Snowhill zu Matt zu rennen.

»Dass ich dafür bezahlt habe, dass sie bei dir bleiben darf?« Mit einem Lächeln drehte sie sich zu mir um.

»Ach ja? Davon weiß ich nichts.« Oh nein, ich würde den Teufel tun und sie küssen. Vorher, als sie Miss Zickig-Christmas war und ich sie nach dem Kuss nach Hause schicken konnte, war es weitgehend ungefährlich gewesen. Obwohl ich mich da schon beherrschen musste, sie nicht in mein Bett zu werfen und tüchtig durchzuvögeln, um ihr Manieren beizubringen. Aber jetzt hatte sich die Situation geändert. Sie war süß, sie hielt mich für ihren Verlobten, und sie wohnte hier. Mit anderen Worten: Sie war die personifizierte Gefahr auf zwei Beinen.

Mir musste das Kunststück gelingen, vielmehr ein dreiteiliges Kunststück:

A) sie in dem Glauben zu lassen, dass wir verlobt waren.

B) sie weiterhin von mir zu begeistern, damit ich sie zum Altar führen konnte.

C) Und das alles, ohne mit ihr zu schlafen. Denn das wäre unmoralisch!

Verdammt, wie sollte ich das schaffen? Ich musste mich in eine Art scharfen Eunuch verwandeln, einen Süßholz raspelnden Charmebolzen, der das Höschen der Braut zwar in Flammen setzte, es ihr aber nicht vom runden Po zerrte.

Ich hatte das dumpfe Gefühl, dass ich kläglich daran scheitern würde. Denn wie sie da kauerte, den hübschen Po in die Luft gestreckt und die Kätzchen streichelnd, sogar Noir sie wohlwollend betrachtete, ohne sie anzufauchen …

Sie gefiel mir ausnehmend gut. So sehr, dass ich gegen meine ansteigende Erregung ankämpfte. Wieder einmal. Mein Herz geriet völlig aus dem Takt, vermutlich durch den ganzen Stress. *Merde*, am besten ging ich in den Wald.

»Ich muss kurz weg. «

»Wohin denn?«

»Joggen.« Ich streifte den Jogginganzug über, dann die Turnschuhe, die ich von Bailey bekommen hatte. »Leg dich ins Bett. Hast du verstanden? Der Arzt hat es angeordnet, Carol.«

»Oh! Ja, das tue ich«, schnurrte sie.

Ja, ein Teil von ihr fuhr total drauf ab, wenn ich Französisch sprach. Und ein Teil von mir, der vermutlich ein richtiger Teufel war, fuhr total darauf ab, dass sie es scharf fand. Ich war schon halb aus der Tür, als ich mit rauer Stimme hinzufügte: »*A bientôt,* bis gleich.«

»O mein Gott«, flüsterte sie. »Ja, bis gleich.«

ICH LIEF AN SNOWHILL VORBEI, ein Stück bergan, dann folgte ich dem Pfad in den Wald. Es war zwar schon dunkel, aber das kümmerte mich nicht. Ich musste mich auspowern, die überschüssige Energie in mir abbauen. Vielleicht auch sexuelle Energie, hervorgerufen durch das sexy Wesen auf meiner Matratze.

Schade, dass ich mein Handy nicht benutzen konnte, denn ich hörte gern Musik beim Sport. Seit dem Streit um die Beute hatte ich es ausgelassen, damit meine ehemalige Gang mich nicht ortete. Ich traute ihnen zwar keine geistigen Höchstleistungen zu, aber auf diese Idee könnten selbst sie kommen.

Herrgott, warum war mein Leben nur so verkorkst? Vor wenigen Jahren war ich ein Student kurz vor dem Abschluss. Und jetzt ein Krimineller, der landesweit gesucht wurde. Lieber wäre ich ein normaler Mann mit einem normalen Job, der kurz vor der Hochzeit stand. Eine echte Hochzeit mit einer süßen Frau, deren blaue Augen mich bezauberten und in deren duftendem Haar ich wühlte, während ich mit ihr schlief.

Nein, das sollte ich nicht denken, es führte zu nichts. Ich war Aidan, ein Gangster, und ich heiratete sie für Geld. Geld war das Mittel zum Zweck. Mein Ticket. Mein Freifahrtschein in eine Zukunft ohne kriminelle Handlungen.

. . .

Über eine Stunde später kehrte ich ausgepowert zum Häuschen zurück und machte ein paar Muskel-Dehnübungen im Schnee. Im Wohnzimmer warf eine flackernde Kerze ein warmes Licht. Der Ofen bullerte, orangerote Zungen loderten durch die Glasscheibe. Es sah gemütlich aus, wie ein richtiges Zuhause.

Was tat sie da? Sie hatte ein Sweatshirt von mir angezogen und tanzte in der Küche selbstvergessen vor sich hin. Ausgelassen wackelte sie mit ihrem Po, ihre blonden Haare flogen, als sie ein paar verrückte Tanzschritte einlegte.

Mit einem breiten Lächeln öffnete ich die Tür. Ein würziger Geruch lag in der Luft, nach Fleisch und Kartoffeln, vermischt mit dem süßen Duft von Äpfeln und Marzipan. Mmh, es roch unglaublich lecker. Sie tanzte und sang dabei ein bisschen schief, *Someone you loved* von Lewis Capaldi, einen meiner Lieblingssongs.

Ein wohliges Gefühl breitete sich in meinem Bauch aus und kroch hoch zu meinem Herzen. Fast schon romantisch. Wie bitte? Nein! Ich könnte ein bisschen Schnee aufklauben, ihr in den Nacken stecken und sie zum Quietschen bringen. Mit ihr rangeln und sie küssen, vielleicht auch mehr.

Doch dann begriff ich, was vor sich ging, und stürmte mit wenigen Schritten in die Küche.

❄

KAPITEL 27

Carolyn

MMH, der köstliche Geruch des Essens ließ mir das Wasser im Mund zusammenlaufen. Mel hatte eben ein komplettes Menü vorbei gebracht, ich brauchte es nur aufzuwärmen. *»Esst ihr beiden hier in Ruhe und genießt eure Zweisamkeit als Verlobte.«*

Lewis Capaldi sang voller Inbrunst und ich ebenso, als in meinem Augenwinkel eine riesige Pranke auftauchte und mich an der Schulter packte. Wie die stählerne Faust des Terminators. Mit einem schrillen Schrei fuhr ich herum.

»Aidan!«

In einer groben Bewegung riss er mir einen Kopfhörer vom Ohr. »Hast du mein Handy genommen? Ohne mich zu fragen?«, blaffte er.

Mein Herz explodierte fast. »Oh, Mann! Was soll das?«

»Ob du mein Handy genommen hast?«

»Ja, was sonst? Wie soll ich sonst Musik hören, eine Stereoanlage besitzt du ja nicht.« Ich schnappte nach Luft, mein Herz raste so stark, dass mir übel wurde.

Er machte ein Gesicht, als wollte er mich am liebsten

erwürgen. Dann stieß er ein paar französische Flüche aus und starrte mir fest in die Augen. »Gib es mir!«

»Ja, schon gut. Hier.« Ich nahm es aus der Tasche seines Sweaters, den ich über mein Kleid gezogen hatte, um es vor Fettspritzern zu schützen.

»Bist du damit online gegangen?« Er war weiß unter seinen Bartstoppeln.

»Ja. Sonst kann ich die Playlist nicht anhören, oder?«

»Merde! Fuck! Fuck! Fuck!« Er bellte, als hätte er sich im Wald mit Tollwut infiziert. Was war los mit ihm?

Mit Mühe drängte ich die Tränen zurück und nahm den Deckel vom Topf ab, um den vorgekochten Broccoli hinein zu füllen. Da schlug er mir den Topf aus der Hand, und ich schrie auf. Dieser Idiot! Der Topf zischte wie ein Geschoss durch die Küche und polterte hinten im Raum zu Boden. Der Kater fauchte, die Kätzchen miauten.

»Was tust du da? Hör sofort auf damit!« Mit meiner Beherrschung war es vorbei, ich brach in Tränen aus. Er jagte mir eine tierische Angst ein.

Mehr Flüche prasselten auf mich ein, dann hechtete er mit großen Schritten in den hinteren Bereich des Raumes. Wahrscheinlich sammelte er den blöden Topf auf. »Steck deine Nase nicht in meine Angelegenheiten, ich habe es dir schon mal gesagt, Carolyn!«

Verstohlen drehte ich mich halb um und schielte über die Schulter nach hinten in die Dunkelheit. Als er etwas aufhob, knisterte es leise wie von einer Plastikverpackung. Schnell richtete ich den Blick wieder nach vorne auf den Herd.

Etwas hatte im Topf gelegen, und ich sollte es nicht sehen. Trotzdem brauchte er mich nicht so zu erschrecken. Leise schluchzend rührte ich in den Fleischscheiben mit Soße und ein paar Tränen fielen hinzu. Im Ofen brutzelte Mels berühmter Kartoffelauflauf, aber mir war der Appetit gründlich vergangen.

Aidan stapfte wortlos Richtung Bad. Hoffentlich würde er in der Dusche ertrinken!

Es gab dort keine richtige Tür, das hatte ich eben bemerkt, als ich zur Toilette musste. An der Wand war eine halbhohe

Tür befestigt, wie in einem Saloon, und sorgte für ein bisschen Sichtschutz. Er drehte das Wasser aber nicht auf. Vermutlich versteckte er nur das ominöse Zeug, das er im Topf verborgen hatte.

Mir war hundeelend, mein Kopf zersprang fast. Diesen Neandertaler wollte ich nicht heiraten, nicht einmal zum Schein. Den ganzen Tag hatte ich nichts gegessen und meine Beine wackelten, als würde ich jeden Moment zusammenklappen. Meine Nerven waren wegen des Besuchs im Krankenhaus ohnehin ruiniert, und er schrie mich noch so an?

Unablässig strömten meine Tränen. Bis eben hatte ich mich aufs Abendessen mit ihm gefreut. Vielleicht wäre es lustiger als gedacht, ihn zu heiraten. Ich genoss seine Nähe und als er auf dem Weg zum Häuschen meine Hand gehalten hatte, fühlte es sich echt an – beinahe. Jetzt fand ich alles nur gruselig. Offensichtlich hatte ich mir mit diesem wahnsinnig tollen Plan eine Falle gestellt, aus der ich nicht mehr herauskam. Und dieses Päckchen … War er ein Drogendealer? Ich wohnte mit einem irren Drogendealer unter einem Dach?

»Carol?« Er trat hinter mich.

Ich antwortete nicht, schniefte nur leise vor mich hin und rührte im Fleischtopf.

»Es … es tut mir leid, ich wollte dir keine Angst einjagen.«

Seine Körperwärme strahlte auf mich ab. Er roch nach Wald und Schnee und ein bisschen schwitzig, aber nicht auf unangenehme Weise. Sondern männlich. Trotzdem war ich sauer auf ihn wegen des Gebrülls und seiner verbalen Grobheit.

»Carol? Antworte mir bitte. Ich wollte dich nicht verängstigen.«

»Das hast du aber«, schluchzte ich. Vor lauter Rühren war das Fleisch schon in alle Fasern zerfallen.

»Es tut mir leid«, brummte er. Seine dunkle Stimme sorgte für ein Vibrieren in meinem Bauch, das sich unauffällig zum Herzen hochschlich. Wie ein besonders geschickter Dieb.

»Nein! Ich … ich will nach Hause«, jaulte ich auf. »Zu Mel und Bailey.« Alles brach über mir zusammen. Mein beschissener Plan mit der Hochzeit, die Angst wegen der Revision in der Firma, der bevorstehende Snowhill-Verkauf, und dann brüllte der einzige Mann, der jemals zärtlich zu mir gewesen war, mich wie ein Psychopath an?!

»Oh, nein, nicht doch. Dein Zuhause ist … hier. Bei mir.«

»Ist es nicht!« Dieser elende Lügner! Er wusste genau, dass es nicht stimmte.

Da legte er von hinten seine Arme um mich und zog mich an seine Brust. »Sicher?«

»Ja. Nein.«

Er nahm mir den Löffel aus der Hand, bedeckte meine zitternde Hand mit seiner Pranke. »*Pardonne-moi.* Verzeih mir, ich bitte dich.« Er klang ehrlich zerknirscht und seine Stimme war sanft und zärtlich. Wenn er sich so benahm, war ich Wachs in seinen Händen. Behutsam strich er über meine Arme, dann drehte er mich zu sich um. »Lass uns nicht streiten. An unserem ersten gemeinsamen Abend. Als Verlobte.«

Ich gab nur ein Schnauben von mir und wich seinem Blick aus. Pah, war er etwa auf den Kopf gefallen und nicht ich?

»Ich bin froh, dass du bei mir bist, Carolyn.« Er klang überzeugend. Als er mit dem Finger mein Kinn anhob, bestätigten es seine Augen.

Vielleicht auch nur, weil ich es mir wünschte. »Wirklich?«

»Ja.« Er zog mich in seine Umarmung. »Es tut mir total leid, ich bin ein Idiot.«

»Ja, das bist du!« Und weil es sich so schön gemütlich in seinen Armen anfühlte, verschwieg ich ihm, dass vorhin jemand angerufen hatte. Mitten im Song hatte es geklingelt, und ich drückte auf eine der Tasten, damit es aufhörte.

Aus dem Hintergrund drangen Großstadtgeräusche. Autolärm und Hupen. Zuerst dachte ich, ich hätte versehentlich ein Hörspiel angeklickt.

Eine männliche Stimme, sie klang gehetzt. »Endlich gehst du ran! Ich habe dich schon tausend Mal angerufen. Wir müssen dringend reden. Die Lage wird täglich brenzliger, wir sollten unbedingt handeln. Ja, falls du die Schnauze voll von mir hast, kann ich das verstehen. Der Vorfall … er war ein Versehen. Na ja, nicht zu hundert Prozent. Es tut mir leid, du kennst mein aufbrausendes Temperament.«

Eine Pause trat ein und mir dämmerte, dass es kein Thriller-Hörspiel war, sondern ein echter Anrufer. Wer war das?

»Kenne ich das?«, fragte ich.

»Wer … wer bist du?«

»Für Sie immer noch Miss Christmas, Sie ungehobelter Kerl.«

»Was?« Der Mann lachte ungläubig.

Ich drückte ihn weg. Zehn Sekunden lang wunderte ich mich über den Vorfall, dann tanzte ich weiter. Kurz darauf kehrte Aidan zurück.

Vermutlich wäre er über den Anruf nicht erfreut und auf einen erneuten Wutanfall konnte ich gut verzichten. Trotz seiner zahlreichen Entschuldigungen fühlte ich mich mies. Ich war nicht so abgebrüht, wie ich es hätte sein müssen, um das alles locker zu überstehen. Meine Lügen, meine Gefühle für ihn … Alles überforderte mich. Ich wollte mich aus seiner Umarmung lösen, da gaben meine Beine unter mir nach.

»Carol!«

❄

KAPITEL 28

Aidan

Vor Aufregung über mein idiotisches Verhalten klappte sie zusammen und ich trug sie aufs Sofa. Merde, ich fühlte mich wie der schlimmste Mensch auf Erden, weil ich sie angeschrien hatte. Wenige Sekunden später kam sie wieder zu sich. »Was ist passiert? Wo bin ich?«

Und sie war auch noch krank! Mein schlechtes Gewissen wog mittlerweile mehrere Zentner. »Du bist bei mir. Soll ich dich ins Krankenhaus zurückfahren?«

»Nein, bloß nicht. Das ist der letzte Ort, wo ich hinmöchte.« Ihr Magen knurrte laut und vernehmlich. »Ich habe den ganzen Tag nichts gegessen, nur darum bin ich umgekippt.«

»Hungrig?«

»Ja. Und wie.«

»Bleib liegen, ich bin gleich zurück.« In der Küche erwärmte ich das Gemüse in einem Topf. Damit hatte ich ihr die meiste Angst eingejagt, als ich den Topf durch die Gegend feuerte. Aber sie war kurz davor, die Diamanten zu entdecken, und das durfte ich nicht zulassen. Hoffentlich hatte ich mit meinem groben Benehmen nicht alles ruiniert. Nicht nur die Hochzeit, sondern dass sie mich vielleicht hasste. Sie wirkte so glücklich, als sie durch die Küche tanzte, so süß und unbeschwert. Danach hatte sie so schlimm geweint, dass ich mich hundsmiserabel fühlte. Ich gab ein paar Löffel mittlerweile heißes Gemüse, Fleisch und Kartoffeln auf einen Teller. Dann setzte ich mich zu ihr aufs Sofa.

»Guten Appetit, Carolyn.« Ich hob die Gabel, um sie zu füttern.

»Ich kann allein essen. Wirklich, ich bin kein Baby.« Sie stöhnte und hielt sich den Kopf. »Mir ist übel.«

»Siehst du, du kannst es nicht.« Ich bestand darauf. Gabel um Gabel verschwand in ihrem Mund. Es versetzte mich in die Vergangenheit zurück, als es Maman so schlecht ging und ich sie ebenfalls fütterte. Später wollte sie nichts mehr essen und wurde immer dünner. »Es tut mir leid, Carol. Ich bin angespannt wegen allem.«

»Ja, schon gut. Du hast dich bereits zehn Mal entschuldigt.« Sie nickte mir mit einem zaghaften Lächeln zu.

Beim Gedanken an Maman schossen mir Tränen in die Augen. Gott, was war bloß los mit mir? Meine Nerven, ehemals robust wie Drahtseile, hatten sich in den vergangenen Tagen in hauchdünne Spinnweben verwandelt. Ohne sie war ich allein. *Verloren.* Und ich vermisste sie so schrecklich. Ihren klugen Rat, ihr übermütiges Lachen und dass sie immer an das Gute glaubte, egal in welcher schlimmen Situation man gerade steckte. Was würde sie von alledem halten? Nicht viel.

»Was ist?«, fragte Carol mit bestürztem Ausdruck. »Ich habe doch gesagt, alles ist wieder gut.« Prompt fing ihr Kinn an zu zittern.

»Nichts ist gut.« Damit meinte ich nicht nur, dass meine Mutter tot war. Sondern diese blöde Idee mit der Heirat und überhaupt alles. »Es hat nichts mit dir zu tun. Ich habe gerade an jemanden gedacht, den ich verloren habe.«

»Oh.«

»Ja. Meine Maman starb vor einem halben Jahr. Sie hieß Elaine und ich habe sie sehr geliebt. Nein, ich liebe sie für immer.« Mein Kummer war unüberhörbar.

»Es tut mir leid.« Auch ihre Augen wurden glasig. Eine Weile schwiegen wir und jeder kämpfte um Beherrschung. »Wenn man jemanden verliert, den man geliebt hat, ist er nicht wirklich verloren. Er oder sie ist für immer in unseren Herzen. In unserer Liebe sind sie unsterblich.«

»Ja, das stimmt. Ich denke jeden Tag daran.«

»Ich auch.« Sie hatte Verluste erlitten genau wie ich und es verband uns miteinander.

Sanft berührte sie meine Hand, dann strich sie über meine Wange. Es tat so gut. Unsere Blicke verhakten sich ineinander und mein Herz schlug schneller. Tief tauchte ich in ihre Augen ein und sie in meine. Der Wunsch, sie zu küssen, wurde übermächtig. So nah wie jetzt waren wir uns noch nie, und ich sehnte mich nach weiteren solcher innigen Momente.

Ein leises Zischen drang aus dem Ofen, es roch intensiv nach Bratäpfeln. »Ein bisschen Nachtisch vielleicht?«

»Ja, gerne.« Sie setzte sich ein Stück auf, ihre Wangen wirkten rosiger.

Mit den Handschuhen angelte ich die Auflaufform aus dem Ofen. Die Äpfel fielen fast auseinander und die Füllung war zu einer cremigen Soße verlaufen.

»Vorsicht, heiß.« Ich zerteilte sie auf dem Teller und fütterte sie mit den Bratäpfeln.

»Mmh, schön mürbe und süß. Mel hat sie zubereitet, aber ich weiß jetzt, wie es geht. Ich könnte auch welche machen. Für uns.« Sie lächelte.

Für uns. Gab es dieses Uns überhaupt? Vielleicht fände ich es schön, wenn es existierte. Ein Uns. Ein Wir. Ja, ich war ein Einzelgänger, aber auch Einzelgänger brauchten Gesellschaft. Und Liebe. Mein Herz rumpelte heftig angesichts des Wesens auf meinem Sofa. Ihr zerzaustes Haar, das süße mädchenhafte Lächeln – und die verweinten Augen. O Gott, ich wollte sie nie wieder weinen sehen. Noch weniger wollte ich jemals wieder schuld daran sein.

»Du musst auch probieren. Koste mal.« Sie deutete zum Teller.

»Gleich, zuerst du.«

»Du auch.« Sie lenkte meine Hand, bis ich vom Apfel aß.

»Mmh, wirklich lecker.«

Wir teilten uns die Äpfel. Eine Handlung, die mir intimer vorkam als meine sexuellen Erfahrungen der vergangenen Jahre. Eine Weile saßen wir beisammen, aßen und unterhielten uns.

Später brachte ich sie ins Bett und trug sie trotz ihres Protests zur Matratze.

Wie hingegossen lag sie im Bett. »Ich sollte das Kleid besser ausziehen, damit es nicht verschwitzt. Oder?«

»Sicher.« Wenn ich sie jetzt noch in Unterwäsche zu sehen bekäme … Schnell drehte ich mich von ihr weg und stapfte zum Bad. »Du kannst einen Schlafanzug von mir anziehen. Vielmehr einen von Bailey. Ich kam mit nichts hierher.« Mist, warum hatte ich das gesagt? Sie würde Fragen stellen.

»Ich auch. Nur mit meiner Tasche und mit Socket. Du kannst dich wieder umdrehen.« Sie versank in dem riesigen, rotweiß gestreiften Teil. Ein anbetungswürdiger Anblick.

»Ich muss duschen. Bis gleich.«

Unter der Dusche verdrängte ich alle Gedanken daran, wie süß sie in dem Anzug ausgesehen hatte. Danach ging ich geradewegs ins Schlafzimmer und legte mich neben sie, ohne sie noch einmal anzuschauen.

»Gute Nacht, Carol.« Ich knipste die kleine Lampe aus, die neben mir auf dem Boden stand.

»Gute Nacht.«

»*Bonne nuit*«, fügte ich in einem Anfall von Übermut hinzu.

Sie schnappte nach Luft, dann robbte sie ein Stück an mich heran. Und ich rückte schnell ein Stück von ihr weg. Warum hatte ich das bloß gesagt? Reuevoll biss ich ins Kopfkissen und hielt den Atem an.

Sie raschelte mit der Bettdecke, wälzte sich herum und machte mich nervös mit ihrem Gezappel. »Aidan? Da wir verlobt sind, könnten wir doch …«

»Was?«

»Na ja, uns ein bisschen küssen.«

»Das können wir nicht, du bist schwer verletzt. Es würde dir nicht guttun.«

»Ach, so schwer auch wieder nicht. Ich glaube, es würde mir sehr guttun.«

»Ich nicht.« Dabei wollte ich sie unbedingt küssen. Nach dem, was eben passiert war, kam es mir noch unmoralischer vor, sie für meine Befriedigung zu benutzen.

Na, na, benutzen ist aber ein wenig übertrieben, säuselte meine innere Stimme, die wohl klammheimlich die Fronten gewechselt hatte und zu meinem Penis übergelaufen war.

Ja, natürlich würde ich alles tun, damit sie auf ihre Kosten käme, und es gefiele ihr mit Sicherheit. Aber ihre Amnesie auszunutzen und unter falschen Voraussetzungen mit ihr zu schlafen, kam nicht in Frage. Auch wenn ich mich danach sehnte. Unter anderen Umständen würde sie längst unter mir liegen und ich würde sie ausgiebig verwöhnen, die ganze Nacht lang. In allen Stellungen. Mich tief in ihr versenken. Tausend Mal.

Hör auf, darüber nachzudenken!

»Nur ein Kuss, Aidan. Oder willst du in Wahrheit nicht mit mir verlobt sein?«

»Doch, sicher!« Was für ein Drahtseilakt. Ein Kampf zwischen Moral und Unmoral, Keuschheit und Begehren, erzwungener Zurückhaltung und flammender Begierde.

»Vielleicht hast du es dir anders überlegt?«, flüsterte sie.

Und da gab es Matt und John, die sich auf mich verließen.

»Nein, das habe ich nicht.« Ich wendete mich zu ihr um. Meine Güte, sie sah endlos niedlich aus in dem riesigen Schlafanzug. Das blonde Haar wirr und gelockt, ein Lächeln auf dem Gesicht.

»Carol, schlaf schön.« Meine Lippen berührten ihre in einem keuschen Kuss, damit wollte ich es bewenden lassen.

»Schlaf du auch schön.« Sie küsste mich ein zweites Mal. Bevor ich reagieren konnte, schlang sie ihr Bein um meine Hüfte und umklammerte mich.

Wie sollte ich ihr widerstehen? Unmöglich. Meine Zunge tauchte zwischen ihre Lippen und unsere Zungen spielten miteinander. Heiße Erregung schoss geradewegs zwischen meine Beine und ich presste mich hart gegen ihren weichen

Bauch. Meine Hände verselbständigten sich, umfassten ihre schönen Brüste und streichelten sie.

Innige Küsse, leise Seufzer, raues Stöhnen. Die Hitze nahm zu. Meine Güte, das hier zu stoppen, kam dem Versuch gleich, sich vor einen fahrenden Zug zu stellen und ihn mit einer Hand aufzuhalten. Dennoch musste ich sofort aufhören.

Schluss damit. Mühsam riss ich meine Lippen von ihren los, gewann die Kontrolle über meine Hände zurück und schob sie ein Stück von mir. »So, das reicht. Du sollst dich schonen, hat der Arzt gesagt.«

»Wirklich? Oh, schade. Na, gut.«

Schnell drehte ich mich auf den Bauch, bevor ich es mir anders überlegte. Wahrscheinlich durchbrach mein Penis die Matratze und streichelte sehnsüchtig den blanken Boden. So erregt war ich. Die Decke raschelte wieder. Sie schmiegte sich an meinen Rücken und rollte sich halb auf mich.

»Was tust du da, Carol?«

»Mir ist kalt. Wir haben nur eine Decke.«

»Ja, ich weiß«, brummte ich. Wie eine Klette schmiegte sie sich an meinen Rücken. Ich mochte es. Viel zu sehr. »Na gut, dann bleib halt so.«

»Danke, dass ich mich an dir wärmen kann.«

»Bitte, keine Ursache.«

Damit hatte ich sie wohl ermutigt, denn sie drückte sich so eng an mich, dass kein Blatt Papier mehr zwischen uns passte, rieb ihre Brüste an mir und keuchte mir ins Ohr. Bis ich laut lachen musste, denn sie hatte meine kitzelige Stelle erwischt.

»Lass das, Carol, ich muss schlafen. Ich muss früh raus und … äh, ein paar Zäune reparieren.«

Sie kicherte hinter mir. »Du klingst wie ein Cowboy. Musst du auch die Kühe von einer Weide auf die andere treiben?«

»Nein, muss ich nicht. Wir haben keine Kühe.« Ich lachte in mein Kopfkissen. Trotz aller Probleme mochte ich das verrückte Huhn in meinem Bett. Vielleicht war es auch mehr als mögen.

Und ob, sagte mein Herz. *Du bist doch total in sie verschossen, gib es zu.*

Ach was, wenn überhaupt, dann nur minimal. Ich versuchte eine Weile, mich selbst zu belügen, dann gab ich auf. Ja, und wie verliebt ich in sie war. Ein dermaßen goldiges Wesen hatte noch nie auf mir gelegen, und sie kurbelte meine Fantasie gehörig an. Ich erging mich noch eine Weile in heißen Sexfantasien, dann schliefen wir ein.

Im Schlaf übernahm mein Körper das Kommando, drehte sich zu ihr hin, öffnete sich, umschlang sie mit Armen und Beinen. Klemmte sie richtig fest ein, ihren Bauch an meinen, ihren Kopf unter mein Kinn. Bis sie heiß unter meine Achsel atmete. Und noch viel heißer auf mein Herz.

❄

KAPITEL 29

20. DEZEMBER

Carolyn

Starke Arme umschlangen mich, ein Bein lag um meine Hüfte, muskulös und schwer. Im ersten Moment hätte ich vor Schreck beinahe aufgeschrien, bis mir einfiel, wo ich war. Bei Aidan. Ich genoss es, in seinen Armen zu liegen, und redete mir ein, dass es echt war. Es war echt – und doch wieder nicht.

Der Ofen war über Nacht ausgegangen, im Zimmer herrschte eisige Kälte. Ich kuschelte mich enger an ihn heran, und er klemmte mich fester an seinen Bauch. Seine Hand schob sich millimeterweise in meine Hose vor und umfasste meine Pobacke. Schlief er oder tat er nur so? Ich würde mich auch schlafend stellen.

Sein Penis pochte hart an meinen Bauch und ich mochte es. Ich drückte mich fester dagegen und rieb mich an ihm, mit kaum wahrnehmbaren Bewegungen. Er hielt still, nur seine Hand packte ein bisschen fester zu. Unauffällig ließ ich meine Hand in seine Hose gleiten. Ihm stockte der Atem, mir ebenfalls. *Wow!*

»Carol. Was tust du da?«

»Ich?«

»Ja, du. Wer sonst?«

»Nichts.« Trotzdem hielt ich seinen stählernen Penis umklammert. »Ich dachte, da wir verlobt sind …«

»Was?«

»Na ja, wir könnten ein bisschen herummachen. Uns küssen oder so.«

»Das halte ich für keine gute Idee.«

»Hm, wirklich nicht?«

»Nein.«

»Schade. Und warum ist er dann so hart, wenn du es nicht für gut findest?«

Er lachte leise. »Ein Reflex. Er ist jeden Morgen in diesem Zustand.«

»Oh, wirklich?«

»Yep.«

»Oh, das klingt verlockend. Äh, ich wollte sagen, verwirrend.«

»Mmh, verstehe. Nimmst du jetzt deine Hand weg?«

»Nimm du doch zuerst deine weg.«

Jetzt lachten wir beide.

»Ja, warte, gleich. Moment bitte.« Er schob auch die andere Hand in meine Hose. »Hmm, ich weiß nicht.«

»Was weißt du nicht?« Wenn er jetzt sagte, mein Po wäre irgendwie verkehrt. Zu dick, zu dünn, zu rund, zu flach …

»Wann habe ich schon mal die Gelegenheit, einen derart sexy Po anzufassen?«

»Du findest ihn sexy?«

»Mein Gott, ja. Total sexy. Merkt man das nicht?« Seine Finger gruben sich tief in meine Pobacken. Er zog mich eng an sich heran und schob mich ein wenig an sich auf und ab. Dazu stöhnte er genüsslich.

»Oh, doch«, seufzte ich. »Irgendwie merke ich es.«

»Gut. Jetzt lass meinen Penis los, oder es gibt ein Unglück.« Sein Lachen klang rau und atemlos.

»So schnell?« Man konnte mich stur nennen, ich ließ ihn nicht los. Ich mochte das Gefühl, wie er sich in meine Hand schmiegte, dieser große, samtigharte Penis. Wenn ich ehrlich zu mir war, wollte ich ihn schon lange anfassen. Seitdem ich ihn durchs Fernglas gesehen hatte.

»Ja, ich übertreibe ein wenig. Er wird erst richtig gefährlich, wenn du deine Hand auf und ab bewegst …«

»Echt?« Prompt bewegte ich sie auf und ab.

»Carol!« Er zog zischend den Atem ein. »Dann kann ich für nichts mehr garantieren. Wenn du noch zwei Minuten so weitermachst …«

»Tut mir leid, ich kann nicht damit aufhören«, flüsterte ich. »Es fühlt sich so endlos gut an.«

»Ja, das stimmt.«

Wir keuchten uns an, dann fielen wir in einem heftigen Kuss übereinander her. Irgendwie rutschte meine Schlafanzughose nach unten, seine Hose ebenfalls. Er hob mich auf sich, wir drängten uns aneinander … »Oh, Carol. Du bist ein bisschen schrecklich, aber auch so gnadenlos süß.«

»Du ebenfalls.«

»Komm her, meine Süße.« Seine raue Stimme brachte mich dazu, die Beine um ihn zu schlingen und …

»Huhu, wo seid ihr denn? Klopf, klopf.« Baileys Stimme ließ uns erschrocken auseinanderfahren.

»Hast du nicht abgeschlossen?«, flüsterte ich.

»Nein! Warte, wir sind im Bett. Verflixt!« Aidan zerrte zuerst meine Hose hoch, dann seine.

In diesem Moment verfluchte ich die fehlenden Wände im Häuschen.

»Lasst euch bloß nicht stören«, rief Bailey.

»Ja, klar. Wie soll das gehen?«, knurrte Aidan. »Soll ich mir vorstellen, dass du unsichtbar bist?«

»So ähnlich. Die anderen kommen gleich, ich bin sozusagen die Vorhut.« Bailey lachte.

»Wie toll.« Aidan verdrehte die Augen und bedachte mich mit seinem grünglitzernden Blick.

»Sorry, wir würden euch gern länger schlafen lassen. Da ihr unbedingt vor Weihnachten heiraten wollt, geht das nicht. Zieht euch an. Ich schaue auch nicht hin.«

Wir tauschten ein Lächeln aus und einen letzten, schnellen Kuss, dann schlüpfte ich aus dem Schlafanzug. Kaum hatte ich mein Kleid angezogen, drang Stimmengewirr von draußen.

»Ah, da seid ihr. Ich halte euch die Tür auf.« Bailey stemmte den Arm dagegen.

John und Matt schleppten keuchend einen Tisch heran. »Wo soll der hin?«

Bailey dirigierte sie. »Am besten in die Nähe der Küche, oder? Vielleicht ein Stückchen weiter rüber, gegenüber vom Fenster?« Sie rückten mit dem Tisch hin und her, bis er am richtigen Platz stand. »Das gefällt mir, hier passt er.«

»Gut geschlafen, ihr zwei? Wir schauen auch nicht hin.« Matt und John kicherten albern in ihre Hände, so albern wie eins neunzig große Männer sein konnten. Vermutlich highfivten sie sich in Gedanken zehn Mal hintereinander, weil ihr schöner Plan so perfekt funktionierte.

»Ja, danke«, murmelte Aidan.

»Wir holen noch ein paar Stühle. Wenn du uns hilfst, geht es schneller.« Matt winkte Aidan zu sich heran. Bestimmt hielten sie unterwegs eine Lagebesprechung.

»Sicher, ich komme mit.« Aidan war gerade zur Tür hinaus, als Marian und Smilla das Häuschen betraten.

»Guten Morgen. Wir bringen schon mal ein paar Sachen, die für mehr Gemütlichkeit sorgen.« Marian trug einen Wäschekorb mit Dekoartikeln.

Smilla hatte sich ein paar Stoffballen unter den Arm geklemmt. »Wir haben auch Anziehsachen für dich dabei. Jeans, dicke Pullis, Socken, einen Schlafanzug. Einen Nicki-Kuschelanzug für abends. Ein schönes Strickkleid. Pantoffeln. Und ein paar Toilettenartikel.«

»Danke, wie lieb von euch. Es sind so schöne Sachen, der Anzug fühlt sich kuschelig an.« Vor lauter Freude über ihre Freundlichkeit schossen mir die Tränen in die Augen.

Vielleicht auch aus dem Grund, weil ich sie nicht wirklich verdiente.

❄

KAPITEL 30

Aidan

Kaum hatten wir das Häuschen verlassen und uns ein paar Meter entfernt, flüsterte Matt: »Wie ist es gelaufen, Aidan?«

»Soweit gut«, brummte ich. Besser als gut sogar. Je mehr Zeit wir miteinander verbrachten und sie mich so süß anlächelte, desto schneller pumpte mein Herz. Ich sollte die Sache beenden, hier und jetzt. Es war nicht richtig, sie in dem Glauben zu lassen, wir wären verlobt!

»Erinnert sie sich daran, was sie vorhatte?«, hakte er nach.

»Nein, ich denke nicht.«

»Hält sie dich weiterhin für deinen Verlobten?« Ein Lächeln überzog sein Gesicht.

»Yep.«

»Fantastisch! Pass auf, John und ich haben den anderen erzählt, dass Carolyn durch ihren stressigen Job in New York einen Mini-Nervenzusammenbruch erlitten hat. Und dass sie nur deswegen gesagt hat, sie wolle Snowhill verkaufen, es aber nicht ernst gemeint hat. Aus dem Grund soll bloß niemand den Verkauf erwähnen. Weil es sie wieder an ihren

Job und den ganzen Stress erinnert. Und ihre Nerven dann wieder flattern.«

»Oh, ich verstehe.« Ganz schön gerissen von ihm.

»Erzähl doch mal. Wie war euer Abend?«

»Wir haben uns ein bisschen gestritten.«

»Oh, nein!«

»Ja, uns dann aber wieder versöhnt. Das war … schön.«

»Gott sei Dank. Zwischen euch knallt es mächtig, was?« Matt stieß mir in die Seite.

»Das scheint mir auch so.« John grinste mich an. »Wenn ich es nicht besser wüsste, würde ich behaupten, es sind Gefühle im Spiel.«

»Tja, damit liegst du nicht verkehrt«, gab ich nach kurzem Zögern zu. »Ich befürchte …«

»Was denn?« Matt packte mich erschrocken am Handgelenk. »Los, spuck es aus!«

»Ich befürchte, ich habe mich ein bisschen in sie verliebt.« Schnell relativierte ich meine Aussage. »Kaum wahrnehmbar, ein kaum spürbarer Hauch eines Gefühls.« In einer lässigen Geste trat ich etwas Schnee in die Luft. »Ich halte sie immer noch für eine Zicke, und sie tanzt mir dauernd auf der Nase herum, aber irgendwie … finde ich sie ganz schön goldig.« Und verdammt heiß. Und so wunderschön!

»Das ist doch super!« Matt riss vor Begeisterung die Fäuste hoch, dann knuffte er mir an den Arm. »Mann, du hast mir echt einen Schrecken eingejagt.«

Johns Reaktion fiel eher verhalten aus. »Hm, das ist nicht unbedingt ein Grund zur Freude, Matt. Denn dadurch wird alles nur komplizierter.«

»So ist es«, brummte ich.

»Aber warum denn?«, wandte Matt sofort ein. »Alles ist viel echter, wenn es echt ist. Du musst sie nicht anlügen, wenn du ihr sagst, dass du sie toll findest. Perfekt!«

Ich stieß einen tiefen Seufzer aus. »Ja, in der Hinsicht muss ich sie nicht belügen, aber sonst leider in allem.«

»Wenn du so richtig verknallt in eine Frau bist, Matt«, setzte John an.

Wollte er mir romantische Anwandlungen unterstellen?

»Moment! Sooo verknallt bin ich auch wieder nicht. Sie ist süß und absolut sexy. Sie liebt Katzen und wenn eine Frau Katzen liebt, das finde ich eben total anziehend. Außerdem kann sie so anschmiegsam sein, drei Sekunden später bringt sie mich mächtig auf die Palme und regt mich dermaßen auf, dass ich sie am liebsten … Nun ja. Und ihr Po … Ich sag's euch, er ist einfach herrlich.« Ich hob die Hände, die Finger nach innen gekrümmt, als wollte ich nachempfinden, wie er sich in meinen Händen angefühlt hatte. »Dieser runde, tolle Extraklasse-Supersahnige-Weltmeister-Po ist einfach endlos gut. Ihr Gesicht ist auch traumhaft. Ich schaue ihr ja die meiste Zeit ins Gesicht und nicht auf den Po. Nicht, dass ihr denkt, ich würde ihr nur auf den Po glotzen. Oder auf den Rest ihres wahnsinnig heißen Fahrgestells.« Ich schnappte nach Luft und fand selbst, dass ich mich total bekloppt anhörte. »Sie hat etwas Liebes gestern Abend gesagt, es hat mich getröstet. So nah habe ich mich keiner Frau jemals zuvor gefühlt … Und sie hat leckere Bratäpfel gekocht. Oder gebacken?«

»Und wie verknallt du klingst.« John schmunzelte. »Gebraten vielleicht?«

»Oh ja. Es hat dich schwer erwischt.« Matt lachte leise.

»Matt, das ist kein Grund zum Jubeln, sondern ein riesiges Problem«, wandte John ein. »Du willst eine Frau, in die du verliebt bist, nicht nach Strich und Faden belügen. Stimmt's?«

Matt dachte kurz nach. »Du hast recht. Wenn du eine Frau liebst, willst du sie glücklich machen. Und ihr nicht die Hucke volllügen. Denn sonst hasst sie dich später.«

»Toll, das klingt echt super«, brummte ich. Liebe? Ich war zu verwirrt, um zu protestieren. Sie würde mich hassen? Na, das war doch richtig klasse! Nicht.

»Was willst du tun? Etwa aussteigen?«, fragte Matt.

»Ich weiß es gerade nicht … Es fühlt sich falsch an und ich wünsche mir, ehrlich zu ihr zu sein.« Damit wir etwas miteinander aufbauen konnten. Eine Beziehung vielleicht.

»Bitte, Aidan. Du musst nur drei Tage durchhalten.« Matt flehte mich an. »Sobald ihr verheiratet seid, sagst du ihr die

Wahrheit. Mit ein wenig Glück bleibt sie trotzdem deine Frau.«

»Ach ja? Ganz bestimmt nicht, sie wird mich abgrundtief hassen. Und mich mit einem Arschtritt aus ihrem Leben befördern.«

»Matt, echt. Machst du es dir nicht zu einfach?« Auch John hatte Zweifel an Matts gewagter Theorie.

»Ja, vielleicht.« Er wischte sich übers Gesicht. »Ich tue das für Smilla, weil ich sie über alles liebe und sie glücklich machen will. Für sie würde ich vor nichts zurückschrecken. Letztes Jahr wäre ich beinahe in den Knast gewandert, du erinnerst dich?«

»Als könnte ich das jemals vergessen.« John legte den Arm um Matts Schultern. »Ich habe heute noch Alpträume davon. Wie du Smirnov fast umgebracht hast.«

»Ja, und das als Staatsanwalt«, erwiderte Matt und presste ein Lachen hervor.

»Merde!« Ich stolperte über einen harschigen Schneeklumpen und wäre beinahe der Länge nach hingeschlagen. Ich wusste nicht, worüber ich gerade schockierter war. Matt, der wie ein harmloser netter Typ wirkte, hatte jemanden wie Smirnov fast gekillt? Und er war Staatsanwalt? Ich dachte, er wäre Unidozent?

»Sprechen wir von Arkady Smirnov, dem Milliardär und gefürchteten Käfigfighter, der für die russische Mafia arbeitet?«

»Letzteres nicht. Wir haben bei ihm nie etwas gefunden. Ja, von ihm sprechen wir.« Matt atmete tief durch. »Er ist Smillas Exfreund. Sie ist damals vor ihm geflüchtet und er kam hierher, um sie zurückzuholen. Gegen ihren Willen. Ich habe ihm eine ordentliche Tracht Prügel verpasst.«

»Oh ja, und das ist noch beschönigend ausgedrückt«, bekräftigte John. »Er war danach fix und fertig.«

Ich lachte beifällig. Matt war ein Schwager nach meinem Geschmack. Bis mir die Staatsanwalt-Sache wieder einfiel und mir das Lachen im Hals steckenblieb. »Das musst du mir bei Gelegenheit erzählen. Und du sagtest, du bist Staatsanwalt?«

»Gewesen. Ich habe meinen Dienst quittiert. Ich wollte

diese Welt voller Brutalität und Gewalt hinter mir lassen, auch wegen Smilla und unserer kleinen Maus. Ich bereue meinen Rücktritt nicht, ich habe so viele böse Jungs eingebuchtet, dass es für die nächsten dreißig Jahre reicht.«

»Wow, ich bin beeindruckt.« Meine Stimme klang ein wenig zittrig.

»Man sieht es mir vielleicht nicht an, aber ich kann ein fieser Hund sein.« Er und John lachten, mir wurde mulmig zumute.

Scheiße, und ich hatte ein Säckchen voll Diamanten im Wasserkasten der Toilette versteckt, direkt vor seiner Nase. Ein Anruf von ihm und ich wäre sofort verhaftet.

»Sag schon, Aidan. Willst du aussteigen? Noch ist Zeit dazu«, drängte John.

»Nein, ist es nicht«, murmelte Matt. »Versau es bitte nicht!«

»Schon gut, ich bleibe dabei. Abgemacht ist abgemacht.«

Als Ex-Staatsanwalt würde Matt meine Verbrechen noch strenger bewerten. Meine Beweggründe dafür würden ihn nicht interessieren.

In mir entstand ein Gefühl von Hoffnungslosigkeit. Für mich gab es keinen Platz in der Christmas-Familie, weder jetzt noch irgendwann.

❄

KAPITEL 31

Carolyn

»Es ist wirklich total kahl hier. Hört man nicht sogar ein Echo?« Marian rief durch den Raum: »Hallo, hallo? Ja, tatsächlich ein Echo. Umso besser, da kann ich mich austoben.«

»Nicht zu viel Deko, ich mag es gerne etwas reduziert.«

»Sicher, ich passe es an euch an. Das uralte Sofa muss weg.« Sie trat leicht mit dem Fuß dagegen. »Hat Opa Christmas noch darauf gesessen?« Sie und Smilla lachten. »Es sieht total unbequem aus.«

Ich nickte. »Stimmt, die Sprungfedern bohren sich einem in den Bauch, wenn man darauf liegt.«

Sie und Smilla fingen an zu kichern. »Schon klar ...«

»Oh, ich meine, wenn man darauf sitzt!« Jetzt musste ich auch lachen.

Gabriel und Stella rannten quietschend durch den Raum. »Für die Kinder ist es natürlich toll. Kein Wunder, dass Gabriel so gerne Aidan besucht. Ich glaube, Aidan liebt Kinder.«

»Oh, wirklich?«, murmelte ich. Jeder liebte Kinder, auch ich.

Smilla hielt leise murmelnd ein Maßband ans Fenster. Dann zückte sie einen Block und machte sich Notizen. »Einfach und schlicht. Vielleicht in Beige oder Grau? Was sagst du zu den Stoffen. Sie sind von der Renovierung übrig.«

Ich deutete auf die hellgraue Stoffbahn. »Ich denke, das Grau passt gut.«

»Hellgraue Vorhänge, dazu der weiße Boden. Vielleicht von den Farben Dunkelblau dazu und ein schwedisches Rot?« Sie sah Marian fragend an.

»Ja, das klingt perfekt. Wenn wir in diesem Farbschema bleiben, wird es gemütlich und bleibt dennoch ruhig.«

»Die Kleinen sind mit einem Mal so still«, murmelte Marian. »Kein gutes Zeichen.«

»Huch, die Katzen!« Noir war zum Glück eben rausgegangen. Ich wusste nicht, wie er auf kleine Kinder reagierte.

Wir eilten in den hinteren Bereich, wo das Körbchen auf dem Boden stand. Gabriel und Stella knieten davor und besahen ehrfürchtig die Kätzchen.

»Oh wie süß. Schau sie dir an.« Marian lächelte.

»Darf ich die streicheln?«, fragte Gabriel. »Sie sehen so süß aus.«

»Ja, ganz vorsichtig.«

»Gott, sind die goldig«, sagte auch Smilla.

Stella hob die Hand, als wollte sie auf die Kätzchen draufhauen.

»Nein, Stella!«

»Vielleicht will sie die Kätzchen nur streicheln?«, überlegte ich.

»Ja, vermutlich.« Marian lachte. »Aber ich denke, es ist zu gefährlich. Für die Kätzchen.«

»Wenn ich sie festhalte, klappt es bestimmt.« Ich setzte mich auf den Boden und zog Stella auf meinen Schoß. Dann nahm ich Socket und legte sie in ihre Hände.

»Oh!« Stella war ganz andächtig.

»Gott, wie lieb sie zum Kätzchen ist. Ich glaube, Stella ist so eine Tierliebhaberin wie ihre Tante.« Marian zwinkerte mir zu. »Ja, ich weiß, du bist als Cousine nicht die echte Tante, aber es klingt so schön. Und wir sind ja auch verwandt.«

»Das ist euer Bett?« Smilla deutete zur Matratze auf dem Boden und ich nickte. »Das kann aber nicht so bleiben, Carolyn. Ihr braucht ein anständiges Bett!«

»Hauptsache eine weiche Unterlage für wilde Spielchen.« Marian zwinkerte mir zu und ich lächelte verlegen.

»Und … wie ist es mit ihm?«, flüsterte Smilla.

»Äh, was genau?«

»Na, du weißt schon.« Mit einem verschwörerischen Lächeln deutete sie wiederum zur Matratze. »Bestimmt leidenschaftlich und wild, wenn ich euch so zusammen sehe. Du brauchst keine Einzelheiten zu verraten.«

»Genau. Nicke einfach, wenn wir recht haben.«

Ich nickte, mit nunmehr rot glühendem Kopf. Auch wenn wir nicht viel miteinander angestellt hatten, war es wild gewesen. Alles andere wäre bestimmt noch wilder. Am besten dachte ich nicht darüber nach.

»Wusste ich es doch.« Marians Magen knurrte laut und vernehmlich. »Ich habe einen riesigen Hunger. Lasst uns nach Snowhill rübergehen zum Frühstück.«

»Oh ja, ich auch. Außerdem habe ich Lucia bei Mel gelassen. Nur für zehn Minuten, aber sie fehlt mir unglaublich.«

Nachdem wir uns angezogen hatten, schlenderten wir nach Snowhill. Marian und Smilla hakten mich auf beiden Seiten unter.

»Ich bin froh, dass wir uns so gut verstehen. Anfangs warst du sehr zurückhaltend.« Marian drückte mich an sich.

»Bestimmt auch der Stress wegen allem … der lange Flug und überhaupt.« Smilla und Marian wechselten schnelle Blicke miteinander. Was hatte Matt ihnen erzählt?

»Ja, genau der Flug«, wiederholte Marian. »Aber dann ist Aidan gekommen und hat dich glücklich gemacht, nicht wahr? Du bist seitdem ein neuer Mensch.«

»Manchmal brauchen wir den einen Menschen, der das Chaos in unserem Leben mit seiner Anwesenheit ordnet. Und alles auf Neuanfang setzt.« Smilla lächelte mich an.

»Das klingt schön.« Sehnsucht schwang in meiner Stimme.

So jemanden wünschte ich mir neuerdings. Immer wenn ich Aidan in die Augen sah und wenn wir uns küssten.

»Ja, so hat es John zu mir gesagt. Dass ich diese Person für ihn bin.« Marian nickte. »Er ist es auch für mich.«

»Matt und ich sind es auch füreinander. Wir haben uns in einer chaotischen Verfassung kennengelernt und uns dann gegenseitig repariert.« Smilla lachte leise.

Ich mochte es so sehr, dazuzugehören. Und ihre Freundlichkeit mochte ich auch. Es tat so gut. Seit langer Zeit war ich endlich wieder glücklich. Wenn meine Geldsorgen nicht wären, könnte ich den Rest meines Lebens die süße Carolyn spielen.

Nein, nicht sie spielen. Sie sein.

Ich näherte mich meinem früheren Ich wieder an. Und sie alle trugen dazu bei.

KURZ DARAUF SAẞEN wir zusammen beim Frühstück.

»Passt auf, es gibt tolle Neuigkeiten in Sachen Hochzeit.« Bailey lächelte strahlend in die Runde. »Ich hab schon fleißig herumtelefoniert, um sieben Uhr morgens, und habe umwerfende Nachrichten für euch: Und zwar konnte ich die *Lonely Hearts*-Band dazu bewegen, dass sie an eurer Hochzeit spielen.«

»Das sollen gute Nachrichten sein?«, murmelte John. »Na ja, ich weiß nicht.«

»John, das ist aber nicht nett!« Mel schaute überrascht. »Du bist doch ein riesengroßer Fan von ihnen.«

Matt stöhnte auf. »Ich sehe es wie John. Lass die Band lieber weg, mir tun die Ohren noch weh von letztem Mal.«

Aidan schnaufte. »Eine Band? Na ja, wir wollten das Ganze ein wenig kleiner aufziehen.«

Doch Bailey war nicht zu stoppen. »Das ist noch nicht alles! Die Feuerwehr habe ich auch verständigt. Sie begleiten euch in einem Fackelzug. Passt bitte auf, es ist enorm wichtig. Konzentriert euch.« Er hob die Hände wie ein Fernsehprediger und alle hörten auf zu essen. »Morgens um elf gemeinsames Sektfrühstück. Spätestens um zwei fahren wir mit dem geschmückten Auto ins Dorf. Die Hochzeit findet übrigens am 23. Dezember statt, mittags um halb drei.«

»Oh, so spät!«, entfuhr es mir.

»Ja, das war der einzige Termin, der vor Weihnachten noch frei war. Das hat der Pastor gesagt.«

Bailey nahm einen Stift und hakte einzelne Punkte auf seinem Block ab. »Wir parken ein Stück von der Kirche entfernt, dort steht die Feuerwehr bereit und geleitet euch mit den Fackeln zur Kirche. Dort wartet die Band und stimmt euer Lied an. Oder wollt ihr lieber die Band gleichzeitig mit den Fackeln? Das wäre auch eine Möglichkeit.« Sinnierend kratzte er sich am Bart. Irgendwie hatte er sich über Nacht in einen Hochzeitsplaner verwandelt.

»Äh, am liebsten nichts davon«, brummte Aidan.

»Aber Aidan!«

»Ja?«

»Und wie lautet eigentlich euer Lied, das muss ich unbedingt wissen.« Bailey zückte wieder seinen Stift. »Carolyn?«

»Unser Lied! Das ist …«

»Highway to hell vielleicht?« Aidan lachte neben mir.

»Haha, echt witzig, mein Sohn. Das echte Lied bitte. Die Band muss es vorher üben.«

»Ob das etwas nützt?« John lächelte schief.

»Es ist … *Last Christmas*«, presste ich hervor. Mir fiel partout kein anderes ein!

»Oh, schon wieder? Es war John und Marians Lied, Matt und Smillas Lied, unser Lied. Gut, warum nicht? Dann ist es eben das Familienlied.«

»Was sagt denn euer Vater zur Hochzeit?« Mel häufte die zweite Portion Rührei auf meinen Teller. »Du musst dich stärken, du bist so dünn geworden, Carolyn.«

Ich stopfte mir den Mund mit einem halben Brötchen voll, um nicht antworten zu müssen, und deutete kauend auf meine vollen Backen. »Mmm-mmm-mmm.«

»Er weiß es noch nicht.« Matt versuchte, ein neutrales Gesicht aufzusetzen.

»Wie bitte? Aber warum denn nicht?« Mel riss vor

Entsetzen die Hände hoch. »Ach, du liebe Zeit! Eure Mutter etwa auch nicht?«

»Hmm.« Caspar zwirbelte an seinem akkuraten Schnurrbart und bedachte mich mit seinem Röntgenstrahl-Blick. Sein Misstrauen war geweckt. Und das war alles andere als gut.

Mir rutschte das Herz in die Hose. Caspar fand immer alles heraus. »Ich … äh, ich war so überwältigt vor Freude, dass ich es vergessen habe.«

»Ich auch. Total überwältigt. Außerdem ist Dad noch im Kloster.« Matt und ich sahen uns an. Für einen Moment herrschte ein stummes Einverständnis zwischen uns. Keiner von uns wollte unsere Eltern dabeihaben. Es würde die Lage komplizierter machen, als sie ohnehin schon war.

»Ich kenne Carolyns Eltern nicht, darum habe ich nichts gesagt.« Aidan hatte als Einziger eine gute Ausrede.

»Das wirst du schnellstens nachholen müssen, Carolyn.« Bailey nickte mir ernst zu. »Und du wirst dich auch bald bei deinen Schwiegereltern vorstellen, Aidan.«

»Sicher. Gleich nach dem Frühstück erledige ich das. Wenn Mum überhaupt in der Stimmung ist, darüber zu sprechen, weil …« Hilflos suchte ich nach einer Ausrede.

»Weil Dad ja noch im Kloster steckt«, ergänzte Matt.

»Genau.«

Aidan nickte. »Ich wollte sie nicht mit meiner Anwesenheit belasten, in so schwierigen Zeiten.«

»Ich hoffe, ihr regelt das.« Bailey bedachte uns drei mit einem strengen Blick. »Lasst das erstmal alles sacken.« Er bewegte in einer beruhigenden Geste die Hände. »Ich will euch nicht unter Druck setzen, aber wir haben nur drei Tage. Das ist echt knapp.«

»Was zieht ihr beiden überhaupt an?«, fragte Marian.

»Hm, gute Frage.« Aidan sah an sich herunter, als wollte er sagen: das, was ich anhabe. Jeans und Sweater.

»Aidan hat mir doch dieses wunderschöne Kleid geschenkt.« Ich deutete auf mein graues Strickkleid.

Sekundenlang herrschte Totenstille.

»Mein Gott, das geht aber überhaupt nicht!« Mel ließ sich

auf den Stuhl fallen und sah total entgeistert aus. »Jeans und Strickkleid?«

»Nein, absolut nicht.« Marian und Smilla schüttelten einhellig die Köpfe.

Ich suchte nach einer Ausrede. »Ich bin eher der sparsame Typ. Ein weißes Kleid kann ich später nicht so oft tragen.«

»Es geht mir ähnlich. Nur eben bezogen auf einen Anzug.« Aidan tätschelte meinen Arm.

»Ich habe eine tolle Idee, Carolyn!« Smilla klatschte vor Begeisterung in die Hände. »Ich biete dir mein Kleid an. Oder wir fahren schnell nach Burford und kaufen eins? Falls dir meins gefällt, nähe ich es für dich passend.«

»Aber Schatz, hast du überhaupt Zeit dazu?«, warf Matt dazwischen.

»Matt, willst du etwa, dass deine Schwester in einem Putzkittel heiratet?« Smillas Stimme wurde schrill. »Oder in einem Jogginganzug?«

»Nein, Liebling.«

»Na, also! Unglaublich oder?« Sie und Marian schüttelten die Köpfe.

In der Küche ertönte der Klingelton von vorne am Tor. Jemand wollte hereingelassen werden.

»Wer ist das bloß?« Mel erhob sich und schritt zur Sprechanlage. »Hat jemand von euch etwas bestellt?«

»Ach, das sind bloß meine Kumpels. Sie helfen mir bei ein paar Sachen, die ich im Häuschen erledigen muss.« Bailey biss von seinem Toast ab. »Renovieren, die Heizung anschließen. Unter anderem wird die Toilette rausgerissen …«

Aidan erstarrte neben mir. »Heute?«

»Ja, sicher. Ich bin heilfroh, dass die drei noch vor Weihnachten Zeit haben. Die Toilette wäre okay, aber sie ist beige, und das Bad ist weiß. Mir war das damals egal, aber ich möchte schon, dass es einheitlich ist.«

»Verständlich«, krächzte Aidan. »Zwei Farben im Bad, das sieht nicht gut aus.«

Die Toilette. Vermutlich hatte Aidan das ominöse Päckchen darin versteckt. Im Spülkasten vielleicht? Sonst fiel mir kein Platz im Bad ein, wo man etwas verbergen könnte.

Außer der Dusche und einem Waschbecken gab es sonst nichts.

Aidan schob den Stuhl mit einem Quietschen zurück. »Ich muss mal kurz zum Häuschen. Ein dringender Anruf.« Unter seinen schwarzen Bartstoppeln wirkte er blass, seine Bewegungen waren fahrig. »Und ich habe mein Telefon nicht dabei.«

»Hey, Aidan, es muss dir nicht peinlich sein, wenn du nicht aufgeräumt hast.« Bailey grinste. »Meine Kumpel schauen nicht so genau hin. Es stört sie nicht, wenn da ein paar Unterhosen herumliegen.«

»Schockierend«, raunte Caspar. »Unterhosen sind wahrlich kein Thema für den Frühstückstisch. Noch dazu in Anwesenheit der Ladys.«

»Oh, es war aufgeräumt«, sagte Marian. »Außerdem haben wir schon ein wenig dekoriert, du wirst begeistert sein, Aidan.«

»Das klingt … super. Nein, ich muss nur dringend anrufen. Bis später!« Er verließ eilig die Küche.

Zu gerne wüsste ich, was er versteckt hatte. Und vor allem, welches neue Versteck er für sein Geheimnis aussuchte. Ich stand ebenfalls auf. »Ich muss etwas in meinem Zimmer erledigen. Ein paar Sachen einpacken und …«

»So ist es recht.« Bailey lächelte mir über die Tasse zu. »Pack schön alles ein und bringe es zu deinem Aidan rüber, Carolyn. An deiner Stelle wollte ich auch keine Minute mehr ohne ihn sein.«

»Äh, wie? Genau.« Verflixt, ich hatte nicht vorgehabt, sofort bei ihm einzuziehen. Aber aus der Nummer kam ich jetzt nicht mehr heraus.

»Carolyn, wir bringen dir nachher noch mehr Anziehsachen rüber. Dann kannst du auch das Brautkleid anprobieren«, fügte Smilla hinzu.

»Nein, das Kleid bleibt besser in Snowhill«, wandte Marian ein. »Es bringt Unglück, wenn der Bräutigam die Braut vorher sieht.«

»Ach ja, stimmt! Wir könnten über deine Frisur nachdenken. Offenes Haar und Locken? Oder Hochsteckfrisur und ein paar kleine Löckchen?« Sie ließen weitere Frisurenvorschläge auf mich einprasseln, denen ich mich durch die Flucht in die Halle entzog.

»Welche Schuhgröße hast du, Carolyn?«, rief Smilla mir nach.

»Größe 38.«

»Perfekt, dann passen dir meine Brautschuhe.«

O Gott, das wuchs mir alles über den Kopf. Vor allem ihre Begeisterung. Denn ich wusste, dass ihre Freude ins Bodenlose abstürzen würde.

Im Zimmer stürzte ich zum Fensterbrett, um das Fernglas zu schnappen. Mist, es war weg!

Aidan rannte durchs Häuschen wie ein aufgescheuchtes Huhn, aber ich konnte kaum etwas erkennen. Nur dass er sich zum Schluss aufs Sofa fallen ließ. Und dann den Kopf in meine Richtung drehte und zu mir herübersah.

Ich duckte mich schnell weg. Eigentlich sollte ich sauwütend auf ihn sein, weil er etwas Ungesetzliches getan hatte. Stattdessen fühlte ich mich mit ihm verbunden, denn ich hatte auch ein paar Gesetze gebrochen. Öfter als einmal. Und vielleicht hatte er es aus demselben Grund getan wie ich? Für einen guten Zweck ... Ob wir beide deshalb Gnade vor einem Richter finden würden? Wohl eher nicht.

Mit wenigen Handgriffen verstaute ich meine Sachen und warf einen letzten Blick zurück, bevor ich die Tür zuzog und mein Mädchenzimmer hinter mir ließ. Ich würde nie wieder hier übernachten. Ein seltsames Gefühl erfasste mich, eine Mischung aus Erleichterung, Angst und Freude, wenn ich an das dachte, was mich erwartete. Aidan.

Auch wenn alles nur Lug und Trug war, vor allem von seiner Seite aus, konnte ich nicht verhindern, dass mein Herz schneller schlug.

Vielleicht war es besser, dass ich nicht wusste, worum es sich bei diesem Päckchen handelte. Drogen wären das Schlimmste. Wobei ich mir nicht vorstellen konnte, dass Aidan an einer dunklen Straßenecke stand, Drogen aus seinem Mantel hervorzog und an vorüber gehende Schulkinder vertickte. Das passte nicht zu ihm.

Mein Handy klingelte. Ich hatte beim Fundbüro meine Nummer hinterlassen und darum gebeten, dass sie mir zuerst ein Bild des Koffers sendeten, damit wir nicht wieder vergeblich nach Burford fuhren. Ein Bild tauchte auf dem Display auf. Nein, das war nicht mein Koffer. Aber ich brauchte ihn. Unbedingt.

❄

KAPITEL 32

A idan

Meine Nerven! Schweratmend kauerte ich auf dem Sofa. In letzter Sekunde hatte ich ein Versteck für die Diamanten gefunden.

Nachdem ich zum Häuschen gerannt war, wollte ich den Beutel zuerst in einem der neuen Kissen verstecken. Aber die Katzen hatten letztens eins zerfetzt und wenn sie das wiederholten … Vielleicht lieber im Sofa? Und wenn es wegen der Renovierung ausgetauscht wurde? Die Küche kam nicht in Frage, da Carolyn bestimmt wieder kochte. Ich wollte kein zweites Mal erleben, dass sie die Steine fast entdeckte.

Mit großen Schritten sprintete ich die Treppe hoch in den unrenovierten Bereich. Da ertönte Baileys Stimme von draußen. »Ja, am Dach muss auch etwas erneuert werden.«

Merde, das Obergeschoss fiel auch aus! Ich hastete zurück ins Erdgeschoss und sah mich hektisch um.

»Aidan, bist du da?« Schritte näherten sich und Stimmengewirr.

Auf dem neuen Beistelltisch neben dem Sofa stand ein viereckiger Glasbehälter, Deko von Marian vermutlich. Er steckte voller glitzernder Steinchen, gemischt mit kleinen, silbernen Weihnachtskugeln. Es waren Swarovski-Kristalle, geschliffen wie Diamanten, die täuschend echt aussahen.

Das war die Lösung! Ich riss den Beutel auf und kippte die Diamanten in den Behälter. Die leere Verpackung stopfte ich in meine Hosentasche, dann plumpste ich aufs Sofa. Das beste Versteck aller Zeiten. Niemand würde auf die Idee kommen, dass man echte Steine sichtbar für alle deponierte. So genial, genialer ging's nicht! »Ja, sicher. Kommt herein.«

»So, dann wollen wir mal loslegen.« Bailey führte drei Männer in Arbeitskleidung ins Zimmer. »Berny, Tom und Rudy, das ist mein Sohn Aidan.«

»Unverkennbar. Glückwunsch, Bails.« Sie klopften ihm auf die Schultern.

»Danke.« Er grinste übers ganze Gesicht. »Ihr wisst, was ihr zu tun habt. Fangt unten im Bad an und arbeitet euch nach oben vor. Später kommen die Jungs, die etwas am Dach reparieren. Der Heizungsmonteur hat sich ebenfalls für heute angekündigt.«

»Geht klar, Chef.« Sie salutierten spaßeshalber und Bailey lachte.

»Das muss alles zackig ablaufen. Denn dieser überglückliche Bursche heiratet in drei Tagen.« Er zeigte auf mich. »Wir wollen ja nicht, dass seine Frau in einem Trümmerhaufen leben muss.«

»Wow, Glückwunsch, Mann. Nein, das wollen wir auf keinen Fall. Das gibt Ärger schon vor der Hochzeit.« Sie schüttelten mir die Hand.

»Frauen«, gab ich nur zur Antwort und sie lachten.

»Wir sind in einer Stunde zurück. Kocht euch einen Kaffee, wenn ihr Lust habt. Aidan und ich müssen kurz ins Dorf.« Bailey hakte mich unter, führte mich zur Tür und nahm meine Jacke vom Haken. »Pass auf, Sohn. Das muss dir jetzt nicht peinlich sein.«

»Äh, was genau?«

»Na ja, dass du kein Geld für Trauringe hast. Ohne die geht es nun mal nicht.«

»Stimmt.« Ehe ich es richtig begriffen hatte, fand ich mich neben Bailey im fahrenden Rover vor.

»Im Dorf gibt es einen Goldschmied, dort habe ich die Ringe für Mel und mich gekauft. Sie stellen wunderschöne Sachen her. Unikate. Nichts, was man an jeder Ecke bekommt. Hier, schau.« Er streckte mir seine Hand mit einem Goldring hin, der schlicht und edel wirkte.

Ringe kaufen, auch das noch. Mir blieb auch nichts erspart.

Im kleinen Laden bediente uns eine freundliche ältere Dame mit lilagrauen Löckchen und lila Twinset, das sich eng an ihren wogenden Busen schmiegte. »Bailey, suchst du etwas für Mel zu Weihnachten aus?«

»Nein, ich heirate, Gladys.«

»Wie bitte? Schon wieder?« Sie schaute entsetzt.

Er lachte. »Ich doch nicht. Mein Sohn Aidan heiratet Carolyn.«

Sie stimmte in sein Lachen mit ein und presste sich zwei Hände auf den Busen, als befürchtete sie, er würde das Twinset sprengen. »Ich dachte schon! Bailey, du bist aber auch ein Spaßvogel.«

Bailey legte den Arm um meine Schultern und deutete auf die Ringe, die Gladys ausgepackt hatte. »Such dir etwas aus, du brauchst nicht auf den Preis zu schauen.«

»Hm, den da.« Ich fackelte nicht lange und zeigte auf einen schmalen silbernen Ring.

»Oh, dieser Ring ist eher für Teenager. Er kostet nur 30 Pfund.« Gladys lächelte fein.

»Perfekt. Das reicht.« Ich wandte mich zum Gehen, Bailey stoppte mich mit einem Griff am Arm.

»Du willst doch heiraten, oder?«, flüsterte er mir zu. »Langsam mache ich mir Gedanken.«

»Sicher will ich das. Wir sind beide eher introvertiert und mögen den Rummel nicht.«

»Ja, schon. Soll ich den Fackelzug und den Auftritt der

Band lieber streichen? Es würde mir echt leidtun, aber es ist deine Hochzeit.« Er hob die Schultern und seufzte.

»Ja, bitte. Das ist mir ein bisschen zu viel Rummel.«

»Okay. Kein Problem, ich erledige das, sobald wir in Snowhill sind.« Er zog mich zur Schmuckauslage und einer verwundert dreinschauenden Gladys zurück. »Was die Ringe betrifft, sehe ich allerdings keinen Grund für übertriebene Bescheidenheit. Protzig sind sie alle nicht, eher schlicht und elegant. Nimm diese oder vielleicht die hier?«

Gut, er hatte recht. Ich sollte keine Billigteile kaufen, sondern so tun, als meinte ich es ernst. Und überhaupt könnte ich so tun, als würde ich für Carolyn einen schönen Ring aussuchen.

Auch wenn ich ein komisches Gefühl dabei hatte. Ich hatte ihr nicht einmal einen richtigen Antrag gemacht. Alles in mir sträubte sich dagegen, aber es musste sein. Wobei ich mir für einen verrückten Augenblick wünschte, ich würde für sie wirklich einen schönen Ring kaufen. Damit sie sich darüber freute. Sie war so endlos goldig heute Morgen im Bett gewesen. Und so heiß …

»Diese hier sind schön.« Ich deutete auf etwas breitere Goldringe mit einem schmalen silbernen Streifen.

»Vorzügliche Wahl«, lobte Bailey. »Carolyn hat ähnlich schmale Finger wie Mel, oder?«

»Ich glaube.«

»Ja, der könnte passen.« Bailey deutete auf den schmaleren Ring und nickte.

»Euer Ernst? Typisch Mann, als könnte man das per Augenmaß abschätzen.« Gladys schimpfte ein bisschen mit uns und zog eine Papierschablone aus der Schublade hervor. »Ich gebe euch diese Schablone mit, damit testet ihr die Größe. Ich arbeite den Ring dann schnell um, wenn es nötig ist. Rufst du mich an, Bailey?«

»Sicher, ich gebe dir Bescheid.« Bailey bezahlte, steckte die Schablone ein und wir verließen das Geschäft.

• • •

Im Wagen schnallte Bailey sich an, ließ den Motor jedoch ausgeschaltet.

»Danke, ich gebe dir das Geld zurück, wenn ich mein erstes Gehalt bekommen habe.« Falls ich dann noch in Snowhill war. »Oder später.«

»Ach was, das musst du nicht. Ich mache mir nur Sorgen, Aidan.«

»Um mich?«

Er besah mich mit einem seltsamen Ausdruck in den Augen. »Vielleicht? Nein, vor allem um Carolyn. Sie hat es dir bestimmt schon erzählt?«

»Hm, was genau meinst du?«

»Na ja, dass dieser Scheißkerl sie damals übel verarscht hat.«

»Vom wem sprichst du?«

»Von Tommy.«

»Ach so, Tommy. Manchmal erwähnt sie ihn, das sagte ich bereits.« Ich schummelte ein wenig, um die Wahrheit zu erfahren.

»Er war ihr erster richtiger Freund. Eigentlich bin ich an allem schuld, denn durch mich hat sie ihn kennengelernt.«

»Kannst du das ein wenig genauer erklären?«

»Es war im Oktober vor zehn Jahren. Sie war in Snowhill zu Besuch, ihre Eltern waren in die USA gereist, zu einem Juristen-Kongress. Matt und John ließen sie links liegen, wie üblich. Im Dorf wurde ein Herbstmarkt veranstaltet, mit jeder Menge Schaustellern, und ich habe sie hingefahren, damit sie etwas erlebt. Somit bin ich schuld daran, dass sie diesen Arsch kennengelernt hat.« Er seufzte und wischte über die beschlagene Windschutzscheibe. »Auf der Rückfahrt schwärmte sie in einer Tour von ihm. So groß und muskulös, so schöne schwarze Haare, sie war total in ihn verschossen. Am nächsten Abend wollte sie wieder hin. Ich war erkältet und habe im Auto auf sie gewartet. Um zehn Uhr sollte sie zurück sein, doch sie blieb die halbe Nacht weg. Ich bin wohl eingeschlafen, mir war so kalt, und ich wickelte mich in eine Decke ein.«

»Und weiter?«

»Und vier Uhr morgens kam sie zurück. Mit glänzenden Augen und zerrauften Haaren. Und einem Strahlen auf dem Gesicht.«

»Aha! Gott, ich könnte diesen Kerl echt …«

»Ja, da ist es wohl passiert.«

»Da ist was passiert?«

»Ach, das erzähle ich dir ein anderes Mal.« Er tippte auf die Uhr am Armaturenbrett. »Schon so spät? Lass uns fahren, die Jungs haben vielleicht Fragen bezüglich der Renovierung. Nicht, dass sie deswegen mit den Arbeiten stoppen.«

Ihr erster Freund. Ihr vermutlich erstes Mal. Und ich konnte gerade an nichts anderes denken, als dass ich tierisch eifersüchtig auf den Kerl war.

❄

KAPITEL 33

Carolyn

ENDLICH KEHRTE Aidan von seinem Ausflug mit Bailey zurück. Seitdem wir verlobt waren, freute ich mich auf ihn, und wenn er nicht da war, vermisste ich ihn. Auch wenn alles nur Schauspielerei und nicht echt war. Vielleicht gab es zwischen all den Lügen doch etwas Echtes, wie heute Morgen unsere Küsse im Bett. Das war total schön.

»Schau mal, Gabriel hat Snowhill gemalt. Und ein paar andere Sachen, die Kätzchen und das Häuschen.« Ich deutete auf den dicken Packen von Blättern, die Gabriel mit seinen Gemälden verziert hatte.

»Schön, schön«, murmelte er geistesabwesend und stapfte in die Küche. Er öffnete den Kühlschrank und stöberte darin. Dann goss er sich etwas zu trinken ein.

»Es glitzert so toll.« Ich drehte das Blatt nach allen Seiten. »Wahnsinn, diese Swarovski-Kristalle sehen aus wie echt. Schau dir das mal an, das Licht bricht sich darin, dass es nur so funkelt. Man sieht das komplette Farbspektrum darin.«

Aus der Küche drang ein prustendes Geräusch, dann ein Hustenanfall.

»Hast du dich verschluckt?«

»Ich … äh ja. Was hast du gesagt?«, röchelte er.

»Wir haben mit den Steinen gebastelt. Es sieht hübsch aus.«

Aidan kam aus der Küche. »Zeig doch mal bitte.« Er streckte die Hand nach dem Bild aus, gleichzeitig fiel sein Blick auf die Vase mit den Kristallen. Er riss die Augen auf, dann betrachtete er lange das Bild.

Es zeigte ein großes Haus und ein paar Männchen davor. Das waren wir, vor Snowhill. Am Himmel glitzerten die Sterne, vielmehr die aufgeklebten Kristalle.

»Ist es nicht wunderschön? Er ist wirklich begabt, der Kleine. Wir haben so schön gespielt. Und sie haben die Kätzchen gestreichelt. Stella war auch dabei und war überhaupt nicht wild. Ich glaube, sie ist eine richtige kleine Tierfreundin. Gabriel ist dann noch allein hiergeblieben, weil Marian ein paar geheime Weihnachtssachen ohne ihn erledigen musste. Er bekam Langeweile. Zum Glück hatte er seine Malsachen dabei und dann haben wir gebastelt.«

»Ja, das ist wirklich … toll.« Er starrte auf das Bild, als wären seine Augen darauf festgetackert. Gleichzeitig verfärbte er sich grünlich im Gesicht. Hatte er sich den Magen verkorkst? »Gibt es noch …« Seine Stimme quietschte und rutschte in den Sopran. Er räusperte sich, atmete tief durch und sprach halbwegs normal weiter. »Mehr davon?«

»Oh ja, jede Menge. Gabriel hat einen ganzen Packen mitgenommen. Diese hat er uns geschenkt. Zur Hochzeit sagt er. Goldig von ihm, oder?«

»Oh, ja. Total goldig. Das ist … fantastisch. Was für eine tolle Idee mit eurem Basteln.« Er stand da wie vom Blitz getroffen, dann krächzte er: »Ich muss noch mal kurz weg.« Mit Schwung riss er die Jacke von der Garderobe und stürmte durch den Schnee.

»Wohin denn, Aidan?«, rief ich ihm nach, aber er war schon auf und davon. Schade, ich wollte gern mit ihm ein bisschen auf dem Sofa kuscheln und die Küsse von heute Morgen fortsetzen.

Klammheimlich hatte sich meine Motivation geändert.

Anstatt an die überaus wichtige Hochzeit zu denken, spukten in meinem Kopf andere Gedanken herum. Ans Bratäpfelessen. An heißen Sex mit ihm. An seine Lippen auf meinen. Und wie es sich anfühlte, in seinen Armen aufzuwachen.

❄

KAPITEL 34

Aidan

ALS ICH IN Snowhill angerannt kam, drangen die Stimmen der Kleinen aus dem Spielzimmer im Erdgeschoss. Gabriel saß an einem Kindertisch und malte, Stella kroch durch den Raum und warf mit Bauklötzen. Wie Geschosse zischten sie durch die Luft.

»Bist du das, Aidan?« Marian sprach aus Johns Arbeitszimmer, das schräg gegenüber lag. »Ich schreibe schnell ein paar Weihnachtskarten, solange sie sich beschäftigen.«

»Ja, ich wollte mich nur bei Gabriel bedanken.« Ich hockte mich neben ihn. »Du hast so tolle Bilder gemalt. Ich habe mich darüber gefreut.«

»Ja, habe ich.« Konzentriert malte er weiter, dabei schaute seine Zungenspitze heraus.

»Die anderen Bilder, darf ich die auch haben?« Ich schielte zu dem dicken Packen, der neben ihm lag.

Er setzte den Stift ab. »Nein, das sind meine Geschenke für Weihnachten. Und die brauche ich.«

»Ich verstehe. Du hast so schöne Steine drauf geklebt«, flüsterte ich. »Eigentlich gehören sie mir.«

»Weiß ich. Ich habe sie gebraucht.« Er grinste ein bisschen.

»Gibst du sie mir denn zurück?«

Er nahm ein neues Blatt hervor und bedeckte es mit großen Strichen wie Picasso. »Nein.«

Shit!

»Wir könnten zusammen *Paw Patrol* anschauen. So richtig wie im Kino, mit einem größeren Fernseher. Und du darfst dabei das Kätzchen auf dem Schoß halten.«

Er schaute mich interessiert an. »Das rote?«

»Ja, das kleine rote. Ist das dein Lieblingskätzchen?« Mir rann der Schweiß in Bächen den Rücken hinab. Meine Diamanten klebten auf mindestens zehn Bildern, äußerst fantasievoll, wie ich zugeben musste. Mal waren sie die Sterne am Nachthimmel, mal Fußbälle, mal die Augen von Kühen oder anderer Tiere. Wirklich schön – und mein Untergang. In meiner Vorstellung sah ich die freudigen Gesichter der anderen, wenn Gabriel seine Geschenke überreichte. Und Matts finstere Miene, der sofort erkannte, dass es keine Swarovski-Kristalle waren. Kurz darauf das Eintreffen der Polizei und wie ich in Handschellen abgeführt wurde … Nein, das durfte ich nicht zulassen.

»Ja, das rote Kätzchen ist so süß.« Vor Begeisterung lispelte er. »Fffo, fffo füf. Fffo winffig und fffo flauffig. Und Popcorn?« Er lächelte ein bisschen, der kleine Erpresser.

»Ich habe aber kein Popcorn!«

Er zuckte mit den Schultern und kritzelte weiter. *Pech gehabt.*

»Ich besorge Popcorn, sehr viel Popcorn sogar. Sobald ich welches habe, rufe ich dich, okay?«

»Ist gut.« Er malte weiter.

Mit dem Rolls fuhr ich nach Burford, stellte ihn ins absolute Halteverbot, weil das Parkhaus voll war, und rannte durch die Shopping-Mall. Zuerst besorgte ich einen großen Fernseher und trug ihn zum Auto. Dann hetzte ich ein zweites Mal durch die Mall, auf der Suche nach Popcorn. Gebrannte Mandeln an jeder Ecke, aber von Popcorn keine Spur! In meiner Verzweiflung kaufte ich eine Popcorn-Maschine und einen Beutel Maiskörner.

Shit, meine Kreditkarte pfiff aus dem letzten Loch. Ich hob alles verfügbare Bargeld ab, bevor die Bank die Karte sperrte. Was sie mit Sicherheit tun würde. Mit diesem Geld musste ich auskommen, bis ich von Matt und John meine Hochzeitsprämie bekäme.

Mein Blick schweifte zur gegenüberliegenden Seite der Mall. Vor einem Geschäft mit Babykleidung hielten drei Männer Strampelanzüge hoch, als plauderten sie darüber, welcher davon der schönste wäre. Waren das Darren, Briggs und Roy?

Nein, unmöglich. Ich war untergetaucht, ohne eine Spur zu hinterlassen. Außerdem würde Darren im Leben keine Babykleidung kaufen. Warum auch? Gott, vor lauter Stress war ich auf dem besten Weg, paranoid zu werden.

Was fehlte noch? Ich kaufte Schmucksteine in Rosa und in Regenbogenfarben, damit ich sie von den weißen unterscheiden konnte. Gabriel würde bestimmt lieber mit den bunten Steinen basteln und mit mir tauschen. Und eine Lupe, mit der Juweliere Diamanten auf ihre Echtheit überprüften. Wobei ein simpler Echtheitstest darin bestand, sie in ein Wasserglas zu werfen. Echte Steine sanken sofort, Swarovski-Kristalle eher nicht.

EINE STUNDE später baute ich zu Hause den riesigen Fernseher auf und warf die Popcornmaschine an. Carol wunderte sich kurz über meine Käufe, dann ging sie nach Snowhill zur Anprobe des Hochzeitskleids. Marian brachte die beiden Kleinen, damit sie in Ruhe das Kleid abstecken konnten. »Wenn sie frech sind, kommst du mit ihnen rüber, okay?«

»Ach was, ich komme schon mit ihnen klar.«

»Oh, was duftet denn hier so gut?«

»Ich habe Popcorn gemacht.«

»Wow, toll. Das ist ja wie im Kino.« Sie lachte und verabschiedete sich.

Und ich sank erschöpft auf die Couch. Zehn Folgen *Paw*

Patrol später. Gabriel überreichte mir feierlich die Bilder und ich half ihm dabei, die, wie ich sie nannte, »langweiligen weißen Steine« durch »wunderschöne bunte Steine« auszutauschen.

Ja, ich hatte ein schlechtes Gewissen, weil ich ein kleines Kind mit Popcorn bestochen hatte. Ja, ich fühlte mich scheußlich, weil ich seine Kunstwerke ein bisschen zerstörte, indem wir die weißen Steine durch bunte ersetzten. Vorher sah es irgendwie besser aus.

Die Kristallvase war wieder gefüllt. Heute Nacht würde ich in Ruhe die echten Steine raussuchen und verstecken. Und bei Gott, hoffentlich wurde es bald Nacht, denn ich war mit den Nerven am Ende.

Die Kinder spielten mit den Kätzchen, der Fernseher lief. Es hätte so schön sein können, wenn nicht dieser ganze Mist im Hintergrund wäre. Verdammt, ich sehnte mich so nach einem normalen Leben.

Es war schon dunkel, als Marian und Carol ins Häuschen kamen, lachend und bester Laune.

»Oh, wie schön, ihr hattet Spaß.« Marian kniete sich neben Stella und streichelte das graue Kätzchen auf ihrem Schoß. »So, jetzt musst du das Kätzchen zurückgeben, Stella. Wir gehen nach Hause, es gibt gleich Abendbrot.«

»Nein!«

Carolyn wirkte mit einem Mal traurig und deprimiert, ihr Lächeln erlosch. Es war mir schon öfter aufgefallen, dass sie so reagierte, wenn sie die Kleinen ansah. Es hatte bestimmt mit Tommy zu tun. Mit ihrer Vergangenheit. Und mit dem, was sie verbarg.

Marian zog Stella den Schneeanzug an und setzte ihr die Mütze auf die roten Locken. »Das war richtig toll. Danke, dass du auf sie aufgepasst hast, Aidan.«

»Jederzeit gerne wieder«, murmelte ich.

»Das Kleid sieht perfekt aus. Du wirst begeistert sein.«

»Oh ja, davon bin ich überzeugt.«

»Kommt ihr später zum Essen oder wollt ihr lieber für euch sein?«

»Ich denke, wir bleiben hier. Oder, Carol?«

»Ja, ich bin auch müde.«

»Dann bis morgen!« Die drei winkten uns zu und verließen das Häuschen. Ich war nur noch erledigt.

Carol hantierte eine Zeitlang schweigend in der Küche. »Ich habe uns etwas zum Kochen mitgebracht. Mel hatte Suppe und frisches Brot. Wenn du magst.« Ihre Stimme klang zittrig. Weinte sie?

»Das klingt perfekt.« Ich ließ mich aufs Sofa fallen, als sie aus der Küche kam, die Augen gerötet. »Setz dich zu mir, Carol.«

»Ich wollte zu den Katzen«, murmelte sie ausweichend.

»Bitte.« Ich nahm ihre Hand und zog sie neben mich. Mein Arm legte sich um sie und sie atmete tief aus. Ich tankte Energie bei ihr auf, sie bei mir. Wäre ich nur jemand anders und kein Gauner auf der Flucht. Leider war die Situation so vertrackt. Ich konnte sie nicht ändern, auch wenn ich es gerne wollte. »Ich mache uns nachher ein bisschen Popcorn, ich bin jetzt der Popcorn-Experte.«

Sie lachte leise und schmiegte sich an mich. »Ja, das klingt toll.«

»Was ist los? Warum hast du geweint?«

»Es ist nichts.« Sie wollte sich mir entziehen, aber ich hielt sie fest.

»Das glaube ich dir nicht. Hat es mit früher zu tun?«

Nach langem Zögern flüsterte sie ein leises »Ja.«

»Und mit kleinen Kindern?«

Sie nickte.

»Möchtest du es mir denn erzählen?«

»Nein, lieber nicht.«

»Ein bisschen vielleicht?« Ich vergrub meine Nase in ihrem Haar, strich sanft über ihren Arm, zog sie enger an mich.

»Ja, also …« Sie holte tief Luft. »Ich kann keine bekommen.«

O Gott, wie schrecklich! »Wirklich nicht? Das tut mir leid.«

»Ja.« Sie fing an zu weinen, ihr Körper bebte.

Verdammt! Was noch alles? Eine Frau, die mit so etwas Schlimmen fertig werden musste. Und ich belog sie rücksichtslos und nutzte ihre Amnesie für meine Zwecke aus. Mir wuchs das alles über den Kopf. »Man kann welche adoptieren, Carol.«

»Ja, das stimmt.« Sie schniefte und zog die Nase hoch. »Würdest du das denn wollen?«

»Warum nicht? Hauptsache, man liebt sie.«

»Ja, das ist wahr.«

Hilflos trudelte ich durch die Wellentäler meiner Gefühle. Ein Teil von mir wollte die Beine in die Hand nehmen und davonrennen. Es war mehr als fies, ihr weiter vorzumachen, dass ich ihr Verlobter wäre. Es war komplett unmoralisch. Das Letzte! Aber ein anderer Teil von mir wollte bei ihr bleiben und sie trösten. Und er gewann.

»Sei nicht traurig. Es gibt immer eine Lösung.« Auch wenn mir gerade absolut keine einfiel.

»Vielleicht.«

Worte brachten nichts. Was sollte ich ihr auch sagen? *Alles halb so schlimm?* Es war eine verfluchte Zwickmühle, in der ich steckte. Ich konnte ihr nicht einmal meine Ehrlichkeit schenken, das Visier herunterlassen und mich ihr so zeigen, wie ich wirklich war.

»Schau mich an, Carol.« Mein Herz schmolz, als ich in ihre blauen Augen sah, in dem der goldene Schimmer so matt wirkte, wie gebrochen. Ich wollte ihn wieder zum Strahlen bringen. In all seiner Schönheit.

»Ja?«

»Komm, wir gehen ins Bett.« Ohne ihre Antwort abzuwarten, trug ich sie durch den Raum. »Ich bin total platt von diesem Tag und von allem. Lass uns ein bisschen kuscheln und die Kätzchen beobachten. Würde dir das gefallen?«

»Ja, sehr.«

Eine Weile sahen wir den drei kleinen Chaoten dabei zu, wie sie miteinander rangelten, während Rougette sich die Pfoten leckte und sich das Gesicht wusch. Noir saß in gebührendem Abstand daneben und schien völlig irritiert über die herumtollenden Kätzchen.

Carolyn fing an zu kichern, als das rote Kätzchen sich auf die Hinterbeine setzte und mit dem grauen kämpfte. »Sie haben noch keinen Namen.«

Ich nickte. »Ich habe mir überlegt, dass ich sie Gabriel und Stella schenke. Zu Weihnachten. Nicht, dass sie unter dem Weihnachtsbaum liegen, davon halte ich nichts. Aber dass sie wissen, dass die beiden ihnen gehören. Sie würden sie erst Ende Januar bekommen.« Es fühlte sich an, als würde ich meinen Nachlass regeln. Bis dahin wäre ich längst über alle Berge mit meinem dicken Scheck. Nach der Hochzeit würde Carolyn erfahren, dass ich sie nur des Geldes wegen geheiratet hatte. Verdammt, ich wollte nicht darüber nachdenken. Es würde ein furchtbarer Schock für sie werden und sie tief verletzen.

»Und Socket?«

»Sie ist nicht zu verschenken, sie gehört dir.«

»Ja, das stimmt.« Leise stöhnend rieb sie sich über die Stirn und mir blieb fast das Herz stehen. Vielleicht erinnerte sie sich bald daran, dass wir nicht verlobt waren? Oder es ging ihr so schlecht wegen schlimmer Erlebnisse in der Vergangenheit und ihrer gesundheitlichen Probleme? Wenn ich doch nur wüsste, was ihr zugestoßen war.

Diese Grübelei führte zu nichts. Wir sollten den Moment genießen. Und was böte sich besser dazu an als ein Kuss?

»Komm her.« Von hinten zog ich sie in meine Arme und ließ mich mit ihr auf die Matratze fallen. Fast schon überfallartig drückte ich meine Lippen auf ihre und sie quietschte leise auf. »Zu wild?«

»Nein, genau richtig.«

»Gut.« Mein Bein schlang sich um ihre Hüfte und ich küsste sie. Sanfte tastende Küsse, bei der meine Zunge nur wenige Millimeter in ihren Mund glitt, bis sie aufstöhnte und mich so leidenschaftlich küsste, dass es mich heiß überlief. Meine Hände tasteten über ihren Po, drückten ihn zusammen, glitten unter ihre sexy Jeans. Ich wollte sie überall anfassen, und ich wollte tief in ihr sein, sie so leidenschaftlich lieben, dass sie morgen heiser wäre vom Schreien. Aber das ging alles nicht. Frustriert schob ich sie ein Stück von mir weg.

»Warum hörst du auf, Aidan?«

»Der Arzt hat gesagt, du sollst dich schonen.«

»Ich will mich aber nicht schonen.« Sie knöpfte ihre Jeans auf, nahm meine Hand und schob sie hinein.

»Carol.« Ihre weiche und feuchte Mitte zu fühlen, ließ mich fast ausrasten. Gegen jede Vernunft schob ich ihr die Jeans vom Po und zerrte sie ein Stück herunter. Jetzt war nur noch das Höschen da.

»Warte, ich muss kurz …« Sie versuchte, die Hose abzustreifen. »Gar nicht so einfach im Liegen.« Sie sah mir in die Augen und kicherte. »Warum siehst du mich so an?«

Genau so hatte ich sie mir gewünscht, mit offenem Haar und sexy Kleidung, in meinen Armen. Und jetzt ließ ihr Anblick mein Herz rasen. Sie haute mich um und sorgte für einen derart mächtigen Ständer in meiner Hose, dass es meinen Reißverschluss fast aus den Angeln riss. »Du gefällst mir.«

»Ein bisschen?«

»Sehr.« Sanft berührte ich ihr Gesicht.

»Wie sehr denn?«, neckte sie mich, tauchte wieder ihre freche Zunge zwischen meine Lippen und küsste mich schwindelig.

»Oh, Miss Christmas, du küsst wie keine zweite.« Hastig streifte ich ihr das Höschen herunter und presste sie halbnackt an mich.

»Du musst dich auch ausziehen.«

»Lieber nicht. Sonst kann ich mich nicht zurückhalten. Aber ich ziehe dich aus.«

»Ganz? Und du bleibst angezogen?«

»Ja.«

»Ein bisschen unfair. Wir könnten Sex haben. Immerhin heiraten wir in drei Tagen.«

Erinnere mich bitte nicht daran. Denn wenn ich daran dachte, sollte ich nichts von allem tun.

»Wir haben gesagt, wir warten bis nach der Hochzeit.«

Sie streifte sich den Pulli über den Kopf. »Wirklich? Bist du dir sicher?«

»Mmh.« Dann zog ich ihr das Hemdchen aus und küsste mich von ihrem Hals abwärts. Erreichte ihre wunderschönen Brüste, leckte über ihre Nippelchen, bis sie hart in meinem Mund wurden. Mit jeder Sekunde fiel es mir schwerer, mich zurückzuhalten. Dieser Vanilleduft, der von ihrer samtweichen Haut ausging ...

»Zieh dich aus«, flüsterte sie.

»Nein, wirklich nicht. Und wenn du mich wieder dazu verleiten willst …«

»Dann?« Sie schob ihre Hand in meine Hose und fasste mich so raffiniert an, dass ich aufstöhnte.

»Dann leg ich dich übers Knie.«

»Aber ich war doch artig.« Sie kicherte an meinen Hals und mein Herz blubberte vor Glück kleine rosa Bläschen.

»Warst du nicht, du Verführerin. Das gibt Rache.« Ich entzog mich ihrem Griff. Meine Lippen streiften ihren Bauch. »Es ist so dunkel, ich kann dich nicht richtig sehen. Darf ich?« Ich streckte die Hand nach der kleinen Lampe auf dem Boden aus.

»Lieber nicht.«

»Gut, wie du willst. Obwohl du dich nicht zu verstecken brauchst. Du bist wunderschön.« Im Halbdunkel entdeckte ich etwas an ihrem Unterleib. »Was ist das?«

»Mein Tattoo«, wisperte sie.

»Sag bloß, es ist ein …«

»Ein Kätzchen.«

Auch noch ein Kätzchen-Tattoo! O Gott, ich war verloren. Ab jetzt war ich Wachs in ihren Händen, zum Glück wusste sie es nicht. Als ich darüber strich, fühlte ich eine flache Narbe, die fast völlig verschwunden war. Darum das Tattoo …

»Carol, deine Haut schmeckt nach Vanille. Und ich liebe Vanille.« Meine Zunge bewegte sich abwärts. Ich küsste ihre Mitte, tauchte tief in sie ein, bis sie stöhnte und ihre Hände in meinem Haar wühlten. »Magst du das?«

»Oh ja, sehr. Und du?«

»Und wie.« Mit dem Daumen fuhr ich über ihre Perle, kreiste sanft darüber und schob gleichzeitig meine Zunge tief in sie hinein. »Carol.«

Sie kam wie eine Rakete. Fest zog sie sich um mich zusammen und stieß dabei kleine Seufzer aus, so sexy und erregend, dass ich fast in meine Hose gekommen wäre.

Immer fester packte ich sie, ließ sie keinen Millimeter wegrücken und zeigte ihr, dass ich der Boss war. Und sie war weich und anschmiegsam, mein süßes Mädchen. Ich schob sie auf und ab, tauchte immer tiefer in sie hinein, bis sie ein zweites Mal kam. Dann nahm ich meine Finger hinzu. »Magst du es auch gerne etwas fester?«

»Ich weiß nicht«, murmelte sie. »Das hab ich noch nie ausprobiert.«

»Was denn?«, fragte ich verdutzt und stoppte für einen Moment.

»Alles.«

»Alles? O mein Gott. Du hast noch nie … dich hat nie zuvor ein Mann geleckt?«

»Nein. Kannst du das bitte noch mal machen?«

»Und ob ich das kann!« Herrgott, unvorstellbar. Was für eine Verschwendung! Aber jetzt war ich da und ich würde sie jeden Tag zum Schreien bringen, wenn sie es wünschte.

Nur bis zur Hochzeit, denk daran.

Mit einer Hand griff ich von oben um ihren Schenkel, mein Daumen spielte mit ihrer Perle. Die andere Hand schob ich von unten an sie heran. Dann setzte ich meine Zunge ein, leckte sie mit Hingabe, während mein Finger langsam in sie eindrang. Vorsichtig und sanft. Gott, sie war so eng. Ich schleckte sie, wie ein hungriger Kater einen ganzen Sahnetopf ausleckte. Genüsslich, tief und unendlich lange. Irgendwann hörte ich auf zu zählen, wie oft sie kam. Bis sie nur noch ein Wimmern von sich gab und in sich zusammensackte. Ich war wie weggetreten, meine Hose nass vor Erregung. Jetzt tief in sie eindringen und ihr den Rest geben. *Bald.*

»Aidan, ich … bin total platt.«

»Gut.«

»Ich sollte das bei dir machen.«

»Mmh.«

»Ich bin nur so unheimlich müde und kann mich leider nicht rühren.«

»Beim nächsten Mal. Schlaf schön und ruh dich aus, Kätzchen.«

»Aber du hast …« Ihre Stimme wurde verwaschen. »Nichts davon gehabt.«

»Oh, doch. Mehr als du dir vorstellen kannst.« Mein Herz befand sich im Schwebezustand und ich verspürte ein absolutes Glücksgefühl. Wegen ihr. »Wir machen morgen weiter.«

»Mmh, schön. Ich freue mich. Dann mache ich das bei dir, versprochen.«

Ich deckte sie zu und blieb eine Weile neben ihr liegen, bis sie fest schlief. Im Schlaf schlang sie die Arme um mich und vergrub ihre Nase an meinem Hals. So süß und unwiderstehlich, dass ich mich kaum von ihr lösen konnte.

Mein Blick fiel auf den Kater, der sich schräg gegenüber hingelegt hatte. Socket hatte sich zu ihm geschlichen und kuschelte sich an ihn. Das winzige Kätzchen neben dem riesigen Kampfkater … Es berührte mein Herz. Das musste ich ihr morgen erzählen, sie würde es genauso goldig finden wie ich.

Minuten später stand ich leise auf, ging in den Wohnbereich und schnappte mir die Kristallvase. Damit zog ich mich in die Küche zurück und sortierte die Steine, streng darum bemüht, keinerlei Geräusche zu verursachen. Mit einem Wasserglas prüfte ich die Diamanten, danach suchte ich sie mit der Lupe ab, bis ich mir sicher war, dass ich alle echten Steine eingesammelt hatte. Dann dachte ich mir ein wirklich allerletztes Versteck aus.

❄

KAPITEL 35

21. DEZEMBER

Carolyn

IM KUTSCHERHÄUSCHEN WAR ABGESEHEN von einem Kanten Brot nichts Essbares mehr vorhanden, und wir gingen zum Frühstück nach Snowhill. Danach spielten alle mit den Kleinen im Schnee und bauten Schneemänner. Ich hatte mit Mel die Küche aufgeräumt und ihr angeboten, beim Backen zu helfen.

Sie kramte zahlreiche Backzutaten auf die Arbeitsfläche. »Wir müssen heute mindestens fünfzehn Sorten Plätzchen backen. Es wäre echt toll, wenn du mir hilfst, Carolyn.«

»Sicher, das mache ich gern.« Früher hatten wir immer zusammen gebacken und ich hatte es geliebt.

»Zuerst muss ich die Vorräte in der Kammer inspizieren und eine weitere Einkaufsliste schreiben. Für das Hochzeitsessen. Du kannst schon mal loslegen. Hier ist das Rezept.« Sie klappte ihr Rezeptbuch auf, klemmte es in den Ständer am Regal fest, und begab sich in die Kammer.

Der Mixer dröhnte. Meine Gedanken wanderten davon zu Aidans seltsamer Reaktion gestern auf die Bilder von Gabriel. Dann kaufte er einen riesigen Fernseher, obwohl das kleine

Gerät völlig in Ordnung war? Komisch, da stimmte doch etwas nicht.

Abends verwöhnte er mich so ausgiebig, dass ich danach schlief wie eine Tote. Meine Güte, er war ein richtiges Tier im Bett und ich weinte fast, so schön fühlte es sich an. Ich kicherte leise, doch dann stieg ein Verdacht in mir auf: Vielleicht hatte er das nur getan, damit ich tief und fest schlief?

Im Küchenfernseher lief wieder ein Beitrag über den Diamanten-Raub. Kurz schaltete ich den Mixer aus, um die neueste Entwicklung zu verfolgen. »Trotz vieler Hinweise aus der Bevölkerung wurden die Täter bisher nicht gefasst. Nun zu den guten Nachrichten: Für die Singh-Familie sind zahlreiche Spenden eingegangen, mit deren Hilfe sie ihr beschädigtes Haus renovieren können.«

»Wie schön.« Versonnen kippte ich Eier in den Teig, dann gemahlene Nüsse.

In meinem Kopf drehten sich die Rädchen. Diamanten. Glitzernde Steine. Die Swarovski-Kristalle auf den Bildern. Aidans entsetzter Blick. Sein kopfloses Verhalten.

Ich hielt inne, der Mixer stoppte, ein Schauer jagte mir über den Rücken. Waren es vielleicht keine Swarovski-Steine gewesen, sondern echte Diamanten?!

O mein Gott! Aidan hatte die Diamanten gestohlen! Er war der gesuchte Verbrecher aus dem Fernsehen?! Das würde einiges erklären ...

In der Nacht hatte er sich in die Küche geschlichen und dort herumhantiert. Immer wieder war ein leises Klirren zu vernehmen. Bis vor zehn Sekunden dachte ich, er hätte sich einen Drink gemixt und die Eiswürfel darin hätten geklirrt. In Wahrheit waren es die Diamanten. Danach hatte die Tür vom Tiefkühlfach leise geklappt, vielleicht versteckte er sie in einem Pizzakarton oder in einem Beutel mit Gemüse. So, und wer war jetzt der größere Gauner von uns beiden?

Das war ein Schock. Vor Schreck kippte ich zu viel Zucker in den Teig, eilig schüttete ich Mehl hinterher. Vermutlich hatte er ebenso große Geldprobleme wie ich? Ja, was sonst? Aus welchem Grund wurde man sonst kriminell?

Meine Beklommenheit wuchs. Wir belogen uns gegenseitig und es war noch viel schlimmer, als ich bisher gedacht hatte. In seiner Haut wollte ich nicht stecken, der Fall war landesweit bekannt. Ehrlich gesagt, konnte ich mir nicht vorstellen, dass er nach all dem Trubel die Steine behalten wollte.

Und jetzt? Sollte ich die Polizei rufen? Nein! Ich brauchte Aidan als meinen Bräutigam.

Machte ich mir damit nichts vor? Auch wenn ich ihn nicht für die Fake-Hochzeit brauchte, wollte ich ihn nicht verraten. Weil ich bis über beide Ohren in ihn verliebt war.

Ich wollte nicht, dass er im Gefängnis landete, noch weniger nach letzter Nacht.

Ich hatte ihm erzählt, dass ich keine Kinder bekommen konnte und was war seine Antwort darauf: Zärtlichkeit, Mitgefühl, Leidenschaft. In einigen Momenten fühlte es sich wie Liebe an. Hinter all den Lügen verbarg sich vielleicht doch etwas Echtes? Ich fühlte es, also war es auch echt.

Was sollte ich bloß tun? Damit meinte ich nicht den völlig misslungenen Teig.

Auf einmal piepste der Signalton von vorne am Tor, und ich quietschte vor Schreck auf. Gott, ich musste mich beruhigen. Es wartete nur jemand am Tor. Bestimmt einer von Baileys Kumpeln für weitere Arbeiten am Häuschen.

Gespielt fröhlich rief ich in den Hörer der Sprechanlage: »Hallöchen, wer von euch fleißigen Helfern ist denn da?«

»Die Polizei.«

O Gott! Sie kamen, um Aidan zu verhaften? Nein, das würde ich nicht zulassen! Ich schlug meinen abweisendsten Tonfall an. »Christmas. Was gibt's?«

Kurz herrschte irritiertes Schweigen. »Wenn wir hereinkommen dürften?«

»Nein.«

Ein ungläubiges Lachen. »Ma'am?«

»Es passt gerade nicht. Ich komme aus der Dusche. Worum geht's?«

»Um einen Wagen mit dem Kennzeichen …« Er las ein ellenlanges Kennzeichen vor, das mir vage bekannt vorkam.

»Ist das Ihr Wagen, ein dunkelblauer Rolls Royce mit silbernen Zierleisten?«

Es ging nicht um den Raub?! Vor Freude hätte ich fast gejubelt!

»Es ist der Wagen von meinem Großvater Christopher Christmas, genannt Kit.«

»Aha, dann sind Sie gestern damit in die Shopping-Mall gefahren?«

»Wieso? Was ist passiert?«

»Sie haben den Wagen im absoluten Halteverbot geparkt, mehr als eine halbe Stunde lang.«

»Und wegen so einer Lappalie kommen Sie extra her? Schicken Sie mir den Strafzettel.«

Wiederum herrschte verblüfftes Schweigen. »Der Wagen ist zugelassen auf Mr Christmas, aber er ist mittlerweile verstorben. Und da haben wir uns gefragt, wer der Fahrer war. An einen Toten kann man schlecht Strafzettel versenden.«

Den Fahrer würde ich ihnen bestimmt nicht verraten.

»Nun ja, es war …« Ich kam nicht in Frage, denn mein Führerschein war weg. »Mein Bruder Matthew.«

»Matthew Christmas, der ehemalige Staatsanwalt?«

»Ja, genau. Er musste dringend … Pampers kaufen für seine neugeborene Tochter. Und Fencheltee. Da hat er das Schild übersehen. Ich bin sicher, es tut ihm total leid.«

»Dann bestellen Sie ihm schöne Grüße und unsere herzlichsten Glückwünsche. Er soll den Wagen dringend ummelden und sich beim nächsten Mal nicht in eine gesperrte Zone stellen.«

»Vielen Dank, ich richte es ihm aus«, flötete ich mit zuckersüßer Stimme. »Frohe Weihnachten, Officers.«

Kaum hatte ich den Hörer aufgelegt, schnappte ich nach Luft und klammerte mich an der Arbeitsfläche fest. Gott sei Dank, das war noch einmal gut gegangen. Wenn sie das Haus betreten hätten … Vielleicht hätte Aidan sich vor Schreck über ihr Auftauchen verraten, wäre geflüchtet und alles wäre aufgeflogen? Oder sie hätten ihn auf der Flucht erschossen?

Vor Anspannung biss ich mir auf die Unterlippe. Ich

wollte das nicht! Und überhaupt wollte ich, dass er bei mir blieb und mich sein Kätzchen nannte. Und dass er mit mir schlief!

Er war einfühlsam gewesen und verwöhnte mich, bis ich nicht mehr konnte. So hätte ich mir mein erstes Mal gewünscht, nicht die seelenlose Rein-Raus-Nummer, die Tommy mir geboten hatte.

Wenn das Gestreichel schon so scharf war, wie wäre dann erst der Sex mit Aidan? Oder war es Sex gewesen, auch wenn er ihn nicht reingesteckt hatte?

»War es jetzt Sex, oder nicht?« Ich leckte den Löffel ab, der Teig war gar nicht mal so übel, und tendierte eher zu einem Ja.

»Kommt darauf an«, brummte eine tiefe Stimme hinter mir und ich schrie auf.

»Aidan!«

»Worüber denkst du nach?« Er grinste, dann sah er sich verstohlen um. »Jemand da?«

»Nein, ich glaube nicht. Warum?«

Er nahm mir den Löffel weg, drehte mich zu sich um und umschlang mich. Dann küsste er mich, bis mir Hören und Sehen verging, und meine Beine zu heißem Wachs zerflossen. Und als ich dachte, dass ich nicht mehr stehen konnte, hob er mich hoch und ich schlang die Beine um seine Hüften. Sein Kuss sorgte für lodernde Flammen in meinem Inneren. Behutsam setzte er mich auf der Arbeitsfläche ab und rieb seine stählerne Härte an meiner Mitte, bis ich aufstöhnte. Großer Gott, es war so heiß, dass der Zucker in der Schüssel karamellisierte.

Erst nach Minuten zog er sich aus meinem Mund zurück und strich mit dem Daumen über meine Unterlippe. »Kätzchen, Kätzchen, was tust du mit mir?«

»Oh, Hilfe!«, keuchte ich. »Was tust du mit mir?«

»Mmh? Ich?« Er grinste nur, dann stellte er mich wieder auf den Boden und rückte den Zucker auf der Arbeitsplatte hin und her. »Sag mal, wenn wir die Hochzeit verschieben würden, wie fändest du das? Vielleicht sollten wir warten, bis es dir besser geht?«

Nach diesem Kuss sprach er über eine Verschiebung? Was hatte ich verpasst? »Wie … wie meinst du das?«

»Wegen deiner Kopfschmerzen und deiner … Nun ja, vielleicht getrübten Wahrnehmung.«

»Meine Wahrnehmung ist erstklassig.«

»Bist du dir sicher?«

Warum wollte er mich nicht mehr heiraten? Er wich meinem Blick aus und strich sich in einer verlegenen Geste über den Hinterkopf, genau wie Bailey. Er wollte mir die Hochzeit ausreden, weil er Skrupel bekommen hatte? Das fand ich so süß, dass ich kaum mehr atmen konnte. Mein Herz flog ihm zu.

Was war mit meinen Skrupeln? Sie wuchsen täglich und hatten die Größe von Gebirgsketten erreicht. Zum Schluss würden sie auf mich rollen und mich erschlagen.

Mein Herz ist mein Kompass, stand auf seiner Brust. Ich hatte meinen Kompass im Laufe der Jahre verloren. Meine Nadel zeigte ausschließlich in Richtung *Rettung von Carolyn, koste es, was es wolle.* Und das war nicht richtig.

»Du willst mich nicht mehr heiraten?« Tränen stiegen mir in die Augen. Nicht nur, weil sich durch die Absage der Hochzeit meine verzwickte Situation verschlimmern würde. Sondern weil ich wirklich gerne mit ihm verheiratet wäre, nicht nur als Teil eines fiesen Plans. Ohne ihn war ich wieder allein. Ich brauchte ihn!

»Sicher. Ich dachte nur … Komm her, Kätzchen. Sei nicht traurig.« Er zog mich an sich und schlang die Arme um mich, bis es ruhig wurde in meinem Inneren. Die Zeit stand still. Seine leisen Atemzüge, sein warmer Körper, der sich an meinen presste, sein männlicher Geruch. Das wünschte ich mir für immer. »Natürlich heiraten wir. Ich dachte nur, wir lernen uns zuerst ein bisschen besser kennen.«

Ich nahm meinen Mut zusammen. »Wenn wir Sex hätten, würden wir uns besser kennenlernen. Oder?«

»Ja, da hast du recht.« Er grinste, ich kicherte. »Wir wollten damit bis nach der Hochzeit warten, Carolyn. Das hatte ich mir vorgenommen.«

»Äh, wie? Aus welchem Jahrhundert stammst du?«

»Sei nicht frech.« Er tauchte seinen Finger ins Mehl und stupste mir damit auf die Nase.

»Selber frech.« Ich wollte ihm ebenfalls auf die Nase stupsen, aber er bog meine Hand mit Leichtigkeit hinter meinen Rücken.

»Und wie frech du bist. Es ist wohl zu lange her, dass ich dich übers Knie gelegt habe.« Er stockte. »Oh, verdammt …« Bestimmt fiel ihm ein, dass er das besser nicht erwähnt hätte.

»Hast du das? Ich kann mich nicht daran erinnern.«

»Mmh, nicht einmal ein bisschen?«, brummte er an meinem Ohr. »Es hat dir gefallen.«

»Ich glaube, ich erinnere mich doch …« Wir lachten leise und küssten uns erneut. »Heute Nacht?«, flüsterte ich. »Bitte, Aidan.«

Ich wollte nicht länger warten. Sobald er erfahren hatte, was für ein falsches Spiel ich mit ihm getrieben hatte, würde er mich bestimmt nicht mehr küssen wollen. Und noch weniger mit mir schlafen.

»Ja, heute Nacht, Carolyn.«

❄

KAPITEL 36

A idan

Ich hatte es wirklich versucht. Aber dann weinte sie fast, und ich machte einen Rückzieher von meinem Rückzieher. Mein Gott, sie glaubte wirklich, dass wir verlobt waren und sie brauchte mich, meine arme Kleine. Sie war so desorientiert und hilflos ohne mich. Und so tröstete ich sie mit einem Kuss.

Dabei wollte ich ihr einen Ausweg anbieten, indem ich ihr nahelegte, die Hochzeit abzusagen. Zum Dank dafür, dass sie mich eben gerettet hatte.

Ursprünglich wollte ich mir nur einen Kaffee holen, da bekam ich mit, dass die Polizei um Einlass bat. Ich vernahm jedes Wort, als ich hinter der Küchentür stand, starr vor Angst. Sie waren mir auf die Spur gekommen! Mir blieben nur ein paar Minuten, um mich von allen zu verabschieden und Bailey zu erklären, warum ich diesen Mist angestellt hatte. Merde! Ich war so was von geliefert.

Doch dann ging es nur um mein dämliches Falschparken? Wie konnte ich nur so unvorsichtig sein! Ich hätte mich am liebsten geohrfeigt.

Als Ausländer würden sie meine Personalien gründlich überprüfen, vielleicht wurde ich bereits von Interpol gesucht? Das Krankenhaus nahm Schulden von über 300.000 Euro bestimmt nicht auf die leichte Schulter. Alles wäre vorbei. Der Raub käme bestimmt auch heraus, denn eines zog das andere nach sich.

Doch Carolyn erfand eine Geschichte, vielleicht weil sie ihren zickigen Moment hatte und sich nicht herumkommandieren ließ. Oder sie tat es, um mich zu schützen?

Sie war loyal und sie stand zu mir. Herrgott, ich hätte sie am liebsten hochgehoben, durch den Schnee davon geschleppt und im Kutscherhäuschen stundenlang geliebt.

So jemanden wie sie brauchte ich an meiner Seite. Eine schlaue und zuverlässige Komplizin, die meine Flanke schützte und deren Flanke ich schützte. Zusammen wären wir unschlagbar. Das Dream-Team.

Verdammt, das gibt es nicht. Ich liebe sie. Ich will mit ihr ein Team bilden und noch viel mehr!

Die Erkenntnis traf mich wie ein Backstein auf den Kopf.

Matt und John winkten mir von draußen zu. *Komm zu uns!* Sie hoben ihre Tassen hoch und deuteten auf eine dritte. *Für dich.*

Total verwirrt ging ich zu ihnen auf die Terrasse.

»Und, wie ist die Lage? Erzähl mal.« Matt drückte mir die Tasse in die Hand. »Vorsicht, heiß und stark. Mels berühmter Weihnachtspunsch.«

»Danke.« Ich stieß einen Seufzer aus. »Mittelprächtig, würde ich sagen.«

»Warum? Wie meinst du das?«, fragte Matt.

John stieß ihn an. »Siehst du das nicht? Er ist verliebt, bis über beide Ohren.«

»Nein, ich doch nicht.« Drei Sekunden hielt ich ihren Blicken stand, dann ergab ich mich. »Ja, es stimmt. Sie ist aber auch zu süß.« Ich lachte so irre wie ein pickeliger Teenager, der sich auf sein erstes Date freute.

»Stimmt, die letzten Tage ist sie wie umgewandelt.« John nickte mir mit einem Lächeln zu.

Matt kratzte sich sinnierend am Kinn. »Sie ist wie früher. Da war sie auch so lieb. Richtig niedlich und vertrauensvoll, wenn ich mich recht daran erinnere.«

Ich stöhnte auf. »Und ich zerstöre ihr Vertrauen wieder? Tolle Aussichten.«

»Da habe ich nur einen Rat.« John packte mich eindringlich am Arm. »Du musst dafür sorgen, dass sie deine Gefühle erwidert. Denn wenn sie erfährt, dass alles nur ein Trick war, wird sie dermaßen sauer sein … «

»Ja, gib Vollgas, Aidan«, sagte Matt.

Ungewohnt verlegen stocherte ich mit dem Stiefel im Schnee. »Ja, ich denke, sie ist schon ein klitzekleines bisschen in mich verliebt. Zumindest kam es mir vergangene Nacht so vor.«

»Oho! Verstehe.« Sie sahen sich an und strahlten. »Das klingt doch super.«

»Ja, das ist deine Chance, Aidan.« Matt legte mir die Hand auf die Schulter. »Und wenn sie heulend zusammenbricht, weil sie Snowhill nicht verkaufen kann, bist du da, als ihr Retter, und fängst sie auf.«

»Genau so!« John nickte.

»Mein Gott, sie tut mir so leid.« Ich fasste mir an die Stirn. »Sie meint das alles ernst. Sie wird in Ohnmacht fallen, wenn sie erfährt, was wir getan haben, die süße Maus.«

»Oh ja. Und nicht nur Carolyn.« Matt nickte verstohlen zu Smilla und Marian, die einen Schneemann bauten und ihm gerade lachend eine Möhre in den Kopf steckten.

»Das kannst du laut sagen.« John atmete tief aus. »Ich denke, wir bekommen ordentlich einen auf den Deckel.«

»Verdammt«, brummte ich.

»Oh ja, das ist Mist.« John seufzte.

»Großer Mist!«, stimmte Matt zu. »Wenn wir Pech haben, dürfen wir die nächsten Wochen vor dem Schlafzimmer kampieren.«

»Oder draußen, bei minus zwanzig Grad«, murmelte John. »In einer besonders tiefen Schneeverwehung, die von spitzen Eiszapfen durchzogen ist.«

»Wir sollten uns schon mal ein paar Polarzelte beschaffen. Und Alu-Schlafsäcke.« Sie fingen an, Witze zu machen, und ich musste darüber lachen.

Wir prosteten uns mit Mels Punsch zu. Matt grinste. »Wie heißt das bei den drei Musketieren? Einer für alle …«

»Und alle für einen«, ergänzte John.

Mit einem tiefen Seufzer nahm ich einen Schluck vom Punsch. »Ich fühle mich nicht gut bei der Sache. Ich tue es allein wegen Snowhill.« Ein bisschen auch wegen des Schecks, hm?

»Und das ehrt dich, Aidan.« John legte den Arm um mich und schüttelte mich aufmunternd. »Man merkt, dass dir wirklich viel an ihr liegt.«

»Trotzdem muss es sein«, beharrte Matt. »Wir haben keine andere Wahl.«

»Ja, ich weiß.«

Wir leerten die Tassen und John sah fragend in die Runde. »Ich besorge Nachschub. Wer noch?«

»Danke, für mich nichts mehr.« Ich schüttelte den Kopf, Matt ebenfalls. Vielleicht blieb mir doch die Möglichkeit, das Richtige zu tun? Das Richtige für alle, so dass niemand zu Schaden kam? Wenn ich nur wüsste, wie ich das anstellen sollte.

Kaum waren Matt und John zu ihren Frauen gegangen, kam Bailey auf mich zu.

»Traumhaft schön heute, oder?« Er zeigte in den strahlend blauen Himmel, der von keinem Wölkchen getrübt war. »Ich wollte dich etwas Wichtiges fragen. Fährst du heute Abend mit mir in den Pub? Um halb zehn.«

»Oh, eigentlich hatte ich für heute Abend schon etwas anderes vor.«

Er schmunzelte. »Das kannst du auch danach, wenn du zurück bist.«

»Hm, ich weiß nicht …«

»Bitte, ich brauche deine Hilfe und ich muss dir etwas Wichtiges erzählen.« Er legte eine kleine Pause ein. »Es geht um Carolyn. Und Tommy.« Dieses Schlitzohr! Er wusste genau, dass ich dazu nicht Nein sagen konnte.

»Also gut. Um halb zehn.«

»Super! Wollen wir mal für ein bisschen Weihnachtsstimmung sorgen und die Bäume reinbringen?«

»Klar, ich bin bereit.«

❄

KAPITEL 37

Carolyn

Mel und ich backten im Akkord. Ich rührte die verschiedenen Teigsorten an, Mel formte mit leichter Hand die Plätzchen und bediente den Ofen. Innerhalb weniger Stunden war jeder freie Platz in der Küche mit Kekstürmen vollgestellt. Kokosmakronen, Schokokringel, Vanillemonde, Anisplätzchen, Zimtsterne, der köstliche Plätzchengeruch erfüllte das ganze Haus.

Aidan kam immer wieder zu mir, angeblich um zu kontrollieren, dass die Plätzchen nicht verbrannten. Er legte den Arm um meine Taille und blickte mir über die Schulter. »Die sehen gut aus, ich glaube, du machst das richtig. Weiter so.« Seine andere Hand schlüpfte an meinem Bauch vorbei und angelte sich ein Plätzchen. Anschließend stahl er sich einen Kuss. Er kaute noch, als er die Nase an meinem Hals vergrub. »Mmh, meine kleine Bäckerin, du duftest nach Zimt und Vanille.«

»Und du riechst nach geklauten Plätzchen, du Dieb.« Ich tat so, als wollte ich ihm auf die Finger hauen. Daraufhin küsste er mich nochmal und schlang beide Arme um mich.

Neben uns gab Mel ein leises Seufzen von sich. »Hach, ist das schön. Lasst euch bloß nicht stören, ihr zwei.«

Später brachten Aidan und Bailey die Weihnachtsbäume herein. Den größten stellten sie im Wohnzimmer auf, den anderen schleppten sie in den Ostflügel, in dem Matt und Smilla wohnten.

Wir fingen an zu schmücken. Marian war total begeistert und verfiel in einen Deko-Rausch. Sie stellte große Holzfiguren in die Diele, Maria, Josef und die Hirten. »Jesus kommt erst am Heiligabend dazu. Dass mir keiner das Jesuskind vorher in die Krippe legt«, befahl sie mit ungewohnter Strenge.

»Liebling, niemand wird es wagen, deinen Anweisungen zu widersprechen.« John assistierte ihr, schleppte die schweren Kisten und reichte ihr die Dekosachen. »Wie viele Lichterketten müssen es noch sein? Ich bin schon ganz geblendet. Unsere Stromrechnung wird durch die Decke schießen.«

»Tu nicht so, John Christmas. Du liebst es doch auch.«

»Hm, schon möglich. Aber dich liebe ich am allermeisten.« Er nahm sie in die Arme und küsste sie. »Vor zwei Jahren begann es, weißt du noch?«

»Natürlich.« Sie tippte ihm auf die Nasenspitze. »Vor allem an deine elegante Treppenhechtrolle kann ich mich lebhaft erinnern.«

»Meine Güte, Sir Christmas blamierte sich bis auf die Knochen.« Caspar fuhr sich gespielt entsetzt an die Stirn. »Das Bild brannte sich unauslöschlich in mein Gedächtnis.«

Bailey und Mel lachten. »Allerdings.«

»Hört bloß auf«, stöhnte John. »Carolyn, das weißt du ja nicht: Marian kam hochschwanger nach Snowhill.« Er wölbte das Kreuz durch und streckte den Bauch vor, dann ging er gespielt schwerfällig ein paar Meter. »Aber dann … war da nichts!« Er zog den Bauch wieder ein und lachte schallend. »Nachts griff ich ins Leere.«

Ich verstand seine Anspielungen zwar nicht, aber ich musste trotzdem darüber lachen.

»Haha, du Witzbold.« Marian errötete vor Verlegenheit bis

an den Haaransatz. »John, wie oft willst du mich damit aufziehen? Du neckst mich seit zwei Jahren damit.«

»Ach, nicht sooo wahnsinnig oft, nur die nächsten hundert Jahre. Komm her, meine Süße.« Sie schmusten wieder miteinander.

Die Kleinen hatten viel Spaß. Gabriel betätigte sich künstlerisch und hängte den Baumschmuck an den unteren Zweigen auf. Stella rannte kreischend herum und musste eher bewacht werden.

»Und im vergangenen Jahr erreichte die nächste Schauspielerin Snowhill.« Matt deutete mit beiden Händen auf Smilla, die mit Lucia auf dem Sofa saß. »Smilla Smolland, die angebliche Nanny aus der Dynastie der berühmten Schwedennannys.« Er lachte ausgelassen, so hatte ich ihn noch nie erlebt. »Sag doch mal was auf Schwedisch, Smilla.«

»Was heißt auf Schwedisch: Du bist ein blöder Kerl.« Sie zwinkerte mir zu, und ich kicherte.

»Frech wie eh und je. *Du är en sån dum kille.«*

»Dum kille? Das klingt lustig.« Sie lachte.

»Ja, das bin ich gern, wenn es dich glücklich macht.« Er setzte sich neben sie und legte den Arm um sie und das Baby. Sanft streichelte er über Lucias Wange.

Oh Mann, Matt war wirklich nicht länger der kaltherzige Egoist, als den ich ihn in Erinnerung hatte. Vielleicht hatte er sich auch nur verstellt, so wie ich?

Caspar rückte eines der zahlreichen Holz-Rentiere zurecht, die in Scharen das Wohnzimmer bevölkerten. »Snowhill übt eine magische Anziehung auf Schauspieler und Zuflucht Suchende aus. Alle, die hierher kommen, verbergen ein Geheimnis.«

»Oder zwei.« John zog Marian an sich und lachte hinter vorgehaltener Hand. Sie boxte ihm in den Bauch.

»Oh, nein, nicht alle«, protestierte Bailey. »Manche kommen einfach nur mal eben vorbei, weil sie ihre Familie brauchen. Nicht wahr?« Er sah zu Aidan.

»Und vielleicht, weil sie ein bisschen einsam waren?« Mel lächelte in meine Richtung.

»Und manchmal treffen dann die beiden Richtigen aufeinander. Nicht wahr?« Aidan legte die Arme um mich und küsste mich.

»Ja, das habe ich auch gerade gedacht.«

❄

KAPITEL 38

Aidan

PÜNKTLICH UM HALB ZEHN waren Bailey und ich unterwegs zum Pub.

Schade, denn Carolyn und ich hatten den kleinen Weihnachtsbaum geschmückt und es uns danach auf dem Sofa gemütlich gemacht. Wir küssten uns. Es lag mir auf der Zunge, sie zu fragen, warum sie mir heute mit der Polizei geholfen hatte. Und als Nächstes, ob sie mit mir ins Bett ging, auch wenn es noch früh war. Doch da klopfte Bailey an, um mich abzuholen.

Vor dem Ortsschild von Wingham schlug er zu meiner Verwunderung eine andere Route ein. »Fahren wir nicht ins *Lost Lamb?*«

»Nein, da haben die Wände Ohren. Wir fahren in den *Green Dragon* nach Batshead.«

KURZ DARAUF NAHMEN wir im vollgestopften Pub vorne am Tresen Platz und Bailey bestellte zwei Whisky.

»Schieß los, ich habe nicht den ganzen Abend Zeit.«

»Zuerst musst du mir hoch und heilig schwören, dass du niemals darüber sprichst.«

»Ich schwöre es.« Ich hob drei Finger, wir nickten einander zu. Zwischen uns bedurfte es nicht vieler Worte. Er wusste, dass er mir vertrauen konnte.

»Gut, vom Herbstmarkt habe ich dir bereits erzählt. Als sie den miesen Typen kennenlernte.«

»Ja. Wie ging es weiter?«

»Ein paar Wochen später, ungefähr vierzehn Tage vor Weihnachten, kam sie wieder nach Snowhill zu Besuch. Ungewöhnlich. So gern war sie nicht hier. Was sollte sie auch hier? Matt hatte John, und sie hatte niemanden. Und mir fiel sofort auf, dass sie verändert aussah.«

»Was meinst du mit verändert?«

Er sah mich lange an. »Das darf wirklich niemand erfahren. Ich habe es geschworen. Ich sage es dir nur, weil du mein Sohn bist und weil ihr heiraten wollt. Nicht einmal Matt weiß es, auch nicht Mel! Und niemand anderes wird es jemals erfahren!«

Seine eindringlichen Worte jagten einen Schauer über meinen Rücken. »Ich schwöre es bei allem, was mir heilig ist. Bei meiner Mutter! Eher lasse ich mir die Zunge herausreißen.«

»Sie sah ... anders aus«, wiederholte er.

»Ja, das sagtest du bereits. Was meinst du mit anders? Großer Gott, etwa ...?«

»Er hat sie ... Zwing mich nicht, es auszusprechen«, presste er hervor.

Geschwängert? Entsetzt starrte ich ihn an. Es stand mir wohl ins Gesicht geschrieben und Bailey nickte mir langsam zu. »O Gott!«

»Noch einen!«, sagten wir aus einem Mund.

Der Barkeeper schaute zwischen uns hin und her. »Der Apfel fällt nicht weit vom Stamm, was?« Wortlos hielten wir ihm die Gläser hin, und er füllte sie.

»Mach einen doppelten«, murmelte ich.

»Dreifach ist besser«, ergänzte Bailey.

»Ich könnte diesen Arsch killen, aber auf richtig grausame

Weise.«

»Oh ja, ich auch. Das ist leider noch nicht das Schlimmste.«

Ich stöhnte dumpf auf. »Herrgott, was denn noch?«

»Dann wollte sie wieder zu ihm. Ja, ich habe sie natürlich hingebracht, denn sie wäre auch zu Fuß durch den hohen Schnee gerannt, und das wollte ich nicht. Zum Weihnachtsmarkt, der damals noch klein ausfiel. Es gab nur das Karussell, zwei andere Fahrgeschäfte und fünf mickrige Buden. Nach einer halben Stunde kehrte sie mit dick verweinten Augen zurück. Zu mir sagte sie: Alles wird gut, Bailey, du wirst sehen.«

»Mann, Mann«, murmelte ich. Ohne dabei gewesen zu sein, fühlte ich ihre Angst.

»Am nächsten Abend sollte ich sie in den Pub bringen, ins *Lost Lamb.* Als sie aus dem Auto stieg, bemerkte ich das Köfferchen, das sie bei sich trug, und bekam es mit der Angst zu tun. Ich habe dann Caspar und Mel informiert. Sie kamen mit den Fahrrädern angerast, durch Schnee und Sturm, während ich vor dem Pub Wache schob, damit sie uns nicht entwischte. Klarer Fall, sie wollte mit ihm durchbrennen. Wir lauerten stundenlang vor dem Pub, aber Tommy tauchte nicht auf. Bis es Feierabend wurde, der Besitzer abschloss und sie herauskam, tränenüberströmt, mit ihrem Koffer in der Hand.«

»Scheiße.«

»Ja. Da raste es schon wie ein Lauffeuer durch den Ort. Jemand wäre im Fluss ertrunken. Man hätte seine Kleidung flussabwärts gefunden, es wäre Tommy vom Karussell. Ihren Schrei werde ich nie vergessen. Er ging mir durch Mark und Bein. Manchmal träume ich heute noch davon.« Er nickte zu der Gänsehaut auf seinem Arm.

»Ja, sie auch. Zumindest denke ich das.«

Seine Stimme wurde flach und unbeteiligt. »Dann fuhr ich sie nach Hause. Am anderen Tag verließ sie Snowhill und kehrte erst nach zehn Jahren wieder zurück. Ende der Geschichte.«

Ich sah ihn zweifelnd von der Seite an. »Wirklich?«

»Yep. Mehr gibt's nicht zu erzählen. Deshalb ist sie heute so. Er hat ihr das Herz gebrochen. Vielmehr *war* sie so, denn du hast ihr Herz wieder zusammengeflickt und sie in die Carolyn von früher verwandelt. Dafür bin ich dir von Herzen dankbar, mein Sohn. Sie hat etwas Besseres verdient als diesen lausigen Lügner. Jemanden wie dich.«

Oh, Mann! Vor Scham wäre ich am liebsten vom Hocker gerutscht und in einem tiefen Loch im Boden versunken. Für immer. Ausgerechnet ich Gauner sollte etwas Besseres sein? Darüber wollte ich lieber nicht nachdenken. »Hält sie ihn denn für tot? Denn wir wissen beide, dass er nicht tot ist.«

»Sicher, der Arsch ist quicklebendig!« Bailey schlug erbost auf den Tresen. »Keine Ahnung. Entweder das oder sie wusste von Anfang an, dass er sie nur loswerden wollte. Auf brutale Art und Weise.«

»Beides ist schlimm.« Mit einem Fingerzeig orderte ich zwei Drinks. »Vielleicht hat sie sich das ausgesucht, was ihr am wenigsten wehgetan hat?«

»Ja, da sagst du was.« Er nickte.

»Sie weiß es bestimmt. Sie ist eine kluge Frau.«

»Ja, manchmal denke ich, sie ist klüger als wir alle zusammen.« Bailey bestellte nach, dann ich, dann wiederum er.

Mein schlechtes Gewissen brachte mich fast um. Er hatte sie nach Strich und Faden belogen und ich tat das Gleiche.

Baileys Erzählung hatte ein abruptes Ende gefunden. Er verheimlichte mir etwas. Bloß was? Was war danach passiert und was hatte es mit der Narbe an ihrem Bauch auf sich? War sie Teil des Rätsels um Tommy?

»Sag mal, warum wolltest du unbedingt, dass wir in den Pub fahren? Da steckt doch etwas dahinter.«

Er schmunzelte. »Du bist schlau. Dir macht niemand etwas vor, stimmt's?«

»Stimmt.« Ich war stolz auf meine Intuition. Mich legte niemand herein. Mein Warnsystem war zuverlässiger als der Alarm in Fort Knox und besser gesichert als die Unterhosensammlung der Queen. Falls sie so etwas besaß.

❄

KAPITEL 39

Carolyn

Wo blieb Aidan? Er hatte gesagt, er wollte nur kurz in den Pub. Eine seltsame Unruhe befiel mich und ich lief nach draußen, um Ausschau nach ihm zu halten. Er war nirgends zu sehen. In meiner Aufregung rannte ich nach Snowhill, auch dort fehlte jede Spur von ihm.

Erst als ich vor Kälte zitterte, bemerkte ich meine fehlende Jacke. Mein ungutes Gefühl verstärkte sich, als ich zum Häuschen zurück hastete. Eine dunkle Vorahnung beschlich mich, als läge etwas Schlimmes in der Luft. Was, wenn ein Unfall passiert war, vielleicht am Fluss?

John war vor Jahren beinahe im Fluss ertrunken, Matt letztes Jahr auch. Zumindest war er getaucht, mitten in der Nacht. Ich wusste nicht einmal, warum. Er war mein Bruder, aber so etwas Wichtiges wusste ich nicht? Das war traurig.

Der Himmel war nachtschwarz, ohne tröstliche Sterne. Wenn Aidan nicht mehr zurückkäme … Genau wie Tommy damals. Minutenlang stand ich nur da, starrte wie gelähmt in den Himmel, und sah meinen Atem in weißen Wölkchen nach oben schweben.

Eine ungeheure Wut erfasste mich und brach aus mir heraus.

»Nein, nicht wie Tommy damals!«, schrie ich zu den Sternen. »Scheiß Tommy, du elender Lügner! Gemeiner Mistkerl! Arschgesicht!« Wie niederträchtig musste man sein, dass man lieber den eigenen Tod vortäuschte, als dass man seinem Mädchen die Wahrheit sagte?

Ich erzählte ihm, dass ich schwanger sei. Er war schockiert und schrie mich an, bis ich weinte. Ob ich hirnrissige Kuh zu blöd wäre zum Verhüten? Dabei hatte er angeblich eine Latexallergie gehabt und wir hatten deshalb kein Kondom benutzt. Dann entschuldigte er sich halbherzig, wir küssten uns und hatten schlechten Sex. Nach fünf Minuten schob er mich schneller aus dem Wohnwagen heraus, als ich gucken konnte. »Komm morgen ins *Lost Lamb,* wir brennen durch, Liebling. Ich liebe dich!«

Ein Teil von mir sagte mir, dass er ein riesiger Arsch war. Ein anderer Teil wollte ihm unbedingt glauben und wartete am nächsten Abend auf ihn. Doch dann spielte er mir diese Schmierenkomödie vor und stellte sich tot. In dem Moment, als es hieß, er wäre ertrunken, war mir alles klar: Er wollte mich mit seiner gemeinen Lüge loswerden. Der Schmerz traf mich wie ein Messerstich. Zuerst ins Herz. Dann in den Bauch.

Alles Schlimme danach führte dazu, dass ich mich zurückzog in mein Schneckenhaus. Wegen ihm war ich so geworden, weil er mir mein Herz gebrochen hatte! Das ließ mich auf Distanz gehen zu allen Menschen, selbst zu meinen Eltern und zu Matt.

Seitdem ich in Snowhill war, wollte ich ihm ins Gesicht schleudern, was für ein mieses Schwein er war. Nur darum war ich in den Pub gegangen: um ihm meine Verachtung ins Gesicht zu schreien und ihn zu ohrfeigen. Auch wenn mich die Vorstellung ekelte …

Sein Verrat damals hatte sich wie ein Gift in meine Seele geschlichen und alles in mir schwarz gefärbt. *Im Laufe der Zeit bekommt die Seele die Farbe der Gedanken.*

Meine Seele wehrte sich dagegen und wollte es nicht

länger zulassen. Sie wollte dem Hässlichen etwas Schönes entgegensetzen, mit aller Macht. Aus dem Grund hatte ich damals mit den Betrügereien angefangen.

Alles begann mit einem Brief. Er enthielt eine Bitte, ein Flehen um Hilfe. Ich hatte ihn so oft gelesen, dass ich ihn auswendig kannte.

Liebe Miss Christmas, ich wende mich voller Verzweiflung an Sie, denn die Versicherungsgesellschaft, für die Sie arbeiten …

Ich konnte nicht anders, als die Bitte zu erfüllen. Dann trafen weitere Briefe ein. Und mit jeder Bitte, der ich nachgab, wurde mir leichter ums Herz. Die alles erstickende Schwärze wich von mir, Hoffnung und Freude keimten in mir auf. Das Glück der anderen bereicherte mich, ihre Danksagungen fielen wie Goldfunken in mein Herz und erhellten es. Jeden Tag ein Stückchen mehr. Was ich getan hatte, war gut und richtig gewesen, auch wenn ich dafür ins Gefängnis musste.

Seitdem ich hier war, wollte ich nur heitere Gedanken voller Liebe. Und ich wollte Aidan. Mit ihm war ein strahlender Lichtblitz in meine Dunkelheit gefahren. Er verdrängte die Schwärze endgültig – obwohl ich wusste, dass er log, genau wie ich. Doch zwischen unseren Lügen existierte etwas Echtes und Unzerstörbares. Etwas strahlend Schönes, das einen emporhob und behutsam trug. Liebe.

Es wäre falsch, wenn meine illegalen Aktivitäten anderen Menschen Schaden zufügten. Sie waren meine Familie! Snowhill zu verkaufen, wäre ein schrecklicher Fehler. Aber was sollte ich tun? Wenn ich die Verantwortung für mein Tun übernähme, wäre ein jahrelanger Gefängnisaufenthalt die Folge. Dazu fehlte mir der Mut. Ein noch schlimmerer Gedanke: Würde man den Menschen das Geld wieder wegnehmen?

Mir war übel. Meine Stirn glühte vor Fieber, gleichzeitig fror ich erbärmlich.

Wenn ich Aidan alles erzählte, wüsste er vielleicht eine Lösung. Er würde verstehen, was ich getan hatte und mich nicht dafür verurteilen.

Mühsam schleppte ich mich ins Häuschen zurück, die Katzen strichen aufgeregt um meine Beine. Ich zog Aidans

Jogginganzug an und legte mich ins Bett. Sein daran haftender Geruch vermittelte mir das Gefühl, dass er mich in seinen Armen hielt. Ich vergrub die Nase darin und stellte mir vor, wie er an meinen Hals atmete, mich festhielt und zärtlich küsste.

Komm nach Hause, Aidan. Bitte.

❄

KAPITEL 40

Aidan

BAILEY BESTELLTE ZWEI WEITERE DRINKS. »Seit Jahren warte ich darauf, dass ich ihn in die Finger bekomme. Der Feigling schickt immer seinen Cousin mit dem Karussell, wenn sie in der Gegend auf den Märkten sind. Er hält sich für besonders schlau, aber ich bin schlauer. Und darum habe ich etwas eingefädelt.«

»Was denn?«

»Ich habe herumerzählt, dass Carolyn geerbt hat. Beim Bäcker, beim Frisör, überall dort, wo die Klatschtanten sich die Mäuler zerreißen. Angeblich kommt sie heute Abend in den Pub. Um Punkt elf.« Er tippte vielsagend auf seine Uhr. »Wetten, dass …?«

»Dass der Scheißkerl sich in den Pub traut? Du denkst, er besitzt die Dreistigkeit, nach allem, was er ihr angetan hat, heute Abend hier aufzukreuzen, um sich an sie ranzumachen?«

»Oh ja, das denke ich. Ehrlich gesagt, würde ich alles darauf verwetten, was ich besitze.« Im gleichen Moment öffnete sich die Tür, seine Miene verfinsterte sich. »Sieh mal einer an. Wenn man vom Teufel spricht.« Er nickte nach vorne zur verspiegelten Wand, durch die man den Eingang einsehen konnte, ohne sich umzudrehen. Vier Typen betraten den Pub. Ein großer Schwarzhaariger, ein Schönling mit einem unangenehmen Zug um den Mund und stechendem Blick. Er war in Begleitung von drei Männern, muskulös und von vierschrötigem Aussehen.

Der Schwarzhaarige war sicher Tommy. Wut kroch in mir hoch, mischte sich mit brennender Eifersucht. Dieser Typ wollte sich an meine Frau ranmachen? An meine süße, verletzliche, kleine Frau? Und wie sehr er sie verletzt hatte. Sie litt immer noch darunter! Dafür würde ich ihn am liebsten …

Bailey stieß ein hartes Lachen aus. »Er ist mir schön in die Falle getappt. Seine Freunde sind als Bodyguards dabei. Sie sind zu viert.«

»Wir sind zu zweit, aber das macht nichts.« Mein Blut brodelte wie Lava. Eine gewaltige Wut stieg in mir auf.

»Denn wir sind so viel wütender als sie, oder?« Bailey guckte grimmig. Wir nickten uns zu.

Der Barkeeper hielt inne beim Gläserpolieren und lachte nervös. »Stimmt etwas nicht?«

Zu spät. Synchron knallten wir die Gläser auf den Tresen und fuhren herum. »Tommy vom Karussell! Du bist so was von tot!«

Dann stürzten wir uns auf sie. Der Barkeeper schrie, Glas splitterte, Barhocker stürzten um.

Tommy, der Feigling, drehte sich auf dem Absatz um und wollte abhauen, aber der Eingang war von Pub-Besuchern zugestellt. Mit einem durchdringenden Schrei packte ich ihn am Arm und riss ihn zu mir herum. »Hiergeblieben!«

Bailey war schneller, neben uns krachte schon einer von Tommys Freunden zu Boden.

»Wer … wer bist du?«, fragte Tommy erschrocken.

»Die Rache.« Mein Schlag erwischte ihn voll am Kinn, er taumelte. Nach der ersten Schrecksekunde duckte er sich, sein Bein zuckte hoch, und er verpasste mir einen gewaltigen Tritt. Kurz war ich perplex, dann lachte ich. Umso besser, wenn er sich wehrte. So machte das Ganze doch viel mehr Spaß!

Eine Massenschlägerei brach aus. Weitere Gläser splitterten, die Jukebox wackelte bedenklich, der Barkeeper flehte: »Prügelt euch draußen, oder ich rufe die Polizei!«

Polizei? »Los, nach draußen!«

Jemand hielt die Tür auf. Die tobende Masse walzte aus dem Pub und setzte die Prügelei draußen fort. Nie war es schöner, jemanden zu verprügeln. Meine Faust krachte unzählige Male in seine blöde Visage. Ich demolierte ihm so richtig schön die Fresse.

»Scheiße, du kämpfst wie ein verdammtes Tier! Dabei kenne ich dich nicht einmal!«

Kurz hielt ich inne. »Erinnerst du dich an Carolyn Christmas?«

»Ich … oh. Was?«

Und schon der nächste Schlag. Der Alkohol betäubte mich, so dass ich keine Schmerzen spürte, die Keilerei berauschte mich. Irgendwie fing ich mir auch ein paar Schläge ein, seine Faust knallte voll auf mein Auge, bei einem seiner Schläge brannte mein Gesicht wie Feuer, aber das machte nichts. Neben mir keuchte Bailey, der auch hart einstecken musste.

»Worum gehts hier eigentlich?«, fragte einer der Pubgäste, der sich auf unsere Seite gestellt hatte. Dann tauchten Baileys Renovier-Kumpel auf, die sich uns ebenfalls anschlossen.

»Rache für mein Mädchen!«, rief ich.

»Gut! Bei so etwas bin ich immer auf der Seite des Mädchens.«

Irgendwann krochen Tommy und seine Bodyguards davon und wir konnten uns auch kaum mehr rühren.

»Das hat richtig gutgetan.« Bailey konnte fast nicht mehr stehen. »Danke, euch allen. Das war große Klasse. Ich bin froh, dass wir es ihm endlich heimgezahlt haben.«

»Ich auch.«

»Lass uns einen Absacker trinken … Oh, die Tür ist zugesperrt.«

»Ich denke, wir haben ohnehin Lokalverbot.«

»Ja, das befürchte ich auch.« Er drehte sich mit einem wilden Lachen zu mir herum und erschrak. »Ach herrje, wie siehst du denn aus?«

»Und du erst.« Ich zeigte auf sein Veilchen, er auf meins.

»Shit, und das kurz vor der Hochzeit. Das wird auf den Hochzeitsfotos reichlich bescheiden aussehen. Mel wird mir die Ohren langziehen.«

»Ach, das macht doch nichts. Ein guter Fotograf retuschiert das weg.« Arm in Arm wankten wir zum Wagen, um einzusteigen.

»Stopp!«, rief einer von Baileys Kumpeln. »Ich fahre euch, sonst ist der Führerschein weg.«

»Gut der Mann, danke.« Wir fielen nebeneinander auf den Rücksitz.

IRGENDWIE MUSSTE ich einen kleinen Filmriss erlitten haben, denn als Nächstes fand ich mich auf der Matratze im Kutscherhäuschen vor. Leise stöhnend. Von miauenden Katzen umringt. Das ganze Häuschen drehte sich in rasendem Tempo um mich, als wäre ich persönlich auf Tommys Höllen-Karussell gestiegen.

»Bist du da, Aidan?« Carolyn robbte hustend an mich heran.

»Ja, ich bin da. Carol? Du brauchst dir keine Gedanken mehr zu machen.«

»Gedanken worüber?« Sie klang heiser, ihr Körper glühte. Hatte sie Fieber?

»Über Tommy. Ich habe ihn verjagt und er hat die Abreibung seines Lebens eingesteckt.«

»Das hast du getan?«

»Ja. Er wird sich nie mehr in deine Nähe wagen.«

»Wirklich?«

»Ja, natürlich. Für dich, meine Liebste. Alles für dich.« Dann legte ich den Arm um sie und zog sie an meine Brust. »Komm her, mein süßes Kätzchen.«

❄

KAPITEL 41

22. DEZEMBER

Aidan

Mit einem Eisbeutel auf dem Auge stand ich am Bett und unterdrückte ein Stöhnen. Mein Schädel explodierte fast. Carolyn war krank, offensichtlich hatte sie Fieber.

Sie öffnete die Augen und stieß einen dumpfen Schreckenslaut aus. »Meine Güte, du siehst furchtbar aus.«

»Ach, nur ein kleiner Kratzer.« Von wegen. Als ich mich eben im Spiegel betrachtet hatte, war ich über mich selbst erschrocken. Sogar Noir hatte mich angefaucht und schien mich auf den ersten Blick nicht zu erkennen. Mit meinem lädierten Gesicht war ich nicht gerade der Vorzeigebräutigam. Mein rechtes Auge war dunkelblau und angeschwollen, meine Wange zierten ein paar Schrammen, ein kleiner Cut an der Oberlippe vervollständigte das eher unschöne Bild. Scheiß Tommy mit seinem blöden Siegelring! Hauptsache, ich hatte es ihm gezeigt. »Tut mir leid, es wird nicht gut auf den Hochzeitsfotos wirken.«

»Nicht schlimm.« Sie lächelte tapfer, richtete sich auf und trank einen Schluck Tee, den ich für sie gekocht hatte.

Ihr Handy klingelte und sie nahm das Gespräch entgegen.

»Carolyn Christmas. Stimmt, das hatte ich fast vergessen. Kann es nicht ein Bote vorbei bringen? Ach so, verstehe. Danke, Ihnen auch frohe Weihnachten.« Sie ließ das Handy sinken und sah mich an mit fieberndem Blick. »Wir müssen nach Burford.«

Draußen wurde das Schneetreiben immer dichter. Und überhaupt sollte sie in dem Zustand besser im Bett bleiben.

»Du bist krank, das halte ich für keine gute Idee.« Mit einem leisen Aufstöhnen betastete ich mein Auge. »Ich bin zwar nicht ganz fit, aber wenn du dringend etwas brauchst, erledige ich es für dich.«

»Ich brauche es unbedingt. Noch vor zwölf, ab dann sind sie in den Weihnachtsferien.«

»Wenn es so wichtig ist, hole ich es für dich ab.«

»Das würdest du tun?«

»Sicher. Was ist es denn?«

»Nur ein Brief vom Anwalt. Ich weiß gar nicht so genau, worum es geht.« Sie presste sich die Hand an die Stirn. »Es liegt in einem grauen, undurchsichtigen Nebel. Ganz verschwommen. Vielleicht fällt es mir ein, wenn ich mich bemühe.« Sie kniff die Augen zusammen.

»Nein, bloß nicht! Äh, ich meine, jede Anstrengung verschlimmert deinen Zustand. Klar, kein Problem, ich bringe ihn dir. Ich fahre sofort los, davor frage ich Mel, ob sie etwas braucht. Kätzchen? Es tut mir leid, dass ich uns den gestrigen Abend verdorben habe und leider auch die Nacht.« Ich lächelte sie an. »Vor allem die Nacht.«

»Mir auch.« Ihr schiefes Lächeln fiel anbetungswürdig aus.

»Tommy hat seine Quittung bekommen und das war es mir wert.«

»Danke, dass du dich für mich geprügelt hast. Ich habe gestern so intensiv an ihn gedacht, als wäre ich im Pub dabei gewesen. Ich habe seine Nähe gespürt.«

Was bedeutete das? Liebte sie ihn noch immer?

»Ach ja? Auf alle Fälle hat er meine Faust gespürt.« Mein Lachen klang unsicher, dabei schmerzte der Cut an meiner Lippe. »Oder tut es dir leid, dass ich ihm eine Tracht Prügel verpasst habe? Du wolltest ihn treffen, im Pub, stimmt's?« Ich atmete tief ein. Es war an der Zeit, ein paar Wahrheiten auszusprechen. »Darum wolltest du ins *Lost Lamb*?«

»Ja, aber nur, um ihn zu ohrfeigen. Nein, es tut mir nicht leid. Im Gegenteil. Danke, dass du das getan hast. Seitdem geht es mir schon viel besser.« Sie presste eine Hand auf ihr Herz. »Vor allem hier…«

»Ist das so?«

»Ja. Danke, Aidan.«

»Schön, chérie.« Keine Ahnung, wie sich der Kosename eingeschmuggelt hatte. Ich beugte mich zu ihr herab und drückte einen sanften Kuss auf ihre Lippen. »Autsch.«

»Steck dich nicht noch an«, flüsterte sie.

»Nein, ich habe eine Bärennatur. Außerdem, du weißt doch, meine Schneewaschungen beschützen mich vor Infekten.« Oh, verflixt, das hätte ich besser nicht gesagt. Wenn sie sich jetzt daran erinnerte, dass sie mein Boss gewesen war …

Sie lachte heiser. »Ja, allerdings.«

»Ich werde Mel nach Medikamenten fragen, sie hat bestimmt welche in der Hausapotheke. Dann kannst du sofort etwas einnehmen, nicht erst, wenn ich zurück bin. Nicht, dass wir die Hochzeit absagen müssen.« Kurz schoss mir durch den Kopf, dass es besser wäre. Nicht nur das. *Das einzig Richtige.* Allerdings mit fatalen Konsequenzen. Vor allem für mich.

»Nein, eine Absage kommt nicht in Frage.« Sie klang so entschlossen, als wollte sie sich sogar mit vierzig Grad Fieber zum Altar schleppen.

»Soll ich dir etwas mitbringen? Zitronen, Vitamin C? Sag mir ruhig, was du brauchst, chérie.«

»Zitronen wären toll.« Sie wich meinem Blick aus, ein eigentümlicher Ausdruck trat auf ihr Gesicht. »Aidan, ich … ich muss dir ... Nein, es ist nichts.« Leise fügte sie hinzu: »Dann sah ich dich und alles fiel in seine richtige Form, an seinen richtigen Platz.«

»Was meinst du damit?«

»Ach, nur so. Nichts Bestimmtes.« Sie zog sich die Decke bis zur Nasenspitze hoch und schloss die Augen.

• • •

Als ich nach Snowhill kam, saßen alle einträchtig plaudernd am Frühstückstisch. Mein Anblick sorgte für erschrockene Gesichter und drei Sekunden Stille.

»Grundgütiger!«, stieß Caspar dann hervor. »Bailey hat nicht übertrieben.«

»Ach, du Schande«, murmelten Matt und John.

»Bailey Donovan! Er sieht ja noch schlimmer aus als du! Wie konntest du das zulassen?!« Mel keifte wie ein wütendes Fischweib. So hatte ich sie noch nie erlebt. »Was ist dir bloß eingefallen, den armen Jungen in den Pub zu schleifen, so kurz vor der Hochzeit?«

Bailey, der sich einen Eisbeutel auf sein Auge presste, lächelte schief und verzog das Gesicht. »Sorry, es hat sich so entwickelt. Es stand nicht auf dem ursprünglichen Plan.«

»Das wäre ja noch schöner, wenn du das geplant hättest!«, zeterte Mel.

Marian prustete empört. »Ihr habt echt Nerven, ihr zwei. Ich hätte John umgebracht, wenn er sich kurz vor der Hochzeit so verunstaltet hätte.«

»Oh ja, ich Matt auch.« Smilla nickte ihr zu.

»Tja, was soll ich dazu sagen?« Ich hob die Schultern, selbst das tat weh.

»Wir schmieren morgen ein paar Kilo Make-up drauf, das wird kein Mensch merken.« Bailey trank einen großen Schluck Orangensaft.

»Haha, wie witzig«, schnarrte Mel. »Nicht! Diese Art Make-up wurde noch nicht erfunden. Ich bin stocksauer, das kannst du mir glauben. Was sagt denn die arme Carolyn dazu, Aidan?«

»Nicht viel. Sie liegt mit Fieber im Bett.«

»Ach herrje, auch das noch. Ich werde gleich nach ihr sehen und ihr ein starkes Grippemittel bringen. Hühnersuppe habe ich auch eingefroren.« Mel stöberte umgehend im Eisfach herum. »Ja, hier liegt ein großer Beutel, im Eisfach im Vorratsraum habe ich auch welche. Trink du lieber einen Orangensaft, damit du dich nicht ansteckst.«

»Ja, Mel.« Ich goss mir ein Glas Saft ein. Nicht, dass ich von der Wirkung überzeugt wäre, eher um sie nicht weiter zu verärgern.

»Wenn Mel wütend wird, spuren die Donovans.« Bailey schmunzelte und ich erwiderte es.

»Das Unternehmen Hochzeit scheint unter einem ungünstigen Stern zu stehen.« Caspar nahm eines von Gabriels Bildern und betrachtete es eingehend. »Wie hübsch. Diese rosa Steine.« Er runzelte die Stirn. »Waren sie zuerst nicht … anders?«

»Lass deine Orakelsprüche. Alles wird toll, Caspar.« Bailey fuhr ihm sofort in die Parade. »Du musst das Schlechte nicht herbei reden. So, Themawechsel: Ich habe eine Überraschung für euch. Moment!«

Seine Überraschungen jagten mir allmählich Angst ein. Nicht, dass er den Papst persönlich bestellt hatte, um uns zu trauen?

Bailey zog mit einem Lächeln etwas hinter seinem Rücken hervor und breitete es auf dem Tisch aus. »Komm, Aidan, schau es dir an.«

Ich trat hinter ihn und sah ihm über die Schulter.

»Was ist das?«, fragte Matt verdutzt.

»Sieht man das nicht? Eine Zeitung. Ich habe keine Kosten und Mühen gescheut, Caspar hat mir bei der Formulierung geholfen.« Bailey deutete auf eine riesige Anzeige, die die halbe Zeitungsseite einnahm. »Alle mal herhören: Madame Elaine Lagarde, Mrs Melanie und Mr Bailey Donovan, zusammen mit Mrs Rosalyn und Mr Philipp Christmas, beehren sich, die Verlobung ihrer Kinder anzuzeigen: Carolyn Lilly Christmas und Aidan Lagarde. Beide wohnhaft in Snowhill Manor.

Zeitpunkt der Hochzeit: 23. Dezember, vierzehn Uhr dreißig. Ort der Trauung: Heilige Maria von der Gnaden-Kirche, Wingham.«

Der Saft geriet in meine Luftröhre, ich fing an zu husten. Ein bisschen Saft sprühte an Bailey vorbei und verfehlte nur knapp die Annonce.

Er zog die Zeitung beiseite und wischte mit dem Ärmel

den Saft von der Tischdecke. »Schön aufpassen, mein Sohn. Keine Sorge, ich habe hundert Exemplare gekauft. Zur Erinnerung an diesen denkwürdigen Tag.«

»Oh, wie toll«, jubelten Marian und Smilla. »Bailey, du bist echt süß als Vater des Bräutigams.«

»Ja, das hat er gut gemacht«, gab Mel zu. »Aber der Ausflug in den Pub ...«

Die Gesichter von John und Matt waren wie versteinert. »Das ist eine echte Überraschung«, krächzte Matt. »Eine riesige Bekanntmachung, so dass alle es erfahren ...«

»Was denn sonst? Wenn die beiden nur so kurz verlobt sind, müssen wir es in die Zeitung setzen. Es soll später keiner sagen, wir hätten ihn nicht informiert.«

»Du hast eine halbe Seite gekauft? War das nicht teuer?«, fragte John.

»Ach was, mir ist nichts zu teuer.« Bailey drehte sich um und versuchte, mir zuzuzwinkern, aber sein Veilchen spielte nicht mit. »Autsch.«

»Steht da ... etwa mein Name?«, brachte ich völlig schockiert heraus.

»Ja, was sonst?« Bailey lachte und deutete einen spielerischen Knuff in meinen Bauch an. »Da kann ich kaum einen anderen Namen einsetzen als deinen. Na, freust du dich? Schau mal: Ich habe deine Mum an erster Stelle genannt. Sie sollte auch dabei sein, gefällt es dir?«

»Ja, danke.« Es rührte mich, ihren Namen über meiner Hochzeitsanzeige zu lesen, auch wenn es eine Fake-Hochzeit war. Weniger gerührt war ich allerdings davon, dass mein Name riesengroß in der Zeitung stand und meine Adresse gleich daneben.

Fuck, wenn meine Ex-Gangmitglieder das zu Gesicht bekämen ... Nicht, dass ich sie jemals beim Zeitungslesen gesehen hätte, außer in den abgenutzten Pornoheftchen, in denen Roy gerne blätterte. Dennoch bestand die Gefahr, dass sie es zufällig mitbekamen. Baileys gutgemeinte Aktion hatte das Risiko meiner Entdeckung dramatisch erhöht.

»Kommen denn eure Eltern, Matt?«, fragte Bailey.

»Leider nicht«, presste er hervor. »Ich erreiche sie seit

Tagen nicht. Die Haushälterin meinte, Mum wäre ebenfalls ins Kloster gefahren, um Dad moralisch zu unterstützen.«

»Ach, wirklich?«, fragte ich.

Nein, sagten seine Augen. Und sein Mund: »Ja.«

Bailey faltete die Anzeige sorgfältig zusammen. »Schade. Hauptsache wir sind dabei, nicht wahr?«

»So ist es.« Matts Lächeln bröckelte.

»Ich muss los. Braucht jemand etwas aus Burford?«

Mel legte die Hand auf meinen Arm. »Oh ja, unbedingt. Eben hat das Fundbüro der Bahn angerufen, Carolyns Koffer kann abgeholt werden. Es ist dieses Mal der richtige, ich habe mir ein Foto vom Adressanhänger senden lassen. Carolyn freut sich, wenn du ihn mitbringst. Sie hat so oft nachgefragt.«

»Sicher, das erledige ich.«

Mel überreichte mir eine ellenlange Liste von Lebensmitteln, die ich besorgen sollte, dann machte ich mich auf den Weg.

Mein verkaterter Schädel pochte, als ich den Rolls startete. Diese seltsame Unruhe in mir, als läge etwas in der Luft. Seltsam das alles … Das ungute Gefühl in meinem Bauch nahm auch stetig zu. Es rührte vom gestrigen Exzess, oder etwa nicht? Die Zeitungsanzeige war natürlich äußerst ungünstig und sorgte für meine zusätzliche Beklemmung.

Heute Morgen hatte ich mir überlegt, Carolyn alles zu gestehen und die Hochzeit abzublasen. Ich wollte die Diamanten zurückgeben, John und Matt um Geld bitten, und mein Leben neu ordnen. Ein Neustart in allen Bereichen. Eine leise Freude stieg in mir auf.

Aus dem Autoradio klimperte eine Klaviermelodie. »Sie hörten soeben die Titelmelodie von *Lost Pianist.* An Weihnachten startet die neue Staffel auf Netflix, die Spannung und Dramatik verspricht.« Ich schaltete es aus, es lenkte mich zu sehr ab.

Nein, das beklemmende Gefühl stammte nicht vom Kater. Meine innere Alarmanlage, so verlässlich wie ein Schweizer

Uhrwerk oder die Queen bei der Einhaltung ihrer Termine, sendete einen leisen Signalton aus. Im Laufe der Jahre hatte ich ein Gespür dafür entwickelt, wenn mich jemand abzockte.

Ohne es genau benennen zu können, schrie mich meine Intuition an, dass etwas oberfaul war.

Etwas stimmt nicht mit dir, Carolyn. Ich spüre es.

Warum hatte sie mich eben so seltsam angesehen?

Schuldbewusst.

Sie log mich doch nicht etwa an?

Die Straßen waren vollgestopft, die Autofahrer hektisch, und ich benötigte meine volle Konzentration, um mich unfallfrei durchzuschlängeln.

Beim Anwalt kam ich gerade rechtzeitig an. Die Vorzimmerdame lief hektisch herum und trug schon ihren Mantel. Überall standen die Türen zu den Büros offen, vermutlich waren alle bereits im Weihnachtsurlaub. Ohne aufzusehen, stopfte sie Pralinenpackungen in eine Tasche, der gesamte Empfangstresen stand voll mit Paketen.

»Geschenke von Klienten, nehmen Sie sich bitte etwas mit. Ich kann das unmöglich allein essen.« Sie hob den Blick und erschrak. »Großer Gott! Entschuldigung, aber Sie sehen ein wenig mitgenommen aus.«

»Kann man so sagen. Miss Christmas schickt mich, ich bin der Chauffeur.«

»Sie holen den Umschlag für sie ab?«

»Ja.«

Ihre Blicke schweiften über das Durcheinander. »Wo habe ich ihn bloß?« Sie wirkte überfordert und fasste sich nachdenklich an die Stirn. »Es kann einen Moment dauern. Nehmen Sie bitte Platz.« Sie zeigte zu einer Sitzgruppe mittig im Gang, gegenüber der Büros, und ich ließ mich dort nieder.

Mr Broombury, den ich von der Testamentseröffnung kannte, saß am gegenüberliegenden Ende des Flurs am Schreibtisch und las. »O mein Gott, das gibt's ja nicht. Ich fasse es nicht.« Er wischte sich über die Augen. Weinte er?

»Nein, das glaube ich nicht, aber da steht es.« Er brabbelte verstört vor sich hin, ohne mich zu bemerken.

Vermutlich las er die Todesanzeigen, so erschüttert wie er wirkte. Normalerweise hätte ich ihn gegrüßt und ihm frohe Weihnachten gewünscht, aber ich wollte ihn nicht stören.

Sein Blick wanderte zur Karaffe mit Whisky. »Nein, lieber nicht. Das könnte ausarten.« Er stöhnte dumpf auf, hielt sich die Augen zu, schielte dabei durch die Finger, als hoffte er, dass sich das Gelesene in Luft auflöste. »Es steht ja immer noch da!«

Der Arme, ich sollte ihn in Ruhe trauern lassen. Die Vorzimmerdame durchwühlte weiterhin hektisch ihren Schreibtisch. Nach einem Blick auf die Uhr stand ich auf und ging zum Tresen.

»Tut mir leid, ich möchte nicht drängeln, aber mein Parkschein läuft gleich ab. Und die Politessen schwirren durch die Gegend.«

»Ja, ich suche schon überall. Hier.« Sie reichte mir eine große Tüte und zeigte auf die zahlreichen Pralinenschachteln. »Bitte, nehmen Sie sich reichlich mit. Auch als Entschädigung fürs Warten. Außerdem erhöhen sich die Chancen, dass ich den Umschlag finde, wenn sich das Chaos lichtet.« Sie seufzte und zog ihren Mantel aus.

»Danke, sehr freundlich.« Ich packte ein paar Sachen ein. Feinste französische Pralinen, belgische Schokolade, *After Eight,* das wäre doch etwas für Caspar. Katzenzungen aus Schokolade. *Für mein Kätzchen,* dachte ich mit einem Anflug von Zärtlichkeit. »Soll ich wirklich so viel mitnehmen?«

»Ja, bitte. Die Kollegen haben schon bergeweise Sachen eingesteckt. Aber Sie sehen ja selbst.«

»Gut, wie Sie wünschen.«

»Wer ist denn da?«, rief Mr Broombury aus seinem Büro. »Falls jemand für Christmas kommt …«

»Ah, hier ist er.« Mit erleichterter Miene zog sie den Umschlag unter einer Packung Trüffelpralinen hervor und reichte ihn mir. »Entschuldigung nochmal.«

»Kein Problem.« Ich nahm ihn und steckte ihn in die Tüte.

Ein normaler Brief war das aber nicht, er war versiegelt und sah hochoffiziell aus. Wie eine Urkunde.

»Bloß nichts mitgeben!«, drang es aus Broomburys Büro. »Erfinden Sie eine Ausrede!«

Sie stopfte mir weitere Pralinen in die Tasche.

»Hallo? Miss Bonham? Sprechen Sie nicht mehr mit mir?«, quengelte Broombury wie ein Kleinkind.

Sie verdrehte die Augen und atmete tief durch. »Entschuldigung, was haben Sie gesagt? Natürlich spreche ich mit Ihnen. Miss Christmas' Chauffeur ist da und nimmt etwas mit.«

Schwerbepackt hastete ich zur Tür. »Nicht nur ihr Chauffeur«, fügte ich in einem Anfall von Übermut hinzu. »Sondern auch ihr Verlobter. Frohe Weihnachten!«

»Oh, wie schön. Herzliche Glückwünsche und allen in Snowhill frohe Weihnachten!«

Aus Broomburys Büro drang ein Schrei, dann ein Poltern, als wäre er mitsamt Stuhl umgefallen. »Großer Gott! Warten Sie, Mann!«

»Keine Zeit.« Die Tür fiel hinter mir ins Schloss und ich eilte im Laufschritt zum Parkplatz. In letzter Sekunde, denn die Politesse lauerte schon mit gezücktem Block und verbiestertem Blick neben dem Wagen.

»Pech gehabt.« Ich grinste sie frech an, zog ein neues Ticket und machte mich auf den Weg in die Mall. Vielleicht fand ich eine Kleinigkeit für Carol. Ein paar heiße Dessous. Und ein paar Geschenke für alle musste ich ebenfalls besorgen.

Als ich durch die Einkaufspassage schlenderte, flimmerten im Schaufenster des Elektroladens wie üblich die Fernseher. Hoffentlich lief nicht der tausendste Beitrag über die vom Pech verfolgte Familie Singh. Leider hatte ich keine zündende Idee, wie ich die Diamanten zurückgeben könnte, ohne verhaftet zu werden.

Eine blonde Moderatorin lächelte vom Bildschirm. »Soeben sahen Sie den Trailer zur neuen Staffel der erfolgreichen Netflix-Serie *Lost Pianist.* Die Abenteuer des armen, von Amnesie gebeutelten Pianisten gehen weiter. Wir wünschen Ihnen viel Vergnügen mit Ausschnitten aus vergangenen Staffeln.«

Ich drängte mich an den zahlreichen Zuschauern vorbei, die den Gang fast komplett versperrten, in Gedanken bei einem hübschen Geschenk für meine Kleine. Da schallte es hinter mir: »Diese Farben, diese Geräusche. Ich sehe die Welt mit anderen Augen.«

»Wer hat das gerade gesagt?« Irritiert sah ich mich nach allen Seiten um. Das kam mir doch bekannt vor …

»Der Pianist. Pst, seien Sie bitte leise«, flüsterte eine Zuschauerin.

»Welcher Pianist?«

»Dieser da.« Sie zeigte zu den Bildschirmen im Schaufenster.

»Ach so.« Ich schob mich an der Menge vorbei, um weiterzueilen, da tönte es: »Ich sehe Menschen, ich sehe Bilder und sie ergeben keinen Sinn.«

Moment mal, wie bitte? Wie angewurzelt blieb ich stehen, dann drehte ich mich zu den Bildschirmen um, wo der Pianist vor einer Frau kniete und ausrief: »Aber dann sah ich dich und alles fiel in seine richtige Form, an seinen richtigen Platz.«

Die Worte trafen mich wie Hammerschläge auf den Kopf.

Eine Zuschauerin wiederholte andächtig: »Oh, ist es nicht wunderbar? Alles fällt in seine richtige Form, an seinen richtigen Platz. Es ist so ergreifend. Wenn ich meinem Mann davon erzähle, kapiert er nie, was damit gemeint ist.«

Die Frau neben ihr lachte kurz auf. »Tja, meiner auch nicht. Es ist auch meine Lieblingsstelle.«

Das … das war nicht möglich! Wie gelähmt starrte ich auf die Monitore. Diesen Satz hatte Carolyn eben zu mir gesagt!

Der Pianist, ein großer Mann mit traurigen Augen, presste sich die Hand vor die Stirn, setzte einen leeren Blick auf, dann spielte er eine mitreißende Melodie auf dem Klavier.

»Den Blick kenne ich!«, entfuhr es mir. »Carolyn!«

Ihre Worte waren in Wirklichkeit seine Worte gewesen, die

sie sich ausgeliehen hatte, um ihre Amnesie plausibel zu machen? Sie hatte mich reingelegt! Die ganze Zeit spielte sie mir nur Theater vor und hatte überhaupt keine Amnesie?! Scheiße, sie hat mich so richtig aufs Kreuz gelegt.

Die Erkenntnis fühlte sich an wie ein Tritt in den Bauch. Stärker als alle Tritte von Tommy vom Karussell. Und der Arsch hatte zugetreten wie ein Pferd.

»Und was bedeutet jetzt dieser ominöse Satz?«, fragte ich.

Sie tauschten einen Blick miteinander aus. »Volltreffer.«

»Ich verstehe nicht …«

»Jemand, der das Chaos in einem ordnet, der durch seine Anwesenheit alles gutmacht.«

»Liebe, das bedeutet es. Was sonst?«

LIEBE? Wohl eher oscarreife Schauspielkunst.

Jetzt wollte ich die ganze Wahrheit wissen und der Umschlag, den sie so dringend brauchte, würde mir ihr Geheimnis verraten. Er war versiegelt, aber das war das kleinste Problem.

Auf dem Weg vom Parkplatz zur Galerie war ich an einem Mittelaltermarkt vorbeigekommen. Dort gab es einen Stand, an dem ein Typ in einer braunen Mönchskutte mittelalterlichen Schmuck und Siegel anfertigte.

»Kannst du so etwas für mich herstellen? Dieses Siegel.« Ich hielt ihm den Umschlag hin.

Er betrachtete es eingehend. »Sicher. Das dürfte kein Problem sein.«

»Das neue Siegel darf sich vom alten nicht unterscheiden. Absolut identisch, du verstehst?«

»Klar, es ist ja nur ein Name. Broombury und Sons. Seit 1876. Und eine Eule. Ob ich die Eule haargenau so hinbekomme … Oh, eine Anwaltskanzlei. Du hast doch nichts Ungesetzliches vor?«

»Natürlich nicht. Es steckt ein Ehevertrag drin, den ich meinem kleinen Frauchen zu Weihnachten schenke.«

»Ein ungewöhnliches Geschenk.« Er kratzte sich zweifelnd an seiner Glatze.

»Ja, da hast du recht. Der ursprüngliche Vertrag war mir zu hart, ich möchte ihn netter gestalten. Und eine Seite hinzufügen.«

»Ah, das klingt echt nett.« Das Misstrauen in seinen Augen war nicht verschwunden.

»Ich zahle dir das Doppelte. Und ich kaufe dir ein Stempelset ab.« Ich nickte zu einem Set aus Holzstempeln, das lustige kleine Tiere zeigte. Es würde Gabriel gefallen und Stella auch. »Vielmehr zwei.«

»Oh, wirklich? Na gut, Moment.« Er fotografierte das Siegel mit seinem Handy und fing an zu werkeln. »So kann ich es besser überprüfen. Es dauert mindestens zwanzig Minuten.«

»Bis gleich.«

Ich bog in die nächste Straße ab, zerstörte das Siegel und zog das Dokument hervor.

Die Besitzurkunde von Snowhill? Warum brauchte sie diese unbedingt heute? Auf dem letzten Blatt klebte ein gelbes Post-it mit einem handschriftlichen Verweis:

Zur Kenntnisnahme. Dies ist die spezielle Klausel, über die wir gesprochen haben, liebe Miss Christmas. Wie erwähnt: 23.12. um 15 Uhr! Beste Wünsche, Ihr T. S. Broombury.

Das Geheimnis lüftete sich, denn da stand: Ein Verkauf von Snowhill ist nur möglich, wenn der Verkäufer/ die Verkäuferin in den Stand der Ehe eingetreten ist, innerhalb von neun Tagen nach Bekanntwerden des Erbes.

»Merde! Fuck! Was für ein Mist!« Jetzt verstand ich auch Mr Broomburys Verhalten. Er hatte überhaupt keine Todesanzeige gelesen, sondern unsere Hochzeitsannonce. Darum wollte er die Urkunde nicht herausgeben, denn er hatte begriffen, dass Carolyn sie für den Verkauf von Snowhill brauchte. Unmittelbar nach der Hochzeit.

Sie hatte mich hereingelegt! Dabei hatte ich ihr geglaubt, dass sie sich durch die Amnesie in eine völlig andere Frau verwandelt hatte. Eine süße, warmherzige Frau, die ich beschützen wollte. Vor allen Tommys der Welt.

Nichts davon war wahr. Alles nur Schauspielerei.

Ja, ich legte sie ebenfalls herein, aber das war etwas völlig anderes. Immerhin war ich ein Gauner! Aber sie doch nicht! Sie war mein unschuldiges, mit Amnesie behaftetes Kätzchen – zumindest hatte ich das gedacht. Die Enttäuschung senkte sich wie ein schwerer Klops in meinen Bauch. Und die Gefühle zwischen uns, war das auch alles nur fauler Zauber?

Wer bist du wirklich, Carolyn Christmas?

Am Stand ließ ich das Siegel wieder anbringen, dann besorgte ich die Sachen von Mels Liste. Wahllos kaufte ich ein paar Spirituosen und schöne Schals. Für die Damen.

ICH WAR SCHON HALB aus der Stadt, als mir Carolyns Koffer einfiel. Fluchend schlug ich einen Bogen zum Gelände des Fundbüros zurück. Sie hatte es gewiss nicht verdient, dass ich Trottel ihren Koffer abholte. Ich sollte so tun, als hätte ich ihn vergessen!

Aber er war ihr Besitz und so oft, wie sie ihn erwähnt hatte, lag ihr viel daran … Vielleicht steckte etwas Wichtiges darin. Ihr süßes Gesicht erschien vor meinem inneren Auge. Heute Morgen, wie dankbar und glücklich sie ausgesehen hatte, trotz ihres Fiebers.

Scheiße, ich war doch echt ein Idiot! Meine Gutmütigkeit brachte mich noch ins Grab.

Gutherzigkeit ist nie verschwendet. Das waren Mels Worte gewesen. Vielleicht ja doch?

Im Fundbüro bestätigte ich den Empfang, bekam eine Quittung und holte den Koffer in einer zugigen und eiskalten Lagerhalle weiter draußen ab.

Mir war ebenfalls eiskalt. Vor allem in der Herzgegend. Mit dem speckigen Koffer im Kofferraum machte ich mich auf den Heimweg.

Tja, so wie es aussah, hatten sich meine Pläne geändert. Die Diamanten brauchte ich leider für mich selbst. Sorry, Mr Singh. Hochzeit und Honeymoon konnte ich auch abhaken. Nein, die Hochzeit nicht, aber den Honeymoon auf alle Fälle.

❄

KAPITEL 42

Carolyn

Dank Mels starker Grippe-Medikamente ging es mir innerhalb kurzer Zeit erheblich besser. Nach einer heißen Dusche aß ich von ihrer köstlichen Hühnersuppe, dann kuschelte ich mich mit einer dicken Wolldecke aufs Sofa.

Die Kätzchen spielten auf dem Teppich, Socket machte es sich auf meinem Bauch gemütlich. Noir kam angeschlichen und stupste Socket sachte mit der Pfote an, darüber musste ich kichern. Er mochte sie, und sie mochte ihn.

Oben hämmerten Baileys Kumpel auf dem Dach herum und riefen sich Scherze zu, aus ihrem Radio dudelten Weihnachtslieder. Sie sorgten für jede Menge Lärm, aber sie störten mich nicht. Im Gegenteil, es war schön, dass jemand in meiner Nähe war. Ich war so lange allein gewesen.

Nach Jahren voller Bitterkeit und Isolation fühlte ich mich wieder normal. Fast so wie früher, bevor das alles passierte. Carolyn, jung und unbeschwert, voller Vertrauen.

Als ich Tommy damals in seinem Wohnwagen besuchte, hatte ich nicht mit so etwas gerechnet. Mit Küssen ja, aber nicht mit Sex. Immerhin hatten wir uns erst ein Mal gesehen.

Er tat nichts gegen meinen Willen, aber er verführte mich. Vielleicht überrumpelte er mich auch, denn ich war nicht wirklich bereit dazu. Er spielte mit meiner Verliebtheit, erzählte mir etwas von der großen Liebe, und dass ich die Eine für ihn wäre. Dass er das jedem Mädchen erzählte, erfuhr ich erst später. Da war es zu spät.

Er nutzte meine Unerfahrenheit aus. Und dann passierte all das Schlimme. Für meine Naivität und Vertrauensseligkeit musste ich teuer bezahlen. Damals und für den Rest meines Lebens. Dabei wollte ich nur glücklich sein, mehr nicht.

Aidan hatte sich für mich geschlagen, damit ich mir nicht die Finger an dem Mistkerl schmutzig machte. Und das bedeutete mir alles. Er war mein Beschützer.

Es kam mir vor, als hätte die Krankheit das Gift der letzten zehn Jahre aus meinem Körper geschwemmt. Jahrelang besetzten Groll und Bitterkeit mein Herz, jetzt war wieder Platz für all das Schöne. Für Liebe und Unbeschwertheit. Für ganz viel Freude. Und für Aidan.

Auch wenn er ursprünglich in Matts Auftrag gehandelt hatte, waren die Gefühle zwischen uns mittlerweile echt. Sonst hätte er das gestern Abend nicht für mich getan. Vielleicht war er ebenso in mich verliebt wie ich in ihn? Ich wünschte es mir.

Die Tür klappte auf, ein eiskalter Luftzug wehte ins Zimmer. Aidan kam schwerbepackt herein und stellte zahlreiche Taschen mit Lebensmitteln und Pralinen ab, mehrere Flaschen Spirituosen, Zitronen und Tee.

»Schön, dass du wieder da bist. Willst du das alles trinken?« Lächelnd zeigte ich auf die Flaschen. »Stell dir vor, ich bin fast wieder fit. Mels Medikamente haben wahre Wunder gewirkt.«

»Fein. Nein, es sind Geschenke.« Ohne eine Miene zu verziehen, brachte er mir den Brief. »Hier, dein Umschlag. Willst du ihn nicht öffnen?«

»Ach nein, später. Er wird nicht so wichtig sein.«

»Er ist versiegelt. Versiegelt man nicht besonders wichtige Papiere?« Er forschte in meinem Blick.

»Nein, ich glaube, Mr Broombury versiegelt alles Mögliche. Das ist eine Marotte von ihm.« Ich rang mir ein Lächeln ab. Jetzt gehörte Snowhill mir. Aber nur bis morgen Mittag um drei Uhr. Wenn ich bis dahin nicht heiratete, ging es automatisch in den Besitz von allen über.

Dabei wollte ich es nicht mehr besitzen und noch weniger verkaufen. Ich wollte hier leben, mit Aidan und den anderen. Aber das war unmöglich.

»Ich koche uns später etwas Schönes.« Gegen das Gehämmer vom Dachboden musste er seine Stimme erheben. »*Coq au Vin,* Hühnchen in Rotweinsoße, magst du das? Zuerst laufe ich eine Runde, ich bin ein wenig gestresst.« Unübersehbar. Seine Kieferpartie war verkrampft, sein Blick stählern. Er joggte wohl immer, wenn er angespannt war.

»Du solltest dir etwas Eis aufs Auge packen.« Ich wollte ihm über die Wange streichen, aber er zuckte zurück. »Nimm doch den Gemüsebeutel …«

»Nein! Ich meine, es ist okay. Ruh dich aus, Carolyn.« Er spulte die Worte automatisch herunter, er klang nicht länger sanft und besorgt. Das Zärtliche in seiner Stimme … es war weg!

Der Umschlag wog tonnenschwer in meiner Hand. Womöglich wusste Aidan, was darin stand? Hatte Mr Broombury ihn informiert? Durfte er das überhaupt?

»Ich bringe zuerst Mel die Einkäufe vorbei. Bis später.« Er zog seine Sportklamotten an und schulterte die Taschen. Und schon war er weg.

❄

KAPITEL 43

A idan

Meine Stimmung befand sich auf dem absoluten Tiefpunkt. Eigentlich müsste ich Matt und John über Carolyns Amnesie-Trick informieren und ihnen sagen, dass sie uns eine Falle gestellt hatte und wir die Hochzeit absagen mussten. Etwas bewog mich, es nicht zu tun.

Was steckte hinter allem, wirklich nur Geld? Ich würde Mel aushorchen. Vielleicht konnte ich Carolyns Geheimnis von früher lüften und käme der Wahrheit näher. Denn der Grund für alles war vielleicht ein ganz anderer. Was war damals passiert, nachdem Tommy sie sitzengelassen hatte?

In Snowhill ging ich schnurstracks in die Küche und packte Mels Einkäufe aus. »Hier sind deine Sachen, außerdem habe ich dir Pralinen mitgebracht.«

»Oh, danke. Wie lieb von dir.« Sie räumte die Lebensmittel in die Schränke und eilte hin und her. »Bist du schon aufgeregt wegen morgen? Bestimmt.«

»Oh ja, sehr.« Ich lehnte mich an die Kochinsel und goss mir einen Kaffee ein. Wie sollte ich das Gespräch auf das gewisse Thema lenken, ohne Verdacht zu erregen?

»Alle Vorbereitungen fürs Essen sind erledigt, ich habe ein wirklich tolles Menü zusammengestellt. Mach dir keine Sorgen, es wird großartig werden, Aidan.«

»Ich weiß, Mel. Du bist die Beste.«

Sie warf mir einen fröhlichen Blick zu, dann nahm sie den Eierlikör aus dem Kühlschrank. »Danke, du Charmeur. Hm, der Likör ist fast wieder alle, davon könnte ich noch ein wenig zubereiten. Ich glaube, Caspar nascht heimlich davon.« Sie rührte energisch in der Karaffe, dann gab sie Alkohol und Sahne dazu. »Ich bin so froh, dass Carolyn einen so lieben Mann wie dich gefunden hat. Und nicht so einen Scheißkerl.«

»Wie Tommy?«

Sie fuhr zu mir herum. »Du weißt es?«

»Natürlich, ich weiß über alles Bescheid. Hat Bailey dir nicht erzählt, dass wir letzte Nacht Tommy vermöbelt haben?«

Sie verzog das Gesicht. »Nein, ich war heute ein wenig ungnädig zu ihm und habe ihn vor lauter Ärger nicht ausreden lassen. Das tut mir jetzt leid. Habt ihr das?«

»Ja. Und wie.«

»Gut, das gefällt mir. Jetzt sehe ich eure Prügelei in einem anderen Licht.« Sie musterte mein Auge und lächelte schief. »Obwohl du leider immer noch schrecklich aussiehst. Ich bin froh, dass du alles weißt. Wenn man heiraten will, gehört alles auf den Tisch. Es sollte keine Geheimnisse zwischen den Partnern geben.«

»Das sehe ich genauso.« Und genau aus dem Grund war ich hier.

»Es ging ihr nicht gut, nach der Sache damals … Das arme Kind. Diese schlimme Enttäuschung, sie hat so geweint. Ich hätte mich gern um sie gekümmert, aber ich musste einen Tag später wegfahren. Mit meinem Kochclub. Die Reise war schon lange im Voraus gebucht. Eine Woche Gran Canaria, es war echt toll.« Sie sah versonnen in die Ferne und klapperte mit dem Löffel in der Karaffe. »Ich glaube, Bailey hat mich richtig vermisst, denn danach hörte er auf mit seinen zahllosen Abenteuern.«

»Du bist weggefahren?« Verdammt, sie konnte mir nichts erzählen. Schon wieder eine Sackgasse.

»Ja, Caspar auch. Er hatte einen Termin bei der Butler-Innung, irgendein Jubiläum. Danach hat er seinen Cousin in Stafford besucht.«

»Er hat einen Cousin?« Das fragte ich nur, um sie abzulenken.

»Ja, Joseph. Bailey und Carolyn blieben eine Woche allein in Snowhill, aber sie haben mir jeden Tag Fotos geschickt und das hat mich beruhigt. Auch wenn sie zuerst sehr blass aussah.«

»Eine Woche?«

»Ja. So, ich habe ein bisschen mehr Alkohol reingetan. Koste mal, ob er zu stark ist.« Sie goss mir ein Glas Eierlikör ein und reichte es mir.

Ich kippte das Glas auf einmal hinunter. Sie und Bailey hatten eine Woche allein hier verbracht. Er hatte ihr Briefe geschrieben. Ihre innige Umarmung am Anfang. Bedeutete das …?

Nein, unmöglich. So etwas würde er nicht tun. Das sagte mir meine Intuition, vielmehr schrie sie es mir zu. So war er nicht. Er benahm sich Carolyn gegenüber väterlich und besorgt. Doch etwas war passiert, von dem nicht einmal Mel etwas ahnte.

Geheimnisse, wohin ich auch blickte. Eines schwerwiegender als das andere. Wie Mühlsteine hingen sie um meinen Hals und zogen mich zu Boden, inklusive meiner eigenen.

»Und, gut?« Mel lächelte mich an.

»Sehr gut«, presste ich hervor, obwohl mir speiübel war. »Bis morgen, Mel.«

»Komm mal her, mein Lieber.« Sie breitete die Arme aus und drückte mich fest an sich. »An solchen Tagen vermisst du deine Mutter bestimmt sehr. Bestimmt bist du deshalb auch traurig, in all deiner Freude?«

»Ja, das bin ich. Danke, Mel.« Minutenlang ließ ich mich von ihr trösten, dann verließ ich die Küche.

• • •

In aufgewühltem Zustand rannte ich draußen übers Gelände, als Baileys Stimme aus der Garage schallte. »Hey, wo willst du hin?« Er winkte mir mit einer riesigen rosa Blume zu. »Komm mal bitte, ich schmücke gerade das Auto.«

Zögernd ging ich auf ihn zu. »Ich wollte eine Runde im Wald laufen.«

»Ist etwas passiert? Du wirkst verändert, anders als heute Morgen. Da bist du fast geplatzt vor Glück.« Er besah mich lange. »Alles okay, Aidan? Bist du auch sauer auf mich wegen deines Veilchens? Hör mal, es tut mir leid …«

»Nein, das Veilchen ist unwichtig.«

»Gut.« Er betrachtete den Blumenschmuck vorne am Rolls, der wie eine Explosion von Rosen, Nelken und grünem Kraut aussah. »Soll ich die Gladiolen so herum oder anders herum befestigen?« Prüfend hielt er die Blume zuerst schräg, dann quer. »Stell dir vor, ich hielt diese Blumensorte immer für Schwertlilien, aber es sind Gladiolen. Das habe ich in diesem Videoclip erfahren, Blumengestecke binden für Anfänger.«

»Aha.« Am liebsten hätte ich sein mühsam zusammengebasteltes Zeug mit einem Ruck vom Kühler gerissen und mit einem Tritt in die Wiese befördert!

»Etwas stimmt doch mit dir nicht. Denkst du, ich merke nicht, wie du vor Wut kochst? Spuck es aus!«

»Vielleicht aus gutem Grund?«, stieß ich hervor, dann brach es aus mir heraus: »Was ist passiert damals, in der einen Woche?«

Sein Lächeln verschwand augenblicklich. »Aidan, wie kommst du darauf? Woher weißt du …?«

»Ist doch egal. Ihr wart allein hier, du und Carolyn.«

Er guckte perplex. »Du denkst doch nicht … Denkst du etwa …? Aidan!«

»Nein, das denke ich nicht, aber etwas ist passiert.«

Seine stets freundliche Miene wurde verschlossen. »Frag Carolyn, ich kann dir nichts dazu sagen. Ich habe es geschworen. Wenn du deswegen böse mit mir bist, dann ist es eben so.« Stoisch zuckte er mit den Schultern, der sture Hund.

Schweigend trabte ich davon. Verdammt, seine Sturheit hatte ich auch geerbt.

Wie ein Wilder rannte ich durch den Wald, kämpfte mit meiner Wut und der Enttäuschung. Mein erstes Weihnachten ohne Maman und es schien noch viel schrecklicher zu werden, als ich es befürchtet hatte. Ich vermisste sie so.

»Was soll ich tun?« Meine Füße flogen durch den Schnee, als ich das Tempo immer weiter anzog.

»Liebe. Liebe ist die Antwort, Aidan. Immer.« Ich vernahm ihre Stimme, als würde sie neben mir laufen.

❄

KAPITEL 44

Carolyn

WÄHREND AIDAN UNTERWEGS WAR, hatte ich mit Kochen angefangen und das Gemüse für das *Coq au vin* geputzt. Damit wollte ich mich auch ablenken von meinen unguten Vorahnungen und wirren Gedankengängen. Endlich kehrte Aidan vom Laufen zurück.

»Ich bin gleich bei dir. Ich dusche zuerst.« Sein Blick wanderte über mich, er schnalzte mit der Zunge. »Heiße Jeans, Carol.«

»Oh, findest du?« Ich hatte einen flauschigen, rosa Pulli von Smilla angezogen, dazu eine schmalgeschnittene Jeans. Und meine Haare trug ich offen. Für ihn.

»Oh ja, und wie. Sexy Po.« Er lächelte mir zu und verschwand im Bad.

Lauter Gesang drang aus der Dusche, Aidans Stimmung schien wie umgewandelt. Gott sei Dank, sein kühles Verhalten eben hatte mich stark beunruhigt. Minuten später tauchte er in der Küche auf, das schwarze Haar noch feucht vom Duschen.

Ich deutete zu den Möhren und Champignons. »Das

Gemüse ist kochfertig. Mit dem Hähnchen war ich überfordert, ich habe nicht so viel Kraft.«

»Oh je, mein armes Mäuschen.« Er schürzte fast schon spöttisch die Lippen. »Warte, der liebe Aidan erledigt das für dich.«

»Hm?« Das klang ein bisschen seltsam.

Er nahm ein Hackmesser aus der Schublade und zerteilte das Hähnchen mit wenigen Hieben. So routiniert und schnell, als arbeitete er als Schlachter in einer Großmetzgerei. Genauso schnell zerhackte er das Gemüse, den Knoblauch und alle Gewürze. Er briet den Speck an, gab die Hähnchenteile und alles andere hinzu. Dann goss er eine halbe Flasche Rotwein in den Topf und schob ihn in den Herd.

»Hier. Für dich.« Er goss zwei Gläser halbvoll mit Wein und reichte mir eins. »Hm, deine Erkältung …«

»Es geht mir wieder gut. Ich bin nur noch ein bisschen heiser.«

»Vielleicht wird es bald schlimmer mit deiner Heiserkeit.« Er zwinkerte mir zu.

»Was meinst du damit?« Vorsichtig nahm ich einen kleinen Schluck Rotwein.

»Vom Schreien.«

»Schreien, warum sollte ich das?«

Er lächelte vielsagend, ohne meine Frage zu beantworten. »Du hast Musik gehört?« Er nickte zu den Kopfhörern, die um meinen Hals hingen, dann zog er mich an sich.

»Ja.« Mein Kopf lag an seiner Brust, das Sweatshirt war ein bisschen feucht.

»Ich schwitze noch nach. Stört dich das? Oder macht es dich ein bisschen an?«, raunte er mir zu. »Weil meine Muskeln glühen?

»Ja, schon.« Was war das für ein seltsamer Anmachspruch? Überhaupt passten diese Andeutungen und Sprüche überhaupt nicht zu ihm. Verwirrt sah ich ihn an, doch er wich meinem Blick aus.

»Das gefällt mir. Möchtest du mit mir tanzen?« Seine kratzige Wange rieb an meiner. Er nahm mir das Handy weg und tippte darauf herum. »Ich kann auf meinen Account zugreifen und meine Lieblingsplaylist abspielen.« Er steckte mir einen Kopfhörer ins Ohr, sich selbst den anderen.

Langsam wiegten wir uns zu einem Schmusesong. Doch etwas war nicht in Ordnung, so heftig wie sein Herz unter meiner Hand hämmerte. Er war sauer ... und wie. Offensichtlich wollte er seinen Ärger lieber verdrängen, denn er grub beide Hände in meine Pobacken und knetete sie durch. So fest, dass mir ganz heiß wurde. Sein Kuss war noch heißer und so stürmisch, dass meine Knie sich innerhalb kürzester Zeit in geschmolzene Butter verwandelten.

»Carol? Ich habe mir überlegt, die Hochzeitsnacht …«

»Ja?« Wenn er sagte, er wolle sie ausfallen lassen – dann würde ich ihm meinen Plan verraten und ihn ins Vertrauen ziehen. Traute ich mich das? Nein.

»Vorzuziehen.« Sein Lächeln erreichte seine Augen nicht. Das Veilchen am Auge und die Schrammen im Gesicht verliehen ihm etwas Verwegenes. Überhaupt kam er mir vor wie ein gefährlicher Bär, der nicht zum Scherzen aufgelegt war, sondern seine Beute anvisierte, um sie zu verspeisen. Vielleicht hätte ich lieber keine Spielchen mit ihm treiben sollen, sondern ihm die Wahrheit sagen? Zu spät.

»Oh, wirklich? Hast du dir das gut überlegt?« Vor Aufregung darüber begann mein Herz zu rasen.

»Was gibt es da zu überlegen, Carol? Es ist nur Sex, wir wollen immerhin heiraten.«

»Ach so, stimmt.« Nur Sex, das klang nicht verliebt und auch nicht romantisch.

»Und *Liebe* natürlich, nicht wahr, mein Kätzchen?« Wir wiegten uns im Takt der Musik.

»Liebe, genau. Sonst würden wir ja nicht heiraten.« Ein nervöses Lachen kam aus meinem Mund.

Er lachte hart auf und zischte etwas auf Französisch. »*Incroyable!*«

Hieß das nicht *unglaublich?* Ich hatte nicht richtig begriffen, was er vorhatte, als er mir schon den Pulli über den Kopf zog. Drei Sekunden später folgte seiner.

Der romantische Song, der im Ofen schmurgelnde Topf, der Geruch nach Knoblauch und Rotwein, vermischt mit

Tannennadelduft. Es könnte perfekt sein, wenn seine Augen nicht so hart wirkten. Tiefe Enttäuschung stand in ihnen und das bildete ich mir nicht ein.

Mit einem Ruck hob er mich hoch und schleppte mich zur Matratze, als wäre ich seine Beute. Im Nu zerrte er mir die Jeans vom Körper und zog uns die Kopfhörer aus. Ein neuer Song schepperte aus dem Handy. *Something new,* von Anthony Lazaro. Bedächtige Basstöne, ein schleppender sexy Gesang, ein weicher Schlagzeugrhythmus.

»Mein Lieblingslied, es eignet sich perfekt zum Liebemachen.« Sein Mund lächelte, aber seine Augen lächelten nicht mit, dann küsste er genüsslich meinen Bauch und leckte mit seiner Zunge darüber.

»Wenn du das sagst? Ich kenne mich nicht so aus.« Auch wenn mir seine Küsse gefielen, war seine Stimmung eine Spur zu finster für mich. Und das verunsicherte mich.

»Was meinst du damit?« Er stockte und streichelte über meine Schenkel. »Warum zitterst du, Carolyn?«

»Ich sagte doch, ich kenne mich nicht so aus.« Unsere Blicke verhakten sich ineinander. Er atmete tief durch, strich mir in einer sanften Geste ein paar Haarsträhnen aus dem Gesicht. »Ich habe ein wenig Angst, weil ich schon so lange nicht mehr …«

In seinen Augen schimmerte es warm. »Carol, du brauchst keine Angst zu haben, nicht bei mir. Niemals. Ist es lange her?«

»Ach, nein. So lange auch wieder nicht.« Mit einem schiefen Lächeln versuchte ich, einen Witz zu machen. »Schlappe zehn Jahre.«

Er erschrak. »Oh, nein, Carol! Verzeih mir, ich bin ein Idiot.« Hastig kroch er zu mir hoch, schlang die Arme um mich und hielt mich lange fest. Seine Bartstoppeln kitzelten an meiner Wange. Seine weichen Lippen drückten sanfte Küsse auf meinen Mund. Seine Berührungen waren zärtlicher, als er mit sanfter Stimme sprach. »Alles auf Anfang, chérie?«

»Ja.« Ich wusste nicht so genau, was er damit sagen wollte. Vielleicht meinte er damit, dass wir mit unseren dämlichen Lügen aufhören sollten, um von vorn anzufangen. Und das gefiel mir.

»Wenn das so lange her ist, ist es dein erstes Mal.«

»Ja. So fühlt es sich auch an.«

Er küsste mich lange und zärtlich, bis die Erregung über mir zusammenschlug, leise murmelte er auf Französisch in mein Ohr. Dann schob er sich zwischen meine Beine, brachte mich mit seinen Küssen zum Abheben, bis ich weich und bereit für ihn war und ihn anbettelte.

»Bitte, ich möchte es wirklich, Aidan.«

Sein nackter Körper senkte sich schwer auf mich herab. »Bist du dir sicher, Carol?« Seine grünen Augen sprühten ihr Feuer auf mich herab.

Ich fühlte seine Härte an meinem Bauch pulsieren. »Ja, was denn sonst?«

»Wir haben keine Kondome. Ich bin gesund, aber …«

»Es kann nichts passieren«, flüsterte ich, dann schlang ich die Beine enger um ihn und wölbte mich ihm entgegen. »Bitte, tue es endlich.«

»Oh, Carol.« Ein dumpfer Seufzer entrang sich seiner Brust, als er langsam in mich eindrang. Seine Augen verdunkelten sich. »Davon träume ich die ganze Zeit.« Er stoppte immer wieder und schob sich millimeterweise in mich hinein, behutsam und entschlossen zugleich.

»Ich auch.« Wir klammerten uns aneinander wie Ertrinkende, küssten uns zärtlich. Dann fielen wir in einen unwiderstehlichen Rhythmus, der mich in Flammen setzte und eine Welle nach der anderen in mir auslöste. Ihn so tief und mächtig in mir zu spüren … Es war wunderbar.

»Das ist so unglaublich gut«, keuchte er. »Carol, Süße. Magst du es?«

»Ja, ja, so sehr. Ich … liebe es.« Unsere Blicke trafen sich.

»Ich liebe es auch, chérie.« Er packte mich sanft und fest zugleich. Brachte mich immer wieder zum Höhepunkt, ließ mich zerspringen, hielt mich dabei und brachte mich zum Schreien, bis ich heiser war. Er schwitzte vor Zurückhaltung, ganz darauf bedacht, dass es gut für mich war. Irgendwann zitterten meine Muskeln nur noch und ich konnte fast nicht mehr.

»Bitte, Aidan. Du sollst auch kommen.«

»Ja? Gleich.« Ein paar Stöße, so fest, dass sie mir den Atem raubten … Schließlich ließ er es zu. Stieß noch heftiger in mich, ließ sich völlig gehen, pumpte seine Erregung in mich hinein und riss mich mit sich zu einem gewaltigen Höhepunkt, der ewig zu dauern schien. Zitternd lagen wir danach aufeinander. Minutenlang.

Sein Herz schlug wie rasend unter meiner Hand. Und er hielt meins in seiner.

Das ist es. Das will ich immer. Mit ihm.

Aus dem Ofen zischte es, ein verbrannter Geruch zog durchs Haus.

»Fuck, das Hähnchen!« Er sprang auf und rannte in die Küche. Dort hantierte er hastig herum. Teller klirrten, er öffnete die Tür vom Herd. »Ah, zum Glück. Man kann es noch essen. Warte, ich bereite uns einen Teller zu. Das Fleisch fällt vom Knochen, du wirst es lieben.«

Wir hockten uns in den Schneidersitz und aßen gemütlich im Bett.

»Du musst dich stärken.« Mit einem Grinsen steckte er mir ein Stück Fleisch in den Mund. »Wenn du aufgegessen hast, beginnt Runde zwei.«

»Ist es nicht eher Runde sieben?«

Er schmunzelte. »Für dich vielleicht. Warte, ich hole uns ein bisschen Brot und Wein. Wir haben Zeit, die ganze Nacht.«

Wir aßen und tranken, küssten uns zwischendurch, bis die Erregung wieder zunahm. Und schließlich löste ich mein Versprechen ein, nahm seine Härte in den Mund und sah fasziniert dabei zu, wie er völlig die Kontrolle verlor. Tief in meinen Mund stieß, mich an den Haaren festhielt und meinen Namen schrie. Mich danach packte, sich um mich wickelte und lange an meiner Brust keuchte.

Alles erste Male für mich und ich hätte mir keinen besseren Liebhaber aussuchen können. Ich mochte es so sehr mit ihm. Nein, ich liebte es. So konnte es also auch sein, zwischen Mann und Frau. So leicht und wunderschön. Und so herrlich schön schmutzig.

»Carol.« Er kniete über mir und strich mir das Haar aus der Stirn. »Diese wunderbare Mähne. Du solltest dein Haar immer offen tragen. Und überhaupt …« Er küsste meine Brust und knabberte an meinen Nippeln. »Du solltest immer nackt sein.«

»Oh, du auch.«

»Ja. Nackt mag ich dich am allerliebsten, dann bist du weich und anschmiegsam, nicht so kratzbürstig und frech. Wie früher.« Er grinste ein bisschen. »Frech mag ich dich auch.«

»Was bedeutet das? Diese Zahlen?« Ich strich über eines der Tattoos auf seiner Brust.

»Das sind die Koordinaten meines Geburtsortes, daneben die meiner Mutter. Ein paar dumme Sprüche, ein paar Symbole. Aber das ist mir am wichtigsten.« Er klopfte sich mit der Faust auf die Brust. »*Mon coeur est ma boussole*. Mein Herz ist mein Kompass.«

»Stimmt das?«

»Ja, mein Herz sagt mir immer, was ich tun soll. Eine Zeitlang habe ich nicht darauf gehört, jetzt achte ich verstärkt darauf.« Er betrachtete mich lange, als wollte er bis auf den Grund meiner Seele schauen. »Und was sagt dein Kompass? Wo zeigt er hin?«

»Ich … ich weiß nicht.« Ich spürte, dass er etwas von mir hören wollte. Die Wahrheit vermutlich. Aber ich konnte sie ihm nicht geben.

Er strich über das Tattoo an meinem Unterleib, das die Narbe fast komplett verbarg. »Was bedeutet das, Carol?«

»Es ist einfach nur ein Kätzchen. Weil ich Katzen liebe.«

»Hm, sicher? Du versteckst doch etwas darunter. Und zwar eine Narbe.«

»Nein, da ist nichts.«

»Carol! Ich spüre sie doch unter meinen Fingern.« Er lachte, dann wurde seine Miene ernst. »Leugne es nicht.«

»Vielleicht ist da eine, aber ich möchte darüber lieber nicht sprechen.«

»Warum nicht?«

»Ich kann nicht. Jemand anderes hat damit zu tun. Und ich will ihm keinen Ärger bereiten.«

»Tommy?«

»Nein.« Ich schüttelte den Kopf. »Und wo kommt die Narbe an deinem Hintern her? Ich habe sie eben auch gespürt.«

Er sah mich lange an. »Ich habe mich in eine Glasscherbe gesetzt.«

Lügner!

»Okay, Carolyn. Lass uns schlafen.« Er legte sich neben mich, sein Herz pochte wie rasend an meinen Rücken. Meine Antwort gefiel ihm nicht, aber ich konnte ihm keine andere geben. Weder jetzt, noch irgendwann.

❄

KAPITEL 45

23. DEZEMBER

Carolyn

Mmh, was war das für ein herrliches Kribbeln zwischen meinen Beinen? Himmel, ich liebte diesen endlos scharfen Traum. Ich stöhnte laut auf. Doch als ich die Augen öffnete, entpuppte sich der heiße Sextraum als Realität: Aidans Kopf steckte zwischen meinen Beinen.

»Was … was tust du da?«

»Wonach sieht es denn aus?« Er hielt kurz inne und grinste. »Heute wird geheiratet, Miss Christmas. Eine gute Art, diesen Freudentag zu beginnen, oder?« Er versetzte mir einen Klaps auf den Po, ziemlich fest, und bedachte mich mit einem undefinierbaren Blick. Dann verwöhnte er mich weiter mit seiner Zunge. »Oder möchtest du nicht, kleines Frauchen?«

Kleines Frauchen? Unter normalen Umständen hätte ich ihn für den Ausdruck in den Boden gestampft. Ich seufzte leise auf. Was war schon normal?

»Doch, und wie ich möchte.« Minutenlang genoss ich seine Liebkosungen. »Aidan, bist du … böse mit mir?«

»Aber nein, warum denn? Dazu besteht kein Grund, nicht wahr, süße Carol?«

»Hm? Oh ja, so ist es gut.«

Er folterte mich weiter mit seiner Zunge, trieb mich unerbittlich vor sich her. Und ich krallte meine Hände in sein Haar, damit er nicht aufhörte. »Magst du das?«

»Ja, ja!«

»Und das auch?« Er spielte an meiner Perle, umkreiste sie sanft und brachte mich in wenigen Sekunden zum Abheben.

Ich kam mit einem langgezogenen Schrei. »Gott, war das heftig.«

»Was heißt hier, war? Wir haben gerade erst angefangen. Und ich will noch einiges mit dir anstellen, bevor es zur Kirche geht.« Er kroch nach oben und senkte sich auf mich herab. Da war wieder die Distanz von gestern in seinen Augen. Und die Enttäuschung. Aber doch nicht, während wir Sex miteinander hatten?

»Haben wir denn überhaupt so viel Zeit?«, keuchte ich.

»Ohne uns können sie kaum anfangen, oder?«

»Auch wieder wahr ...«

Seine großen Hände wanderten über mich, packten an den genau richtigen Stellen zu, auf die genau richtige Weise. Er ließ mich nicht aus den Fängen, drehte mich vom Rücken auf den Bauch und kniete hinter mir, nahm mich von hinten und brachte mich innerhalb von Sekunden zum Schreien. Ich ließ mich völlig fallen, genoss seine Küsse, seine Berührungen und jeden seiner Stöße. Er zog mich auf sich, unter sich, wendete mich hin und her, wie es ihm beliebte. Dann drehte er mich wieder auf den Bauch. Ein unsanfter Biss in meinen Po erinnerte mich daran, dass er vielleicht doch ein wenig wütend war? »Autsch!«

»Pardon.« Seine Entschuldigung klang nicht überzeugend. »Das Kätzchen-Tattoo, Carol. Was verbirgt sich darunter?« Er keuchte mir ins Ohr. Ich verschloss seinen Mund mit einem Kuss, damit er endlich still war.

• • •

Stunden später lag ich total durchgenudelt und erschöpft auf dem Bett. Während Aidan so energiegeladen aufsprang, als hätte er nur mal eben drei Kniebeugen gemacht. Ich spürte Muskeln an den seltsamsten Stellen, mein Körper glühte von seinen Berührungen. Und ich war bis über beide Ohren in ihn verliebt. So wollte ich am liebsten immer geweckt werden. In den nächsten hundert Jahren.

»Hoffentlich klappe ich auf dem Weg zum Altar nicht zusammen. Falls doch, musst du mich tragen.« Mein leises Lachen ging in ein Stöhnen über.

Er antwortete nicht, sondern stapfte davon. Die Dusche plätscherte. Zwei Minuten später knisterte es in der Küche, dann klappte die Tür vom Tiefkühlfach.

Der Sex von heute Morgen … Er fühlte sich anders an als vergangene Nacht. Wie ein Abschied. Als hätte er alle Positionen mit mir durchgeturnt, damit er später daran denken konnte. Wenn er irgendwo in Frankreich saß, mit seinem Beutel voller Diamanten, und sein Geld zählte.

Lautlos setzte ich mich auf, kroch auf allen vieren zur halbhohen Wand und spähte darüber. Aidan stopfte ein paar Anziehsachen in eine Tüte und legte das Gemüse darauf.

»Ich bin mal eben draußen.« Die Tür klappte hinter ihm zu.

Ich sank in mich zusammen. Tränen strömten über meine Wangen. Er hatte vor, mich zu verlassen. Sofort nach der Hochzeit. Wahrscheinlich unmittelbar, nachdem er von Matt seinen dicken Scheck kassiert hatte. Und das nach unserer gemeinsamen Liebesnacht? Ich wollte nicht, dass er mich verließ! Und Snowhill verkaufen wollte ich auch nicht.

Gott, mir war hundeelend. Besorgt über mein lautes Schluchzen kamen die Katzen zu mir gerannt. Socke legte sich auf meine Beine und schnurrte tröstend. Der Kater kauerte sich daneben und fuhr mit der Pfote über mein nacktes Bein. Ein bisschen kratzte er mich, als wäre er ebenfalls wütend.

Nach wenigen Minuten wischte ich mir die Tränen ab. Ich musste aufhören mit Weinen, es würde sonst Spuren hinterlassen, die kein Make-up überdeckte. Dann ging ich ebenfalls unter die Dusche.

Es war schon nach ein Uhr, als ich rüber nach Snowhill rannte. Mel hatte hinter der Tür gelauert, denn sie riss sie im gleichen Moment auf, als ich sie öffnete.

»Endlich! Wo bleibst du denn, Carolyn? Wir haben schon vor zwei Stunden mit dir gerechnet. Meine Güte, jetzt sind wir gehörig in Verzug geraten.«

»Wir waren ein bisschen beschäftigt«, murmelte ich und trabte hinter ihr her in die Küche.

Marian und Smilla lachten leise. »Uuuuh, was habt ihr angestellt, ihr kleinen Schlingel?«

»Ach, so dies und das«, sagte ich mit hochrotem Kopf.

»Kein Problem, wir erledigen eben alles gleichzeitig.« Marian wedelte mit dem Lockenstab. »Du das Make-up, Smilla, ich die Frisur?«

»Ja, prima Idee. Dann sind wir in einer Stunde fertig. Keine Sorge, Carolyn. Du wirst bezaubernd aussehen. Das rosige Nachglühen verleiht dir eine besondere Schönheit.«

Mel drückte mich sanft auf einen Stuhl und Smilla fing sofort mit Schminken an. Zuerst reinigte sie mein Gesicht, dann cremte sie mich ein.

Marian machte sich an meinen Haaren zu schaffen und formte mit einem Lockenstab große Wellen. »Sind sie nicht süß, die beiden? Beinahe verpassen sie ihre eigene Hochzeit, weil sie nicht aus dem Bett kommen.«

»Ja. Total süß.« Smilla grinste breit.

»Das Sektfrühstück musste leider ausfallen, weil weder die Braut noch der Bräutigam anwesend waren. Das macht nichts, wir stoßen so miteinander an. Hier, bedient euch.« Mel verteilte gefüllte Sektgläser, dann brachte sie eine Platte mit Törtchen und Lachssandwiches. »Du musst dich stärken, Carolyn.«

»Ja, wenn du dich schon so verausgabt hast. Nicht, dass du vor Schwäche noch umkippst.« Smilla zwinkerte mir zu.

Ich mochte sie wirklich sehr. Sie war die Freundin, die ich immer gern gehabt hätte. Genau wie Marian.

Und ich sollte sie um ihr Zuhause bringen? Mit jeder Minute fühlte ich mich scheußlicher.

»Nimm auch einen Schluck, Marian.« Mel deutete auffordernd zum Sektglas, das Marian auf dem Tisch platziert hatte.

»Hm, ich möchte lieber keinen Sekt, danke.« Marian ondulierte weiter meine Haare.

»Warum denn nicht? Du trinkst doch sonst immer gerne ein Gläschen, seitdem du nicht mehr stillst. Vom Eierlikör hast du dieses Jahr auch nicht gekostet.« Mel stemmte die Hände in die Hüften und sah Marian fragend an.

»Ja, schon. Gib mir einfach einen Orangensaft, damit kann ich auch anstoßen.« Marian lächelte verlegen und wechselte einen schnellen Blick mit Smilla.

»Oh, sag bloß! Bedeutet das etwa?« Mel riss sich eine Hand vor den Mund.

»Ja, sorry, Carolyn.« Marian errötete, so dass ihre Sommersprossen noch stärker leuchteten. Ein strahlendes Lächeln trat auf ihr Gesicht. »Ich wollte es nicht zum Thema machen, denn heute steht eure Hochzeit im Vordergrund. Alkohol darf ich wirklich keinen trinken.«

»Du … du bist schwanger?«, brachte ich heraus. Fast wäre ich vom Stuhl gekippt.

»Ja, wir freuen uns so. Endlich hat es geklappt. John will unbedingt vier Kinder. Na, mal sehen, ob er nach Nummer drei auch noch dieser Meinung ist.«

»Oh, das ist toll. Herzlichen Glückwunsch.« Ich stürzte mein Glas Sekt in einem Zug hinunter. Am liebsten hätte ich die ganze Flasche angesetzt und auf ex geleert. Noch jemand, dem ich sein Zuhause stahl? Das war mehr, als ich verkraften konnte. Mein leerer Magen quietschte und gurgelte, als der Sekt darin ankam.

»Das sind wunderbare Neuigkeiten. Herzlichen Glückwunsch!« Mel stieß mit ihrem Glas an meins und registrierte mit Verwunderung, dass ich es bereits geleert hatte. »Oh, du bist aber schnell, Liebes. Du solltest unbedingt etwas essen.

Sekt auf nüchternen Magen ist nicht zu empfehlen, du bist blass.«

»Nicht mehr lange!« Smilla schwenkte übermütig den Rougepinsel und strich damit über meine Wangen. »Mel hat recht. Iss lieber etwas, Carolyn. Nicht, dass du in der Kirche einen Schwächeanfall erleidest und vor dem Ja-Wort umkippst.«

»Stimmt. Das wäre nicht gut.« Ich biss in ein Sandwich und würgte es hinunter, obwohl es nach fiesem Fisch schmeckte.

Gott, es war alles so deprimierend. An meinem Hochzeitsmorgen sollte ich überschäumen vor Glück. Stattdessen fühlte ich nur Schuld, Angst und Niedergeschlagenheit.

Eben hatte ich schnell den Makler angerufen und zur Kirche bestellt. Er behauptete, dass BZ-TZ schon auf dem Flug nach England wären und sie es kaum erwarten konnten, ihr neues Heim zu beziehen.

Ob das überhaupt stimmte? Vorgestern hatten sie noch ein Live-Konzert in Seattle gegeben. Wobei es mit der Zeitverschiebung schon möglich wäre, dass sie heute in England eintrafen. Selbst wenn sie wirklich kämen und das Ganze sich nicht als Luftnummer entpuppte, wie sollte ich es schaffen, das gestohlene Geld in die Firma zurück zu transferieren? Allein schaffte ich das alles nicht. Ich war am Ende! Ein dumpfes Stöhnen drang aus meiner Kehle.

Das fröhliche Geplauder der anderen verstummte.

»Alles okay, Liebes?« Smilla sah mich besorgt an.

»Ja, sicher. Ich bin nur so aufgeregt.« Ich biss mir auf die Unterlippe und wäre beinahe wieder in Tränen ausgebrochen. Alles wuchs mir über den Kopf. Ich musste tun, was mir zutiefst widerstrebte: Snowhill verkaufen und damit alle bitterlich enttäuschen.

Aber das Allerschlimmste war, dass Aidan mich verlassen wollte.

❄

KAPITEL 46

Aidan

Nach unserem zweistündigen, extrem heißen Quickie hatte ich mich innerhalb von fünf Minuten geduscht, angezogen und für die Hochzeit fertiggemacht. Unbegreiflich, dass Frauen Stunden dafür brauchten. Carolyn lag noch nach Luft schnappend im Bett, als ich bereits das Haus verließ.

Es waren nur drei Tage, die wir wegen der gespielten Verlobung miteinander verbracht hatten. Und insgesamt kannte ich sie nur neun Tage, aber sie hatte mich verhext. Nein, es war viel schlimmer. Verdammt, ich liebte sie.

Trotz ihrer Lügen und obwohl sie mir die ganze Zeit auf der Nase herumgetanzt war, ohne dass ich es bemerkte. Dafür sollte ich ihr anständig den Hintern versohlen, die nächsten hundert Jahre lang. Am besten dreimal täglich. Der Gedanke brachte mich zum Lächeln. Dann fiel mir ein, dass es nicht soweit käme und mein Lächeln erlosch.

Überhaupt brannte in mir die Enttäuschung wegen ihrer kaltblütigen Schauspielerei.

Auch wenn sie in Augenblicken so atemberaubend süß war, dass mir fast das Herz stehenblieb … Wegen der schlimmen Sache von früher bedauerte ich sie und als sie gestern erwähnte, dass sie seit zehn Jahren keinen Sex mehr gehabt hatte ... Ich war dahingeschmolzen und hatte mit ihr die schönste Nacht meines Lebens verbracht.

Unterm Strich gesehen war sie leider eine raffinierte Hexe, deren einziger Antrieb Geld war. Nein, das wollte ich nicht glauben. Sie war nicht ausschließlich so – aber sie zeigte sich mir nicht. Nicht einmal in der vergangenen Nacht konnte ich es aus ihr herauskitzeln. Und darum würde ich sie verlassen. Der Gedanke tat so weh, dass ich kaum atmen konnte.

In der Nacht hatte ich gespürt, dass sie mich liebte. Oder gehörte es auch zu ihrem Plan? Verflucht, vor lauter Lügen, meinen eigenen, ihren, unseren, konnte ich nicht mehr zwischen echt und falsch unterscheiden. Die Kompassnadel auf meiner Brust schwirrte wie ein irrer Propeller im Kreis, ohne mir die Richtung anzuzeigen.

Dann entschied es eben mein Kopf. Und er wählte die Flucht.

Der Beutel mit dem Tiefkühlgemüse lag auf meinen Sachen, die ich eben gepackt hatte. Eine Jeans, einen Pulli, meinen Pass, mehr brauchte ich nicht. Sollte ich den Scheck von Matt und John noch mitnehmen? Den bekäme ich nur, wenn ich sie heiratete. Verdammt, alles in mir stemmte sich dagegen. Wenigstens die anderen sollten in Snowhill leben, wenn ich es schon nicht konnte. Dafür müsste ich allerdings die verfluchten Diamanten behalten, und das wollte ich auch nicht.

Ich ging in die Garage, um den Motor laufen zu lassen, damit der Wagen für die Braut vorgewärmt wäre. *Für die Braut.* Ein schmerzlich-schöner Gedanke. Es war noch zu früh, oder? Nach einer Weile schaltete ich den Motor wieder aus. Mit einem weichen Lappen wischte ich über die silberne Emily und polierte die Motorhaube, auf der das hässlichste Blumengesteck aller Zeiten thronte. Wenn man es länger ansah, bluteten einem vermutlich die Augen und man verspürte den Wunsch, niemals zu heiraten, sondern als Mönch in einem Kloster zu leben.

Bailey hatte es mit Liebe gemacht, wie alles, was er für

mich getan hatte, seitdem ich hier angekommen war. Ihn zu verlassen würde mir auch schwerfallen, Mel und die anderen ebenso. Und was passierte mit den Katzen? Herrgott, an die hatte ich überhaupt nicht gedacht. Mel würde sich hoffentlich um sie kümmern.

Schritte knirschten durch den Schnee. Bailey, in einem eleganten dunkelblauen Anzug mit perfekt gebundener Krawatte, kam auf mich zu. »Na, bist du aufgeregt?«

»Ja, es geht so.«

»Wir sehen immer noch übel aus.« Er deutete auf unsere Veilchen.

»Nicht schlimm.« Mein Veilchen war mein kleinstes Problem.

»Hier, nimm mal einen Schluck.« Er zog einen silbernen Flachmann aus seinem Jackett und reichte ihn mir. »Habt ihr alles geklärt?«

»Nein, ich denke eher nicht.«

»Vielleicht braucht sie noch ein bisschen, bis sie dir völlig vertraut. Ich bin sicher, sie wird dir bald alles erzählen.« Er nickte mir zu.

»Mag sein.« Ich zuckte mit den Schultern und setzte ein Lächeln auf. Das war das Hauptproblem: Keiner vertraute keinem. Auf einem Berg von Lügen konnte man nichts Schönes aufbauen.

»In den nächsten Tagen, Wochen oder Monaten. Okay?« Er legte die Hand auf meine Schulter. Sein Blick war eindringlich, fast flehend. Hatte er meine Tasche gesehen? Ich schob sie mit dem Fuß hinter den Wagen.

Es würde sie nicht geben, diese Wochen oder Monate. Der Gedanke tat weh.

Denn ich hätte wirklich gern mehr Zeit mit ihr gehabt.

Und überhaupt hätte ich gern etwas anderes mit ihr gehabt.

Etwas Ehrliches.

»Bis später, ich muss ins Haus. Mel ist aufgeregt und braucht mich. Lässt du den Motor gleich wieder warm laufen? Es ist sonst zu kalt für Carolyn.« Seine Schritte entfernten sich.

»Ja, sicher.« Wie ein Feigling versteckte ich mich in der Garage, anstatt zu Carolyn ins Häuschen zu gehen und auszusprechen, was ich dachte. Es war sinnlos. Sie würde mir nur eine weitere Lüge servieren. Und auf Dauer, wie sollte es funktionieren mit jemandem, der so egoistisch und materiell eingestellt war?

In Gedanken versunken öffnete ich den Kofferraum, um meine Sachen zu verstauen, da schlug mir ein bestialischer Gestank entgegen. Nach totem Fisch, verwesten Leichenteilen, oder was auch immer. Entsetzt klappte ich den Deckel wieder zu, trat zwei Schritte zurück und schnappte nach Luft. Vorsichtig öffnete ich wieder. Lag ein totes Tier darin, ein verwester Marder vielleicht? Wobei, wie sollte das gehen? Gestern war alles noch normal gewesen, so schnell verweste ein Tier doch nicht. Am wenigsten bei der Kälte. Der Gestank ging von ihrem Koffer aus. Mit spitzen Fingern nahm ich ihn hervor, bugsierte ihn in eine Ecke der Garage und öffnete ihn.

Aha, ein grünlich schimmernder Beutel war die Ursache für den Gestank. Ich zog Handschuhe an, hielt die Luft an und nahm ihn hervor. Was war das? Die Überreste eines Thunfisch-Sandwiches? Angeekelt ließ ich den Beutel wieder fallen.

Mit weit ausgestreckten Armen trug ich den Koffer nach draußen, damit der Gestank sich verflüchtigte. Was sollte ich mit dem Thunfisch-Leichnam machen? Hauptsache weg! Ich schleuderte ihn ein paar Meter weit in die verschneite Wiese.

Im Koffer lagen nur ein paar abgetragene grau-schwarze Kleider und ein schwarzes Kostüm, wahrscheinlich trug sie es bei der Arbeit. Das war alles? Wegen dieser Sachen wollte sie unbedingt den Koffer zurück? Eine dunkelblaue Mappe befand sich ebenfalls darin. Papierkram. Wahrscheinlich hatte sie vorgehabt, an Weihnachten zu arbeiten. *Toll, Carolyn. Deine Karriere geht dir wohl über alles.*

In die Mülltonne werfen konnte ich das übel riechende Päckchen nicht. Bis sie nach Weihnachten geleert wurde, wäre ganz Snowhill verseucht. Mir blieb nichts anderes übrig, als den verseuchten Fisch zu begraben.

Mit einem Spaten bewaffnet stapfte ich zur Wiese, holte

aus und stach tief in den Boden – fast. Denn der Spaten prallte vom hartgefrorenen Boden ab und versetzte mir einen schmerzhaften Schlag an die Hand. Auch das noch! Nichts klappte heute! Ein zweiter Versuch scheiterte ebenso.

»Verdammte Scheiße!« Immer wütender hackte ich auf den Boden ein und kam keinen Millimeter in die Erde. Mein ganzer Frust brach sich Bahn. »Scheiß Hochzeit. Scheiß Leben! Scheiß … alles!« Ich hackte und hackte. Ohne Erfolg.

Der Schweiß lief mir in Strömen übers Gesicht, als ich wie besessen auf den steinharten Boden einschlug. Warum vertraute sie mir nicht? Ich wollte in ihr Herz schauen und nicht wartend davor stehen. Sie sollte aufhören, mich zu belügen. »Lass mich rein!« Schrie ich den Boden an oder sie? »Lass mich gefälligst rein!«

»Was soll das werden, Aidan?«, fragte jemand hinter mir und ich fuhr herum. Caspar. Wie aus dem Ei gepellt in einem eleganten grauen Anzug mit perfekt gebundener Fliege. Er hatte mir gerade noch gefehlt.

»Ich beerdige ein Thunfisch-Sandwich. Das sieht man doch.«

»Oh, ich verstehe. Eine Art Hochzeitsritual?«

»Nein, natürlich nicht.« Ich hielt inne, keuchend vor Anstrengung. »Es lag in Carols Koffer. Es stinkt dermaßen, dass ich es begraben muss. Aber ich schaffe es nicht!«

»Vielleicht solltest du es anders versuchen? Nicht mit roher Gewalt, sondern mit Wärme.« Auf meinen verständnislosen Blick fügte er hinzu: »Feuer. Zufällig habe ich ein Feuerzeug dabei.«

»Feuerbestattung, warum nicht?« Ich nahm eine alte Zeitung aus der Garage und zündete sie an, dann warf ich sie auf das Sandwich. Es ging sofort in Flammen auf.

»Ah, prima. Es funktioniert.«

»Ihre Kleider kann sie alle wegwerfen. Ob der Gestank sich jemals verflüchtigt? Na, egal. Sie hat bald genug Geld, um sich neu einzukleiden.« Ein bitteres Lachen drang aus meinem Mund.

Caspar besah mich lange. »So richtige Hochzeitsstimmung will nicht aufkommen, oder?«

»Doch sicher, ich bin nur nervös«, behauptete ich und griff nach dem Koffer, um ihn aufzuklappen. »Das sind ihre gesamten Schätze. Eine Mappe mit Bürokram war ihr so wichtig, dass sie deswegen dauernd zum Bahnhof wollte. Schau.« Ich nahm die Mappe hervor. Ein plötzlicher Windstoß blätterte sie auf, Papiere flatterten heraus und flogen davon. »Scheiße! Geht denn heute alles schief?« Wie ein Irrer hüpfte ich durch den tiefen Schnee und fing die Blätter wieder ein. Ohne es zu beabsichtigen, las ich die ersten Zeilen. Handgeschrieben in schönster Schönschrift.

Liebe Miss Christmas, ich kann Ihnen nicht genug danken. »Was zum Teufel ist das?«

Caspar hatte ebenfalls ein paar Blätter aufgesammelt und überflog sie. »Briefe. Es sind Dankesbriefe.«

»Miss Christmas, meine Familie dankt Ihnen aus tiefstem Herzen.« Kopfschüttelnd versuchte ich zu begreifen. »Worum geht es, verstehst du das?«

»Nein. Normalerweise würde ich nicht zustimmen, die Briefe einer anderen Person zu lesen, aber ich denke, wir können guten Gewissens eine Ausnahme machen.« Er nickte mir zu. »Lies bitte vor, Aidan.«

»Liebe Miss Christmas, ich danke Ihnen für Ihre Gutherzigkeit und Ihr Bemühen, die falsche Entscheidung Ihrer Firma wieder gutzumachen. Ich werde nie vergessen, was Sie für mich getan haben. Als meine Frau starb und ich mit zwei kleinen Kindern alleine dastand, waren Sie der gute Engel, der für uns gesorgt hat. Mit dem Geld, das uns ausbezahlt wurde, konnte ich eine Weile zu Hause bleiben und nach den schwierigen ersten Monaten eine Nanny einstellen. Auf diese Weise konnte ich halbtags arbeiten und die Raten für unser Haus weiter stemmen.

Ich danke Ihnen für Ihre Menschlichkeit und Ihre Güte. Wie Sie selbst wissen, verweigerte die Versicherungsgesellschaft die Zahlung wegen angeblicher Formfehler. Nachdem wir mehr als dreizehn Jahre die hohen Gebühren beglichen haben, war das ein Schlag ins Gesicht. Und ich lag ohnehin schon am Boden. Aber Sie, Miss Christmas, haben mir den

Glauben an das Gute wiedergegeben. Ohne Sie wären wir verloren.«

Und so ging es in einer Tour weiter. Alle Briefe begannen mit Danksagungen, die rührendsten Geschichten wurden erzählt. »Das sind alles Menschen, denen sie geholfen hat?«

»Ja, es sieht danach aus.«

»Darum tut sie das alles?« Fassungslos starrte ich auf das Bündel Briefe. Sie hatte es in der Firma so gedeichselt, dass die verzweifelten Menschen, die durchs Netz gefallen waren, aufgefangen wurden. Vielleicht hatte sie anfangs ihr eigenes Geld dazu genommen, später fälschte sie vermutlich Unterlagen, damit die Zahlungen bewilligt wurden. »Ohne Sie wären wir verloren«, zitierte ich. »Sie hat den armen Menschen geholfen.« Menschen wie meine Mutter.

Caspar sah mich lange an. »Miss Christmas als Retterin in der Not. Wer hätte das gedacht?«

»Ich nicht, absolut nicht.«

»Ich schon.« Er hob die Augenbrauen. »Denk nach, Aidan! Sie hat ein hilfloses Katzenbaby mitgenommen, obwohl ihr das Wasser bis zum Hals stand, ganz zu schweigen vom hohen seelischen Druck, wegen ihrer Rückkehr nach Snowhill. Denkst du wirklich, sie bringt es übers Herz, Menschen in ihrem Elend allein zu lassen?«

»Vermutlich nicht.« Ich musste lächeln.

»Mit Sicherheit nicht.«

»Das ändert einiges.« Meine Süße war nicht kaltherzig, sondern ein tapferer weiblicher Robin Hood, der für die Armen kämpfte und dafür alles riskierte. Scheiße, vor Rührung stiegen mir die Tränen in die Augen und ich wendete mich ab. »Verflucht, der eisige Wind …«

»Vielleicht ändert es sogar alles?«

»Ja, vielleicht.« Die Situation hatte sich komplett gedreht innerhalb weniger Minuten. In mir stieg die leise Hoffnung auf, dass sich auch andere Probleme auflösten.

»Und du, Aidan. Hast du dir ein wenig Wegzehrung eingepackt?« Caspar deutete auf den Beutel mit dem Gemüse. »Mel kocht reichlich, ich glaube nicht, dass du es brauchst.

Oder willst du in der Kirche ein wenig vom Tiefkühlgemüse naschen?«

»Ich … er liegt wohl noch von gestern darin. Wir waren einkaufen und da habe ich …« Ich war des Lügens so müde, es stand mir bis obenhin. Wenn er mich jetzt mit dem Raub konfrontierte, wäre ich schneller mit dem Auto davon gerast … Nein, ich wollte nicht mehr davonlaufen. Auch wenn ich nicht wusste, was ich wirklich wollte. Vielleicht alles gestehen und warten, bis er die Polizei rief?

»Wir verschließen den Kofferraum lieber.« Mit einem Lächeln klappte er ihn zu. »Sonst taut dein Gemüse noch auf.«

»Stimmt. Wenn es auftaut … ist es ungenießbar. Ich muss nur noch eine Lösung finden. Für den ganzen Schlamassel.«

»Das Richtige zu tun, ist nicht immer das Einfachste. Im Gegenteil, es kann das Schwierigste überhaupt sein. Das, wovor wir am meisten Angst haben. Wir können nicht immer davonlaufen, nicht wahr?«

»Tja, dafür müsste man aber wissen, was das Richtige ist.«

»Ich weiß von Diamanten«, setzte er an, und ich zog scharf den Atem ein. Ohne eine Miene zu verziehen, sprach er weiter. »Es ist allgemein bekannt, wie Diamanten entstehen. Kohlenstoffatome werden unter hohem Druck zusammengepresst, über Millionen von Jahren. Sie schließen sich zu einem Kristallgitter zusammen, das etwas Wertvolles ergibt. Rohdiamanten. Das gilt auch für Menschen. Unter großem Druck und in der glühenden Hitze von Ausnahmesituationen formt sich unser wahres Wesen. Krisen bringen unser Bestes hervor.«

»Oder unser Schlechtestes«, murmelte ich. Verdammt, jedes seiner Worte traf mich mitten ins Herz. Meine Kompassnadel drehte sich weniger verwirrt im Kreis. Sie verlangsamte sich, suchte nach Orientierung. Und nach einem Fixpunkt.

»In Krisen zeigen wir, wer wir wirklich sind. Wir konzentrieren uns auf das Wesentliche. Unseren Kern. Wobei der Kern von allem ohnehin Liebe ist.«

»Liebe? Mag sein.«

»Vulkanausbrüche schleudern Rohdiamanten an die Oberfläche. Und wenn wir das auf Menschen übertragen …«

»Schon möglich.« Seine kryptischen Aussagen brachten mich auf eine Idee. Vielleicht sollte ich Carolyn so lange unter Druck setzen – bis sie explodierte?

»Wie geht es jetzt weiter, Aidan?«

»Heiraten, nehme ich an? Und auf den Vulkanausbruch warten.«

»Ein guter Plan.« Er deutete auf mein durchgeschwitztes Hemd. »So kannst du unmöglich heiraten. John hat bestimmt ein weißes Hemd für dich. Oder Matt. Und überhaupt passt dir der Anzug nicht. An den Schultern zu eng, an den Beinen zu kurz. Dein Stil ist es nicht und auch nicht deine Farbe.« Er stieß einen tiefen Seufzer aus. »Ein Gentleman sollte an diesem wichtigen Tag aufs Bestmögliche vorbereitet sein.«

»Das stimmt.« Vielleicht kam dieser Tag erst noch.

Caspar hakte mich unter und führte mich über die Wiese nach Snowhill. »Kommen Sie, Sir, ich werde Ihnen beim Ankleiden behilflich sein. Ihre Schuhe benötigen auch einen Hauch von Politur.«

Ich musste lachen. »Ich bin ganz bestimmt kein Sir. Ich bin so ziemlich der Letzte, den du so bezeichnen solltest.«

»Ob man ein Sir ist oder nicht, entscheidet nicht der Name oder die Geburt, sondern eine gewisse Haltung. Eine Haltung von Mut, Ehre und Selbstlosigkeit.«

»Danke, Caspar.«

Auf das Wesentliche konzentrieren. Der Kern von allem. *Liebe.* Die Kompassnadel blieb zitternd stehen. Sie zeigte auf ein drolliges Gesicht mit großen Augen und einer kleinen Stupsnase. Carolyn. Sie war für mich wichtiger als alles andere.

Vielleicht gab es doch eine Lösung. Mit einem Mal wusste ich, wie sie aussah.

Fast eine Stunde war seit meiner Unterredung mit Caspar vergangen. Dann durfte ich endlich einen Blick auf die Braut werfen. *Wunderschön,* war mein erster Gedanke und der zweite: *Sie sieht ängstlich aus.*

Mit den Händen schützte sie ihre Frisur vor dem eisigen Wind, der ihr ein paar Strähnen aus dem geflochtenen Haarkranz zerrte. Schneeflocken fielen darauf und schmolzen, auch auf ihren rosigen Wangen, so dass es wirkte, als weinte sie winzige Tränen.

»Wow, atemberaubend!« Ich hielt ihr die Wagentür zum Einsteigen auf.

»Danke, du siehst auch sehr festlich aus.« Ihr Blick streifte mein Veilchen und sie verzog das Gesicht.

Mit einem breiten Grinsen setzte ich mich neben sie. »Man tut, was man kann. Wenn ich es mir recht überlege, hätte ich lieber im Sommer geheiratet.«

»Wie bitte, Aidan?« Mel fuhr zu mir herum und hielt ihren hellblauen Hut fest, der farblich zu ihrem eleganten Kostüm passte. »Das fällt dir früh ein.«

»Ja, was denn? Es ist schweinekalt, Carolyn zittert in ihrem dünnen Kleid.«

Bailey startete den Wagen. »Keine Sorge, ich drehe die Heizung voll auf. Wir sind spät dran. Wo hast du bloß so lange gesteckt, Aidan?«

»Ach, ich musste noch die Katzen füttern. Und dann haben die so niedlich gespielt, dass ich mich kaum losreißen konnte.«

Carolyn atmete zischend ein. »Die Katzen gefüttert? Unglaublich!«

Mel warf mir im Rückspiegel einen irritierten Blick zu, Bailey runzelte die Stirn.

Absichtlich hatte ich die Abfahrt hinausgezögert. Carolyn trippelte schon nervös unter dem überdachten Eingang in Snowhill hin und her. Ja, es war nicht nett von mir, allein wegen der beißenden Kälte, aber es war Teil meines Plans.

Bailey zockelte mit zwanzig Meilen über die Landstraße und summte ein Liedchen.

»Gib Gas, es ist schon halb drei! Der Pastor wartet.« Carolyn klopfte an seine Rückenlehne.

»Hm, besser nicht«, brummte Bailey. »Ich habe meine Gründe, warum ich so langsam …«

»Los, fahr schneller!«, trieb sie ihn an.

»Na gut.« Er beschleunigte und – WUSCH – flog das Blumengesteck vom Kühler, überschlug sich drei Mal in der Luft und rollte über die vereiste Landstraße. »Genau aus dem Grund.«

»Huch!« Mel sah dem Ungetüm nach, wie es im Straßengraben landete. »Halt an, wir müssen es aufheben.«

»Nein, keine Zeit!« Carol rutschte nervös auf dem Sitz.

»Oh, Shit!«, fluchte Bailey. »Dabei habe ich alle Anweisungen in der YouTube-Anleitung genau befolgt.«

Ich lachte leise. »Ich würde das Gesteck schon gern aufheben und wieder befestigen. Du hast es mit so viel Liebe gebastelt.«

»Aidan!«, zischte Carolyn.

»Ja, Liebling?«

»Klar, Aidan, das machen wir.« Bailey stoppte, legte den Rückwärtsgang ein und wir surrten ein Stück zurück. Sofort sprang er aus dem Auto, jagte dem Blumenteil hinterher und presste es vorne auf den Kühler. Minutenlang hantierte er daran herum, bis es endlich festklemmte. Dann schlichen wir wieder mit zwanzig Meilen Richtung Wingham.

»Gott, es wird ja immer später. Zwanzig vor drei!« Carolyn schwitzte vor Angst, dabei hielt sie ihr weißes Brauttäschchen fest umklammert. Vermutlich steckte die Besitzurkunde von Snowhill darin.

»Keine Panik, chérie. Ich sagte es dir eben schon. Ohne uns können sie nicht anfangen.«

»Das stimmt.« Sie rang sich ein schiefes Lächeln ab.

Beim Einzug in der kleinen Kirche von Wingham erklangen die ersten Töne von *Chapel of Love.* Die anderen hatten sich in den vorderen Bänken versammelt. Matt und John drehten sich um und nickten mir zu. Wenn sie wüssten, was gleich passierte …

Carolyn und ich schritten im Takt des Songs langsam nach

vorne. Auf einmal lief das Lied mit atemberaubender Geschwindigkeit. Die Melodie verzerrte sich zu einem schrillen Quietschen, als hätten die Sängerinnen Helium eingeatmet oder sich in die Chipmunks verwandelt. Dann verstummte sie.

»Entschuldigung, Bandsalat!«, rief ein Mann von der Empore, vermutlich der Küster.

»Meine Güte, wenn man nicht alles selber macht.« Caspar wirkte verärgert, doch ein winziges Lächeln huschte um seine Mundwinkel.

Ohne Musik bewegten wir uns durch den breiten Mittelgang, der die beiden Bankreihen voneinander trennte. Unsere Schritte hallten in der fast leeren Kirche wider, bis wir endlich den Altar erreichten. Na, wir waren ja ein traumhaftes Pärchen.

Ich, im Anzug meines Vaters, der nicht passte und eben beim Aussteigen leicht gekracht hatte, als ich den Arm bewegte. Dafür mit einem blütenweißen gestärkten Hemd und blitzsauberen Schuhen. Das Veilchen verbesserte den Gesamteindruck nicht unbedingt.

Carolyn im Hochzeitskleid von Smilla, das nicht ihrem Stil entsprach. Vor allem war es aus so hauchdünnem Stoff angefertigt, dass sie unentwegt zitterte. Mir fielen die weißen Blümchen in ihrem Haar auf, dazu das perfekte Make-up, sie war traumhaft schön. Umso schlimmer, dass ich sie gleich zum Weinen bringen würde.

»Schleierkraut«, flüsterte sie mir mit gequältem Lächeln zu.

»Was?«

»Die Blümchen.«

»Ah.«

Der Brautstrauß in ihrer Hand, eine Mischung aus Christrosen, weißem Farn und einem pelzigen rosa Kraut, zitterte ebenfalls. Überhaupt herrschte eine angespannte Stimmung, die sich durch unsere Verspätung noch verschärft hatte.

Matt schnaufte immer wieder hörbar und fuhr sich an den Hemdkragen, als würde er ersticken. Smilla neben ihm strahlte vor Freude. Von John kam ab und zu ein nervöses

Lachen, als stünde er kurz vor einem hysterischen Anfall. Er war kalkweiß im Gesicht, als müsste er sich jeden Moment übergeben. Marian neben ihm winkte fröhlich zu uns herüber.

Matt, John und ich sahen uns an. Matt sendete einen stummen Hilfeschrei: *Zieh es durch, ich flehe dich an, Aidan.*

Johns Hilferuf war nicht weniger dringlich: *Aidan, beeil dich, mir wird gleich schlecht.*

Meine Antwort: *Sorry, Jungs. Ihr werdet euch gleich ein wenig wundern.*

Caspars Worte hatten etwas in mir berührt, von dem ich nicht wusste, dass es vorhanden war. Ehrgefühl, Verantwortungsbewusstsein, Opferbereitschaft. Für ein höheres Ziel.

Die Tür der Sakristei schwang auf und der Pastor trat heraus. Mit einem Ausdruck der Verwunderung blickte er auf die Kirchenbänke, dann kam er auf uns zu. Vielmehr schlingerte er in Schlangenlinien vorbei, schlug einen großen Bogen, wanderte wieder zurück und stützte sich schweratmend auf den Altar neben uns. Umständlich zog er einen Zettel hervor und entfaltete ihn. »Liebe Gemeinde, ich begrüße euch zu diesem schweren Gang.«

»Wie bitte?«, entfuhr es Bailey.

»Der Verstorbene war ein geschätztes Mitglied der Gemeinde.« Der Pastor hielt sich den Zettel zuerst dicht vor die Augen, dann weit weg. »Connor McSutton. Wurde leider nur 93 Jahre alt.« Er stutzte und kratzte sich am Kopf. »Eigentlich ist das sehr alt, oder? Das *Nur* streiche ich hiermit.« Er lachte schallend und schwankte. Offensichtlich war er sturzbetrunken.

»Hallo, mein einziger Sohn heiratet!«, brummte Bailey. »Reiß dich ein bisschen zusammen, Fitzpatrick!«

»Wer hat das gerufen? Du, Bailey Donovan? Ach so, Momentchen.« Der Pastor drehte den Zettel um und fuhr mit dem Finger darüber. »Taufe Jeremiah Jones?« Hilfesuchend sah er in die Runde.

»Leider nein«, zischte Bailey.

»Dann weiß ich auch nicht weiter.« Er machte ein paar

Schritte zur Seite und plumpste auf einen Stuhl. Dort sackte er in sich zusammen.

»Hochzeit Aidan Lagarde und Carolyn Christmas«, soufflierte Bailey. »Hallo?«

Aber der Pastor rührte sich nicht mehr. Ein leises Schnarchen drang von seinem Platz.

Unruhe brach aus. Mel zischte: »Tu doch etwas, Bailey!« Smilla und Marian stießen erschrockene Laute aus. Stella begann zu schreien und fuchtelte energisch mit dem Arm. »Nananana!«

Gabriel rief: »Sei still, dumme Kuh.«

Ich verkniff mir ein Lachen.

Mit einem Krachen flog die Tür auf und der Anwalt Mr Broombury stürmte herein. »Entschuldigung, bin ich zu spät? Miss Christmas!« Er winkte zu uns herüber. »Hallo, Miss Christmas!«

»O Gott, geh bloß weg«, murmelte Carolyn und schirmte ihre Augen von ihm ab.

»Ist die Trauung schon vollzogen?«, rief der Anwalt und schob hinterher: »Kann mir bitte jemand antworten?«

Bailey drehte sich zu ihm um. »Nein, Mann! Wir versuchen, alles was geht. Aber der Pastor ist der Totalausfall.«

»Weckt sofort den Pastor auf!«, rief Matt. »Los, Aidan, wenn es sein muss, knall ihm eine!«

»Wie? Nein!« Ich würde bestimmt keinen Pastor verprügeln.

»Aber Matt!«, stieß Smilla erschrocken hervor.

»Aidan, ich muss dir etwas sagen«, flüsterte Carolyn mir zu.

»So ein Zufall, ich dir auch.«

Wiederum öffnete sich die Tür, der Immobilienmakler Mr Kwan spähte herein. »Bin ich hier richtig, Miss Christmas? Sie haben mich herbestellt.« Er wedelte mit einem Papier in der Luft, vermutlich war es der Kaufvertrag, und erschrak sichtlich. »Oh, Verzeihung, Sie heiraten. Das wusste ich nicht. Meine Güte, wie peinlich.« Er zog noch etwas hervor. »Und hier ist Ihr Scheck. Die Tinte ist noch feucht.«

»Ach, du Schande, es hat wirklich geklappt?«, flüsterte

meine süße, durchtriebene Beinahe-Ehefrau. »Ich habe niemanden bestellt, Aidan«, log sie unverfroren und lächelte mich treuherzig an. Allerdings wurde sie knallrot unter ihrer Schminke. Wenigstens das.

»So richtig romantisch finde ich das aber nicht. Dauernd kommt einer herein. Und was ist mit dem Pastor?« Mel schüttelte irritiert den Kopf, Baileys Gesicht wurde immer grimmiger.

Ich deutete auf die beiden Besucher. »Tja, Carolyn. Von so was kommt so was.«

»Was soll der Spruch?«, zischte sie. »Ich habe nie verstanden, was er bedeutet.«

»Ja, ja, klar!« Dann begann ich mit meiner Vorstellung. »Was wollen diese Leute von dir?«

»Aidan, es tut mir so leid. Ich muss dich heiraten und alles. Um die Wahrheit zu sagen, will ich es nicht. Nicht so.«

»Wie darf ich das verstehen?« Ich tat überrascht und griff mir ans Herz. »Du willst mich überhaupt nicht heiraten, sondern du heiratest mich nur, weil du musst?«

»Ja, nein. Ich kann es dir erklären, Aidan.« Sie griff nach meiner Hand und biss sich auf die Lippe. Gott, sie war zum Niederknien süß.

»Erklär mir das bitte. Was wird hier gespielt?« Ich setzte das unschuldigste Gesicht auf, das ich bieten konnte.

»Also Aidan … meine Amnesie … nun ja, sie ist …«

»Warte bitte, Carolyn.« In einer dramatischen Geste hob ich die Hände. »Die Nebel der Vergangenheit lichten sich, endlich sehe ich klar. Alles fällt in seine richtige Form, an seinen richtigen Platz.« Dann summte ich die ersten Takte der Titelmelodie vom Pianisten.

Sie wurde bleich unter ihrem hübschen Make-up. »Du weißt es? Hör sofort auf mit dem Quatsch, Aidan. Du blamierst mich!«

»Oh nein, hör du lieber auf, Kätzchen. Du blamierst dich selbst.« Zögernd räumte ich ein: »Ja, okay, ich mich auch. Aber die Idee mit der Hochzeit stammt nicht von mir. Ehrlich nicht.«

»Du hast mir die ganze Zeit vorgemacht, dass du mir glaubst.« Ihr Kinn fing an zu zittern.

»Wer hat hier wem etwas vorgemacht?« Ich lachte künstlich. »Ruf doch mal bei Netflix an, vielleicht bekommst du eine eigene Serie?«

»Sei still! Und … und die vorgezogene Hochzeitsnacht?«

»Tja, Schätzchen, man nimmt, was man kriegen kann.« Okay, das war gemein und ich griff nach ihrer Hand. »Pardon, tut mir leid. Ich habe sie vorgezogen, weil ich am liebsten jede Nacht mit dir schlafen möchte, die nächsten hundert Jahre.«

»Wirklich? Ist das wahr?« Tränen schossen in ihre Augen.

»Ja. Weil ich dich liebe, Carolyn. Aber es gibt noch einiges, was zwischen uns steht. Und das müssen wir klären.«

»Du liebst mich?«

»Ja. Und du musst mir bitte helfen, allein schaffe ich das nicht.«

»Wobei denn helfen?«

»Uns eine gemeinsame Zukunft aufzubauen. Ohne geklautes Geld.«

»O Gott!«, schluchzte sie. »Das wird ja immer schlimmer.«

»Ich befürchte, es wird noch um einiges schlimmer. Matt hat mir Geld geboten, damit ich dich heirate. Und ich könnte es wirklich gut gebrauchen, aber ich kann es nicht.«

»Warum denn nicht? Nimm es doch!«, flehte sie. »Wir teilen uns …«

»Nein! Ich kenne auch dein anderes Geheimnis: Du willst Snowhill verkaufen. Und das geht nur, wenn du mich heiratest. Aber Snowhill ist mir zu einem Zuhause geworden. Ich will nicht, dass du es verkaufst. Und darum sage ich Nein.«

Caspar deutete stummen Beifall an. Bailey schüttelte verwirrt den Kopf. Der Pfarrer gab leise Schnarchgeräusche von sich.

Sie fing an zu weinen und schlug mit dem Strauß nach mir. »Das ist so gemein von euch, ihr steckt alle unter einer Decke. Und ich bin mal wieder die Verarschte.«

»Nein, das bist du nicht. Weißt du, ich würde dich total gerne heiraten. Denn du bist unglaublich schön und süß, ja, manchmal echt nervig. Und endlos frech … Aber nicht so, Carolyn. Vor allem nicht mit dem Hintergedanken, dass du Snowhill verkaufst. Das lasse ich nicht zu.«

»Ich habe mich auch in dich verliebt«, flüsterte sie. »Wirklich wahr, ich lüge nicht.«

Wir sahen uns tief in die Augen. »Ja, ich weiß.«

»Und ich will das nicht tun, aber noch weniger will ich ins Gefängnis.«

»Wer will schon ins Gefängnis? Ich nicht. Trotzdem wird diese Heirat nicht stattfinden, es tut mir leid.«

»Was ist denn bei euch los?«, rief Bailey. »Streitet ihr euch schon vor der Hochzeit?«

»Alle belügen mich. Immer!« Sie schluchzte wie ein Baby. »Und du bist der Schlimmste von allen, Aidan.«

Mit einem Lachen zog ich sie in meine Arme. »Nein, du bist die Schlimmste, du kleine Gangsterbraut.«

»Was soll ich denn jetzt tun?«

»Das Richtige, Carolyn. Denk nach.« Ich wiederholte, was Caspar eben gesagt hatte. »Krisen bringen unser Bestes hervor.«

»Ah, jetzt weiß ich es wieder: die Hochzeit!« Der Pfarrer war aus seinem kurzen Nickerchen aufgewacht und begab sich tänzelnden Schrittes zum Altar. »Wollen Sie diesen Brauch, ähm, diesen Blauchstrauß … Diesen Bausch … Wie ging das noch mal?«

Bailey stöhnte dumpf auf und barg das Gesicht in den Händen. »Ich fasse es nicht.«

»Ja, ich will, aber auch wieder nicht. Nicht so, Carolyn.«

»Das gilt auch für mich. Ja und Nein.«

»Gut, dann sind wir einer Meinung.«

Die verstörten Gesichter von Mel, Smilla und Marian sprachen Bände. »Was ist eigentlich los da vorne?«, rief Mel. »Könnt ihr euch mal bitte entscheiden?«

Ich wandte mich den Anwesenden zu. »Ich glaube, die Hochzeit wurde gerade abgesagt. Von meiner wunderschönen Frau und mir.«

Alle raunten entsetzt, nur der Anwalt und Caspar applaudierten. »Bravo, Miss Christmas, ich habe so darauf gehofft! Ihr Großvater wäre stolz auf Sie!«

Ich zuckte mit den Schultern und hob die Hände. »Mal ehrlich, würdet ihr unter solchen Umständen heiraten wollen?«

»Nein, das ist wirklich nicht schön«, murmelte Bailey. »Aber du liebst sie doch, oder?«

»Ja, natürlich!«

»Sehr schön, mein Sohn«, sagte der Pfarrer salbungsvoll. »Und nun zu dir, mein schönes Kind. Willst du diesen Mann?« Sein Oberkörper klappte in Zeitlupe nach vorne, seine Stirn küsste den Altar.

Die Kirchturmuhr schlug den ersten Schlag. Fast war es drei.

»Los, Aidan!«, zischte Matt. »Sag endlich Ja!«

»Nein! Ich kann nicht und außerdem …« Ich deutete auf den Pfarrer, der wieder eingeschlafen schien. »Du weißt nicht alles, Matt. Ich sollte auf keinen Fall Ja sagen. Vertrau mir.«

»Ist das dein Ernst?« Matt hielt es nicht mehr auf der Bank und er sprang hoch.

»Ja«, rief ich erneut.

»Ja.« Carolyn nickte.

Mit einem Satz hüpfte der Pfarrer hoch. »Fantastisch! Und somit erkläre ich euch …« Er breitete die Arme aus. »Im Namen des heiligen Dings … zu irgendwas. Mann und Frau!« Der letzte Schlag verhallte. Es war drei Uhr. »Amen, Halleluja. Hosianna, in Gottes Höhe.« Er sank auf dem Altar in sich zusammen.

»Was war das für ein Mist?«, rief Bailey. »Seid ihr getraut oder was?«

Genau diese Frage stellte sich mir auch. »Sind wir jetzt verheiratet oder nicht?«

»Seid ihr jetzt verheiratet oder nicht?«, schrie Matt.

»Ich weiß es nicht.«

»Ich auch nicht.« Carolyn brach in Tränen aus. »Ist doch egal, ich lande eh im Knast.« Sie drehte sich auf dem Absatz um und rannte aus der Kirche.

»Gehört Snowhill offiziell Ihnen, Miss Christmas, äh, Mrs

Lagarde?« Der Makler stellte sich ihr mit einem breiten Lächeln entgegen und hielt ihr den Kaufvertrag hin. Und den Scheck. Mir gefror das Blut in den Adern.

»Ich befürchte ja«, sagte der Anwalt.

»Keine Ahnung.« Ratlos hob ich die Schultern und schrie: »Carolyn, ich liebe dich!«

»Nein! Bitte nicht! Carolyn!« Matt erlitt so etwas wie einen Meltdown und sank in die Kirchenbank. Smilla sah ihn entsetzt an.

Carol stoppte vor dem Makler, nahm Scheck und Kaufvertrag entgegen. »Ich will Snowhill nicht! Und ich verkaufe es auch nicht, damit ihr es nur alle wisst!« Sie zerriss beides in tausend Fitzelchen. Mit einem lauten Aufweinen hob sie das Kleid ein Stück an und rannte aus der Kirche.

»Ja! Das ist mein Mädchen!« Mit großen Schritten setzte ich ihr nach. »Ist sie nicht wunderbar?!«

»Der Pfarrer ist schuld. Er hat alles kaputtgemacht!« Bailey sprang wild gestikulierend auf. »Verdammt, Fitzpatrick. Wie konntest du die Hochzeit meines Sohnes so ruinieren?«

Ein Tohuwabohu brach aus.

»Gemach, Bailey Donovan.« Caspar versuchte, die Wogen zu glätten. »Ich bin mir sicher, du wirst darüber erleichtert sein.«

John lachte hilflos, seine Schultern zuckten. »Sie hat den Scheck zerrissen? Juchhu!«

»Matt Christmas, was geht hier vor?« Smillas Stimme klang ein wenig schrill.

»So genau weiß ich das auch nicht«, murmelte Matt.

»Das möchte ich ebenfalls wissen.« Marian stieß John an, der ein schuldbewusstes Gesicht machte.

Oben von der Empore schallte auf einmal Céline Dions *My heart will go on.* Caspar lachte. »Mein Mixtape, es funktioniert!«

Und ich war heilfroh, als die Tür endlich hinter mir ins Schloss fiel.

• • •

Ich fand sie hinter der Kirchenmauer, die das Gelände umschloss. Bitterlich weinend und zitternd in ihrem dünnen Kleid, im eiskalten Wind. »Carol!«

»Geh weg. Du willst mich nur belügen, genau wie alle.«

»Du hast damit angefangen, mit deiner gespielten Amnesie.«

»Ja, weil ich keinen anderen Ausweg sah.« Sie sah mich aus rotgeweinten Augen an.

»Mit all den Lügen ist jetzt endgültig Schluss! Steig sofort ins Auto, es ist bitterkalt.«

»Nein!« Sie machte ein paar Schritte von mir weg, aber ich schnappte sie mir mit einem Griff, hob sie hoch und bugsierte sie in den Wagen.

Kurz darauf fuhren wir los. In diesem Teil von Wingham war ich noch nicht gewesen. Hauptsache weg von der Kirche und vom Makler.

»Seit wann weißt du alles, Aidan?«

»Seit gestern. Am Anfang hatte ich starke Zweifel, dein Sturz war echt drollig. Aber danach habe ich dir die Amnesie geglaubt. Wegen meines schlechten Gewissens bin ich durch die Hölle gegangen.«

»Ich auch«, flüsterte sie. »Und das stimmt, was du eben gesagt hast?«

Ich sah zu ihr hinüber. »Ja. Ich liebe dich, Carol. Hast du das nicht gespürt letzte Nacht?«

»Doch, schon. Aber ich habe auch gespürt, dass du sauer auf mich warst.«

»Eher traurig und enttäuscht. Es ist nicht schön, wenn man nur als Mittel zum Zweck dient.«

»Das war ich auch für dich.«

»Ja, aber es kamen schnell Gefühle ins Spiel. Ehrlich gesagt, fand ich dich schon total süß bei unserer ersten Begegnung.«

Sie schmunzelte. »Als ich dich versehentlich umarmt habe?«

»Schon davor. Als du am Tor geklingelt hast. Und alles, was danach folgte, unsere Küsse und Streitereien, hat meine

Gefühle für dich täglich intensiviert. Ich wollte öfter als einmal aussteigen, aber …«

»Ich auch, ich hatte Skrupel ohne Ende, die ganze Zeit. Es war schrecklich.«

Wir lächelten uns an. Vielleicht bestand doch noch die Hoffnung, dass dieses Fiasko sich auflöste und alles gut wurde? »Ich bin in diese Sache hineingeschlittert, Carolyn. Es war eine Schnapsidee von Matt, John und mir. Aber dann dachte ich, es wäre eine gute Lösung. Weil ich ein paar Probleme habe. Finanzieller Natur.«

»Schöne Umschreibung. Du hast die Diamanten geklaut, ich weiß Bescheid.«

»Was?« Beinahe wäre ich in den Graben gefahren. Ich steuerte den Wagen an den Rand und stoppte. »Wir halten besser an. Wo sind wir überhaupt? Ich habe komplett die Orientierung verloren.«

»Am Fluss. Das ist der *Arden.*« Sie deutete zu einem breiten weißen Streifen unterhalb einer Böschung.

»Ja, es stimmt. Ich wollte mit dem Erlös aus dem Überfall meine Schulden bezahlen, die Krankenhausrechnung meiner Mutter. Aber dann wurde der Raub zu einem Medien-Spektakel aufgebauscht. Und der arme Mr Singh … Ich kann die Steine nicht behalten. Heute Morgen dachte ich kurz, dass ich sie dir gebe.«

»Mir? Aber warum?«

»Damit du deine kriminellen Machenschaften in der Firma verschleiern kannst.«

Sie schrie auf. »Woher weißt du auch das noch?«

Ich musste heftig lachen. »Das habe ich mir so zusammengereimt.«

Sie holte tief Luft. »Ja, ich … ich bin eine Gaunerin. Ich habe jede Menge Geld geklaut, aber nicht für mich.«

»Ich weiß, chérie. Allein aus dem Grund bin ich überhaupt noch hier. Eigentlich wollte ich mich heute Morgen aus dem Staub machen, aber die Briefe in deinem Koffer haben mir gezeigt, wer du wirklich bist.«

»Du hast meinen Koffer gefunden?«

»Ja. Ich habe ihn gestern abgeholt, es lag übrigens ein

fieses Thunfisch-Sandwich darin.« Beim Gedanken daran schüttelte es mich. »Egal. Wir sind zwei Gauner. Vielleicht sollten wir zusammen eine Gang gründen?« Mit einem leisen Lachen zog ich sie in meine Arme. »Ich weiß, warum du es getan hast, und das hat alles geändert, Carolyn.«

»Wir kommen beide ins Gefängnis?«

»Ja, es sieht ganz danach aus. Getrennte Gefängnisse, das macht es noch viel schlimmer. Vielleicht kannst du um eine Verlegung nach England bitten, dann könnten wir uns wenigstens beim Hofgang sehen.«

»Das ist nicht witzig.«

»Ich weiß. Wir haben beide Mist gebaut und jetzt müssen wir dafür geradestehen. Wir werden nicht die Diamanten verkaufen, und wir werden nicht Snowhill verkaufen. Auch wenn du es offiziell darfst.«

»Ja. Gut.«

»Wir sind nicht so. Wir sind besser, nicht wahr?«

»Ja, ich versuche es.« Sie weinte wieder bitterlich. »Aber ich habe solche Angst.«

»Ja, ich auch. Wir können in den Spiegel schauen und wir werden eine Familie haben, die zu uns hält. Erzählst du mir, was du angestellt hast?«

Sie nickte. »Es fing mit einem Brief vor ein paar Jahren an. Eine Zahlung wurde abgelehnt, obwohl sie berechtigt war. Der arme Mann tat mir so leid, da habe ich mein eigenes Geld genommen und so getan, als wäre die Versicherung eingesprungen. Immer wieder passierte das. Und Anfang des Jahres, als mein Geld alle war, habe ich es so gedreht, dass Zahlungen bewilligt wurden. In ein paar Fällen.«

»Du hast Unterlagen gefälscht?«

»Ja, das habe ich. Es sind Schadensfälle von insgesamt über 800.000 Dollar, die ich ein wenig … frisiert habe.« Sie kniff den Mund zusammen und reckte die Nase in die Luft. »Aber das bereue ich kein bisschen. Es war Unrecht den armen Menschen gegenüber.«

»Ich kann mir nicht helfen, ich finde das total goldig von dir.«

»Goldig?«

»Ja. Lass uns nach Hause fahren. Wir gehen ins Bett und warten, bis die Polizei uns abholt.« Unsere Lippen trafen sich zu einem Kuss, als lautes Motordröhnen mich zusammenschrecken ließ.

Ein Auto raste von links auf uns zu, eins kam von der anderen Seite.

»Scheiße, das sind die Jungs! Sie haben die Anzeige gelesen, ich habe es befürchtet.«

»Na ja, es ist meine Schuld. Ich habe einmal einen Anruf angenommen und meinen Namen gesagt. Vermutlich wissen sie schon länger, wo du steckst.«

»Oh, Carol.« Mit einem Aufstöhnen trat ich das Gaspedal durch. Wir rasten die Straße entlang durch ein kleines Wäldchen. Sie waren mit zwei Autos gekommen, um mich zum Anhalten zu zwingen. Aber das würde ihnen nicht gelingen.

»Bist du mir böse?«

»Nein, das bin ich nicht.« Ich fand es ein bisschen schrecklich, dass ich ihr nicht böse sein konnte. Es war wirklich Liebe.

»Wir werden sterben«, schluchzte sie neben mir. Ich nahm ihre Hand und presste sie fest zusammen.

»Nein, das werden wir nicht. Wir überstehen das und dann …«

Ich riss das Steuer nach links, wo sich eine schmale Schneise im Wäldchen auftat. Ohne vom Gas runterzugehen, steuerte ich die steile Böschung hinunter. Der Wagen setzte kurz auf, holperte über den Waldboden und geriet ein wenig in Schräglage, als wir unten auf der verschneiten Wiese landeten.

Sie schrie erschrocken auf.

»Keine Sorge, ich habe alles im Griff.« Kurz zögerte ich, dann steuerte ich auf den Fluss. Es knirschte, als wir auf der Eisfläche auftrafen. »Es sieht stabil aus, wochenlang war es klirrend kalt. Der Fluss trägt uns, jede Wette.«

»Aidan!« Sie keuchte entsetzt.

»Keine Sorge, beim Autofahren bin ich unschlagbar.«

»Und dann? Du hast eben gesagt und dann?«

»Heiraten wir. Falls wir nicht bereits verheiratet sind. Ich gehe vor dir auf die Knie und du sagst brav Ja. Dann leben wir glücklich zusammen und haben zehn Kinder.« Die Räder drehten ein bisschen durch, aber der Wagen fuhr erstklassig, und das Eis war so dick wie erwartet.

»Aber ich sagte dir, dass ich keine Kinder bekommen kann. Mit ziemlicher Sicherheit.«

»Ich weiß. Wir adoptieren welche, wenn du magst. Sagst du Ja, wenn ich dich frage?«

»Ja.«

»Gut.« Ich presste einen Kuss auf ihr Haar. Hinter uns näherte sich eines der Autos. Das war Darren, der sich mal wieder gewaltig überschätzte. »Dann habe ich hier ein bisschen zu tun.« Ich zog die Handbremse, der Wagen geriet ins Schleudern und raste in einem Kreis um die eigene Achse.

»Hilfe, Aidan! Was tust du?« Sie krallte sich am Sitz fest.

»Das Eis kaputtmachen.« Immer schneller rasten wir im Kreis, der Motor jaulte, Qualm stieg auf,

»Das müsste genügen.« Ich löste die Handbremse und wir bretterten davon.

Ein Krachen hinter uns. Es funktionierte.

»Nichts wie weg!« Das Eis brach, leider nicht nur in einer Richtung. Auch in unsere. Wie Dominosteine türmten sich die Platten auf, stapelten sich und rissen noch mehr Eis aus dem gefrorenen Fluss.

Carolyn schrie. »Wir ertrinken!«

»Nein, das werden wir nicht. Ich liebe dich!«

»Warum sagst du das jetzt? Weil wir sterben?«

»Nein, weil es wahr ist! Ich liebe dich, chérie!« In letzter Sekunde rasten wir ans rettende Ufer, holperten über das Gras und stoppten schließlich in einiger Entfernung.

»Ich liebe dich auch.«

Das ohrenbetäubende Krachen setzte sich fort, überall entstanden große Risse im Eis. Anstatt zu flüchten, blieben sie mit ihrem Wagen mitten auf dem Fluss stehen! Was für Idioten.

Ich stieß die Tür auf. »Du bleibst drin, Carolyn. Steig bloß nicht aus!« Dann rannte ich zu ihnen, hielt dabei aber einigen

Abstand. »Aus dem Wagen! Steigt aus, worauf wartet ihr noch?«

Zögerlich öffneten Darren und Briggs die Türen, dann flüchteten sie in großen Sprüngen ans rettende Ufer. Roy kam mit dem zweiten Wagen angefahren und stoppte auf der verschneiten Grasfläche.

»Du bist echt das Letzte, Aidan!«, brüllte Darren. »Reicht es dir nicht, uns um unseren Anteil zu betrügen? Jetzt bringst du uns auch noch um?«

Ich stieß ein ungläubiges Lachen aus. »Wer hat denn vor Wochen auf mich geschossen? Ich war nicht einmal bewaffnet!«

»Es war ein Unfall!«

»Ja, klar, und das soll ich dir glauben? Wo sind eure Pistolen?«

»Im Wagen.« Der versank gerade mit einem Knirschen im Fluss. »Wir wollen sie zurückgeben!«

»Wen, sie?«

»Die Steine! Nur darum haben wir dich verfolgt. Wir wollten in Ruhe mit dir reden, aber du musstest dich wie ein bekloppter James Bond aufführen.«

»Das glaube ich dir nicht.«

»Komm endlich her, wir sind unbewaffnet! Sollen wir uns die ganze Zeit anschreien, damit auch jeder mitbekommt, was wir getan haben?«

»Ja, schon gut.« Langsam ging ich auf sie zu. »Ihr wollt die Diamanten zurückgeben, das soll ich euch glauben?«

»Doch, ehrlich.« Briggs nickte. »Hör mal, die Dinger sind verflucht. Weißt du, wie viele Sendungen es schon über das Thema gab? Bei fünfzig habe ich aufgehört zu zählen. Überall flimmern Beiträge, egal, wo ich hingehe.«

»Ja, es macht echt keinen Spaß.« Roy nickte traurig. Sein dünnes rotes Haar flatterte kläglich im Wind.

»Und dann liegt die arme Frau im Krankenhaus. Die Sache mit dem abgebrannten Haus … Ich kann nachts nicht mehr schlafen und habe Albträume von toten Hunden!« Darren fuhr sich durch sein übernächtigt aussehendes Gesicht. »Ich bin nur noch ein Wrack.«

»Wir bringen sie zurück, bitte Aidan«, flehte Roy. »Dann haben wir unsere Ruhe. Wir könnten sie sowieso nicht verkaufen. Sie haben einen Laserstempel, jeder einzelne Stein. Sie sind unverkäuflich. Komm doch endlich zur Vernunft.«

»Bitte, gib sie uns. Wir kümmern uns um die Rückgabe. Wir haben uns einen Plan zurechtgelegt. Wir verkleiden uns als Weihnachtsmänner und spazieren am Polizeirevier vorbei, dort legen wir sie ab und rufen von weiter weg an.«

Das klang gar nicht mal so blöd. Fast war ich überzeugt.

»Ich will die Steine auch zurückgeben. Aber sie euch anvertrauen? Ich traue euch nicht über den Weg.«

»Ja, aus gutem Grund. Ich schwöre es, beim Leben meiner Tochter.« Darren hob drei Finger hoch.

»Du hast eine Tochter?«

»Ja. Und darum will ich diesen Mist hinter uns lassen. Emmy hat mir eine letzte Chance gegeben. Vor ein paar Monaten hat sie sich von mir getrennt, wir hatten kaum Kontakt. Aber ich war bei der Geburt dabei und als ich die Kleine sah … Ja, ich habe geflennt, na und?«

»Ist doch okay.«

»Sie sagt, wenn ich noch ein einziges Mal etwas anstelle, sei es nur, bei Rot über die Straße zu laufen, dann spricht sie nie wieder ein Wort mit mir. Ich will meine kleine Familie nicht verlieren. Und darum muss ich die Steine zurückbringen.«

Er klang glaubwürdig. Und meine Intuition fand das auch. Trotzdem gab ich ihm eine Warnung mit auf den Weg. »Ich schwöre dir, wenn du mich reinlegst, verfolge ich dich bis ans Ende der Welt!«

»Was muss ich noch tun, damit du mir glaubst? Vor dir auf die Knie gehen und dich um Verzeihung bitten?«

»Ja, warum nicht? Vor allem dafür, dass du mir den halben Hintern weggeschossen hast.«

»Es tut mir leid.« Er druckste herum und streckte mir seine Hand entgegen. »Ich habe mir echt Vorwürfe gemacht, ich bin kein Mörder, das weißt du.«

Wir schüttelten uns die Hände. »Schon gut. Warte.« Mit großen Schritten joggte ich zum Wagen, nahm den Gemüsebeutel aus dem Kofferraum und brachte ihn zu ihnen. »Da steckt alles drin.«

»Seltsames Versteck.« Briggs kicherte.

»Danke. Lasst uns fahren.« Darren musterte mich. »Und du hast heute wirklich geheiratet?«

»Ja, vielleicht. Ich weiß es nicht genau. Wenn nicht, hole ich es nach.«

»Ah okay. Herzliche Glückwünsche und frohe Weihnachten.«

»Euch auch frohe Weihnachten.« Wir nickten einander zu. »Alles Gute für dein Baby.«

Sie stiegen in den zweiten Wagen und fuhren davon.

So einfach war es, die Vergangenheit hinter sich zu lassen? Ich hatte es mir wesentlich schwieriger vorgestellt. Hoffentlich ging der Rest ebenso glatt über die Bühne und die Diamanten waren bald wieder in den Händen von Mr Singh.

Snowhill war vor dem Verkauf bewahrt, das Diamantenproblem gelöst. Jetzt gab es nur noch wie viele Probleme? Vielleicht immer noch zu viele.

Zusammen würden Carolyn und ich alles schaffen. Wenn auch ein paar Jahre verstreichen dürften, bis wir uns darüber freuen konnten.

KAPITEL 47

Carolyn

ZITTERND SAß ICH IM AUTO. Nicht nur wegen der Kälte, sondern weil ich solche Angst um Aidan hatte. Natürlich hatte ich auch Angst um mich selbst, denn ich ließ den Verkauf in letzter Sekunde platzen. Ich konnte kaum glauben, dass ich den Mut dazu besessen hatte.

Im Rückspiegel beobachtete ich die Übergabe des Gemüsebeutels und wie sie ein paar nette Worte miteinander wechselten. Zumindest sah es danach aus, ihre Gesichter waren freundlich, es lag keine Aggression mehr in der Luft.

Endlich kehrte Aidan zum Wagen zurück, zog seine Jacke aus und hängte sie mir um. »So, das wäre erledigt. Lass uns nach Hause fahren. Neben dir sitzt ein unbescholtener Bürger. Beinahe zumindest.« Er drehte die Heizung auf die höchste Stufe auf und warme Luft strömte in den Innenraum.

»Warum nur beinahe?«

»Na ja, erst wenn die Rückgabe erfolgt ist. Außerdem meine Schulden … Lass uns jetzt nicht darüber nachdenken. Ich brauche etwas Warmes zu trinken und eine Kuscheleinheit mit meinem Kätzchen.« Er nahm meine Hand und drückte sie.

Vor Snowhill parkten die Autos der anderen. Sie waren alle aus der Kirche zurück. Matt kam bei unserem Eintreffen aus dem Haus geeilt und Aidan winkte ihm zu.

»Alles okay, wir kommen später und erklären alles. Wir brauchen nur ein wenig Zeit für uns.«

»Ist gut.« Matt verschwand wieder im Haus.

Aidan hob mich auf seine Arme und trug mich durch den Schnee.

»Ich kann selbst laufen«, protestierte ich.

Er nickte zu meinen dünnen Brautschuhen. »Vergiss es.«

Mittlerweile war es dunkel geworden. Das Häuschen strahlte im Lichterglanz mehrerer Lichterketten, der Eingang war mit Rosen geschmückt und ein großes Schild hing an der Tür:

Herzlichen Glückwunsch zur Hochzeit, liebe Carolyn & lieber Aidan. Das ist unser Geschenk an euch. Mel & Bailey.

Aidan starrte wie angewurzelt auf das Schild. »Er … er hat uns das Häuschen geschenkt?«

»Ja, ich denke schon.«

»Das ist …« Er räusperte sich und sprach mit kratziger Stimme weiter. »Was für ein Geschenk.«

»Ja, echt süß von ihnen.«

Im Eingang stellte er mich ab und wir zogen die Schuhe aus.

Noch ein Schild. Es war am Treppengeländer befestigt und mit zahlreichen Herzen verziert.

Geht nach oben. Dort erwartet euch eine Überraschung.

Im obersten Stockwerk sah alles aufgeräumt aus. Alle Türen bis auf eine waren geschlossen, eine Spur von Rosenblättern führte in das betreffende Zimmer.

Der hässliche Teppich von früher war entfernt, stattdessen war der schöne Holzboden darunter restauriert. Er glänzte matt honigfarben. Geruch nach Bienenwachs lag in der Luft und mischte sich mit dem Duft der frischen weißen Wandfarbe.

Ein verschnörkeltes Messingbett stand mitten im Raum,

daneben ein Tischchen mit einer Flasche Sekt und zwei Gläsern. Im Bett türmten sich Kissen und Decken, die mit schimmernder dunkelblauer Satinbettwäsche bezogen waren.

»Er hat uns ein Schlafzimmer eingerichtet?« Ich presste die Hand vor den Mund.

»Ja. Und eine Dachgaube für uns eingebaut.« Aidan deutete auf die runde Gaube, die sich gegenüber vom Bett unter der Schräge befand. Wenn man im Bett lag, konnte man ein Stück vom Himmel sehen. So wie jetzt, dunkelblau mit tröstlich funkelnden Sternen.

»Oh, jetzt muss ich weinen.« Meine Tränen liefen, ohne dass ich sie stoppen konnte. »Wir haben ihn angelogen die ganze Zeit, das war nicht nett von uns.«

»Nicht mit allem, unsere Liebe ist echt.« Aidan schlang die Arme um mich, zog mich ein Stück mit sich und wir fielen aufs Bett. »Und das ist doch die schönste Nachricht überhaupt.«

»Ja, das ist sie. Sehr echt.« Mein Weinen wurde immer heftiger. Jetzt hatte ich jemanden gefunden, den ich liebte und mit dem ich zusammenleben wollte und dann …

»Weine nicht, Carolyn«, raunte er an meiner Schläfe.

»Alles wird gut?«, schluchzte ich. Ich wünschte es mir so sehr, aber ich konnte nicht daran glauben.

»Bestimmt. Nicht sofort, aber irgendwann. Und dann liegen wir zusammen in unserem Bett.«

»In tausend Jahren wahrscheinlich.«

»Wir sollten es vorher einweihen.« Er lachte leise und wischte die Tränen von meinen Wangen. Dann küsste er mich, zuerst sanft, dann leidenschaftlich.

»Ja, unbedingt.«

Er seufzte leise. »Geht leider nicht, die anderen warten. Sie machen sich bestimmt Sorgen und können das alles nicht einordnen. Wir sollten es aufklären.«

»Matt hat vielleicht schon etwas in der Richtung gesagt.«

»Ja, das denke ich auch. Lass uns rübergehen, wir bringen es hinter uns. Zuerst ziehen wir uns um. Ist dir auch so kalt?«

»Ja und wie.«

Unten saßen die Katzen nebeneinander und beobachteten

uns beim Umziehen. Socke kauerte neben dem Kater, schmiegte sich an ihn, und er ließ es geschehen.

»Schau mal, wie süß die beiden.« Ich lächelte über die zwei. »Das Kätzchen hat den Kampfkater gezähmt.«

»Sie haben sich vielleicht gegenseitig gezähmt?« Aidan zwinkerte mir zu, zog seine Boxershorts ein Stück herunter und präsentierte mir seine Narbe. »Sie stammt von einer Schussverletzung. Nach dem Raub gab es Ärger.«

»Prächtiger Hintern.« Ich strich über seine Narbe. Vielleicht war es der richtige Zeitpunkt, das Geheimnis um meine zu enthüllen. »Diese Narbe ist von meiner Operation.« Ich zeigte auf das Kätzchen.

»Ah, ich verstehe.« Er strich ebenfalls sanft darüber, dann legte er die Arme um mich und zog mich an seine Brust.

»Ich hatte eine Fehlgeburt, ausgelöst durch einen schlimmen Schock. Es gab Komplikationen und alles hat sich entzündet«, flüsterte ich. »Deswegen musste ein Eileiter entfernt werden, der andere war durch die Entzündung beschädigt. Darum hieß es, dass es höchstwahrscheinlich nicht funktioniert. Mit Babys.«

»Mmh, ich verstehe«, brummte er. »Armes Kätzchen, es tut mir leid. Es ist zehn Jahre her. Vielleicht ist es inzwischen verheilt?«

»Ich weiß es nicht.«

»Was sagen die Ärzte dazu?«

»Ich war seitdem bei keinem Arzt mehr.«

»Carolyn! Seit zehn Jahren nicht?«

»Nein.« Dann fing ich an zu weinen, vor Trauer und auch vor grenzenloser Erleichterung, weil ich endlich darüber gesprochen hatte. Und er hielt mich die ganze Zeit in seinen Armen und küsste meine Tränen weg.

Hand in Hand stapften wir später durch den Schnee nach Snowhill. Trotz meiner Beklemmung und der Angst vor der Zukunft hüpfte mein Herz vor Freude, weil er an meiner Seite war. Ab und zu stoppten wir, um uns zu küssen.

❄

KAPITEL 48

Aidan

»Da seid ihr ja endlich«, rief Bailey aus der Küche. »Was für eine Pleite. Äh, ich meine, herzliche Glückwünsche euch beiden.«

»Danke. Du hast uns wirklich das Häuschen zur Hochzeit geschenkt?«

»Ja, natürlich.« Bailey hob die Schultern und lachte. »Gefällt euch euer Geschenk?«

»Ja, sehr. Es ist … überwältigend. Dankeschön. Wobei ich mir nicht sicher bin, ob wir überhaupt verheiratet sind?«

»Das weiß keiner.« Matt machte ein ernstes Gesicht. »John und ich haben gerade die ungewöhnlichen Umstände der Hochzeit erklärt. Durch die wir verhindern wollten, dass Carolyn Snowhill verkauft.«

»So ist es. Und ich erzähle den Rest.« Ich holte tief Luft und redete zehn Minuten am Stück. Ich nahm die Verantwortung auf mich, erzählte von meinen Schulden und dass ich unbedingt Geld brauchte. Carolyn berichtete von ihrer Verstrickung in angeblich bewilligte Zahlungen durch ihre Firma, bei denen sie die Unterlagen gefälscht hatte.

Weswegen sie ebenfalls Schulden hatte. Und wie sie wegen der Klausel von Opa Christmas unbedingt heiraten musste und uns die Amnesie vorspielte.

Eine Weile herrschte ungläubiges Staunen, dann fing Bailey an zu lachen. »Das ist alles nicht echt? Nein, das glaube ich nicht. Ich habe doch Augen im Kopf!«

»Ja, ihr beiden seid so süß zusammen.« Marian und Smilla nickten.

»Doch, das ist echt. Wir haben uns ineinander verliebt.« Carolyn nahm meine Hand.

»Wir lieben uns. Falls wir nicht verheiratet sind, wollen wir unbedingt heiraten.«

»Ja.« Sie biss sich auf die Lippen. »Aber leider lande ich im Gefängnis, weil ich das Geld genommen habe, aber nicht für mich. Ich bin eine Verbrecherin.«

»Carolyn, Kindchen!«, rief Mel. »Das glaube ich nicht.«

Caspar räusperte sich. »Du hast ein riesengroßes Herz bewiesen, sehr viel Mut und Gerechtigkeitssinn. Du hast vielen armen Menschen geholfen.«

»Ja, aber ich bin trotzdem eine Diebin und lande dafür im Gefängnis.« Sie fing wieder an zu weinen und ich zog sie auf meinen Schoß. »Heute wollte ich Snowhill verkaufen, weil ich das Geld dringend brauchte. Ihr wart so lieb zu mir, darum konnte ich es nicht. Es tut mir total leid.«

Ich wischte ihr die Tränen ab. »Eventuell werde ich ihr Zellennachbar, denn ich habe auch etwas angestellt. Etwas Dummes, aber ich habe es bereinigt. Hoffentlich.«

»Wartet mal kurz, es dauert nur einen Moment.« Mel drehte den Fernseher lauter.

Eine strahlende Moderatorin sprach ins Mikrofon. »Spektakuläre Wende im Singh-Diamanten-Fall. Soeben wurde vor einer Polizeistelle ein Paket abgestellt. Kurz darauf kam ein Anruf, dass es die gesuchten Diamanten enthielt. Eine Untersuchung bewies deren Echtheit. Liebe Zuschauer, ich bin so froh! Die für den Raub Verantwortlichen besitzen doch ein Herz.«

»Gott sei Dank!«, entfuhr es mir. Bailey neben mir seufzte.

Alle sahen mich fragend an. Ich hob nur die Schultern.

»Wenn das geklärt ist, sollten wir das Thema abhaken.« Matt fasste sich an den Kopf. »Zum Glück bin ich kein Staatsanwalt mehr.«

»Ihr habt Größe bewiesen und Snowhill gerettet. Jetzt wird Snowhill euch retten, da bin ich mir sicher.« Caspar nickte mir zu.

»Ja, schön wär's.«

»Wegen der Revision ist alles zu spät.« Auf einmal klingelte Carolyns Handy. »Oh nein, die Firma! Vielleicht stehen sie schon vor dem Haus?«

Marian rannte aufgeregt zum Fenster. »Nein, da ist niemand.«

»Liebling, sie hätten auch zuerst am Tor klingeln müssen, oder?« John lachte.

»Mach dich nicht noch lustig über mich, John.« Sie kam drohend auf ihn zu. »Du lügst mich seit Tagen an, Freundchen. Du brauchst gar nicht so charmant zu lächeln, dass du es nur weißt.«

»Ich lächele ganz normal.« Er hob die Schultern und lächelte sie von unten herauf an.

»Charmant!«, beharrte sie. »Aber ich bin echt sauer!«

»So richtig unverzeihlich sauer?« Zur Antwort boxte sie ihm auf den Arm. »Autsch.«

»Und meine Smilla ist so sauer, dass sie mich nicht einmal anschaut?« Matt setzte ein zerknirschtes Lächeln auf.

»Lass das, Matt. Ich bin stinkwütend!«, fauchte Smilla. »Mich so zu veräppeln.«

»Liebling, es tut mir total leid.« Er schielte zu ihr hinüber. »Ich wollte Snowhill retten. Für dich.«

»Oh, Matt!« Sie seufzte. »Warum musst du gerade so süß sein?«

»Hm, Liebling? Bitte!« Er legte den Arm um sie und sie ließ es brummelnd geschehen.

»Seid leise, bitte!« Carolyn nahm das Gespräch entgegen. »Ach, du bist es, Paul. Danke, dir auch ein frohes Fest.« Sie schniefte. »Ich war oft schroff zu dir, das tut mir leid. Wenn du komische Sachen über mich erfährst, solltest du wissen …«

»Carolyn! Halt den Mund!«, zischte Matt.

»Was? Sie erfahren es ohnehin bald, da möchte ich meinem Praktikanten meine Beweggründe … Moment, was hast du gesagt, Paul?« Sie riss die Augen auf, die Spannung war kaum auszuhalten. »Die Innenrevision findet nach Weihnachten statt? Vielleicht nach Silvester? Ja, wann denn jetzt? Nein, ich schreie nicht! Ah, kurz vor Silvester. Eventuell ein paar Tage nach Silvester? Danke, Paul! Mit komischen Sachen meinte ich: Ich habe geheiratet. Ja, mein Ernst!« Sie beendete das Gespräch und riss sich die Hand an den Mund. »Vielleicht haben wir doch eine Chance?«

»Und wie beschaffen wir uns jetzt Geld?« Smilla sprach aus, was alle dachten.

»Carolyn, wenn du nur ein Wort gesagt hättest, wäre ich sofort zu Dad ins Kloster gefahren. Warum hast du nie von deinen Sorgen erzählt? Komm mal her, Schwesterchen.« Matt zog sie hoch und schloss sie in die Arme. »Danke, das war echt tapfer von dir, dass du das Geld nicht genommen hast, obwohl du es dringend brauchtest.«

»Schon gut. Bedank dich bei Aidan, er hat mich weich geklopft.« Sie lächelte mir zu.

»Eher weich geliebt«, murmelte ich. »Meine Spezialität.«

»Lasst uns eine kleine Spazierfahrt unternehmen«, schlug Caspar vor. »Vielleicht haben wir eine Erleuchtung.«

»Es ist stockdunkel. Wo willst du denn jetzt hin?«, fragte Mel verwundert.

»Wir könnten die Scheune besichtigen, die wir geerbt haben.« Caspar klatschte in die Hände. »Auf, ihr Lieben. Zieht euch warm an.«

»Ich kann mir etwas Schöneres vorstellen, als bei Kälte und Dunkelheit draußen herumzuirren«, murrte Bailey. Trotzdem holte er seine und Mels Jacke.

»Liegt die Scheune am Fluss?«, fragte Marian mit ängstlicher Stimme.

»Nein, Liebling. Weit weg vom Fluss. Keine Angst.«

»Erinnert sich jemand an den genauen Wortlaut bei der Testamentseröffnung?« Caspar sah fragend in die Runde.

»Außer mir bestimmt niemand. Es hieß: Die Scheune soll eure letzte Zuflucht sein. Und das passt doch jetzt, oder?«

»Gut, Caspar«, seufzte John. »Du hast es geschafft, unsere Neugier zu wecken. Alle auf zur Scheune?«

Allgemeines zustimmendes Gemurmel.

❄

KAPITEL 49

C

arolyn

Es dauerte eine halbe Ewigkeit, bis alle in die Autos eingestiegen waren. Stella saß neben mir im Kindersitz und krähte vergnügt. Vor lauter Anspannung musste ich lachen und weinen gleichzeitig. Aidan hielt meine Hand und gab ein beruhigendes Brummen von sich.

»Fangen wir Räuber oder suchen wir einen Schatz?« Gabriel riss begeistert die Faust hoch. »Ich bin *Paw Patrol!*«

»So ähnlich«, antwortete Bailey. »Hoffst du immer noch auf ein Wunder, Caspar?«

»Man soll die Hoffnung nie aufgeben.«

»Das stimmt.« Aidan rückte nah an mich heran.

»Wir brauchen mehr als ein Wunder«, murmelte Bailey. »Wir brauchen eine richtige Wunderkanone! Aus der ein Wunder nach dem anderen herausgeschossen kommt.«

»Zufällig besitze ich so eine«, flüsterte Aidan mir zu. »Und ich bin mir sicher, dass sie heute Nacht zum Einsatz kommt.« Darüber mussten wir beide lachen.

Nach einer endlosen Fahrt erreichten wir schließlich die besagte Wiese. Und man sah – nichts.

Wo war jetzt die Scheune? Ach so, das riesige Ding genau vor unserer Nase. Und was sollte Tolles darin stecken? Vergammelte Heuballen? Kuhskelette?

Ich gab ein Stöhnen von mir. »Oh, Mann, Opa erlaubt sich einen blöden Spaß nach dem anderen. Wahrscheinlich lacht er sich schief auf seiner Wolke, weil wir alle auf seinen Trick reingefallen sind. Mal wieder.«

»Ich muss doch sehr bitten, Carolyn.« Caspar wies mich sofort zurecht. »Hat zufällig jemand eine Taschenlampe dabei? Verflixt, mein Schuhwerk ist denkbar ungeeignet.« Er schlitterte auf seinen glatten Ledersohlen durch den Schnee.

»Zufällig ja.« Bailey leuchtete mit einer großen Stablampe und ging voraus.

»Ich habe auch eine im Handschuhfach.« Matt packte eine weitere Lampe aus. »Die Scheune ist riesengroß. Warum kenne ich diese Scheune nicht?«

»Seit Jahren war niemand mehr hier«, erklärte Caspar. »Es hat sich nie jemand dafür interessiert.«

»Eher seit Jahrzehnten«, sagte John. »Ich war noch nie hier.«

Bailey schlug mit dem Griff der Lampe aufs Schloss, bis es zerbrach. Im Dunkeln zeichneten sich seltsame Umrisse ab. Es roch komisch. Nach Leder und Gummi.

»Was ist das?«, fragte Aidan.

»Hilfe, ich habe Angst.« Ich drängte mich näher an ihn. »Nicht, dass wir Opas Leichen hier finden.«

»Also bitte, Carolyn«, sagte Caspar streng. »Sir Christmas hatte keine einzige Leiche im Keller. Im Gegensatz zu einigen der hier Anwesenden.«

»Wie immer äußerst witzig«, knurrte Bailey. »Sag mal, stehen da etwa …«

»Autos!«, entfuhr es Aidan. »Ganze Reihen davon. Schau dir den mal an. Ein Oldtimer.«

»Und was für einer! Ein BMW 507, Baujahr 1958. Eine echte Rarität«, rief Bailey aufgeregt. »Er wurde in geringer Stückzahl gefertigt. Vor kurzem wurde einer für knapp zwei Millionen Pfund versteigert. Das ist ja unglaublich!«

»Das sind mindestens fünfzig Stück. Eher mehr.« Mel zeigte ins Dämmerlicht der Scheune.

»Was die wohl alle wert sind?« Marian und Smilla jubelten, dann schlossen sie mich in die Arme. »Carolyn, stell dir vor! Das könnte unsere Rettung bedeuten.«

»Alle zusammen? Mehrere Millionen Pfund! Schau dir den Mercedes mal an, und den Aston Martin.« Aidan und Bailey rannten begeistert durch die Reihen.

»Hurra, wir haben den Schatz gefunden!«, rief Gabriel und alle lachten.

»Wir könnten eins sofort verkaufen, am besten den BMW!« Bailey stoppte Aidan am Arm. »Dass ich mal reich sein würde, wer hätte das gedacht?«

»Das würdest du tun?«

»Ja, natürlich! Was mir gehört, gehört auch dir. Und wenn ich euch beiden helfen kann, umso schöner.« Sie fielen sich in die Arme.

»Eine tolle Idee! Nur wie verkauft man so schnell ein Auto?«, fragte Mel.

»Über das Internet«, sagte Aidan. »Wenn wir den BMW auf Seiten für Autosammlern einstellen, ist er innerhalb kürzester Zeit weg.«

»Das ist ja toll!« Kurz freute ich mich über den unverhofften Reichtum. »Dann komme ich trotzdem ins Gefängnis. Denn meine Firma wird herausfinden, was ich getan habe.«

»Nein, das wird sie nicht. Passt auf: Ich habe eine verrückte Idee.« John stellte sich in die Mitte und alle lauschten. »Immerhin besitze ich eine Computerfirma und entwickle Sicherheitskonzepte. Meine Mitarbeiter kennen jedes noch so kleine Schlupfloch, einige sind ehemalige Hacker. Wir hacken den Computer deiner Firma und machen die nicht autorisierten Überweisungen rückgängig. Wir verwischen alle Spuren, die auf dich hinweisen.«

»Du nimmst den armen Leuten das Geld wieder weg?«, fragte ich.

»Nein, wenn überhaupt nur kurz. Wir verbergen die wahre Herkunft des Geldes, vielleicht lassen wir es von anderer Stelle fließen. Wir schreiben dazu: Frohe Weihnachten, von einem unbekannten Engel.«

»Ein Engel!« Bailey lachte herzlich. »Ausgerechnet ich!«

»Ja, Bailey Donavan, das gefällt dir natürlich.« Mel strubbelte ihm durchs Haar. »Mir gefällt es auch, ein Engel zu sein. Ich bin dabei, Aidan und Carolyn.«

»Ich ebenfalls.« Caspar lächelte in die Runde. »Das angenehm warme Gefühl in meiner Herzgegend rät mir dringend dazu. Nicht nur, weil Weihnachten ist. Aber ist diese Hacker-Aktion nicht ein klein wenig illegal?«

»Ja, schon«, gab Aidan zu und alle anderen riefen: »Nein! Ist es nicht. Egal.«

»Nun, dann gebe ich guten Gewissens meine Zustimmung. Endlich. Ich dachte schon, ich müsste vorher mit der Sprache herausrücken. Aber ich fand die Entwicklung einiger Familienmitglieder äußerst spannend und beschloss, abzuwarten.« Er bedachte mich mit einem warmen Blick, dann lächelte er Aidan zu.

Caspar, der alte Fuchs. Er zog mal wieder die Fäden im Hintergrund.

»Du hast die ganze Zeit von den Autos gewusst?«, entfuhr es Bailey. »Und dass wir an Geld herankommen können?«

»Was sonst? Immerhin bin ich der Butler. Und davor war mein Vater der Butler.« Caspar fügte hinzu: »Nein, die ganze Zeit nicht. Seitdem die Finnighan-Wiese im Testament erwähnt wurde, erinnerte ich mich daran, dass mein Vater mir davon erzählte. Er erwähnte wunderschöne Autos.«

»Du bist echt bekloppt, gleichzeitig total genial, Caspar.« Bailey klopfte ihm auf die Schulter.

»Ich nehme deine Frechheit als Kompliment.«

Matt klatschte in die Hände. »Lasst uns schnell nach Hause fahren. Wir haben einiges zu tun.«

»Wir sollten vorher das Auto fotografieren. Carolyn, dein Handy bitte.« Aidan streckte die Hand aus und ich legte es hinein.

John war schon am Telefonieren. »Hallo, John hier. Dringender Auftrag. Wann? Sofort. Hier bei mir in Snowhill. Nimm dir ein Taxi, ich bezahle es! Ja, auch von London!«

»Das wird eine lange Nacht«, murmelte Matt. »Hoffentlich klappt alles.«

»Oh je, eure Hochzeitsnacht habt ihr euch bestimmt anders vorgestellt.« Smilla lächelte mir zu.

»Das macht nichts. Fast nichts.«

»Wir holen alles nach.« Aidan zog mich in seine Arme und küsste mich.

»Und während ihr alle arbeitet, zaubere ich etwas zu essen auf den Tisch!«

»Das ist meine Mel, ist sie nicht wunderbar?« Bailey schnappte sich Mel, hob sie auf die Arme und trug sie zum Wagen.

❄

KAPITEL 50

A idan

In Snowhill brach sofort hektische Betriebsamkeit aus. Bailey und ich stellten den Oldtimer auf einer bekannten Auktionsseite ein, fügten eine Beschreibung und ein paar Fotos hinzu. Überschrift: Sensationeller Scheunenfund.

Innerhalb von Minuten trafen erste Nachfragen und Angebote ein. Wir begrenzten den Countdown auf wenige Stunden, damit das benötigte Geld schnellstens zur Verfügung stand. Die Gebote schossen in die Höhe.

»Es funktioniert.« Bailey rieb sich die Hände. »Das habe ich mir schon gedacht.«

Carolyn war mit Matt in Johns Büro gegangen. Sie fertigten eine Liste der Personen an, wegen derer sie die Unterlagen in der Firma gefälscht hatte.

Zwischendurch aßen wir in der Küche von Mels Hochzeitsbüffet, das sie aufgebaut hatte. Weihnachtsmusik klang im Hintergrund. Trotz Stress und Hektik herrschte eine fröhliche Stimmung.

»Hey Kätzchen.« Ich umarmte Carolyn, die im Stehen von einem Salatteller aß. »Wie läuft es bei euch?«

»Die Liste ist komplett, wir warten auf die Mitarbeiter von John. Auf Matts Rat hat er eine Schweigevereinbarung verfasst, die alle unterschreiben müssen. Wie klappt es mit der Versteigerung?«

»Sehr gut. Wir beenden die Auktion bald, wir sind schon fast bei zwei Millionen, die der letzte versteigerte BMW eingebracht hat. Die Bezahlung über PayPal geht auf Baileys Konto ein, das Geld kommt dann innerhalb kürzester Zeit. Dann können wir damit beginnen, es in deine Firma zu transferieren.«

»Wenn das wirklich funktioniert …«

»Das wird es.«

»Ich kann es kaum glauben.« Tränen schossen in ihre Augen.

»Ja. Ich auch nicht, aber ich habe ein sehr gutes Gefühl.«

»Denkst du, das hat alles mit Weihnachten zu tun, was passiert?«

»So etwas wie ein Wunder? Ja, das denke ich schon. Es hat auf alle Fälle mit Liebe zu tun.« Ein zärtlicher Kuss und eine innige Umarmung, bevor sie wieder ins Büro eilte und ich zurück zu Bailey.

Kurz darauf klingelte es am Tor und Johns Mitarbeiter trafen ein.

STUNDEN SPÄTER, es war schon fast Mitternacht.

»Ihr geht jetzt nach Hause.« Matt schob uns durch die Halle zur Tür. »Es ist eure Hochzeitsnacht. Wir haben hier zu tun, euch brauchen wir nicht mehr.«

»Wirklich, Matt?«

»Ja.«

Wir machten uns auf den Weg und ich nahm Carolyn auf die Arme, um sie durch den Schnee zu tragen. Wie so üblich.

»Ich kann allein gehen.«

»Ja, ich weiß, aber du siehst total fertig aus.«

»Du auch.«

»Wir sind beide platt.«

»Zu müde für die Hochzeitsnacht, Mr Lagarde?« Sie kicherte.

»Ist das eine Scherzfrage, Mrs Lagarde?« Ich hielt an und küsste sie. Ihr weicher warmer Mund in der Eiseskälte schmeckte wunderbar. Und nach mehr.

»Huch, ich glaube, der Schnee schmilzt.«

»Komm, schnell.«

Als ich die Tür zum Häuschen aufstieß, lagen ein paar zerstörte Christbaumkugeln am Boden, die Übeltäter schliefen unter dem Tannenbaum. Noir und Socket waren aneinander gekuschelt, wobei Socket halb auf Noirs Rücken thronte. Das weiße Beinchen hing an dessen Hals herab, so dass es aussah, als hätte Noir einen Schal an.

»Schau sie dir an. Die Unschuldsengel.«

»Ja, wie süß.«

»Komm, in unser neues Schlafzimmer.« Oben legte ich sie auf dem Bett ab, beugte mich über sie und küsste sie. Strich über ihr wunderbares Haar und küsste ihren schönen Mund. »Endlich allein.«

»Ja. Denkst du, es geht alles gut?«

»Ja, es sieht sehr gut aus.«

»Wir können einfach hierbleiben?«

»Ja. Und zusammen hier leben. Natürlich nur, wenn du das möchtest …«

»Was für eine Frage. Ja.« Sie zögerte, dann holte sie tief Luft. »Ich muss dir mein anderes Geheimnis verraten. Den zweiten Teil davon.«

»Das musst du nicht. Nur wenn du es willst.«

»Ich möchte es dir erzählen. Mein Zustand verschlechterte sich und Bailey fuhr mich ins Krankenhaus, weil er sich Sorgen um mich machte. Zum Glück, denn es war lebensgefährlich … Und als ich da so lag … Ich wollte nicht, dass meine Eltern davon erfuhren. Und da habe ich Bailey darum gebeten …« Sie biss sich auf die Lippe.

»Ja?«

»Er hat sich als mein Vater ausgegeben und mit Philipp Christmas unterschrieben. Er hat es nicht besonders eingeübt, er kritzelte einfach ein paar Kringel hin. Und jedes Mal, wenn er zu Besuch kam, tat er so, als wäre er mein Vater. Später habe ich alle Unterlagen von der Krankenkasse vernichtet. Niemand weiß davon, bis heute. Nur er und ich. Und jetzt du.«

»Das ist euer Geheimnis?«

»Ja. Schlimm?« Sie atmete hastig vor Anspannung, ich musste lächeln. Das war ihr dunkelstes Geheimnis?

»Nein, nicht schlimm, Liebling. Traurig ja, aber schlimm finde ich es nicht. Danke, dass du es mir anvertraut hast.«

»Ich habe mir überlegt, dass ich es meinen Eltern sage. Zumindest soll Bailey Mel davon erzählen dürfen. Falls sie es nicht ohnehin schon weiß.«

»Eine gute Idee. Mein süßes Kätzchen. Mit dem weichsten und schönsten Herzen, das man sich vorstellen kann.«

»Findest du?«

»Ja, Süße.« Dann küsste ich sie, zog zuerst ihre Hose aus, dann meine und befreite uns von allen Sachen, bis wir nackt waren. Streichelte sie, bis sie weich und feucht für mich war. Langsam schob ich mich in sie hinein, in diese wunderbare heiße Enge, die mir den Atem raubte.

»Sex mit Liebe ist am allerschönsten.« Ich lächelte sie an.

»Oh ja, das stimmt.« Sie klammerte sich an mich. Ich hielt sie ganz fest, verlor mich in ihren Augen, in denen der Goldschimmer so herrlich leuchtete.

»Okay, jetzt setze ich meine Wunderkanone ein, bist du bereit? Für das tollste Weihnachtswunder aller Zeiten?«

»Ja. Schieß ein bisschen Zauberstaub aus deiner Kanone in mich hinein.« Sie kicherte.

»Freches Kätzchen.«

Dann wurden nur noch süße Worte gestammelt, zärtliche Liebkosungen gemurmelt, laut und leise gestöhnt. Nackte Haut rieb an nackter Haut. Das Gefühl, tief in ihr zu sein, nicht nur in ihrem Körper, sondern auch tief in ihrem Herzen. Endlich. Ich war angekommen. Und sie war tief in meinem. Immer intensiver zog es uns in den Sog aus Leidenschaft und Liebe. Unsere Seelen berührten sich, hielten sich sanft und fest zugleich. Verschmolzen zu einer.

»Ich liebe dich, Carolyn.« Wir steuerten auf den heftigsten Höhepunkt aller Zeiten zu. »Komm, Süße.«

»Aidan! Ich liebe dich.«

Und dann endlich … Die Explosion, heftiger als ein Urknall. Minutenlang hoben wir ab, schwebten auf Wolke sieben. Höher, bis zu den Sternen. Und ich schoss uns ein bisschen höher mit jedem Stoß. Sie umklammerte mich fester, und ich ließ sie gleich noch mal abheben. Und viele weitere Male. Über Stunden. Heiße Spiele, mit ihr auf allen vieren und ich hinter ihr. Gott, es war unendlich heiß, wie ich sie packte und sie mir jeden Wunsch erfüllte. Und als ich mich zwischen ihre Lippen schob, und dabei in ihre Augen sah, war ich ihr endgültig verfallen für den Rest meines Lebens.

Wunderbare Spiele. Bis die Sterne am Nachthimmel verblassten und unsere Körper schweißbedeckt waren. Alles war von uns abgefallen. Die Angst, der Zorn, die ganze Verzweiflung. Stattdessen Liebe pur.

»Frohe Weihnachten, schönstes Mädchen der Welt.«

»Dir auch frohe Weihnachten.« Sie kicherte, zog dabei ihre hübsche Nase kraus. »Wirklich?«

»Ja, wirklich, Kätzchen.« Ich ließ mich neben sie fallen und zog die Bettdecke über uns. »Lass uns ein bisschen schlafen. Dann gehen wir rüber nach Snowhill.«

»Nach unserem Snowhill«, murmelte sie schon halb im Schlaf.

❄

KAPITEL 51

24. DEZEMBER

Carolyn

Gegen zwei Uhr trafen wir in Snowhill ein, mit einem breiten Grinsen im Gesicht und eng umschlungen.

»Hallo, ihr Lieben!« Mel winkte uns zur Küche herein. »Ich soll euch von John und Matt ausrichten, dass alles funktioniert hat. Alle Spuren sind verwischt. Sie erklären es euch später.«

»Oh, wirklich?«

»Ja, alles ist in Ordnung. Aidans Schulden sind beglichen und deine auch, Carolyn.«

Aidan und ich fielen uns um den Hals. »Kätzchen, was habe ich dir gesagt? Alles wird gut.«

»Ja, ich kann es kaum fassen!« Wir hielten uns lange umarmt. Vor Freude drückte ich ihn, so fest ich konnte.

»Autsch, meine Rippen.« Seine Augen leuchteten auf und er strich mir liebevoll über die Wange.

»Ich störe euch ungern, aber es ist wichtig.« Bailey kratzte sich am Kopf. »Der Pfarrer hat eben angerufen. Er hat sich ungefähr tausend Mal entschuldigt.«

»Ach, das ist halb so schlimm.« Wir konnten nicht aufhören mit Lachen über dieses wunderbare Geschenk.

»Tja, setzt euch mal lieber hin. Es gibt ein kleines Problem mit der Trauung.«

Verwundert nahmen wir am Küchentisch Platz. »Was ist denn damit?«

»Er weiß nicht zu hundert Prozent, ob die Trauung gültig ist. Er kann sich kaum an ein Wort erinnern. Morgens war er zur Kindtaufe, dann zu einem achtzigsten Geburtstag, danach zur Weihnachtsfeier im Bürgerhaus. Dort ist es wohl endgültig entgleist.«

»Wir sind überhaupt nicht verheiratet?«, stieß ich hervor.

»Er meint: ja und nein. Also: jein.« Bailey hob entschuldigend die Hände, Mel seufzte mitleidig.

»Ich will aber verheiratet sein!«, rief ich.

»Oh ja, Liebling. Ich auch. Und wie.« Aidan legte tröstend den Arm um meine Schulter.

»Oh, Mann, das ist nicht nett von ihm.« Vor Frust hätte ich fast geheult.

»Stellt euch vor: Er hat sogar den Bischof konsultiert und der weiß es auch nicht.«

»Gott sei Dank, das war keine schöne Zeremonie.« Mel stellte uns zwei gefüllte Kaffeebecher hin. »Wollt ihr euch später an dieses Chaos erinnern, wenn ihr über eure Hochzeit sprecht?«

»Na ja, eigentlich fand ich es ganz witzig«, gestand Aidan.

»Ich auch, abgesehen davon, dass ich fast nur geheult habe.«

»Er hat angeboten, dass er heute eine zweite Trauung nachschiebt«, erklärte Bailey. »Nur zur Sicherheit. Kurz vor der Christmette hätte er Zeit. Wenn es euch zu knapp ist, dann eben in ein paar Wochen oder Monaten. Er hätte dann auch ein besseres Gefühl.«

»Wir sollen ein zweites Mal heiraten?« Aidan fing an zu lachen. »Wenn wir jetzt nur halb verheiratet sind, wären wir eine Zeitlang verlobt, oder? Ich wollte ohnehin lieber im Frühjahr heiraten oder im Sommer. Vielleicht mit einem großen Fest im Garten und einer richtig tollen Verlobungszeit?«

»Das ist eine schöne Idee.« Mein Herz summte vor Freude bei der Vorstellung, dass wir im Garten zusammen tanzten. Bei Sonnenschein und warmen Wetter. »Dennoch …«

»Ich trage einen passenden Anzug. Du ein speziell für dich ausgesuchtes Kleid«, lockte Aidan mich. »Ohne Stress, ohne Tränen. Es wäre unser gemeinsamer Tag, Carolyn.«

»Ja, außerdem hättest du kein Veilchen. Aidan.« Mel zog einen Flunsch und stellte einen goldgelben Hefezopf auf den Tisch. »Jetzt übereilt in die Kirche zu rennen, halte ich für keine gute Idee.«

»Heute lieber nicht«, stimmte ich ihr zu. »Im Frühjahr oder Sommer, einverstanden. Bis dahin führen wir eben eine halbgültige Ehe.« Mit einem Seufzer verdrehte ich die Augen, denn ich war schon enttäuscht.

»Mmh, das klingt ein kleines bisschen ungesetzlich.« Aidan zog mich an sich und lachte an meinen Hals. Ich musste ebenfalls kichern.

»Ja, das finde ich auch.«

»Prima, das freut mich. Ich rufe den Pastor zurück, der arme Mann sitzt auf glühenden Kohlen.« Mel ging mit dem Telefon in den Nebenraum.

Bailey zwinkerte uns zu. »Außerdem, habt ihr euch das schon mal überlegt: Ihr hättet dann eine zweite Hochzeitsnacht.«

»Es wäre eher schon die dritte.« Aidan stupste mich mit einem Lachen an.

»Das ist wirklich das überzeugendste Argument von allen«, neckte ich ihn. Kaum zu glauben, dass ich gestern noch todunglücklich war. Heute könnte ich vor lauter Glück die ganze Welt umarmen. Und Bailey!

Ich sprang auf und drückte ihn ganz fest an mich. »Bailey, danke für alles.«

Aidan erhob sich ebenfalls und legte seinen Arm um uns zwei. »Danke. Für das wunderschöne Häuschen. Und überhaupt …«

Bailey war gerührt. »Schon gut, Kinder. Wenn ich euch eine Freude bereiten kann, bin ich der glücklichste Mensch.«

❄

KAPITEL 52

Aidan

Erst gegen Nachmittag waren alle aus den Betten gekrochen. Wir waren total geschafft vom Stress der vergangenen Tage, nur die Kleinen tanzten aufgeregt um den Baum herum und freuten sich aufs Christkind.

John erklärte, dass sie jegliche Hinweise auf Carolyn getilgt hätten und in ihrer Firma nichts Verdächtiges mehr zu finden wäre. Außerdem hatten sie eine Überraschung für uns.

»Wir haben die Christmas-Lagarde-Stiftung gegründet. Zum einen, um die Geldflüsse zu erklären, zum anderen für zukünftige Projekte. Von den zwei Millionen war nach Begleichung eurer Schulden noch einiges übrig, das ist in die Stiftung geflossen.«

»Eine Stiftung, das ist ja wunderbar!« Carolyn bekam vor Begeisterung rote Wangen.

»Menschen brauchen weiterhin deine Hilfe. Ich kann mir gut vorstellen, dass du das organisierst. Und wie du die Versicherungen so richtig schön zusammenfaltest.« Matt lachte. »Ich helfe mit juristischen Ratschlägen, falls nötig.«

»Oh ja, das würde mir gefallen.« Carolyn drückte fest meine Hand.

»Mir auch.« Und ich könnte vielleicht mein Studium abschließen. Möglich wäre es.

Kurz darauf fuhr ein Wagen vor und wir begaben uns gespannt in die Halle.

»Hallo, meine Lieben!« Carolyns Vater stieg aus, gefolgt von ihrer Mutter. »Meine Güte, wie seht ihr denn aus? So mitgenommen. Was ist mit euch passiert?« Er sprintete die Treppe hoch wie ein zwanzigjähriger Leichtathlet, große Taschen voller Geschenke in den Händen. Rosalyn trippelte ihm hinterher.

»Dafür wirkst du wie das blühende Leben. Ich glaube, ich sehe älter aus als du.« Matt fuhr sich über die blonden Bartstoppeln und lachte schwach.

Philipp breitete die Arme aus und drückte ihn an sich. »Kaum bist du Erbe von Snowhill, lässt du alles verlottern, mein Sohn?« Er verpasste Matt einen spielerischen Boxhieb in den Bauch.

»Autsch, lass das. Wenn du die Worte *Erbe* und *Snowhill* bitte nicht in den Mund nehmen würdest, wäre ich dir verbunden.« Matts Augen verengten sich. »Wir hatten hier Stress ohne Ende! Dank dir.«

»Oh, wirklich. Warum denn das?«

»Wegen deiner Kontosperrung!«

»Ach so. Die hatte ich total verdrängt.« Philipp winkte lachend ab.

»Äußerst witzig, Dad! Ich musste mir von Caspar Geld leihen, um meiner Frau und meiner kleinen Tochter ein Geschenk zu kaufen!«

»Mir hat Caspar ebenfalls geholfen«, sagte John mit vergrätzter Miene.

»Nicht der Rede wert, Sir Christmas. Ein guter Butler hilft, wo er nur kann.« Caspar deutete eine Verbeugung an.

»Ach, ihr mit eurem Gekabbel.« Philipp winkte ab. »Benehmt euch bitte, es ist Weihnachten.«

»Carolyn, was ist mit dir passiert? Du wirkst völlig verändert.« Rosalyn schloss sie in die Arme. »So glücklich. Und so hübsch in deinem roten Kleid. Die Haare offen, ein bisschen Lippenstift … Mein Gott, ich glaube, ich träume.« Sie stieß einen freudigen Jauchzer aus.

»Ja, und er ist der Grund dafür. Aidan Lagarde, mein Verlobter.«

Ihre Mutter quietschte noch lauter. »Wie bitte? Ihr habt euch verlobt?«

»Ja, das haben wir. Und wir sind sehr glücklich.«

»Carolyn, das sind wunderbare Nachrichten.« Auch ihr Vater umarmte sie, dann klopfte er mir auf die Schultern. Wir schüttelten uns die Hände. »Das freut mich. Baileys Sohn, da kann nichts schiefgehen. Herzlich willkommen in unserer Familie, Aidan.«

»Danke.« Ich freute mich, dass er sich so unkompliziert benahm.

»Wo steckt denn Jeremy, der nun nicht mehr so ganz Alleinerbe?« Philipp sah sich nach allen Seiten um.

»Meine Eltern sind noch unterwegs«, gab John knapp zur Antwort. »Wegen der Kontosperrung konnten sie nicht früher kommen. Dad musste sich ebenfalls Geld leihen für den Flug, bei seinen Freunden aus dem Golfclub, es war ihm enorm peinlich.«

»Ach, das klingt alles so dramatisch. Ein paar Tage ohne Geld, im Kloster habe ich auch keins gebraucht. Es war befreiend, das kann ich euch nur sagen.«

Matt und John wechselten düstere Blicke miteinander.

In diesem Moment drang von draußen ein Hupen.

»Ah, da sind sie. Bleibt alle sitzen, ich öffne. Das lasse ich mir nicht entgehen.« Mit einem leisen Lachen eilte Philipp durch die Halle und riss die Eingangstür auf. »Komm herein, sei gegrüßt, in *meinem* Haus, lieber Bruder.«

»Blöder Sack«, murmelte Johns Vater zur Antwort und stapfte an ihm vorbei.

»Jeremy!«, zischte Johns Mutter Diane.

»Ja, ja. Frohe Weihnachten wollte ich sagen.« Jeremy winkte in die Runde. Er sah reichlich zerknirscht aus.

Nach einer ausgiebigen Begrüßung nahmen alle im Esszimmer Platz. Ein köstlicher Duft zog durchs Haus. Nach gebratener Ente, Rotkohl und Klößen.

»So, dann erzählt doch mal, was habt ihr Schönes getrieben seit unserem letzten Treffen?« Philipps überschäumend gute Laune ging mittlerweile jedem auf die Nerven.

»Nichts«, antworteten alle und löffelten ihre Maronensuppe.

»Köstlich, Mel, du hast dich mal wieder selbst übertroffen.« Bailey nickte Mel zu.

»Gratulation, Mel. Wie immer große Klasse.« Philipp lächelte strahlend. »Nach der kargen Kost im Kloster schmeckt es noch viel besser. Und du hast immer noch vor, Snowhill zu verkaufen, Carolyn?« Er zwinkerte ihr zu.

»Nein, natürlich nicht.« Sie legte ihre Hand auf meinen Oberschenkel. »Wer würde so etwas Schreckliches tun?«

Ich lachte leise und zwickte ihr zärtlich ins Bein.

»Ach, wusste ich es doch. Zu keiner Sekunde habe ich dir das abgenommen.« Philipp schüttelte nachsichtig lächelnd den Kopf.

Mel hielt kurz inne, während sie die kunstvoll dekorierten Salatteller verteilte. »Übrigens kam Mr Singh eben im Fernsehen. Stellt euch vor, er und seine Frau haben ein gesundes Mädchen bekommen. Er hat sich persönlich bei allen bedankt, die der Familie geholfen haben und ihnen frohe Weihnachten gewünscht. Auch den ehemaligen Dieben.«

»Was für tolle Nachrichten.« Carolyn schielte verstohlen zu mir herüber. Ich atmete erleichtert aus.

»Gut gemacht, Aidan«, flüsterte Bailey. »Ich bin so stolz auf dich.«

Ich verschluckte mich am Wein und bekam einen Hustenanfall. »Du … du weißt es?«

»Sicher, vom ersten Tag an«, tuschelte er. »Du warst ohnmächtig und der Beutel fiel aus deiner Jacke. Aber Caspar meinte, dass du die richtige Entscheidung treffen wirst.«

»Ihr beide? Von Anfang an?«, krächzte ich. »Und trotzdem hast du das alles für mich getan?«

»Ja, natürlich. Du bist mein Sohn und ich liebe dich.«

Ich stellte das Glas beiseite und umarmte ihn. »Danke für alles.«

»Schon gut, mein Junge.«

»Ich … liebe dich auch.« Wir klopften uns auf die Schultern.

»Schön, das freut mich.« Er wischte sich mit dem Ärmel über die Augen. »Hier zieht es. Steht irgendwo ein Fenster auf? Meine Augen …«

»Meine auch«, brummte ich. »Oder Mel hat zu viel Pfeffer in die Suppe getan.«

»Ich möchte einen Toast aussprechen.« John hob sein Glas. »Vor zwei Jahren war ich ein unglücklicher Mann, doch Caspar, Mel und Bailey hatten eine großartige Idee. Sie brachten Marian nach Snowhill, mit unserem süßen Gabriel, der sofort mein Herz gestohlen hat.«

Neben ihm riss Gabriel beide Händchen vor den Mund und kicherte. »Ich habe das geklaut?«

John wuschelte ihm mit einem Lächeln durchs Haar. »Ja, das hast du. Im letzten Jahr wurden wir mit der Geburt von Stella reich beschenkt. Stellt euch vor: Im nächsten Jahr kommt noch jemand dazu. Ein Mini-Christmas ist unterwegs. Nummer drei!« Er hob drei Finger hoch und fing an zu lachen.

Seine Eltern stießen begeisterte Rufe aus. »Wie toll. Noch ein Baby!«

Alle riefen ihre Glückwünsche und hoben die Gläser.

Ich schlang meinen Arm um Carolyn und küsste sie. Bestimmt war es nicht leicht für sie. »Wir werden auch eins haben, irgendwann«, flüsterte ich ihr zu und sie nickte.

»Was ich damit sagen wollte: Wenn man sich einmal für die Liebe entscheidet, wächst sie. Sie wird nicht weniger, wenn man sie miteinander teilt, sondern mehr. Das ist etwas, was nur die Liebe vermag. Schön, dass ihr alle hier seid. Mein ganz besonderer Dank geht an Aidan und Carolyn, die eine echte Bereicherung für Snowhill sind.« Er zwinkerte uns zu.

»Auf Snowhill!«

»Auf Snowhill! Und auf alles, was noch kommt.«

»Wunderbar, dass Snowhill allen Christmas' gehört. Ein

Hoch auf Sir Christmas Senior und seine Weisheit!« Caspar hob sein Glas.

»Nun, ein bisschen gehört Snowhill mehr unserem Teil der Familie. Denn ich habe zwei Kinder. Und du eins, Jeremy.« Philipp konnte das Sticheln nicht lassen.

»Dafür habe ich bald drei Enkel. Und außerdem ...« Irgendwie brach es aus Jeremy heraus. »Ihr werdet es ohnehin bald erfahren. John, du hast ein Brüderchen.«

Johns Lachen erstarb. »Ich habe was? Einen kleinen Bruder?«

»Ja, so klein ist er nicht. Deine Mutter und ich hatten damals eine Krise, es war eine kurze Verwirrung meinerseits, und daraus ist dieser Prachtbursche entstanden. Ich weiß es erst seit wenigen Wochen.«

»Aha, daher eure Streiterei. Wow, jetzt bin ich platt. Und wer ist er?« John wirkte wenig begeistert. »Er zieht doch hoffentlich nicht hier ein, oder?«

»Nein, ganz bestimmt nicht.« Jeremy rückte seine Krawatte zurecht. »Er ist ein Weltstar, ständig auf Tournee. Ein bisschen bin ich auch stolz auf ihn. Denn ich erkenne durchaus meine Qualitäten als Entertainer in ihm wieder.«

Diane gab ein empörtes Schnaufen von sich. »Warum habe ich von ihnen nie etwas mitbekommen?«

»Voller Freude kann ich euch verkünden: Er hat heute einen Fernsehauftritt für *Britain's-Experts For Talents,* bei denen er in der Jury sitzt. Mel, könntest du bitte den Fernseher anschalten?«

»Sicher, kein Problem.«

Der Fernseher sprang an und zeigte das bekannte Bild mit den fünf Pulten in einer Reihe, hinter denen ein paar gelangweilte Promis saßen und sich als fachkundige Musikexperten aufspielten.

»Welcher von den fünf Idioten ist es?«, murmelte John. »Etwa der da? Der zweite von links? Gott, bitte lass es nicht dieser eine da sein! Dad!«

»Nein, es ist der da! Der in der Mitte.«

»Was?«

»Ja. Passt bitte auf, gleich hat er seinen großen Auftritt.« Jeremy nickte stolz.

Alle starrten gebannt auf den Fernseher.

»Oh!«, machte Mel.

Bailey fing an zu lachen. »Hat er das gerade wirklich getan?«

»Marian, guck sofort weg!«

»Nein, ich denke nicht daran.« Marian und Smilla kicherten, Carolyn auch.

»Wir könnten nun doch langsam umschalten, Mel! Ich glaube, das genügt.« Jeremy hustete.

»Nein, ich will das unbedingt sehen«, sprach Mel wie hypnotisiert.

»Carolyn, du schaust dir das nicht an!« Ich hielt ihr die Hand vor die Augen, aber sie schob sie weg.

»Ich möchte aber!«

»Das ist dein Sohn?« Philipp fing an zu lachen. »Sorry, Jeremy. Aber …«

»Oh, mein Gott«, stöhnte John. »Ich glaube, ich muss mich heute anständig betrinken. Wer macht mit?«

»Hm, ich glaube alle, oder?«, antwortete Matt. »Nach dem, was ich gerade gesehen habe, will ich den Whisky nicht nur trinken, sondern mir die Augen damit auswaschen.«

Jeremy stotterte peinlich berührt. »Also ich … ich glaube, schuld daran war das Lampenfieber. Ich kann mir das alles nicht erklären.«

»Macht doch nichts, sie haben ihn abgeführt und das ist auch gut so.« Bailey lachte.

»Ja, das war die beste Stelle an seinem Auftritt. Lasst uns auf Snowhill trinken. Und darauf, dass er bloß nie auf die Idee verfällt, seinen Ar… äh, Hintern hierher zu bewegen.« John leerte sein Glas und goss sich sofort nach.

»Falls doch, werden wir ihn schon zurechtbiegen, oder?« Bailey grinste.

»Der Zauber von Snowhill hat bisher nie versagt. Aber ich befürchte, bei diesem Herrn, den ich beim besten Willen nicht als Gentleman bezeichnen kann, trotz seiner Abstammung, wird es enorm schwierig.« Caspar hatte das letzte Wort.

Dann wurde gefeiert, die ganze Nacht. Und viel später, als wir beide in unserem Kutscherhäuschen ankamen, uns langsam auszogen und unter dem Tannenbaum auf den kuscheligen Teppich sanken, spürten wir den ganz besonderen Weihnachtszauber, der über Snowhill lag.

Der Zauber, der von Liebe sprach.

Ich sah ihn in ihren Augen. Und sie ihn in meinen.

❄

EPILOG

Aidan

Viele Monate waren seit Weihnachten vergangen, seitdem waren großartige Dinge geschehen. Jetzt saß ich neben Carolyn am Bett, oben im Schlafzimmer des Kutscherhäuschens, und hielt tapfer ihre Hand. Wobei sie meine Finger in den vergangenen Stunden förmlich zu Brei zerquetscht hatte, aber ich hatte es klaglos hingenommen. Außerdem hatte sie mich angeschrien, mir einen nassen Waschlappen übergeworfen und geschworen, nie wieder Sex mit mir zu haben.

»In meinem ganzen Leben nicht, Aidan Lagarde. Vergiss es!«

»Ah, okay, chérie. Kein Problem.« Ich lächelte sie an, um sie nicht noch mehr aufzuregen, dann wandte ich mich zur Seite und flüsterte Daniel zu: »Ist das normal?«

»Ja. Keine Sorge. Das vergeht wieder.«

»Das sagen sie alle«, stimmte die Hebamme zu. »Bisher hat sich niemand daran gehalten. Sonst wäre ich schon längst arbeitslos.«

»Ah, das ist beruhigend.«

»Entschuldigung! Es tut mir leid, Aidan.« Carol griff wieder nach meiner Hand und zermalmte sie.

»Schon gut, Liebling.« Ich küsste sie auf die Stirn. »Bald hast du es geschafft.«

»Gleich geht's zum Endspurt, Aidan.« Daniel klopfte mir auf die Schulter.

»Hast du das nicht schon vor zwei Stunden gesagt?«

»Ja, beim ersten Mal dauert es ein wenig länger, aber jetzt ist das Baby wirklich bald da.«

In einer Pause zwischen den Wehen ließ ich die vergangenen Monate Revue passieren.

Angefangen mit unserem Weihnachtswunder und unserer Rettung. Die darauf folgende Innenrevision verlief auch ohne jegliche Zwischenfälle wie Paul, der Praktikant, berichtete. Danach kündigte Carolyn bei ihrer Firma und löste ihre Wohnung in New York auf, ohne noch einmal dahin zu fliegen. Kuschelige Tage im Kutscherhäuschen folgten. Mit ganz viel Liebe, Popcorn-Abenden und langen Spaziergängen im Schnee.

Und dann, vier Wochen nach Weihnachten, geschah das größte Wunder überhaupt. Wir hatten einen Termin bei Daniel abgemacht, Johns bestem Freund, dem Gynäkologen. Dazu brachten wir Carolyns Arztbericht aus dem Krankenhaus mit, und er schaute sich alles lange an. Dann machte er einen Ultraschall, und ich, so nervös, als stünde ich schon im Kreißsaal, redete wie ein Wasserfall auf ihn ein.

»Wir wollten nur wissen, ob es generell funktioniert. Wenn nicht, ist es kein Drama, dann adoptieren wir. Wir haben uns schon damit beschäftigt.«

»Ja, verstanden. Hm, Moment«, murmelte er und schob die Ultraschall-Sonde auf Carolyns Bauch hin und her. Längeres Schweigen setzte ein. »Ich bin mir ziemlich sicher, dass es funktioniert.«

»Ja? Denkst du das?«

»Warte, dafür brauche ich eigentlich das andere Gerät.

Aber soweit ich das beurteilen kann … Oh ja, und ob es funktioniert! Und wie!«

»Bist du dir sicher?«

»Ja. Und *wie* es funktioniert!«

Warum sagte er alles dreimal? Ich lachte nervös. »Ja? Wie toll, das sind gute Nachrichten. Hörst du, Carol?«

Ihr blasses und angespanntes Gesicht verzog sich zu einem Lächeln. »Oh ja. Stimmt das auch, Daniel?«

»Ja! Versteht ihr nicht? Es funktioniert. Wirklich!« Er drehte sich zu mir um und grinste.

»Doch, ich verstehe. Du hast gesagt, es könnte klappen.«

»Nein, ich meinte es anders. Hier, schau: Es hat bereits funktioniert!« Er fuhr wieder mit dem Ultraschallkopf über ihren Bauch und da war diese winzige Erdnuss.

»Äh, ich … was? Wie kommt diese Erdnuss in deinen Bauch, Carol?«

»Keine Ahnung! Warst du das etwa, Aidan?« Für eine Sekunde klang sie ein wenig wie die zickige Miss Christmas von früher. Dann begriff sie, was es bedeutete. »Oh!«

»Ich glaube schon. Wer sonst?« Ich hob die Schultern.

Daniel lachte über unsere verdutzten Gesichter. »Herzlichen Glückwunsch, ihr zwei! Ich lasse euch mal allein, dann könnt ihr euch in Ruhe freuen.« Er sprang auf und eilte aus dem Zimmer.

»Bin ich etwa …?« Carolyn fing sofort an zu weinen. Ich weinte natürlich nicht. Nein, ich heulte.

»Ja, schwanger.«

Damit hatten wir nicht gerechnet. Und das Verrückte war, dass es um Weihnachten herum passiert war.

Als wir im Mai heirateten, schob sie eine schöne Babykugel vor sich her. Das Kleid musste im Vorfeld dreimal geändert werden, weil der Bauch so schnell wuchs. Bailey konnte sich bei dieser Hochzeit so richtig austoben. Es kam zu einem gemeinsamen Auftritt der Feuerwehr, der glorreichen *Lonely Hearts*-Band, einem Fackelzug, gefolgt von einem Umtrunk im Bürgerhaus für das ganze Dorf. Und einem anschließenden Gartenfest in Snowhill. Mein Kater dauerte drei Tage an.

Wobei die dritte Hochzeitsnacht die schönste von allen war. Oder war es die zweite? Die erste war auch sehr schön.

Maman war jetzt auch bei uns in Snowhill. Bailey und ich holten die Urne in Frankreich ab und sie wurde unten am Bach bestattet, unter einem schönen Baum. Warum sollte sie in Paris begraben sein, da wir hier lebten. Seitdem sie da war, hatte sich der Kreis geschlossen. In mir kehrte Ruhe ein.

»NOCH EINMAL PRESSEN, dann ist er da, Carolyn!«, rief Daniel.

»Jetzt!«, schrie die Hebamme.

»Carolyn!«, feuerte ich sie an.

Endlich ertönte ein wütender Schrei. Unser Baby war da! Daniel legte ihn auf Carolyns Brust. Er war so wunderschön mit seinem schwarzen Haar und gab ärgerlich maunzende Geräusche von sich.

»Mein Baby«, flüsterte sie. »Ist er gesund?«

»O Gott, schau ihn dir an!« Ich war völlig hingerissen.

»Ja, das ist er. So ein properes Kerlchen«, lobte die Hebamme. »Und so hübsch.«

Eine Weile konnten wir nicht sprechen, küssten ihn immer wieder und staunten über die kleinen Finger, die runden Wangen, die winzigen Zehen. Die großen Augen, mit denen er um sich sah.

»Wir haben ein Baby!«, wiederholte sie staunend.

»Ja. Unglaublich, oder?« Ich legte meine Stirn an ihre. »Danke für den schönsten kleinen Jungen der Welt.« Viele Küsse folgten.

»Er sieht aus wie du«, flüsterte sie.

»Ja, das ist wahr.«

Das pure Glück, überschäumende Freude, Liebe pur. So starke Gefühle, dass ich sie nicht in Worte fassen konnte. Die beiden in meinen Armen zu halten, war der schönste und intensivste Moment meines Lebens.

Viel später, nachdem alle Untersuchungen abgeschlossen waren, baten wir die anderen herein. Sie hatten ungeduldig auf Nachrichten gewartet.

»O mein Gott, ich bin so aufgeregt. Darf ich ihn sehen?«

Bailey nahm seine Mütze ab und drehte sie in den Händen. »Schau ihn dir an! Was für ein schönes Baby. Herzliche Glückwünsche!« Wir umarmten uns lange.

»Gott, ich heule gleich. Er sieht so süß aus!« Das kam von Mel.

»Und wie heißt der Prachtbursche?«, fragte Bailey.

Meine Stimme wackelte, ich räusperte mich. »Er heißt wie sein Großvater.«

»Ah, Philipp? Ein sehr schöner Name.« Bailey lächelte und nickte.

»Nein, wie sein anderer Großvater. Und wie mein Vater. Darf ich vorstellen: Bailey.«

»Was? Ihr habt ihn … du hast ihn … nach mir? O Gott!« Er wirkte wie vom Donner gerührt.

»Ja. Wir haben ihn nach dir benannt. Wegen allem, was du für Carolyn und mich getan hast. Damals und auch letztes Jahr vor Weihnachten. Und überhaupt wegen dieser seltsamen Tradition.«

»Danke, das bedeutet mir sehr viel.« Eine weitere Umarmung folgte.

»Ein Mini-Bailey? Jetzt ist es mit meiner Beherrschung komplett vorbei.« Mel schluchzte auf.

»Eine wirklich schöne Idee«, murmelte Matt und Smilla nickte.

Sie trug Lucia auf dem Arm, die schon richtig groß geworden war. »Er ist so goldig, wenn du Hilfe brauchst, sagst du mir Bescheid, Carolyn?«

»Ja, das mache ich. Danke, Smilla.«

»Was für ein süßes Baby.« Marian hatte ebenfalls ein süßes Baby, den kleinen Noah, der im Juli geboren war, einen schelmischen Blondschopf.

»Prächtiges Kerlchen.« John legte lächelnd den Arm um Marian. »Und der Name ist einfach spitze.«

Caspar wischte sich unauffällig über die Augen. »Eine vorzügliche Entscheidung. Weise, und voller Liebe. Das ist der wahre Geist von Snowhill, der alles mit Liebe bedeckt.«

»Spielst du mit mir Fußball?« Gabriel stützte sich aufs Bett und strich über das Köpfchen.

»Er ist noch zu klein.« Carolyn lachte leise. »Sobald er laufen kann, spielt er bestimmt mit dir.«

Stella war ganz still und zeigte nur verwundert auf ihn.

Später waren wir wieder allein. Er schnorchelte an ihrer Brust, ruderte mit den Armen und kämpfte. Dann waren leise Schluckgeräusche zu vernehmen.

Sie strahlte. »Ich bin so glücklich, Aidan. Ich kann gar nicht glauben, dass er da ist. Trotz meiner Probleme …«

»Ja, er ist unser kleines Wunder. Nicht wahr, Buddy? Hier, das ist für dich.« Ich legte ihr eine goldene Kette um, an der ein Medaillon in Herzform hing. »Gladys aus dem Dorf hat sie geschmiedet.«

»Oh, kann man es öffnen?«

»Ja, warte. So macht man es auf.« Ich betätigte den Mechanismus, klappte das Medaillon auf und ein winziger Kompass kam zum Vorschein. Darüber war etwas eingraviert: *Aidan.*

»Danke, Liebling. Die Kette ist wunderschön.« Sie strich mir über die Wange und küsste mich. »Du bist mein Kompass.«

»Und du bist meiner. Unser Kompass ist die Liebe. Ich danke dir für die schönsten Monate meines Lebens. Ich freue mich unbändig auf die nächsten Jahre und Jahrzehnte mit euch.«

»Wirklich?« Sie musste selbst über ihre Frage lachen. Sie wusste, dass ich jedes Wort so meinte.

»Ja, natürlich, mein Kätzchen.«

Dann verbrachten wir die erste Nacht zu dritt. Eng aneinander gekuschelt in unserem Bett, während der Mond durch die Dachgaube ins Zimmer schien. Draußen rauschten die Bäume von Snowhill im Herbstwind. Vielleicht flüsterten sie von kommenden Abenteuern.

ENDE

DANKSAGUNG

Ein herzliches Dankeschön an meine weltbesten Korrektorinnen Sophia und Céline, die es jedes Mal schaffen, die kleinen, fiesen Fehler aus dem Text herauszusieben wie die Goldsucher. Die großen Fehler sehen sie sowieso auf den ersten Blick. ;-)

Vielen Dank für eure klugen Bemerkungen, euer überragendes Auge für Feinheiten und eure konstruktive Kritik. Tausend Dank dafür, dass ihr das seht, was ich nicht mehr wahrnehme! <3

Dankeschön auch an Christian, der sich als Mann todesmutig dem Genre Liebesroman gestellt hat. :-)

Ein dickes Dankeschön sende ich auch meiner lieben Familie. Ihr glaubt an mich und ihr motiviert mich. Dankeschön dafür, meine Lieben! <3

Last but not least richte ich ein herzliches Dankeschön an euch, meine lieben Leserinnen und Leser!

Danke dafür, dass ihr meinen schrägen Humor teilt und meine verrückten Geschichten genauso liebt wie ich. Ich danke euch von Herzen, dass ihr meine Geschichten lest und euch jedes Mal wieder darauf einlasst, mir in meine leicht verrückte Welt zu folgen.

Wie ich es schon bei Cloud 9 schrieb: 2020 war für uns alle ein anstrengendes und kräftezehrendes Jahr. Lasst uns die

Hoffnung bewahren, dass das Jahr 2021 viel, viel besser wird. <3

Bleibt mir gewogen, der nächste Roman kommt bestimmt bald. Ich hoffe, ihr hattet viel Spaß beim Lesen dieser romantisch-witzigen-weihnachtlichen Geschichte.

Wenn euch »Miss Christmas und ihr Chauffeur« gefallen hat, würde ich mich über eine Rezension sehr freuen!

Tausend Dank an euch und alles Liebe. Ich wünsche euch von Herzen frohe Weihnachten und ein glückliches neues Jahr 2021!

Eure Liv!

IMPRESSUM

Cover-/Umschlaggestaltung: Buchgewand Coverdesign | www.buch-gewand.de

Verwendete Grafiken/Fotos:
Design worlds – shutterstock.com
Rimmagraf1 – depositphotos.com
tomert – depositphotos.com
nickylarson – depositphotos.com
cajoer – depositphotos.com
AntonMatyukha – depositphotos.com
Taranukhin – depositphotos.com
svekloid – shutterstock.com
EMJAY SMITH – shutterstock.com

Korrektorat: Sophia Kabaa & Céline Maus
Kontakt: Liv Maxx c/o CSC Schaffhauser, Hainbachweg 15, 76833 Knöringen
E-Mail: Liv.Maxx@web.de

Independently published

Printed in Poland
by Amazon Fulfillment
Poland Sp. z o.o., Wrocław

68517271R00228